포에닉시아

포에닉시아 3

초판 1쇄 찍은 날 | 2018년 5월 31일
초판 1쇄 펴낸 날 | 2018년 6월 15일

지은이 | 소하
펴낸이 | 예경원

편집 | 주승아

펴낸곳 | 예원북스
등록번호 | 제396-2012-000132호
등록일자 | 2012. 7. 25
YRN | 제1-0219호

주소 | 경기도 고양시 일산동구 호수로 646-24 위너스 21-Ⅱ 206A호 (우) 10401
전화 | 031-819-9431 팩스 | 031-817-9432
http://cafe.naver.com/yewonromance
E-mail | yewonbooks@naver.com

ISBN 979-11-6098-968-7 04810
ISBN 979-11-6098-965-6 (세트)

※ 이 도서의 국립중앙도서관 출판시도서목록(CIP)은 서지정보유통지원시스템 홈페이지(http://seoji.nl.go.kr)와 국가자료공동목록시스템(http://www.nl.go.kr/kolisnet)에서 이용하실 수 있습니다.

Goldline
Romance
Story

포에닉시아 III

소하 장편 소설

LINE

C・O・N・T・E・N・T・S

제 14 장

경계의 진동

황제는 여름으로 들어갈 무렵 아데안으로 복귀했다.

본토 땅을 밟은 지는 좀 되었지만, 몸이 안 좋다는 이유로 교외의 별장에 지내다 돌아온 것이다.

이제 세상은 아르데나 해전의 결과를 다 알게 되었다. 그 의미가 무엇인지도.

황제는 자기 이름을 걸고 나간 전쟁에서 패했다.

즉, 이건 황제의 패배고 제국의 패배였다.

아무리 본인의 특기가 해전이 아니라지만, 이번 패전으로 제국군은 전쟁의 신이 이끄는 무적의 군대란 환상이 사라지고 말았다.

사람들이 두려워하지 않는 힘은 아무 의미가 없다.

황제보다 먼저 아데안으로 돌아와 기다리고 있던 레프는, 황제가 오자마자 그를 내궁에서 쉬게 했다.

패전을 한 이유 중 하나는, 당시 사령관 브누아 장군이 설친 탓이었다.

황제 앞이라 반 미쳤고, 레오닉스를 어느 정도 몰아세웠다고 판단하자마자 제대로 미쳤다.

그렇게 미친 짓을 한 덕에 포위되어 그 엄청난 함대를 전함 반 척 남기고 다 침몰시켰다. 남은 반 척은 아데안에 도착하자 기진맥진해 침몰했으니, 남은 건 하나도 없는 셈이다.

램버 장군은 도레항을 포기한 주제에 황제를 구해 아데안으로 귀환한 공으로 오히려 개선장군 대접을 받았다.

레프는 그 빌어먹을 놈이 탈출하기 전에 도레항의 온갖 보물을 전함 세 척에 나누어 실어 자기 근거지 중 하나로 보낸 것을 알았다. 제대로 교전도 하지 않고 도망치는 데 집중한 것도, 그 보물 탓이었다. 그나마도 세 척 중에 한 척은 하일드 해군에 나포되어 레오닉스 손에 들어갔다.

레프는 이제 제국이 막대한 손실을 입고 바다를 듀카르니아 손에—정확히는 하일드의 레오닉스에게— 넘겨주었다는 것을 인정해야 했다.

발카니아의 망명 왕자이자 황제에게 가족을 잃은 소년이 청년이 되어 황제를 꺾어 버린 것이다. 그 와중에 하일드의 영토까지 넓혔다. 그것도 황제에게서 빼앗은 것으로.

이 젊은 왕자의 대승은 대륙에 있는 황제의 적들을 고무시킬 것이다. 의회와 하일드의 공조는 더욱 노골적이 될 것이고, 하일드는 그간 부족했던 기병과 보병을 의회와의 연합으로 얻을 수 있게 된다. 이 와중에 열두 장군 중 일부라도 이탈하거나 뻰질거리면 제국은 흔들린다. 계속 흔들리면 언제고 무너질 수도 있다.

레프는 발카니아 동부에 정복지를 가진 커티스 장군부터 믿을 수 없었다. 모두가 흔들리는 중에 가장 크게 휘청대는 중인데, 기회만 된다면 얼른 황제를 배신하고 레오닉스를 도울 것이다.

레프는 황제를 찾아갔다. 지금, 어떻게든 황제가 현명한 결정을 내리도록 도와야 한다.

황제는 황후의 궁에 머물고 있었다. 황태자는 레프의 저택으로 보냈다. 레프의 아내는 잠시도 가만히 있지 않고 단 한 마디도 듣지 않는 황태자 때문에 고생 중이었다. 황태자는 레프에게는 귀엽게 굴어도, 레프의 아내는 잔인할 정도로 괴롭혔다.

"어서 와라, 아들아."

사람들을 피할 핑계로 병중이라 발표한 건데, 지금 황제는 정말 병들어 보였다.

레프는 지금만큼 카니발라가 간절했던 적도 없었다.

어디로 간 건가, 그 마법사는.

전쟁 중에 죽거나 포로가 되었나.

하필이면 이런 상황에서 카니발라가 없다는 것이 레프를 초조하게 했다.

"네 의견을 듣고 싶구나."

"죄송합니다. 아직 확신을 드릴 수 없습니다."

"그럼, 지금 그나마 기대할 곳은 듀카르니아의 왕 아르노뿐이겠군."

이번 출정 함대에 듀카르니아의 해군은 포함되지 않았다.

즉, 아르노는 의회와 하일드를 언제라도 훼방 놓을 수 있는 존재다. 그러나 레프는 그런 막연한 기대를 항상 경계했다. 아군이 영리하길 바라는 것만큼이나 적군이 멍청하길 바라는 건 금물이다. 실패의 요인이 된다.

"적들이 실수하길 기대하는 것에는 반대합니다, 폐하. 그리고 아르노는 약점이 있고, 이걸 의회의 총리 율리아가 가만히 두지는 않을 겁니다. 마음대로 하려 해도 할 수가 없습니다."

아르노가 가진 가장 치명적인 약점은 후계자가 없다는 것이다. 또, 후계자 후보인 동생들은 모두 적이다. 지금 당장 어디서 고분고분 굴 만한 후계자를 골라 온단 말인가.

아르노는 의회와 하일드와의 협조를 이끌어 낼 후계자를 골라야 한다. 아르노가 양보하고 협상해야 한다는 뜻이다.

"지금 상황에서는 아르노가 황제 폐하를 위한 오판보다는 율리아에게 유리한 오판을 할 가능성이 더 높습니다. 그리고 율리아가 전면으로 나선다면, 상황은 더 나빠집니다. 듀카르니아 남부는 의회의 영역이니까요."

"합당한 의견이다."

일 이야기가 나오자 황후가 일어났다. 황제는 황후의 손을 잡아 손등에 입을 맞추었다. 황후도 황제의 이마에 입을 맞춘 다음 방을 나갔다. 경박하고 사치스럽다고 욕먹는 황후지만, 지금 황제를 정성스럽게 보살펴 주는 건 황후뿐이었다.

"네 어머니에게 신세가 많구나. 또 너에게도."

"어머니는 폐하의 아내입니다. 저 또한 폐하께 은혜를 입은 몸이니, 당연하지 않습니까."

"카니발라는 어찌 되었느냐."

"아직 찾지 못했습니다."

"어디에도 없더냐."

"그가 사라지면 찾을 수 있는 방법이 없습니다. 지난번에 보셨지 않습니까."

지난번 카니발라의 실종 덕에 일어난 일들이 악몽처럼 떠오른다. 그때도 시고야로 가더니 갑자기 실종되었다.

그 반년간, 제국의 문제점이란 문제점은 다 튀어나왔다. 장군들은 할 만한 실수는 다 했고, 남부의 반란은 엄청나져서 황제는 총독으로 보냈던 동생을 잃었다. 그 와중에 장군들은 전쟁터가 아닌 자기들 응접실에서 입으로만 싸워 댔다.

그리고 지금 또 없어졌다.

레프는 카니발라의 배에서 만났던 여자가 가장 의심스러웠다.

카니발라가 없어졌는데, 지금 아르데나를 점령한 왕족의 이름과 그 여자의 이름이 같다. 이 일들이 우연히 같이 벌어졌을 리 없다.

카니발라가 듀카르니아의 왕족과 만났고, 그 왕족은 아르데나를 얻었다. 또 그 여자는 하일드와 의회가 출정한 곳에서 유일한 왕실의 일원으로 참전했다. 의회를 이끄는 늙은 여우 율리아가 이유 없이 왕족을 가까이할 리 없다.

그 여자야말로 율리아가 정한 다음 왕일 수 있다. 카니발라는 그 여자 옆에 있을지도 모른다. 그러면, 이제 카니발라는 적의 마법사인 셈이다.

정말 제국의 운명은 여기까지인 건가.

게다가 카니발라가 사라지기 전에 했던 말도 불길하다.

"'왕'."

그가 말한 '왕'이란 존재가 나타나면, 카니발라는 본의든 타의든 간에 황제를 떠날 수 있다. 레프는 아무리 카니발라가 싫어도 그와 이야기를 자주 해 볼 걸 그랬다고 후회했다.

"아들아, 네 얼굴에 걱정이 많구나. 어떻게 생각하는지 솔직히 말해다오."

"기욤…… 공과 같은 의견입니다."

"이미 보고는 받았다. 그것과 같다고?"

"네."

재상인 기욤 공은 그나마 제국에 가장 충실한 사람 중 하나다. 제국의 안정과 보존을 우위로 둔다.

문제라면, 황제보다 제국이 우선이란 것이다. 황제가 제국의 방해물이 되면 그는 황제를 버릴 것이다. 그래서 레프는 그와 서로 도울 수 있으면서도 믿지는 못한다. 레프는 황제를 택하지 제국을 택하지는 않을 테니.

“일단 수습이 우선입니다.”

“남부는?”

“포기하는 편이 낫습니다. 최대한 군사를 보전해, 보급이 안정적으로 이루어질 수 있는 곳까지 퇴각시킨 다음 방어선을 확보해야 합니다. 어차피 남부는 왕이 없어서 혼란합니다. 반란을 일으켰지만, 그 반란자들을 통일할 수가 없습니다. 곧 지지부진하고 혼란해져, 기다리기만 하면 다시 정복할 수 있습니다.”

“그리고?”

“왕국과 협상하십시오. 듀카르니아의 왕인 아르노와. 단, 공개적으로 협상해야 합니다. 어떻게든 강화조약을 맺고, 불가침을 약속하십시오.”

“내가 왜 그래야 하는 거지?”

“아르노는 전쟁을 원하지 않습니다. 자기 영토가 침략당하지 않았다는 이유로 그 중요한 해전에도 함대를 출정시키지 않았습니다. 그러니 아르노와 조약을 맺으면, 오히려 하일드와 의회가 타격을 받습니다.”

“그 모리배와 협잡에 가까운 협상을 하라는 거냐. 전쟁이 아닌, 비열한 짓으로.”

“죄송합니다.”

지금 제국에는 듀카르니아를 상대로 이길 만한 장군이 없다.

몇몇은 전사하고 몇몇은 모함을 받아 지위를 잃었다.

황제가 아무리 유능한 지휘관이라도 황제는 하나뿐이다. 모든 전장에 나갈 수는 없다. 황제가 직접 출정하는 것도 위험부담이 크다. 출정지에서 본토의 반란 소식을 들을 가능성이 너무 높다.

"카니발라는?"

"포기하시길 권합니다. 그는 강하지만, 예측하기가 힘듭니다. 예측 안 되는 전력은 전력에서 제외하시는 게 낫습니다."

"그러면 내게는 이 제국 하나만 남는구나. 그렇게 많은 전쟁을 하고, 그렇게 많은 승리를 했는데."

"지금은 제국만은 지켜야 합니다."

"온 세상이 내 것이 될 거라 생각했지. 지난달까지만 해도."

"좋은 날도 있고 나쁜 날도 있는 겁니다. 세상이 폐하의 것이 아니라도, 제국은 폐하의 것이고…… 폐하는 제국의 황제이십니다."

레프는 제발 황제가 지금 상황을 받아들이길 빌었다.

이길 수가 없고, 이기려 하면 진다. 패배를 받아들이고 추슬러야 한다.

"카니발라가 너에 대해 말한 적이 있단다. 너는 소원을 빌 일이 없을 자라고. 그러니 네 손에 카니발라의 독이 들어갈 일은 없을 거라 했지."

레프는 불편해졌지만 애써 웃었다.

"모든 것이 폐하의 은덕입니다."

"그런데 내게 그 독이 있단다, 아들아."

레프는 저도 모르게 고개를 휙 돌렸다. '버리십시오!' 라고 고함지를 뻔했다.

"아주 오래전에 손에 넣었지. 어느 서커스단의 악사가 내게 주었단다."

레프는 서랍을 죄다 뒤져 그것을 찾고 싶었다. 어떻게 그게 황제 손에도 있는 거지? 황제와 카니발라의 관계를 생각한다면 처음부터 가지고 있었을 가능성이 높긴 하다.

"거의 사십 년이 넘어간다만, 나는 원하는 건 항상 내 손으로 이루어 냈어. 그러니 내게는 독이 있어도 쓸 일이 없었단다. 그러자 카니발라는 나와 내기를 했지. 내가 과연 그 독을 쓰게 되는지. 죽어서라도 이루고 싶은 소원이 생기는지, 그런 소원이 있다 하더라도 내 힘으로 이룩할지 아니면 포기하고 독을 삼킬지. 하지만 나는 여태 다 내 힘으로 이루어 왔단다, 아들아."

"다행입니다."

황제의 표정은 담담했지만, 레프는 황제의 성품을 알았다. 무슨 생각을 하고 어떻게 판단할지 아무도 모른다. 아무리 황제를 사랑해도, 레프는 황제의 의중을 알 수 없었다.

"이번 주말까지만 쉬겠다, 아들아. 계속 누워 있을 수는 없구나."

"더 쉬십시오, 폐하."

"아버지라 불러도 된다."

"……저, 저는 폐하의 친아들이 아닙니다."

"아니. 네가 자라는 모든 순간에 내가 있었지. 네가 성취하는 순간마다 내가 앞에 있었으니, 너는 내 아들이다. 너를 아들로 둘 수 있다면, 어느 아비든 하늘에 감사할 거다."

"송구합니다."

"그럴 때는 감사하다고 해야 하는 거란다, 아들아."

"하지만 폐하, 전……."

"아들아, 네가 나를 폐하라 부르는 한, 내 장군들은 너의 말을 다 무시할 거다. 그들은 네게 몇 번이나 신세를 지고서도 너를 헐뜯지. 그러니 차라리 나를 아버지라 불러라. 그때부터는 너를 무시하지 못할 거다. 네 뒤에 내가 있으니 말이다."

"과분합니다."

황제는 고개를 저었다.

"그렇게 말하지 말거라. 나는 너를 항상 내 아들로 생각했다. 말을 배우기도 전부터 내가 키우고 내가 교육시키고 내가 남자로 만들었다. 그 누구도, 나 외의 다른 사람이 너의 아버지라고 할 수는 없어."

레프는 할 말을 잃었다. 레프가 거리를 유지할 때마다 황제는 조바심이 난 연인처럼 허세를 부리고 매달렸다.

지금도 그렇다.

"……그러니, 레프. 아비로서 부탁한다. 이번에는 내가 선택한 대로 하려무나."

"원하시는 게 무엇입니까."

"나는 전쟁을 그만두지 않는다. 내가 원하는 것을 아직 다 손에 넣지 못했고, 이렇게 포기하고 싶지는 않구나."

"지는 것이 아닙니다. 물러나는 겁니다."

"반격의 기회가 내게 있을까? 지금 외에?"

"하지만 우리도 타격을 입었습니다."

"아직 육군은 건재하다. 기병대도 있어. 남부를 통해 내려가면 된다. 남은 함대는 각 항구에 배치해 그들이 상륙 거점을 확보하지 못하도록 한다."

"누가 총사령관입니까."

"내가 간다. 그리고 나는 네가 도와줬으면 한단다."

레프는 아득해졌다.

너무하지 않은가. 황제는 레프의 약점이 무엇인지, 무엇으로 설득하고 꺾어야 하는지 너무 잘 안다.

도와 달라는 황제 앞에서 레프는 약해질 수밖에 없었다. 애초에 레프는 황제가 전쟁의 천재이자 권력자라서 따르는 게 아니기 때문이다. 아버지이자 가족이라서 경외하고 친애하며 도왔다.

"최선……을 다하겠습니다."

황제가 출정하면…….

그러면, 묻어 둔 폭탄이 연달아 터지듯 그간의 문제들이 죄다 터지고 말 것이다.

언제 배신할지 모르는 울두스와 닿아 있는 북부는?

북부에 점령지를 가지고 있는 장군들은 과연 울두스와 협조하지 않을까? 왕위를 탐내지 않을까.

발카니아를 중심으로 하는 서부 해안 지대는?

이제 해상을 장악한 레오닉스가 가장 먼저 노리고 들어올 곳인데? 발카니아는 상징적 의미도 높고 전략적 의미는 더 높은 곳이다.

그리고 무엇보다, 황제가 비워 놓고 가는 수도 아데안과 본토는 안전한가?

아니, 가장 위험하다.

어머니도 위험하고 동생도 위험해진다.

그런데 그들은 황제의 가족이고 레프의 가족이다.

레프는 카니발라의 독을 찾아내 어떻게든 없애 버리고 싶었다.

이 마지막 전쟁에서 패한다면, 황제는 분명 그 독을 생각할 것이다. 그리고 무엇보다, 그 독이라는 마지막 기회가 있기에 황제의 광기와 집착이 시작되는 것이다.

제국은 황제의 독재 아래 지탱되고 있다. 황제의 결정, 황제의 의중, 황제의 욕망에 따라 모든 것이 결정된다. 그리고 그런 황제는 새 시대를 열었다.

그 시대는 황제가 열었으나, 그다음은 황제를 위한 시대가 아닐 수도 있다. 황제가 세상을 이끌 수 있는 기간은 의외로 짧을 수도 있다.

레프는 고통스러웠다.

지키고 싶은데, 그의 손에서 너무 많은 것이 빠져나간다.

❖

여름, 듀카르니아의 수도, 체자의 하일드 요새로 마침내 주인인 레오닉스가 돌아왔다.

출정한 지 석 달 만이었다.

대승했건만 조용한 귀환이었다. 레오닉스를 위한 귀환식도 환영식도 없었다. 그러나 포상금과 특진도 빠르고 공정하게 이루어져 하일드 기사들의 분위기는 꽤 들떠 있었다. 아르노가 즉위했다는 사실조차 다들 잊어먹을 지경이었다.

그렇게 돌아온 레오닉스는 가장 먼저 형인 펠릭스 아르칸젤로 왕자의 공식 사망을 선포했다.

시신이 없었기에 장례 대신 추도식만 치러졌다. 망명자 기사단이 사열하는 가운데, 성의 초상화 갤러리에 펠릭스의 초상화가 걸렸다.

발카니아 왕위의 후계자였으며 전대 하일드의 왕자였던 펠릭스의 죽음이 확정되자, 레오닉스의 위치도 더 견고해졌다. 이것은 레오닉스가 가문의 모든 유산과 지위를 정식으로 승계할 거란 의미이기도 했다. 임시 망명정부 상태였던 레오닉스가, 드디어 자신이 하일드 왕가의 유일한 생존자임을 인정한 것이다.

"돌아가셨다는 건 항상 알고 있었지만, 이렇게 확정되니 슬프군요."

브룬델카 경이 말했다.

이 노장군은 자기가 모시는 왕자가 자기감정에 관한한 얼마나 견고한 벽을 세우는지 알았다. 이건 레오닉스가 가장 감정적으로 받아들일 수밖에 없는 형의 일이다. 무슨 일이 있었던 건지, 지금 상태가 어떤지, 레오닉스는 누구에게도 말하지 않을 것이다. 그러니 브룬델카 경은 더 묻지는 못했고, 그래서 펠릭스의 죽음이 슬픈 만큼 레오닉스의 고독이 슬펐다.

해전은 승리했지만 들려오는 소식은 그다지 희망적이지 않았다.

제국군이 남하를 결정했다. 제국의 수도 아데안은 여전히 황제가 없는 대행 체재였다. 트레빌란 공작과 기욤 공이 나누어 통치하고 있고, 둘 다 꽤 뛰어난 자들이라 큰 패전에도 제국은 아직 안정적이었다. 이건 당장 황제가 없어도 제국이 안정적으로 운영될 수 있다는 의미다.

이런 상황에서 레오닉스가 펠릭스의 죽음을 인정한 것이다.

브룬델카 경이 보기에, 레오닉스는 인정하지 않았을 때보다 더 편안해 보였다. 앞으로 어떤 전쟁터에 나가든, 지난 출정 때처럼 사람 불안하게 만들지는 않을 것 같았다.

브룬델카는 아들처럼 키워 온 펠릭스 왕자의 초상에 조의를 표하고 퇴역 준비를 하기로 했다. 회한이 밀려들었다. 여기서 더 바라는 게 있다면, 고향 발카니아를 다시 한 번 보는 것뿐이다.

엘리안이 온 것은 그 모든 의식이 끝난 뒤였다.

1층 갤러리로 들어서자마자 엘리안은 왕자의 초상화를 보게 되었다. 초상화 옆 대리석 판에는 그의 이름이 새겨져 있었다.

—하일드의 왕자이자 발카니아의 왕, 펠릭스 아르간젤로.

엘리안은 그 이름을 건드려 보았다.

이제야 펠릭스가 무슨 말을 한 건지 이해가 되었다.

속에서부터 밀려드는 건 슬픔과 부끄러움이었다.

미안해요. 당신은 나를 도와줬는데, 나는 당신의 동생을 죽여 달라는 소원을 빌었어요.

미안, 정말 미안해요, 펠릭스.

"엘리안."

고개를 돌리니, 갤러리 끝에 레오닉스가 있었다. 제복 차림이었다. 그리고 안경도.

어, 안경 썼었나?

안경을 쓰니 거친 인상 자체는 부드러워졌지만 평소에도 차가운 사람이 더 차가워 보였다.

"아, 안녕하세요!"

"늦었군."

"기…… 길을 좀 헤맸어요. 다른 집에 있어서 길을 잘 몰라요."

"다른 집?"

"그, 그…… 어, 그러니까, 의회 사택이요. 지금 거기 있어요."

원래 저택은 지난번에 박살 났다. 그러나 브릴은 고치지 않기로 했다.

"돈이 없어."

라고, 시큰둥하게 말했다.

"그리고 어차피 돌아갈 건데 그렇게 큰 집을 돈 들여 고치는 것도 낭비야. 내버려 두면 왕실이 알아서 하겠지. 왕실 소유의 집이잖아."

그럼 어디서 자는 거냐고 물었더니, 브릴과 메즈는 의회 뒤에 있는 사택을 쓰자고 했다.

넓은 의사당 뒤에 있는 곳으로, 그다지 크지는 않지만 숲속 호숫가에 외따로 떨어져 있어서 조용했다. 엘리안의 얼굴을 알 만한 사람은 절대 드나들지 않을 곳이기도 했다.

의사당이 궁전이던 시절, 왕이 '개인적인 친분을 쌓을 목적'으로 만든 집이라는데, 오로지 그 목적만을 위해 선정된 위치 덕에 정말 아무도 안 지나갔다. 풍광은 좋았다. 뜰에는 단풍나무가 우거져 있고, 예쁜 물고기들이 헤엄치는 연못도 있었다. 담쟁이로 덮인 붉은 벽돌 건물도 정말 예뻤다. 여기저기 세워진 예쁜 조각상들도 보기 좋았다.

그렇게 엘리안에게는 새로 생긴 예쁜 보금자리이자 안식처지만, 레오닉스에게는 마차로 반 시간, 걸어서 두 시간 거리에 있는 건물일 뿐이었다.

"약속 시간에서 반나절 늦을 만한 거리는 아니군."

"죄송합니다."

엘리안은 부끄러워서 도망치고 싶었다.

불가능한 일, 즉 그 간단한 길을 찾지 못해 반나절 넘게 헤매는 일을 엘리안이 해냈다.

두 시간 걸어가면 될 거라 생각했는데, 여덟 시간 넘게 걸렸다. 온 체자를 다 헤맸고, 엘리안이 지쳐 주저앉을 때마다 도시의 고양이와 비둘기, 지빠귀나 참새 등이 몰려들었다. 요새에 도착했을 때는 엘리안 주변에 비둘기, 참새, 지빠귀, 고양이, 심지어 쥐와 갈매기까지 몰려와 있었다.

"혼자 온 건가."

"네."

"왜 그랬지?"

"그냥, 그냥 제가 그러겠다고 했어요."

"그러니까, 왜."

"네?"

레오닉스 기준으론, 엘리안을 혼자 풀어 놓는 것 자체가 애완 토끼를 여우 굴 앞에 방생하는 것과 다를 바 없었다. 인간의 도리와 양심이 있다면 결코 해서는 안 되는 일이다.

“그냥 나왔어요. 죄송합니다!”

“나에게 죄송할 일은 아니다. 네가 늦는 바람에 나와의 오후 약속이 취소된 사람들에게 죄송할 일이지.”

“으아, 죄, 죄, 죄송, 죄송합니다!”

레오닉스의 안경 너머의 눈이 살짝 찌푸려졌다. 슬슬 짜증이 나고 있었다.

“돌아갈 때는 마차를 타고 가라”

“혼자서 갈 수 있어요.”

“낮에는 헤매도 상관없지만, 밤에 헤매다간 난감한 곳에서 발견될 수도 있다.”

“저는 남자인데요.”

“남자 나름이지.”

레오닉스가 보기에 저 얼굴로 맹하게 다니는 건 위험한 일이었다.

특히나 밤에는.

양심이 흔들릴 사람이 많고, 세상에는 양심이 흔들려도 되는 사람도 많다.

“한 번 온 길인걸요. 정말 찾아갈 수 있어요.”

“솔직히 말해라, 엘리안. 너는 한 번 온 길을 정확히 되돌아갈 수 있나?”

“…….”

아니. 엘리안은 열 번 온 길도 잊어 먹곤 했다.

“그러니 그냥 타고 가라. 싫다 해도 너를 붙잡아 마차 안에 처박아 버리면 된다. 그런 완력을 쓰게 하지 마라. 나는 힘으로 상대를 제압하는 것을 불쾌하게 여긴다."

엘리안은 얼굴이 붉어졌다.

"죄송합니다."

"그리고 그만 죄송해해라. 어지간하면 다 죄송할 일이긴 하지만, 그것에 일일이 사과하다 보면 나중에는 사과하는 것 자체가 죄송할 일이 될 거다."

"죄송합니다!"

"……."

레오닉스는 포기했다. 성실하고 열의도 있는 아이지만, 그것이 결과까지 좋다는 의미는 아니다.

"와라."

레오닉스는 엘리안을 데리고 집무실에 들어갔다.

엘리안은 초상화와 지도로 둘러싸인 집무실에 다시 들어오게 되자 기가 죽었다.

"앞으로 어쩔 거냐."

"서부로 가기로 했어요. 또, 그곳에 제 동족이 있는 것 같아요. 찾아보려고요."

"동족이라고?"

"보디아라족이라고 하더라고요. 아닐 수도 있지만, 시도는 해 보려고요. 운이 좋으면 가족을 찾을 수 있을지도 모르고요."

엘리안은 이곳에 와, 브릴이 알려 주어 처음 알았다. 브릴은 엘리안이 가진 검이 보디아라족의 것이라고 했다. 그렇지만 어쩌면 동족일지도 모른다는 거지, 동족이라는 건 아니다.

엘리안은 대륙 출신이고 떠돌이였다. 엘리안의 부모가 우연히 그 검을 손에 넣었을 수도 있다.

레오닉스가 말했다.

"보디아라족의 진짜 고향은 시고야다. 그곳에서 살다 서부로 쫓겨났지. 마술사의 일족이라고도 불리고, 그들에 대한 이야기는 아직도 시고야에 많이 남아 있다."

"저는 제가 어디서 태어났는지도, 어떻게 서커스단에 들어가게 되었는지도 몰라요."

"'이름을 정하는 자'."

"네?"

"너희 일족은 그리 불린다. 자신의 이름을 정하는 자들. 카니발라와 어느 면에서 같기도 하다만, 악령의 일종인 그와는 달리 사람은 사람이지. 그들은 새로 태어나면 이름을 정한다고 한다. 그것이 그 정체성이자 인생이라 하더군. 반대도 있다. 이름을 찾아내야 한다고 하던가."

"정령…… 같은 건가요? 라바이가 그러던데. 정령을 부리려면, 그 정령의 이름을 알아야 한다고."

"비슷하긴 하지만, 그저 풍습일 수도 있다. 보디아라족은 자신들이 끝없이 환생한다고 믿는다. 근거지인 시고야를 잃고 방랑하게 되면서, 일부는 서부로 갔지만 대다수는 대륙으로 갔지. 그들이 남긴 말들이다. 그에 대해 더 알아내고 싶다면, 서부로 가서 '교차로 교단'을 찾아가. 내가 말해 둘 테니, 가면 협조해 줄 거다."

물론 레오닉스가 굳이 일러두지 않아도, 엘리안이 나타나면 다들 납작 엎드려 협조할 것이다. 카니발라는 최근까지 엘리안의 모습으로 나타났으니.

"감사합니다."

"이제 네 일은 네가 알아서 해라. 네게 공식적인 도움은 줄 수 없다만, 어려운 일이 생기면 교차로 교단을 써라."

"아니, 아니에요. 잘되든 못 되든 제가 알아서 할게요."

"네게 빚진 게 있으니 당연한 보답이다. 다만, 이제부터는 얌전히 지내라. 서부로 갈 때까지 아무것도 하지 말고 가만히 있어. 로버트 왕자가 너까지 자기 경쟁자로 여기면 곤란하니."

"경쟁자요?"

"현재, 나와 의회가 아르노와 적대적이 되어 있다. 그런 상황인데 아르노는 후계자가 없다. 정하지 않았지. 현재 후계자로 삼으려면, 기준이 두 가지다. 가장 큰 동생을 후계자로 삼든가, 가장 나이 많은 조카로 고르든가. 그러면 로버트 왕자가 후계자가 될 수도 있고, 셰어브릴이나 로버트 왕자의 아들 중 하나가 될 수도 있다. 그런 상황인데 나와 의회가 셰어브릴을 지원한다면 어찌 될까. 로버트 왕자가 가장 먼저 셰어브릴의 주변을 쑤시고 다닐 거다. 그리되면, 너는 금방 들킬 테지. 들키면 아르노가 분명 네 비밀을 공개적으로 말하거나 협박할 거야. 또, 로버트도 비밀을 알게 된다면, 그가 너의 비밀을 나나 아르노처럼 쓸 거라 기대하지는 마라. 가장 어리석고, 가장 더러운 방식으로 쓸 거다."

"로버트 숙부님이 어떤 성품인지 잘 알아요."

"짜증나는 인간이지. 또—"

레오닉스는 잠시 멈칫했다.

"곧 제국과 육지에서의 전쟁을 준비해야 한다. 그러나 육지에서는 내가 할 수 있는 일이 한정되어 있고, 의회를 돕는 방식이 될 거야. 그래서 지금 수도에 있는 의용부대, 즉 서대륙 출신의 무장 세력을 정리할 예정이다. 이 중 상당수가 왕실, 그중에서도 아르노와 로버트에게 지원을 받고 있다. 나나 의회가 그들을 토벌하거나 압박하는 동안 셰어브릴이 위험해질 가능성이 높다. 그녀가 우리 편이라 생각할 테니까."

"저, 정말요?"

엘리안은 하나도 이해하지 못했지만, 마지막 한 마디, '브릴이 위험하다.' 는 것만 이해했다.

"총리도 그 사실을 알아서 셰어브릴에게 의회 사택을 내준 거다. 셰어브릴도 너도, 그 안에 가만히 있는 게 좋아. 아르노는 체면을 차릴지 몰라도, 로버트가 셰어브릴을 경쟁자나 의회의 협조자로 판단해 자기 의용부대를 움직이면 곤란해진다."

엘리안은 후회가 밀려들었다. 카니발라를 끌어들인 건 자신이고, 또 그 탓에 에스델라가 죽은 거니까. 지금 벌어진 모든 일들이 에스델라의 죽음 탓이다.

의기소침해지고 주눅이 든 엘리안에게 레오닉스가 말했다.

"셰어브릴은 너를 찾기 위해 최선을 다했다. 너를 잃고 치른 일 같은 건 기억조차 하지 않았지. 그러니 이제부터는, 무엇을 결정하든 항상 같이 이야기해라. 또, 조심하고."

"죄송합니다."

"……."

레오닉스는 이제 죄송합니다, 란 말에 귀가 피곤해지는 느낌이었다.

"그, 그리고 도와주셔서 감사합니다."

"내가 치러야 할 걸 치른 거다. 그것에 대해서는 더 말하고 싶지 않아. 어찌 되었건, 그런 선택을 하게 만든 건 나니까."

"하지만……."

엘리안도 알았다.

그리 선택해서 도움이 되거나 일을 해결하기는커녕 다들 고생만 하게 만들었다. 양모인 지스티아와 에스델라가 죽은 것도 엘리안 탓이다.

펠릭스가 말한 건 이런 거다.

감당해야 할 결과는 생각보다 크고 버거웠다. 또, 레오닉스는 자기 책임이라 하지만, 그가 한 일은 감정적 계기는 되었을지라도 실질적으로 한 일은 없다. 그의 말이 상처를 줬다 하더라도, 레오닉스가 그 결과를 모두 책임질 의무는 없었다.

"저기, 펠릭스 님이……."

레오닉스의 눈이 엘리안을 똑바로 보았다.

그 눈에 담긴 것은 기대감이었지만, 그만큼 절망할 각오도 하고 있는 듯 보였다.

아는구나.

엘리안은 마음이 아팠다.

"도움을 받았어요."

엘리안은 힘들게 말했다.

"그분께 감사드리고 싶은데, 감사드릴 수가 없어요. 그래도 당신에게라도 말하고 싶어요. 정말 감사해요. 그분 덕에 제가 이렇게 살아났어요."

레오닉스의 얼굴이 흔들렸다.

이렇게 강한 사람이 이 정도로 흔들릴 수 있다는 것이 놀라웠다. 텅 빈 표정이었다. 너무나 텅 비어, 세상 모든 것이 그의 앞에서 소멸해 버린 듯 보였다.

그러나 곧 잠잠해지며 그의 얼굴에 옅은 미소가 보였다.

그것도 놀랍다. 거의 표정이 없는 남자의 웃음이란 게.

레오닉스를 무서워하는 엘리안도 따뜻함을 느낄 수밖에 없는 미소였다.

"잘 지내라."

"네?"

"그것밖에는 할 말이 없다, 엘리안. 잘 지내라."

엘리안이 레오닉스를 만나는 동안, 브릴은 메즈의 부탁을 듣고 있었다.

"들어줄 테니, 일단 해 봐."

현재 메즈는 별채 생활, 즉 왕이 지었다던 농가형 별채 생활에 만족 중이었다. 메즈가 만족하면 그에게 생존 환경 관리를 위탁한 브릴의 생활 만족도도 올라갔다.

별궁에 가까운 이 저택은 왕이 '농민들의 삶을 직접 체험하고 싶어서.' 만든 곳이라 한다. 정말 그랬을 리는 없으니, 실제로는 농민 여자 복장을 한 정부들과 놀아나는 곳이었다.

브릴의 할아버지인 필파니온은 즉위하자마자 이곳을 국민을 위한 공원으로 개조했다. 왕족 귀족들이 죄 말렸지만, 강행했다. 그렇게 개조한 공원이 얼마나 넓은지, 이 근처에서 시작된 공원은 꽤 떨어진 브릴의 집까지 이어졌다.

"우선, 길리온 씨에게 말해야 할 것 같습니다, 브릴 님. 이 집은 브릴 님의 집이 아니니 잦은 방문은 예의가 아니라고요."

길리온이 너무 드나든다는 것이다. 전에는 길리온이 마르셀을 옆에 달고 와서 그나마 덜 유해했는데, 요즘은 마르셀을 피해서 혼자 왔다. 길리온이 마르셀을 놓아두고 온다는 건, 여기에 길리온이 잘 보이고 싶은 여자가 있다는 뜻이 된다.

브릴은 이 상황의 본질이 그 '여자' 문제라는 것을 눈치챘다.

"메즈."

"네."

"메즈의 의견은 존중하는데……."

브릴은 메즈가 들고 있는 책을 보았다.

로즈 맥빌 경이 구해 준 의회 기본법 서적이었다. 맥빌 경은 기본법 총론, 기본법 해법 사례 등등도 같이 주었다.

길리온 경만큼이나 로즈 맥빌 경도 자주 오는데, 메즈는 이에 대해서는 한 마디도 하지 않는다. 로즈 맥빌 경에 대해서는 아무 말 하지 않고 길리온 경만 불쾌하게 여긴다면, 이유는 하나다.

"그 책은 왜 보는 거지?"

"고향으로 가면 구하기 어려운 책이라, 여기서 다 보고 가려고요."

"그래."

"표정이 왜 그렇습니까."

일단은 그걸 볼 수 있다는 게 신기하고, 정말 잘 이해하고 있다는 건 더 신기하고, 무엇보다 이것에 대해 로즈 맥빌 경과 도란도란 잘도 이야기하는 것을 보면 너무나 신기하다 못해 수상했다.

"메즈, 엘리안을 좀 가르쳐 주면 안 될까. 메즈 정도면 엘리안의 선생님으로 충분하고도 남을 거라 생각되는데."

메즈의 표정이 어두워졌다.

"왜?"

"브릴 님, 저는 기초적인 지식을 가르쳐 본 적이 없어서, 좋은 스승이 되지 못할 겁니다."

"……무슨 소리야."

"엘리안은 아주 기초적인 교육부터 받아야 하는 처지입니다. 그리고 저는 엘리안이 뭘 얼마나 더 모를지 모릅니다. 좋은 가르침을 전할 수 없습니다. 다른, 좀 더 전문적인 선생님이 필요하지 않을까요."

브릴의 이마에 힘줄이 올라왔다.

"꼭 그렇게 솔직하게 말해야겠어?"

"죄송합니다만, 브릴 님도 진실을 받아들이시는 게 좋을 것 같습니다."

"뭘."

"엘리안은…… 지적 소양에 문제가 많습니다."

"……."

무식하단 말이다.

그런데 그걸 꼭 저런 식으로 말해야 하냐.

"모, 모를 수도 있잖아. 메즈가 너무 기대치가 높았던 거 아닐까."

"설마요."

"……."

엘리안은 메즈와 같이 지낸 며칠 되지도 않은 시간 동안 깊은 인상을 남겼다. 지리는 아예 몰라서 어디에 뭐가 있는지도 몰랐거니와, 어느 나라에 뭐가 있는지도 몰랐다. 덧셈 뺄셈은 어느 정도 했지만, 곱셈과 나눗셈은 엘리안에게 초자연적인 현상이나 다를 바 없었다. 종종 드러나는 과학에 대한 새하얀 무지는 메즈가 부끄러울 지경이었다.

"엘리안은 정신을 차린 지 얼마 되지 않았잖아. 그전에 배운 건 다 잊어서 그런 걸 거야."

"브릴 님."

"응."

"솔직히 말씀해 주십시오. 원래 그랬지요?"

"왜 그렇게 생각해?"

"엘리안이 자신의 무지를 대하는 태도가 무지해서 그렇습니다."

즉, 자기가 무식한 줄도 모른다는 것이다. 하루 이틀 무식해서 되는 게 아니다.

브릴은 핑계를 대고 싶었으나, 메즈는 양심을 바라는 표정이었다. 어떻게든 이 모든 책임을 카니발라에게 떠넘기려 했던 브릴은 그 눈에 굴복했다.

"미안."

엘리안은 원래 아는 게 하나도 없었다.

즉, 애초에 무식했다.

브릴은 이것을 개선하려는 그 어떤 노력도 하지 않았거니와, 주변 노력도 쓸모없게 만드는 데 일조했다.

"브릴 님, 이 정도로 무지한 상태로 놓아두셨다면 그건 아동 학대라고 봐야 됩니다. 사람 구실을 하는 데 필요한 교육도 하지 않은 거니까요. 왜 그러셨습니까!"

"그, 그게…… 내 탓이야."

어린 시절부터 엘리안은 공부를 어려워했고, 브릴은 대신 시험을 쳐주거나 대충 넘어갈 수 있도록 도와주었다. 어렵게 배워야 하는 아이를 그나마도 안 하게 만든 게 브릴인 것이다. 그런데 소설과 서사시, 고문과 시는 너무도 잘 외우고 좋아했다. 어머니는 엘리안은 어차피 왕족이라 놀고먹어도 되니 어려운 공부는 할 필요가 없다고 했다. 그래서 더 방치되었다.

"그래도 가르쳐 주면 안 될까. 내 주변에서 믿을 만한 지적 소양을 가진 사람은 메즈뿐이야."

"차라리 저 말고 라바이에게 부탁하십시오."

"라바이는 이민족이지 않아? 이민족을 차별한다는 게 아니라—"

"브릴 님, 이민족도 기초 교육은 듀카르니아 아이들 수준으로 받습니다. 그리고 라바이는 최소 사칙 연산은 할 줄 압니다."

"……."

"기하(幾何)도 합니다."

"……."

"그런데 엘리안은 지식이란 것 자체가 없습니다. 최소한도, 정말 최소한도 없습니다."

브릴은 메즈가 얄미워졌다. 하지만 메즈가 얄밉다고 엘리안이 유식해지는 건 아니었다.

"그래서 허락하신다면, 로즈 맥빌 경에게 부탁할까 합니다. 조카인 도로시 양의 가정교사를 잠시만 빌려 달라고요. 도로시 양이 시골 친척집으로 놀러 가서, 가정교사가 휴가를 얻었다고 합니다."

"도로시가 몇 살이지?"

"열한 살입니다."

"메즈, 지금 어린아이를 가르치는 사람더러—"

"브릴 님, 인정할 것을 인정하는 것부터 시작해야 합니다. 이 기회를 놓치면, 엘리안은 영원히 무식한 채로 남을 겁니다."

"메즈, 굳이 그렇게 표현해야겠어?"

"그 외에는 다른 표현이 없습니다. 엘리안은 무식해요."

"……"

망할.

하지만 달리 표현할 단어가 없다.

그때 집 주변의 백조와 지빠귀들이 한꺼번에 울기 시작했다.

울음소리가 예쁜 새들이 아닌지라, 그 엄청난 소음에 브릴과 메즈는 귀를 막았다.

엘리안이 왔다는 신호다. 신호가 너무 시끄럽지만, 그 아이가 무사히 다녀온 것에 브릴은 너무나 뿌듯했다.

엘리안이 해냈어!

그렇게 생각하다, 브릴은 절망과 함께 인정해야 했다.

스물한 살 된 성인이 걸어서 두 시간 걸리는 거리를 거의 하루 종일 걸려서 무사히 다녀왔다는 것에 안심하고 좋아한다면 이건 이것대로 문제다.

"메즈."

"네, 로즈 맥빌 경에게 말하겠습니다."

"부탁할게."

브릴은 홀로 나가 엘리안을 맞이했다. 엘리안은 브릴을 보자마자 활짝 웃으며 달려왔다.

브릴과 메즈는 엘리안의 복장과 상태를 점검했다. 바짓단이 지저분해지고 머리가 흐트러지긴 했지만, 헤매거나 고생한 흔적은 없었다.

엘리안은 주변을 살피다 물었다.

"브릴, 이지프는?"

"저기 있어."

이지프는 구석에 앉아 바닥을 닦는 중이었다.

여기에 오자마자 청소부터 시작했는데, 덕택에 이 낡은 저택은 윤기가 반들반들 나며 깨끗해졌다. 그러나 좋아서 하는 건 아니고, 히스테리로 인한 병증(病症)에 가까웠다.

"이지프, 그냥 쉬어. 이제 깨끗하잖아."

엘리안이 그런 이지프가 걱정되어 말했다.

[인간은 고통을 잊기 위해 반복 작업을 한다고 했습니다. 저 역시, 고통과 상실을 달래려면 이 방법밖에는 없군요.]

"어, 알았어. 그런데 이지프, 나는 곧 여길 떠날 거야."

[어디 가시나요.]

"서부. 이지프도 그곳으로 같이 가지 않을래?"

이지프가 망치를 들었다. 엘리안은 뒤로 물러났고, 메즈와 브릴은 벽에 등을 대고 붙었다. 이지프는 그 망치로 불룩 튀어나온 마룻바닥을 두드리기 시작했다.

[그곳이 어디인지 잘 압니다. 주인님께서 종종 가시던 곳이죠. 저도 한두 번 갔고. 아, 어떤 곳인지는 우르가나에게 들었어요.]

"어라, 둘이 친해졌구나? 잘되어……."

이지프는 명랑하게 말했다.

[죽여 버리고 싶은데 죽일 수가 없잖아요? 그래서 친해지기로 했습니다.]

"저기, 이지프. 중간은 없는 거야?"

[관심 없습니다.]

"과, 관심 좀 가져 주면 안 될까……."

이지프는 망치를 빙빙 돌렸다.

[엘리안 님, 제가 원하는 바를 말하자면, 이것으로 뭐든 다 때려 부수고 싶습니다. 하지만 제 순간의 기분은 풀릴지라도, 문제가 해결되거나 상황이 바뀌는 건 아닙니다. 그러니 제게 더 강요하지 마십시오. 다만 서부로 같이 가자는 제안은 기쁘게 받아들이겠습니다. 그곳에는 '모든 것의 우물' 이 있는 숲이 있으니까요. 그리고—]

"그리고?"

[그 우물에 몸을 던져 죽어 버릴 겁니다.]

캉, 하고 망치가 마룻바닥을 내리쳤다.

못이 한 번에 들어갔다.

"……."

[이제 저는 아무짝에도 쓸모없습니다. 저 같은 게 더 살아서 뭐 해요. 그러니 우물에 빠져 죽을 겁니다.]

"저기, 이지프. 내가 도와줄게. 살다 보면 살아야 할 이유가 생기지 않을까? 희망을 가져. 항상 나쁘기만 한 건 아니라고."

[아뇨, 죽을 겁니다. 항상 나쁩니다.]

"내가 도와줄게."

[그런 건 없습니다. 세상은 타락했어요. 이 타락한 세상에 제가 뭘 할 수 있겠어요. 그러니 저는 콱 죽어 버릴 겁니다.]

“이지프, 저기—”

“엘. 내버려 둬. 나 들으라고 저러는 거야.”

이지프가 망치를 마구 두드려 대기 시작했다. 탕탕 소리가 요란해졌다. 빛을 번득이는 이지프의 눈에 광기가 보였다.

“이지프, 빠져 죽을 거면 조용히 빠져 죽어. 네가 죽든 말든 나하고 상관없고, 아마도 상관해 달라고 그리 떠드는 것 같은데…… 상관할 일은 절대 없을 거야.”

[너무하시네요. 분노하겠습니다.]

이지프가 망치를 들고 벌떡 일어났다.

“왜, 치게?”

브릴이 싸늘하게 말했다. 그리고 브릴 뒤에는 메즈가 있었다. 이지프는 얼른 망치를 내렸다.

[아뇨! 아닙니다! 엘리안 님, 외출했다 돌아오셨으면! 먼지를 털고 오셔야지요!]

그리고 망치로 엘리안이 밟고 들어온 러그를 미친 듯이 두들기더니, 순식간에 걸레가 된 러그를 바닥에 놓았다.

[깨끗해졌군요.]

이지프는 돌아서 다시 망치질을 시작했다.

탕! 탕!

박을 못도 없는데 두드린다.

“엘, 와.”

“저, 저래도 되는 거야?”

“상관 마. 상관하지 않으면 저러다 말 테지. 계속 히스테리야.”

"저러다 말 때까지 피해가 좀 심각……해 보이는데. 여긴 우리 집도 아니잖아!"

"오기나 해."

브릴은 엘리안을 데리고 서재로 갔다. 서재는 깨끗하게 정리되어 있었다. 단행본은 알파벳순으로 완벽하게 정리하고, 장서는 숫자를 맞춰 모아 두었으며, 장식품들도 먼지를 세세히 털어 진열해 두었다. 모두 이지프 솜씨였다.

"레오닉스하고는 잘 만난 거야?"

"응. 뭐, 별말 없었어. 잘 지내라고 하더라."

"그래."

레오닉스가 할 말이 없기는 하겠다. 그에게 있어 엘리안은 잘못의 상징이었으니, 이렇게 해결하면 잊어도 되는 일이 된다.

엘리안이 물었다.

"서부로는 언제 가는 거야?"

"일주일에서 보름 정도 뒤로 생각해."

"그럼, 같이 가는 거야?"

"아마도. 그곳에는 좋은 사람들이 많고, 내가 없다 하더라도 메즈와 함께 잘 지낼 수 있을 거야."

"레오닉스 왕자가 그러던데. 의…… 뭐더라, 하여간 나쁜 사람들이 돌아다닌대. 조심하라고 하더라고."

브릴은 금방 알아들었다.

"의용대 말이겠지? 그들은 항상 문제였고, 제국과의 다음 전쟁을 준비하는 지금 제국 첩자가 되거나 분란을 일으킬 수 있는 골칫덩어리들을 처리해 두는 건 당연하지. 하지만 그 의용대 중 일부가 아르노와 로버트의 수하들이니—"

브릴은 엘리안의 얼굴을 살폈다.

웃고는 있는데, 하나도 이해 못 하고 있었다.

“일단 조심하고, 상황 봐서 서부로 갈 거야. 엘리안은 신경 쓰지 마.”

“그럼, 이제 우리 둘이서 지내는 거야?”

엘리안의 얼굴이 밝아졌다.

브릴은 기분이 편해졌다.

“하지만 가면 놀랄 거야. 정말 소 치고 양 치고 옥수수나 심는 곳이니까. 그래도 그곳에 가면 어린 시절처럼 살 수 있을 테지.”

“이지프도 같이 가게 해 줘.”

“대신 짐칸에 처박아. 그놈 표는 안 살 거야.”

“알았어.”

브릴이 엘리안의 볼에 손을 댔다. 엘리안은 그 부드러운 느낌이 좋았다. 심장 아래에 작은 발자국이 찍히는 느낌이다. 두근거리면서, 좀 더 가까워졌으면 좋겠다.

“엘, 너는 나에게 아주 소중해.”

“알아.”

“그때 너무 슬펐어. 내 일부가 같이 죽었고, 그 일부는 다시는 살아나지 않았어. 다시 엘리안을 보았을 때, 그때는 화가 났어. 무슨 일이 있었는지 듣고 나니 더 화가 났고.”

“지금도 화났어?”

“괜찮다고는 말 못 해. 힘겹게 용서했으니, 다시는 이런 일 하지 마. 알았어?”

“응.”

엘리안은 볼에 얹힌 브릴의 손에 자신의 손을 얹어 보았다.

살이 닿으니 좋다. 체온이 번지니 더 좋다.

보는 것만으로도 이렇게 아플 정도로 좋은 존재가 세상에 어디 있을까. 숨 쉬는 소리를 듣기만 해도 기분이 좋다 못해 심장이 터질 것 같아.

종일 브릴의 생각만 하고 싶었고, 종일 브릴의 얼굴만 보고 싶다. 브릴만 있으면 사방이 장미 향 가득한 아름다운 공간이 되는 것 같다.

"브릴, 서부에는 뭐가 있어?"

"사슴, 들소, 곰, 사귀기 힘든 이민족들, 날개를 펼치면 거의 집채만 한 독수리 떼 등등. 말 타는 법은 반드시 배워야 해. 말을 못 타면 아무 데도 갈 수 없어."

"그리고?"

"일을 아주 많이 해야 해. 놀 시간 없어."

"그리고……."

"대신 저녁이면 난롯가에 앉아 쉴 수 있어. 바람 부는 소리가 엄청나지만, 그래도 그 시간이 되면 꿀처럼 달콤하지."

브릴이 엘리안의 머리카락을 넘겨 주었다. 엘리안은 그 손가락에 실린 다정함이 좋았다. 이렇게 브릴이 만져 주는 사람은 나뿐이겠지.

"그래도 기대된다."

엘리안은 가슴이 아프고 두근거리기 시작했다. 브릴의 담담한 눈동자 위에 입을 맞추고, 이마를 쓸어 올리고 턱을 대고 있고 싶었다. 브릴도 그래 줬으면 싶었다.

이 만족스럽고 상냥한 눈길 말고, 뭔가 더 바라는 눈길로 봐 줬으면. 돌봐 주고 지켜 주겠다는 말 말고, 요구하고 기대해 줬으면.

자신이 브릴에게 특별하다는 건 알았다. 하지만, 좀 다른 방식으로 특별하고 싶었다.

욕심도 많지.

엘리안은 한숨을 내쉬었다.

옆에 있는 것만도 만족해야 할 텐데, 욕심도 많아.

내가 가진 걸 다 주고 싶고, 내가 가질 수 있는 것이라면 죄다 가져다가 주고 싶은걸.

내가 가진 것이 장미 한 송이뿐이라면, 그거라도 네게 주고 싶은데. 네가 좋아한다면, 좋아하는 건 뭐든 다 해 주고 싶은데.

도움은커녕, 일 생기면 가장 먼저 안전을 확인해야 하는 짐이다.

카니발라라면 과연 어떻게 했을까. 그야말로 온 세상을 줄 수 있는 마법사가 아닌가. 내가 그가 가진 능력의 반만이라도 있었더라면, 브릴에게 도움도 되고 지켜 줄 수도 있을 텐데.

"라바이의 가족도 만날 수 있겠네."

"메즈의 가족도 만날 수 있을 거야."

"열심히 할게."

브릴은 빙긋 웃었다.

그리 웃는 브릴의 얼굴이 너무 예뻐서, 엘리안은 브릴의 머리카락을 쓸어내리고 싶었다.

하지만 그만두자.

그랬다간 두 팔로 꽉 안아 버리고 말 거야. 한번 안으면 절대 놓아주지 못할 테지.

더 욕심내지 말자. 곧 같이 지내게 될 테니 그것만 생각하자.

매일매일 단둘만 있으면, 그러면 세상은 황금처럼 빛나겠지.

나는 그것만 있으면 되는 거야.

이렇게 예쁘고 사랑스러운 너와 같이 있기만 하면, 그러면 그것만으로도 괜찮아.

"이만 쉬어. 그리고 메즈가 좀 불안해하던데, 나도 엘이 기본적인 교육은 좀 더 받는 게 좋을 것 같아.”

“기본 교육?”

“최소한, 아주 최소한의 교육.”

브릴은 몹시 미안하다는 표정으로 엄지와 검지로 약간의 공간을 만들어 냈다.

“이 정도만.”

엘리안은 무슨 뜻인지 알아챘다.

“미안! 내, 내가 너무 무식해서.”

엘리안도 이야기 나눌 때마다 메즈의 얼굴에 나타나는 절망적인 표정을 모르는 게 아니었다. 엘리안은 어떻게든 메즈를 실망시키지 않기 위해 노력했지만, 그럴수록 메즈는 조용해졌다.

“자책하지는 마, 엘. 노……력하면 될 거야.”

말은 그렇게 해도 브릴은 눈의 초점이 엘리안의 얼굴과 약간 어긋나 있었다.

“어느 정도 공부해야 해?”

“엘, 그게 말이지. 그때 우리는 벽지에서 살았고 왕족 아이들이라 공부에 소홀해도 아무도 신경 쓰지 않았어. 하지만 엘은 이제 스물한 살이고, 왕족도 아니니 혼자서 해야 할 일이 많아.”

“응.”

“그, 그러니까 아마 거의 다 배워야 할 거야.”

“거의 다?”

“응.”

“알았어.”

“로즈 맥빌 경의 조카인 도로시 양의 가정교사가 며칠간 특별히 와 줄 수 있대.”

"어, 도로시는 몇 살인데?"

"열다섯…… 살."

"그래. 내가 잠들기 전에 열여섯이었으니, 그 정도 교육은 받아야겠다."

여전히 브릴은 눈의 초점이 어긋나 있었다.

"기초 산수와 자연 과학, 지리, 역사, 이렇게 일주일 정도 배워."

"응."

엘리안은 창피해졌다. 이런 주제에 당시 레오닉스에게 뭐라고 한 거람. 그 정도 되는 왕자 상대로 브릴은 물건이 아니네 했으니.

당시의 엘리안은, 지금도 마찬가지지만, 돌멩이처럼 아무것도 할 줄 모르는 아이였다.

"열심히 할게."

"그래. 옷 갈아입고 식당으로 와. 저녁 먹자."

"응."

브릴은 엘리안의 어깨를 두드려 준 다음 서재를 나갔다.

엘리안은 서재 안을 둘러보았다.

진열장에는 이지프가 정성스럽게 놓아둔 병들이 놓여 있었다. 작은 배에 갇힌 이라는 지금 뜰의 연못에 있다. 저절로 움직이는 저 모형선을 보면 안쓰러웠다. 그리 크고 멋진 범선 안에 있던 정령이 지금 장난감 배에 들어가 있으니.

엘리안은 병 하나를 집어 흔들었다.

이 안에 뭐가 들어있을까?

그때 이지프가 기겁하며 외쳤다.

[그러지 마세요!]

이지프가 얼른 달려와 병을 빼앗았다.

미안해진 엘리안은 손바닥을 내려다보았다.

"미안."

[우물에 갈 때까지는 절대 안정을 취하게 해 주세요! 지금 다들 놀랐거든요!]

아니, 너 때문에 더 놀란 것 같아.

"이지프, '모든 것의 우물' 이라고 했지?"

[네? 그건 왜요?]

"너희들 일족이 나온 곳이고, 카니발라가 태어난 곳이고, 우르가나가 나온 곳이고……. 맞지?"

[……네.]

"너도 그렇게 나왔겠고."

[네. 그러니 그곳으로 죽으러 가면 되는 거죠.]

"……죽는다는 이야기는 좀 그만하면 안 될까."

[듣다 보면 익숙해질 겁니다.]

"익숙해지고 싶지 않아."

[아이, 뭘요. 장담하죠. 금방 익숙해질 겁니다.]

포기하는 거겠지.

새삼 엘리안은 자신의 출신에 대해서 궁금해졌다.

지금은 브릴의 것이 된, 그 운석으로 만든 검의 최초의 주인은 누구일까. 또, 나는 정말 그 보디아라족인 걸까.

모른다.

엘리안은 부모도 모르고 고향도 모른다.

서커스단에서 살다가, 브릴이 이름을 불러 주자 다시 태어났다는 것만 알 뿐.

“엘.”

달콤하고 짜릿한 그 첫 마디가 들릴 때 다시 태어났다.

“너는 엘리안이야.”

네가 엘리안이라고 부르면 나는 엘리안.

[이름…….]

이지프가 중얼거리듯 말했다.

“이름?”

[제 주인님은 우물가에서 이름을 부릅니다. 우리에게 정해진 이름을요. 이름이 불리면 말입니다, 그 부름은 족쇄처럼 우리의 목을 낚아채 밖으로 나오게 해요. 제 이름은 이지프. 그 우물 속에서 부유하다가 간혹 밖으로 나오곤 했는데, 어느 날 주인님이 그 이름을 부르자 저는 이지프가 되고 이지프였기에 주인님께 영원히 복종하게 되었어요.]

“그래?”

[그 미친 분이— 셰어브릴 님을 말하는 겁니다. 저는 그분의 호칭을 정정할 생각이 없습니다. 하여간, 그 미친 분이 당신을 ‘엘’이라고 부르자 당신은 스스로 ‘엘’이 되기로 한 것도 비슷해 보여요.]

“그럼, 혹시 브릴에게 뭔가가 있는 걸까.”

이지프는 턱을 긁적였다.

[음, 잘 모르겠어요. 뭐랄까…… 그분이 이름을 부를 때, 이상한 느낌이 들어요. 그럴 리가 없는데, 잔상이라고 해야 하나…… 그런 게 남아요. 주인님과는 좀 다른 의미로. 인간 중에 그런 느낌이 드는 사람은 처음인 것 같아요. 그분이 부르면 영혼에 영향이 오거든요. 물론, 복종하게 만들 정도로 강한

힘은 아닙니다만…… 우호적으로 변하게 만들기는 해요.]

"싸우기만 했잖아."

[제 기준으론 아주 우호적으로 변한 건데요.]

"……."

적대적이면 어떻게 될지 무섭다.

[이곳 사람들이 칭하는 대로, 브릴 님이 가진 그 능력이 아직 발견되지 않은 이능일지도요. 봐요, 엘리안 님. 정령사들이 있잖아요. 그들이 부리는 정령들은 아주 미미한 상태의 동족이에요. 즉, 인간들에게도 그런 능력이 없지는 않은 거죠. 미친 분도 그런 게 아닐까요.]

"야하크라족에게 그런 능력이 있는 이유는 알아?"

[되게 많이 물어보시네요.]

"미안. 내가 정신이 없어서."

[야하크라족, 즉 그 빨강 머리 족제비의 동족은 그곳에서 오래 살았어요. 반크족의 메즈는 우르가나 같은 대정령을 받아들여 그들로 화할 수 있는 능력이 있죠. 하지만 다른 지역에는 없잖아요. 이건 그들이 그 지역에 오래 살았기 때문이 아닐까요? 인간의 재능은 환경의 영향이 크거든요. 미친 분도 원래 그런 능력이 있다가, 그 지역으로 이사 가서 능력을 각성했을 가능성이 있어요.]

……족제비는 또 뭐야.

엘리안은 곰곰이 생각해 보았다.

이능은 평민도 귀족도 왕족도 가리지 않고 나타난다. 노예 출신인 엘리안에게도 동물과 생각이 통하는 이능이 있지 않은가.

엘리안은 레오닉스를 떠올렸다. 그 전몰의 이능 역시, 그가 왕족이거나 왕자라서 가지고 태어난 게 아니다.

그럼, 난…….

엘리안은 이지프를 올려다보았다.

[왜요?]

"나한테 친절한 것 같아서. 묻는 대로 다 답하고. 왜 그래?"

[그야 물어보시잖아요.]

예전에도 그랬나? 아니, 되게 깐죽거렸는데.

이지프는 카니발라 외에는 복종하지 않았다. 브릴을 죽이려고 하기도 했고.

그런데 지금, 왜 이렇게 고분고분한 걸까.

역시 브릴이 자꾸 이름을 불러서 우호적으로 변했다는 게 맞는 걸까.

"이지프."

[네.]

이 이지프는 엘리안 곁에 머물기로 해서 머무는 걸까, 아니면 브릴 옆에 머물기로 해서 머무는 걸까.

아니면…… 혹시, 카니발라가 아직 살아 있어서 이런 건 아닐까.

그럼, 카니발라가 다른 사람으로 전생해 되살아나 찾아오면 어떻게 하지?

그때 나는 브릴을 지킬 수 있을까?

미처 생각 못 했다.

내 몸에서 있을 수 없으니 다른 사람의 몸으로 갈 수도 있다. 어느 날 낯선 사람이 와서 자기가 카니발라라고 할 수도 있다.

약하니까 항상 걱정뿐이다. 빼앗길까 봐, 무너질까 봐, 망가질까 봐, 안절부절못한다.

"엘—!"

엘리안은 정신이 들었다.

급히 고개를 돌리자, 브릴이 서재 문에서 고개를 내밀고 있었다.

브릴은 손가락으로 2층을 가리켰다. 올라가서 옷 갈아입으라는 것이다.

“아, 알았어.”

엘리안은 얼른 표정을 감추고 문으로 달려갔다.

브릴이 물었다.

“이지프랑 무슨 이야기했어?”

“서부로 같이 가자는 이야기.”

엘리안은 웃었지만, 불안한 마음은 가시지 않았다.

그때 엘리안의 눈에 메즈가 보였다. 메즈는 문가에 팔을 대고 있다가, 엘리안과 마주치자 돌아서 식당으로 향했다.

다 들었나?

그런 것 같다.

그러지 않고서야, 눈이 저렇게 차가울 리 없다.

엘리안의 가정교사는 이틀 뒤에 왔다.

명랑하고 똑똑해 보이는 여자였다.

“반가워, 로라 양.”

브릴은 로라와 악수를 한 다음 공부방으로 정한 서재로 들여보냈다. 메즈는 내내 옆에서 지켜보고 있었다.

“메즈. 물어볼 게 있는데.”

“말씀하십시오.”

“혹시, 여기서 일어나는 일들을 아버지에게 다 전해?”

“네, 그렇습니다.”

“그럼 로즈 맥빌 경에 대해서도 썼겠네.”

“당연하지요. 왜 그러시나요.”

“데일이 로즈 맥빌 경에 대해 오해하지 않도록 신경 써야겠다.”

"항상 친절한 분이고, 그 친절에 칭찬하는 편지만 썼습니다만 뭐가 문제입니까."

"저기, 그 친절이 오해를 살 수도 있을 것 같아."

맥빌 경은 너무나 친절하다. 몹시, 매우. 어느 정도 친절하냐면, 부모가 보면 경계할 정도였다. 아들이 아무리 천진하게 편지를 써도, 부모라면 당연히 행간을 추측해 낼 것이다. 특히나 데일 같은 집착 부모라면, 어디까지 상상할지 감도 안 잡힌다.

객관적으로 보면 메즈는 머리 좋고 키도 크고 잘생긴 청년이고, 로즈 맥빌 경은 인상 차분하고 친절한 미녀다. 신분 근본주의자에다 남녀차별주의자인 길리온도 로즈 맥빌 경에게 집착 증상을 보이고 있지 않은가. 물론 옆에서 숨만 쉬고 있어도 여자들을 기분 좋게 만드는 마르셀과는 달리, 길리온은 여자들이 혐오하는 유형의 남자라 그의 관심이 그다지 고맙지는 않을 테지만. 로즈 맥빌 경도 남자 보는 눈은 평범해서 길리온에게 관심이 없었다. 그런데 길리온은 끝없이 들이대면 그 정성이 진심으로 보일 거라 착각하는 유형이었다. 계속 들이댔고, 계속 차였다.

메즈가 말했다.

"오해가 아닙니다. 저는 로즈 맥빌 경의 관심과 친절이 무척 좋습니다."

"음?"

"로즈 맥빌 경은 훌륭한 분이고, 그런 분이 관심을 보여 주는 것이 좋다는 말입니다. 그래서 저 역시 친절로 보답하려고 노력하고 있습니다."

"뭐."

이건 또 뭐야.

메즈는 막힘없이 말했다.

"제가 훨씬 어리고, 또 이민족이라 조심스럽습니다만. 그분이 제 옆에 있고 저를 봐 주시는 것이 좋다는 말입니다."

"혹시, 맥빌 경을 여자로 본다는 거야?"

"이성적 호감과 욕정에 대해 물어보시는 거라면, 맞는 것 같습니다. 그러나 이건 저 혼자만의 생각이고, 로즈 맥빌 경의 친절이 제가 품은 것과 다른 감정에 기반한 것이라면 아쉽지만 이해할 수 있습니다. 제가 나이가 어려 경험과 이해심이 부족하니, 기대가 앞서서 오해한 걸 테지요."

"……뭐라고?"

차라리 '로즈 맥빌 경이 너무 예뻐요!' 가 정상적이지.

이성 교제를 뭐 이리 침착하게 분석해.

로즈 맥빌 경은 이 변태 같은 놈이 왜 좋은 걸까.

브릴은 메즈의 잘생긴 얼굴과 두툼한 가슴과 큰 키를 보았다.

"……."

그래, 저 외에 뭐가 더 필요한가. 게다가 나이까지 어린데.

벌써부터 이마 선이 불안한 길리온 경과 비교도 되지 않는다.

다만, 조만간 데일이 브릴을 찾아와 애 안 지키고 뭐 했느냐고 펄펄 뛸지도 모르겠다. 자그마치 아들의 여자 친구라니. 아직도 아들 속옷 챙기는 아버지에게 너무 큰 시련이다.

그때 총리가 빌려준 비서인 알리시아가 왔다.

"셰어브릴 님."

"무슨 일이지?"

"방문자가 계십니다. 직접 뵈어야 할 것 같아서요."

알리시아 선에서 거절할 수 없는 방문자라면, 고위직 인사일 가능성이 높다. 귀찮더라도 만나야 한다.

"어디로 가야 하나?"

"본관 분과 회의실입니다."

"그래, 갈게."

기다리고 있는 사람은 아르노의 정무관 사이먼 공이었다.

예전 왕실 귀빈관에 머물 때 한 번 만났다.

"폐하를 대신해 왔습니다, 셰어브릴 님."

브릴은 사이먼 공 앞에 털썩 앉았다.

그 태도에, 사이먼 공이 당황한 듯 헛기침을 했다.

"사이먼 공을 보내신 걸 보니, 직접 이야기할 만한 일은 아니지만 그럼에도 불구하고 중요한 일 같군."

"아르데나 전역의 통치권에 관한 일입니다. 그곳 통치를 의회에 위임하셨더군요."

"내가 직접 그곳 통치를 할 수는 없으니까, 당연한 것 아닌가."

"셰어브릴 님. 그리 처리하면 안 되고, 폐하의 인가가 필요합니다."

"법적으로는 하자가 없을 텐데. '영토 외'를 소유할 수 있는 내 권리로 그리했다. 아르데나 몇 개의 섬이 섭정공이자 왕세자셨던 백부님의 영토이듯."

속 내용은 물론 다르다. 그 군대는 아르노가 직접 지휘할 수 있는 사적 군대이고, 브릴의 뒤에 있는 의회와 하일드는 협상과 믿음을 통해 얻어낸 조력자다.

"그냥 직접적으로 말씀드리지요, 셰어브릴 님. 아르데나 전역을 폐하의 결정에 맡기십시오."

"달라는 거군. 공짜로."

"지금 듀카르니아를 이끄는 폐하께서 고민이 많습니다. 이대로 나가면, 듀카르니아는 네 지배자를 가지게 될 것 같습니다. 국왕, 의회의 총리, 하일드의 왕자, 그리고 아르데나의 군주."

"위험을 감수하고 그곳으로 간 건 나고, 점령하기로 한 것도 나야. 조카가 애써 점령한 곳을 백부님이 고스란히 잡수시겠다니, 너무 욕심 많으신 것 아닌가?"

"폐하는 왕실의 수장입니다, 셰어브릴 님. 그 일원이신 셰어브릴 님이 폐하를 무시하시면 안 됩니다. 아르데나를 폐하께 넘기시면, 폐하는 후한 보상금과 함께 셰어브릴 님께 감사할 겁니다. 풍족한 생활과 명예, 그리고 승계 가능한 작위를 내려 편의를 봐 드리겠습니다."

"나도 아주 솔깃하긴 하지만, 솔직히 말하지. 그곳은 내 사유지가 아니라서 할 수가 없어, 사이먼 공. 팔아 치울 수 없단 말이다."

"이 역시, 법적으로는 문제없습니다."

브릴은 웃음이 나왔다.

응용력이 좋으시네, 사이먼 공.

"그곳은 내 사유지가 아니라고, 두 번 말한다. 나는 이 나라, 듀카르니아의 안전과 하일드의 충성에 대한 보답으로 나선 거야. 내 이름으로 점령했다 하나, 그 탓에 그곳은 내 사유지가 아니지. 그들의 명예를 위해 내가 나선 것이고, 나는 그들의 법적 대표일 뿐 소유자는 아니야."

"그럼 외국이나 다를 바 없는 하일드와 평민인 의회에 국토를 맡길 겁니까."

"하일드는 수백 년간 듀카르니아에 충성해 왔고, 의회는 평민이 아닌 이 듀카르니아의 국민이자 그 대표자들이지. 법에 나와 있지 않나. 법의 근간은 나라, 영토, 국민. 왕에 대한 말은 그다음 나와. '법에 따라 국왕을 최고 통치자로 삼는다.' 이 나라가 왕의 것이란 말은 없군."

"흥정을 하고 싶으신 거라면, 폐하께서 제시하실 포상금이 상당하고 그곳에서 얻을 수익만큼은 될 거라 미리 말씀드립니다."

"일단 나는 받지 않을 거고, 받을 수도 없어. 나에게는 그 지역을 양도할 수 있는 권한이 없으니까. 게다가 나는 왕실의 일원이고, 폐하는 왕실의 수장이지. 내가 뭘 가지든 그건 이미 폐하의 것이니 양도할 이유는 없어. 위임장에도 이리 적혀 있을 거다. '듀카르니아의 왕 아르노의 신하이자 마이언 왕자의 권리로 왕가의 일원으로 태어난 셰어브릴' 이라고."

"말장난하지 마십시오."

사이먼 공이 눈살을 찌푸리며 노려보았지만, 브릴은 겁먹거나 죄책감을 느끼지 않았다. 잘 보여야겠다는 생각 자체가 없어서였다.

"더 생각해 볼 여지가 없습니까?"

"그래. 그러니 이제 두 번째로 넘어가."

"그럼 폐하의 두 번째 말씀을 전하겠습니다."

"해."

"듀카르니아 왕실의 수장으로, 폐하께서는 셰어브릴 님의 혼인자를 지정하실 수 있습니다."

"나와 결혼하고 싶어 하는 사람도 있나."

아르노의 미움을 받고, 폭도나 다를 바 없는 의회와 손을 잡고 그 의회 건물 안에서 보호받고 있는데.

이쯤 되면 왕족의 이단아가 아니라 반역자다.

"그럼, 백부님으로부터 내 남편이 되라고 명령받은 사람은 누군가."

"로버트 왕자님의 아드님이신 제럴드 님입니다."

브릴은 어처구니가 없었다. 기껏 내놓은 게 그 꼬마야?

"너무 어리지 않나. 게다가 사촌간의 결혼은 금기는 아니지만 권장 사항도 아닐 텐데. 숙부님은 아시나?"

"아직은 아닙니다. 하지만 핏줄을 보전하고 고귀한 결혼을 하는 것은 왕실 일원의 의무입니다."

"거부한다면?"

"그때는 강제하는 거지요."

"열다섯 살짜리 예비 신랑이 생겨서 좋긴 한데, 갑자기 왜 이러시는 건지 모르겠군. 아르데나 탓은 아닌 것 같은데."

"아직 후계자 문제가 해결되지 않았습니다."

"조카 둘을 결혼시켜서 정당성이 두 배가 되도록 만든 다음 후계자를 지정하실 예정인가."

브릴은 비웃음이 나왔다.

"일단 싫어."

"왜 싫으신 겁니까."

"우선, 제럴드가 너무 못생겨서."

"……네?"

"그리고 사촌끼리 결혼하면, 아이는 더 못생길 것 같네. 가까운 핏줄끼리 결혼하면 못생긴 점만 모이더라고. 그리고 못생긴 아이를 사랑할 자신은 없으니, 거절한다."

"농담하는 게 아닙니다. 장난치지 마십시오."

"농담 아니야. 장난으로 받아들이지 않았으면 하는데."

"어, 어서 결정하셔야 합니다. 거부한다 하더라도, 왕권에 따라 세 번 권하고 강제할 수 있습니다."

"그런 법이 있긴 하지만, 그리되면 나는 법률 무효 청구를 하겠어. 의회로. 법원이 어떻게 판단할지는 모르겠지만, 판결을 기다리다 보면 제럴드도 노총각이 될걸?"

"왕족인 이상 결혼은 하셔야 합니다. 의무입니다."

"의무란 건 알지만, 벌써 챙길 순번은 아니지. 좋아. 이렇게 나에게 갑자기 신랑감을 내미는 이유가 뭔가. 다시 한 번 말하지만, 아르데나 때문은 아닐 것 같아."

"그건 셰어브릴 님께서 직접 오시면 말씀하시겠다고 합니다."

그리고 찾아가면 안 만나 줄 것이다.

아르노는 항상 그따위니까.

브릴은 그날 아르노를 구한 것이 후회가 되었다.

죽도록 내버려 둘 것을. 아르노가 죽건 살건, 엘리안을 구하는 데는 아무 지장이 없었다. 그리고 죽든 말든 마음 아플 일도 없고, 지금 상황으로는 죽으면 더 기분 좋을 것 같다.

황제군이 집결해 남부에 몰려오고 있으니 후계자는 정해야 한다. 순위 자체는 로버트 왕자가 높고, 로버트 왕자를 치운다 하더라도 아들인 제랄드가 맡을 가능성이 높다. 이렇게 약혼이네 뭐네 하는데, 아무리 이익이 있다 해도 숙모가 가장 맹렬히 반대하며 난리칠 거다.

그럼에도 불구하고 아르노가 이런 제안을 하는 건, 이것이야말로 브릴을 압박하는 가장 간편한 방법이기 때문이다. 일단 결혼만 시켜 주면 좋아할 거라 생각하거나, 결혼만 예정되면 저절로 순종적으로 변할 거라 생각하는 거다.

"폐하께 말씀드려. 나는 결혼을 거부하고, 자꾸 이러시면 내가 직접 신랑감을 구해 오겠다고."

"셰어브릴 님, 완벽한 사람은 없습니다. 그러니 받아들이시는 게 좋고, 싫다 하시더라도 폐하께 복종하고 순종하지 않은 대가는 치르게 될 겁니다. 하일드도 의회도, 제 이익이 없으면 당장 셰어브릴 님을 배신할 겁니다. 무엇보다, 왕실 일원에서 추방당한 셰어브릴 님은 아무런 가치도 없습니다."

"사이먼 공, 나는 지난 6년간 이미 추방당한 상태였어."

"이룩한 것이 아깝지 않습니까."

"운이 좋아 얻은 거니, 운이 나쁘면 버려야지. 그리고 그날 희생을 치른 사람들은 따로 있고. 그렇기에, 그렇게 얻은 것을 아르노 폐하께 양보하고 어린 동생하고 결혼할 생각은 없어."

"고집이 세신 분이군요."

"받아들일 수 없는 불합리한 처신을 강요하면서 내 성품을 논해서는 안 되지."

"셰어브릴 님!"

사이먼공은 저도 모르게 참지 못하고 일어나고 말았다. 브릴은 그 순간을 놓치지 않았다.

"갈 거라면, 어서 가."

브릴은 일어나지 않았다. 앉은 자세 그대로 사이먼 공을 올려다보았다. 사이먼 공은 성급했다는 것을 깨달았지만 늦었다. 여기서 다시 앉는다 하더라도 이야기를 이어 나가긴 글렀다.

"그럼, 그리 전하도록 하겠습니다."

"그래."

"후회하실 겁니다."

"받아들여도 후회한다. 차라리 엿이라도 먹이는 편이 낫군."

사이먼 공은 아무것도 얻지 못한 채 나가야 했다.

밖에서 대기하고 있던 사이먼 공의 수행원이 그런 사이먼 공에게 모자와 코트를 건넨 다음 문을 닫았다.

브릴은 닫힌 문을 보았다.

배은망덕도 이런 배은망덕이 없다. 아르데나 내놔라, 제랄드와 결혼해라. 정치적 이유가 있는 게 아니라, 자기 기분이 나쁘니 저런 소리를 하는 거다. 지난번 로버트가 얼쩡대며 헛소리할 때부터 가능성은 생각해 두었다. 아르노나 로버트가 브릴을 제거할 가장 간편한 방법으로 택할 게 결혼이라는 것을.

약혼할 남자를 당장 창조해 만들어 낼 수는 없으니, 이런 상황에서 상의를 해야 할 상대는 딱 하나다. 총리는 평민이니 도움을 줄 수 없고, 해결해 줄 수도 없다.

브릴은 일어나 사택으로 향했다. 다행히 메즈는 1층에 있었다.

"잠시 나갔다 올게. 저녁 이후에 들어올 테니, 엘리안에게도 그리 전해 줘. 단, 내가 어디로 가는지는 말하지 마. 메즈만 알고 있어."

"무슨 일입니까."

"레오닉스 왕자를 찾아가야 해."

전령을 보내는 편이 낫긴 하지만, 브릴에겐 그럴 만한 인력이 없다.

"알겠습니다. 하지만 저와 같이 나가는 편이 좋지 않을까요."

"금방 다녀올 테니 걱정 마. 그리고 나는 혼자 가도 되지만, 엘리안 혼자 여기 놓아둘 수는 없어서."

"하긴."

메즈는 짧게 한숨을 내쉬었다. 엘리안 문제가 나오면 그도 동의할 수밖에 없다.

"알았습니다. 다녀오십시오. 하지만 돌아오실 때는 폐를 끼치는 것 같다 하더라도 레오닉스 왕자에게 호위를 요청하십시오."

"알았어."

브릴은 저택을 나가 마구간에서 말을 꺼내 나갔다.

바로 공원으로 향하는 뒷길로 들어갔다. 그렇게 그 길로 공원을 나오자, 곧 골목이 많은 거리로 들어섰다. 요새로 향하는 지름길로 들어가기 위해 모퉁이를 도는 순간, 말고삐가 낚아채였다. 놀란 말이 목을 저으며 날뛰었다.

브릴은 떨어지지 않기 위해 다리에 힘을 주고, 허리에 찼던 총을 뽑아 고삐를 낚아챈 자를 겨누었다.

"무슨 짓이지."

그리고 웃으며 말했다.

"하긴, 이 질문에 답할 사람이면 이렇게 불쑥 고삐를 잡는 게 아니라 우리 집 문을 두드렸겠지."

"댁에 안 계시니 이런 겁니다."

브릴은 그 목소리에 하? 하고 돌아보았다.

아는 척은 하는데 처음 듣는 목소리다. 상대가 몸을 젖혔다. 후드가 벗겨지며 드러난 얼굴은 어디선가 본 것 같다. 흉터 덕에 금방 기억이 난다.

예전 오페라 극장에서 로버트 왕자와 같이 있던 시반 백작이란 자였다.

"안녕하십니까."

얼굴도 사나워 보이는데, 그 얼굴로 히죽대며 인사하니 오히려 불쾌해졌다.

"지금 나에게 애교 떠는 거라면 집어치워, 시반 백작."

"말이 거치시군요."

"되는 대로 크다 보니."

"로버트 왕자의 딸인 록시 양은 아주 공손하던데요."

"나에게는 기대도 하지 마. 나는 건방지고, 계속 건방질 거야. 왜 찾아온 거지?"

"로버트 왕자님이 뵙고자 하십니다."

시반 백작은 뒤로 한 발자국 물러나 손뼉을 쳤다.

골목길에서 남자들이 모습을 드러냈다.

한두 사람이 아니다. 무장 상태가 상당히 위협적이었다.

"숙부님이 나를 만나고 싶어 하는 이유가 뭔가. 혹시 아들 결혼 문제 때문인가?"

"그건 뵙고 말씀하시지요."

브릴은 가고 싶지 않았다.

아니, 가서는 안 된다.

한 백 년 전이라면, 보호자 없는 아가씨가 이대로 끌려가 강제 결혼 당하는 불상사가 벌어질 만한 상황이다. 그리고 지금, 그런 상황이 아니더라도 이 정도 무력을 동원할 수 있는 사람 집에는 가는 게 아니다.

브릴은 총의 안전장치를 풀었지만, 시반 백작은 여유를 잃지 않았다.

"이런, 이런. 쏠 수는 있습니까."

"응."

브릴은 방아쇠를 당겼다. 총알이 백작의 머리카락을 스치고 날아가 뒤의 벽에 박혔다.

"히익! 망할, 정말 쏘는 거야!"

"정말 때릴 수도 있지."

브릴은 백작의 턱을 갈겼다. 빡, 소리와 함께 백작이 시원하게 나가떨어졌다. 브릴은 고삐를 되찾아, 말의 박차를 가해 골목길 입구로 달려갔다.

시반 백작의 수하들이 골목길 앞을 막았다.

"멈춰!"

"싫은데."

브릴은 그중 하나를 향해 곧장 달려들어, 그의 목을 후려갈기고 손목을 후려쳐 들고 있던 총을 떨어뜨렸다.

그때 브릴의 가슴을 향해 검이 날아왔다. 브릴은 검을 뽑았다. 챙캉, 하고 검이 부딪혔다. 브릴은 그 검을 날려 버린 다음, 돌려 잡고 찔렀다. 상대가 급히 허리를 빼서 허공에 꽂혔다. 곧 브릴의 등 뒤에서 검이 찔러 들어왔다. 브릴은 몸을 돌려 검을 막고, 튕겨 낸 다음 상대의 허리를 베어 버렸다. 안전장치 푸는 철컥 소리가 들렸다. 브릴의 맞은편 용병이 총을 들었다. 순간, 그자의 머리가 허공으로 붕 떠올랐다가 바닥으로 떨어졌다.

"어—"

"브릴!"

남자의 팔이 브릴을 잡았다.

"이리로."

팔이 잡아끄는 대로 나오자마자, 검푸른 제복의 기사들이 브릴을 둘러쌌다.

"레오닉스?"

브릴을 잡았던 레오닉스는 그 팔을 놓고 말했다.

"따라와라."

레오닉스는 말 머리를 돌려 강 쪽으로 향하게 한 뒤에 말 허리를 찼다.

브릴은 레오닉스의 뒤를 따랐다.

곧 강가에 도착했다. 강기슭에는 소형 범선이 정박해 있었다. 레오닉스는 말에서 내렸다. 그리고 손을 내밀었지만, 브릴은 그냥 말에서 훌쩍 뛰어내렸다.

"무슨 일로 나와 있는 거죠?"

"도시 안을 정리 중이었지."

"아, 의용대 색출 말이군요."

"의용대 쪽이 선수를 쳤다. 의회군은 물론이요, 망명자 기사단도 기습했지. 그래서 내가 직접 정리에 들어갔다."

"그 사람들, 나를 찾아왔던데요."

레오닉스의 눈에 불쾌감이 보였다.

"그래. 안다."

레오닉스는 그의 수하들에게 손짓을 보냈다.

수하들은 가슴에 손을 얹어 인사를 한 뒤에 골목길로 들어갔다.

"왜 나온 건가."

"당신을 찾아 할 말이 있어서요."

브릴은 레오닉스의 소매를 잡았다.

"이야기 좀 나눌 수 있을까요. 지금이 안 되면 나중에라도."

"그럼 지금 하지. 저기서. 말은 내 수하에게 맡겨라. 나중에 보내 주겠다."

레오닉스는 배를 가리켰다.

브릴은 말을 맡긴 다음 잔교를 걸어 배 위에 탔다.

레오닉스가 뒤따라 타자 배는 곧 출항했고, 금방 강 한가운데로 들어섰다.

해가 지고 있어 하늘이 붉었다. 여기저기 작은 배들이 떠 있고, 상항에는 배들이 잔뜩 정박해 있었다.

"이 전함은 뭔가요."

"토벌용이다. 바다에 있는 놈들을 추적하기 위한 거지. 제국이 얼마 전 남부에서 치고 올라왔다. 아직은 국경 너머지만, 이것으로 그 군대가 반란군을 진압하라고 보낸 게 아니라는 건 증명된 셈이지."

아르데나 해전으로 전쟁이 소강상태로 접어들었으면 좋았을 테지만, 황제는 그럴 생각이 없는 듯 보였다.

"아르노는 전쟁을 할 생각이 없어요. 대문이 불타야 전쟁 중이란 것을 깨달을 분이라, 내가 황제라면 여기를 침략하기보다는 강화조약 맺고 잠시 쉬자고 했을 거예요. 그러면 내 백부는 정말 쉬게 해 줄 분이죠."

"그렇긴 하지."

"망하기로 작정하면 머리부터 돈다더니, 그런 건가요?"

"비슷할 거다."

황제가 크게 패하긴 했다. 그리고 그 전쟁의 패배는 황제의 자존심과 자존감을 뒤흔들었을 것이다. 그런데 흔들린 건 흔들린 거고, 현실은 현실이다. 이제 카니발라도 없는데, 왜 저러는 걸까.

아니, 카니발라가 없기에 이런 결정을 내리는 것일 수도 있다.

그리 생각하며, 레오닉스의 생각은 어떤지 물어보려 했지만 레오닉스는 그런 의논을 기대하는 눈빛이 아니었다. 브릴이 고개를 돌리자마자 눈이 마주칠 정도로 가까이에서 지켜보고 있었다.

"레오닉스?"

"엘리안과 같이 올 줄 알았다."

전날 약속을 말하는 것이다.

브릴은 눈을 가늘게 뜨며 웃었다.

"엘리안이 나 몰래 도망쳐 버렸지 뭔가요."

"그래서 아주 늦었지. 그날 하루 약속을 죄다 날렸다."

"무슨 이야기를 했는지는 묻지 않을게요. 당신과 엘리안 사이의 일은, 둘 사이의 일이니까."

"엘리안과 같이 지내니 어떤가."

"올 초만 해도 결코 이루어질 수 없는 일이 이루어진 건데, 좋아서 날뛰는 게 아니라 오히려 평온하더군요. 이상하리만큼. 아마도 엘리안이 그 간극 때문에 허둥대고 있어서일지도 몰라요. 지금 엘리안은 비어 버린 몇 년간을 어떻게든 따라잡으려고 애쓰고 있어요."

"서부로 갈 거라고 들었다."

"조만간. 언젠가는."

지금은 확정하기가 싫었다.

변화를 받아들여야 하는 건 엘리안만이 아니었다.

이런 상황에서 서부로 돌아가 은거한다는 게, 특히나 이런 상황에서 은거를 시작한다는 게, 도망치는 것처럼 느껴져서 싫었다.

도전하고, 이기고 싶어졌다. 도망치는 것도, 은거하는 것도 비겁하다.

엘리안 때문에 도망치는 게 아닌, 엘리안도 지킬 수 있는 사람이 되고 싶다.

레오닉스가 말했다.

"늘 궁금했다. 엘리안이 그대에게는 어떤 의미인지."

"가족. 소중한 사람. 보살피고 싶은 사람. 행복해지길 바라는 사람."

그리 말하자, 레오닉스는 좀 쓸쓸한 분위기를 풍겼다.

이 남자치고는 상당히 감정적인, 또 즉각적인 반응이다.

"딱 한 사람 필요하다면, 그것이 바로 엘리안인가."

"내 안에 그 아이의 자리가 따로 있는 거예요. 누구도 대체할 수 없는, 엘리안에게만 꼭 맞는 자리가 있는 거지요. 그 아이에게 나는 보호자이자 구원자 같아요."

지난번에도 생각했듯, 이런 엘리안에게 맹목적이고 종속적인 감정을 요구하는 건 공정하지 못하다.

브릴은 엘리안에게 그 어떤 요구도 할 수 없다. 엘리안은 정말 뭐든 할 테니. 엘리안이 브릴에게 맹목적인 숭배와 감정을 바친다 하더라도, 마음 놓고 받을 수가 없는 것이다.

브릴은 항상 의문이 들었다. 엘리안이 보내는 감정이 과연 공정한 감정일까.

상대의 부족함을 이용해 애정을 누린다는 건, 부당해 보이기까지 했다.

브릴은 엘리안의 자유를 바랐다. 카니발라로부터 벗어나고, 가짜 왕족의 길로부터도 벗어나 자유로운 몸이 되길 원했다. 거기에는 브릴로부터의 자유도 포함한다.

“엘리안은 이제 내 것이 아니에요. 꼬마 브릴이 만들어 낸, 브릴만을 위한 완벽한 엘리안이 아닌…… 그냥 엘리안이 되어야 해요.”

“의외군.”

“왜요.”

“영원히, 정말로 영원히…… 엘리안이 그대의 모든 것일 거라 생각했다. 그대가 사라지는 이유는 항상 엘리안 때문이었으니.”

레오닉스가 브릴 쪽으로 고개를 숙였다. 짙은 붉은빛을 띤 눈동자가 다가왔다.

브릴은 남자의 접근에 볼이 살짝 달아오르는 느낌이었다.

“가끔 그 꼬마와 그대를 생각하지. 내가 볼 수 없는 곳에서 그대와 그 꼬마는 어쩌고 있을지. 다른 사람이 전혀 필요 없었던 그때처럼 지내는 건지, 아니면 달라진 건지.”

“당신이 어떻게 알아요? 과거의 나와 엘리안이 어떻게 지냈는지.”

“예측만 하는 거지.”

“나는 스물한 살인데, 엘리안은 아직 열여섯이에요. 이 차이를 어떻게 받아들여야 할지…… 아직 몰라요.”

그날 엘리안이 브릴을 찾아와 의지했다면, 엘리안은 여전히 브릴에게 가장 중요하고도 유일한 존재였을 것이다.

항상 그랬듯 서로에게 의지하고 바라보았을 테지.

그러나 엘리안은 그러지 않았다.

엘리안이 먼저 다른 곳으로 가 버리자, 브릴도 다른 길을 갈 수밖에 없었다.

몇 년 지난 지금, 다시는 어린 시절처럼 지낼 수 없다. 브릴이 엘리안에게 뭐든 다 해 주고, 엘리안이 브릴에게 모든 것을 의지하고 숭배하던 시절로는.

예전의 브릴은 엘리안이 아무것도 못하고 자신에게 의지하는 것이 좋았었다. 아무것도 보지 못하게 하고, 아무것도 느끼지 못하게 하고 싶었다. 오로지 자신만 보고, 제 말에만 귀 기울여 주길 바랐다.

그랬기에 엘리안이 그런 선택을 했던 것일지도 모른다.

엘리안에게 브릴은 처음부터 끝이었다. 그런 브릴을 잃는다 생각하자, 엘리안은 세상이 사라지는 것이나 다를 바 없는 일을 감당하느니 죽어 버리려 한 것이다.

"달라진 정도가 아니라, 세상 하나가 죽고 다음 세상이 태어난 것 같아요."

웃음이 레오닉스의 입가에 비쳤다. 브릴이 판단하기로는 좀 심술궂어 보였다.

"그럼, 내게는 무슨 일이지."

"로버트 숙부님이 미친 건지, 아르노 백부님이 미친 건지, 아니면 내가 모르는 미친 사람이 있는 건지는 모르지만, 꽤 난감한 제안을 해서요."

"듣기만 해도 언짢은 이름들이 나오는 걸 보니, 좋은 소식은 아니군."

"혼담이 들어왔어요."

"혼담?"

"체면 없게 대신 사람을 보내 구혼하길래, 걷어차고 오는 길이에요. 아르노가 로버트의 아들과 결혼하라고 하더라고요."

"뭐?"

레오닉스가 정색했다. 얼마나 정색했느냐면, 브릴은 자신이 레오닉스를 그리 만든 것 같은 죄책감이 들 지경이었다.

"당신을 귀찮게 할 혼담을 없애는 김에 나를 귀찮게 할 혼담도 없애주기로 모의했던 것, 아직도 유효한가요?"

“그걸 이제야 생각해 냈나.”

어이없어 하는 표정이다.

브릴은 레오닉스에게서 이런 솔직한 반응이 나올 줄 몰랐다.

그래도 재미는 있어서, 저도 모르게 웃어 버렸다.

레오닉스의 눈은 그 웃음을 놓치지 않았다.

반딧불이나 유성을 본 소년 같다. 정말 재미있어 한다.

“그럼 아직 유효한 건가요.”

“무슨 의미인가.”

“당신이 그사이에 생각해 둔 상대가 있다면 말해요.”

“그대는 있나.”

“있다면 당신을 먼저 생각할 리 없잖아요.”

“나 외에 없을 거라고는 생각 못 했지.”

“아, 당신이 먼저이고, 다음이 있을 수도 있잖아요.”

“누군지 말해. 적당히, 아주 적당히 해결해 주지.”

브릴은 그리 말하는 레오닉스의 얼굴이 사납게 느껴졌다. 브릴을 위협하거나 강요하는 건 아닌데, 지금 풍기는 분위기 자체가 거칠고 사납다.

그 표정이, 브릴에게는 상당히 도전적으로 보였다.

“당신이 먼저 수락하면 안 될까요.”

레오닉스가 몸을 살짝 숙였다.

“없는 거군.”

“네, 사실 하나도 없어요. 당신 외에는.”

순간 옷이 스친 건데도 살이 닿은 느낌이 들었다.

“셰어브릴, 다른 명단이 없어서 온 것이라도 문제고, 다른 이름을 보호하기 위해서 온 것이라도 문제고, 마침 내가 적당하다 생각해서 온 거라도 문제다.”

"왜."

"그 세 가지 중 하나라면 내가 언짢지 않은가."

"원하는 건 뭔가요."

"세 가지 다. 이유가 많으면 많을수록 좋아."

"일단, 나는 당신을 가장 존중해요."

"신분이 높아서? 아니면 내 뒤에 있는 기사단 때문에?"

브릴은 눈을 반짝였다. 그러나 레오닉스는 브릴의 답을 기다리지 않았다.

"사촌 동생이 싫은 건 확실하지?"

"그럼요."

"자, 그럼. 셰어브릴."

레오닉스는 브릴의 양 볼에 두 손을 얹었다.

부드럽고 상냥한 손길이다.

브릴은 레오닉스의 얼굴에서 눈을 뗄 수가 없었다. 브릴을 바라보는 눈빛에, 거기에 스며든 웃음도. 두 손이 내려와 목을 감쌌다. 워낙 큰 손이라, 턱과 목, 머리까지 모두 감싸인 기분이었다. 그리고 레오닉스의 얼굴에는, 이렇게 단둘이 마주하는 얼굴에는, 브릴을 바라보는 눈빛과 표정에는, 역시나 거부할 수 없는 아름다움이 있다.

이상할 정도로 시간이 느리게 가며, 브릴은 이 순간을 길게, 아주 길게 늘이고 싶어졌다.

어린 시절의 브릴에게 사람들이 질색하게 만들던 강한 소유욕이 되살아난다. 어머니가 방치해 멋대로 자라게 놓아둔 브릴은 원하는 건 뭐든 가져야 했다. 때로는 악마처럼, 때로는 굶주린 짐승처럼 매달렸다.

이 남자에게도 그런 느낌이 든다.

이 분위기, 이 눈빛, 사람들을 두렵게 하는 사나움과 난폭함을 가진 남자를 그대로 가지고 있고 싶다.

다른 여자에게 이러면 몹시 불쾌할 것 같다. 오로지 그녀만이 느끼고 누리고 싶었다. 놓치고 싶지 않고, 다른 곳에 가도록 하고 싶지도 않다.

"그럼 내게도 조건이 있다, 셰어브릴."

"말해 봐요."

"내가 뭘 하든 아무 말도 하지 말고 아무 일도 하지 마."

"왜 그러는 건가요."

"우선, 그대는 행동이 너무 빨라서 잠깐 한눈팔면 사라져 버리거든. 그대를 지켜 주는 대가로 내가 원하는 건 그거야. 가만히 있어 주고, 적어도 내 앞에 계속 있을 거라는 확신을 줘. 원할 때 만날 수 있게 해 줘."

"알았어요."

레오닉스의 엄지손가락이 브릴의 이마에 늘어진 머리카락을 매만졌다.

그의 미소, 눈길, 모두 자연스럽다.

"나에겐 나뿐이라고 했던가?"

"소중한 사람이 돌아왔다 하더라도, 나에겐 나뿐이지요."

"그래."

레오닉스의 눈에 만족감이 비쳤다.

"일단 받아들였으니, 확실하게 해 주지. 이 나라의 그 어떤 남자도 그대에게 구혼하지 못하도록 해 주겠다. 원하는 거, 이게 맞지?"

"그럼요."

눈빛을 보니 이 남자가 지금 상황을 좋아하는 게 맞다.

싫어하는 사람들을 몇이나 골탕 먹일 수 있는 기회이니까.

"내가 어떻게 하면 되나? 이건, 수위를 정해 달라는 의미야."

"적당한 반지 사서 보내요. 의상실 두어 군데로 사람을 보내면 소문 같은 건 금방 날 테죠."

"내가 해야 할 일들뿐이군. 대가는 없나?"

"나를 이 나라 남자와 결코 결혼할 수 없는 몸으로 만들어 주는 대가라. 뭐가 좋을까요?"

브릴이 생각하기론, 레오닉스가 얻어 갈 것은 분명히 있었다.

왕자들이 귀찮게 들러붙어 요구할 혼담으로부터 자유로워지고, 아르노와의 관계도 대등해질 수 있다.

브릴은 그 말을 하고 싶었지만, 입 밖으로 나오지는 않았다.

레오닉스가 그런 브릴의 머뭇거림을 이해한 듯, 손으로 볼과 머리카락을 쓸어 올려 주더니 이마를 댔다. 웃음소리가 들리고, 콧등이 스치고 그의 눈이 눈앞 가까이 다가왔다. 접촉이 계속되니, 브릴은 자신의 숨이 달착지근해지는 기분이었다.

"귀찮은 상황은 내가 정리해 주겠다. 마음에 안 드는 방식이라 할지라도 불평하지 마."

브릴의 어깨에 망토가 얹혔다. 여름이지만 체자의 밤은 여전히 춥다. 모직 망토는 가볍고 따뜻했다. 브릴을 망토로 덮어 준 레오닉스는 브릴의 두 팔을 잡았다.

술렁인다. 심장이. 기분 좋게 달아오른다. 볼과 목덜미가.

바닷바람, 파도소리, 노을빛이 번지는 하늘, 그리고—

브릴은 레오닉스의 볼에 손을 얹었다. 느껴 보고 싶었다. 흔적을, 어디든 남겨 놓고 싶었다. 그러자 그가 고개를 돌려 손바닥에 입을 맞췄다.

따스하고 간지럽다.

왜 이러냐고 묻고 싶지 않다.

내가 생각하는 그것이면 좋겠어.

하지만 답을 듣기 싫다.

아니란 답 따위, 결코 듣지 않겠어.

길고도 긴 이 순간이 끝나지 않았으면 좋겠다고 생각했다.

그러나 이 감정에 대한 결론이 나면, 브릴은 자신이 어딘가는 비참해지고 어딘가는 행복해질 거란 사실을 알았다. 그럼에도, 브릴은 이 순간이 자신의 것이란 생각이 들었다. 숨이 더 기쁘게 달착지근해진다. 소유욕, 그 강하고 아픈 감정이 더 진해진다.

"고마워요."

그래서 할 수 있는 말은 이뿐이다.

웃으며, 감사하는 말. 그러나 이 말에는 많은 말들이 같이 휘몰아치고 있었다.

❖

다음 날, 체자의 교차로 교단은 망명자 기사단의 정보부와 만났다. 그 정도야 좀 살벌한 티타임을 가졌다며 넘어갈 수 있지만, 그 자리에서 국가 안보부장 파티마 경을 만나고 말았다. 그 누구도 소개받고 싶어 하지 않는 분이셨다.

이 파티마 경으로 말할 것 같으면, 총리 율리아, 총사대 대장 세실리아와 함께 의회 3대 마녀로 꼽히는 분이셨다.

의회의 세 마녀 중 더러운 마녀가 나타나자(엄청난 마녀 율리아, 끔찍한 마녀 세실리아, 더러운 마녀 파티마), 교차로 교단 사제는 레오닉스를 원망했다.

반나절 뒤 치안부의 체포대가 도시를 뒤졌다.

제국 첩자를 잡는다는 것이다. 의용부대 장교 몇 명이 잡혀갔다. 그중 일부는 로버트 왕자와도 관련이 있었다. 곧 로버트 왕자에게 의회의 수사 협조 요청이 갈 것이다.

전쟁의 냄새를 맡은 수도는 뒤숭숭해졌고, 의상실과 보석상, 사치품 공방은 올해 장사는 포기해야겠다고 생각했다. 이런 상황에서 누가 허세를 부리겠는가.

다들 포기하고 있는 중에, 체자의 가장 큰 보석상으로 그들이 가진 보석에 대한 구매 문의가 들어왔다.

보석은 작년에 커팅된 것으로, 원석이 들어왔을 때부터 엄청난 화제가 되었던 물건이었다.

그 보석에 대한 구매 의사를 보인 곳은 다름 아닌 하일드 왕실이었다. 개인 소장품과는 달리 왕실 소장품이 되면 보석의 격이 달라진다. 왕실이 가졌다는 이유만으로도 보석 커팅하는 곳, 보석 세팅하는 곳, 심지어 보석 상자 만든 곳까지 왕실 역사에 남게 된다. 보석은 대대손손 내려가고, 그 후손이 주요 행사에 그 보석을 착용할 때마다 이름이 언급되는 영예를 누리게 된다.

보석은 예상했던 가격으로 낙찰되었고, 보석이 구매되자 이번에는 보석 공방들끼리 경쟁이 붙었다. 공방은 금방 정해져 보석이 맡겨졌다. 주문된 장신구는 다름 아닌 반지였다.

'반지' 라는 말이 나오자 이제 의상실이 흥분할 차례다.

반지는 보통 선물이 아니다. '아주 중요한 행사', 즉 결혼을 준비한다는 의미다.

하일드 왕실에서 미혼은 레오닉스뿐이고, 레오닉스는 약혼은커녕 혼담조차 진행된 적이 없다. 그런 레오닉스가 이끄는 하일드 왕실이 보석을 구매한 것이다. 혼기 만료를 앞둔 레오닉스의 나이를 생각한다면 금방 결혼으로 이어질 것이다.

체자 안의 모든 살롱과 카페로 소문이 퍼졌다. 이건 듀카르니아 왕실이 후계자를 정할 때가 되었다는 것과 결코 무관하지 않을 것이다.

그러나 그 소식을 들은 아르노는 분노했다. 그가 브릴에게 제안했던 것에 대한 가장 모독적인 답변이었기 때문이다.

제 15 장

푸른 장미

"저기, 일단 받아들일 건 받아들이십시오, 폐하."

누파사 제독은 아르노가 현명한 결정, 즉 모두가 제발 해 달라고 간절히 바라는 결정을 해 주길 바라며 그렇게 말했다.

아르노는 내내 기분이 나쁘다가, 이 말을 듣자 아예 기분이 나빠졌다.

지금 빗발치듯 들어온 소식 중, 아르노가 좋아할 만한 건 하나도 없었다.

그중 가장 아르노를 분노하게 하는 건 하일드 왕가의 움직임이다. 결혼 안 한 왕가 사람이 레오닉스 하나인 이상 누구 혼사를 준비하는지는 뻔했다. 소문이 불 번지듯 번지며 왕가 여자란 여자는 죄다 후보로 올라왔다. 그러나 아르노가 보기에는 후보가 너무 뻔해서 골탕 먹는 기분이었다.

"괘씸하잖은가. 이대로 있으라고?"

"어, 어쩔 수 없습니다. 폐하."

누파사 제독이 말했다.

"왕국의 영웅이 왕국의 왕족과 결혼하는 겁니다. 게다가 셰어브릴 님입니다. 나라를 구하기 위해 의회에 부탁을 해 군사를 이끌고 왕자를 도우러 간 용감한 왕족 아가씨와 왕자가 결혼하는 겁니다. 모양새가 좋아요."

"그게 말이 된다 생각하나."

누파사는 입술에 경련이 일어나도록 억지로 웃었다.

됩니다. 되고말고요.

그리고 지금 상황, 즉 폐하께서 나라를 내팽개치고 있다는 소문을 잠재울 좋은 방법이기도 합니다만.

지난 전쟁에서 누파사 제독이 한 일이라고는 멍하니 있는 것뿐이었다. 바로 옆에서 역사가 쓰이는 동안 멍청하게 앉아 있었던 것이다.

어느 누가 그 정도로 엄청난 해전이 벌어질 줄 알았으며, 어느 누가 의회가 세무감시선이라는 이름으로 그 정도 함대를 보유하고 있을 줄 알았겠는가.

또, 어느 누가 의회의 전함에 셰어브릴이 타고 있을 줄 알았겠나. 그리고 무엇보다, 어느 누가 빌어먹을 막내아들 마르셀이 그곳에서 싸운 공로로 의회의 훈장을 받을 줄…….

"……."

아, 또 생각난다.

이 엉덩이를 때려 버리고 싶은 불효자.

그 불효자식 탓에 어머니로부터는 애를 위험한 곳으로 몰래 보냈다며 엄청나게 잔소리를 들었다. 주변 친척들로부터는 하필이면 의회의 훈장을 받느냐고, 이건 왕족의 수치인지 명예인지 모르겠다는 말도 들었다. 요즘은 부끄러워 사교 클럽에도 나가지 못한다.

아버지를 그렇게 만들어 놓은 아들놈은 제 할머니에게 해명하고 아양이나 떨지, 똑같은 훈장을 받아 안스터빌 백작가의 수치가 된 길리온을 데리고 닷새 전에 교외 별장으로 도망쳤다. 젊은 남자 둘이 도망치는데 할머니를 모시고 갈 리 없다. 마르셀이 사라지자, 어머니의 분노는 더 커졌다. 네가 애를 닦달해서 그런 거 아니냐는 것이다. 누파사는 억울했지만, 어머니가 무서워 닥치고 혼만 났다. 아내는 약자에게 침묵하고 강자에게 아부하는 인간이라 어머니 편만 들었다.

누파사는 왕의 명령을 듣고 박혀 있었던 게 너무나 원통했다. 이렇게 될 줄 알았으면 항명을 할 것을. 셰어브릴이 왕자의 딸이듯, 그 역시 공주의 아들이다. 항명해도 큰 벌은 받지 않았을 것이다.

이제 역사는 듀카르니아 해군을 비겁한 자들로 묘사할 것이며, 누파사는 치욕을 당할 것이다. 마르셀은 아버지의 결정에 반발해 용감하게 자원한 기사로 기록될 테지.

"누파사 제독?"

누파사는 얼른 고개를 저었다.

"아니, 아닙니다."

"잘 듣게. 이제 곧 저들이 후계자를 정하라 할 거네."

"네? 아, 그, 그렇지요."

누파사 제독은 불편해졌다.

정치 이야기잖아.

이런 대화는 하고 싶지 않았다.

성품이 단순하고 정직한 누파사 제독은 남을 욕하고 싸우는 걸 좋아하지 않았다. 권력 싸움으로부터 멀어지고 싶은데 왕의 불평과 호소를 한없이 들어 줘야 하는 처지라 별수 없었다. 아르노는 사촌 형에게 분노와 울분을 죄다 쏟아 내어 속이 풀리면, 연인에게 돌아가 세상에서 가장 다정하고 멋진 남자로 변했다. 자기들끼리 세기의 사랑이면 뭐 하나. 가까이 있는 누파사에게는 세기의 환장인데.

"에스델라가 죽은 후, 모든 것이 다 이렇게 되는군."

"폐하. 제 생각인데 이번만큼은 폐하께서 협조하시는 편이 나을 겁니다. 하일드와 의회의 충성은 이 나라를 지탱하는 근간입니다."

"이게 다 아버지가 만든 법 때문이지. 자기 목이 잘릴까 겁에 질려 있던 늙은이! 나약하고 아둔하고!"

"……."

누파사는 후회했다. 그냥 닥치고 들을 걸, 괜히 한마디 보태서 열 마디 하게 만들었다. 정신 차립시다. 폐하. 그리고 폐하, 제가 보기에 총리가 폐하보다 일 잘합니다.

한 이백 년쯤 전이었다면 강력한 왕권을 원하는 왕과 권력욕 강한 부패 귀족들이 반목하는 모양새일 테지만, 지금 아르노의 상대는 옛 이야기에 나오는 야비한 귀족 수장이 아니라 내전 때부터 의회를 이끌어 온 무적의 할망구다. 아르노가 결코 이길 수 없는 상대다.

말을 못 해서 그렇지 분별력은 있는 누파사 제독은 총리에게 감사하는 입장이었다. 아르노가 제대로 실수하지 않도록 막아 준 건 총리와 하일드의 왕자니까.

지금도, 아르노가 가장 걱정해야 하는 건 턱밑으로 집결하고 있는 제국군이다. 저들이 도하를 하고 남부 산맥을 넘으면 정말 위험해진다. 진군해 오느라 진이 빠지기야 할 테고, 남부의 지옥 같은 산지를 통과하고 나면 전력이 꽤 빠져나갈 테지만, 그래도 위험하다.

어서 하일드와 의회와 협조해, 남부 반란군을 지원하든가 아예 발카니아 쪽으로 상륙해 제국 본토를 공격해야 한다.

그런데 그건 안 하고 의용부대를 부추겨 수도를 뒤숭숭하게 만들고 총리에게 성질이나 부리고 있다. 그뿐인가. 대체 뭘 했는지, 하일드의 왕자가 왕족 여자와 혼담을 진행시키게 만들었다. 여태 시큰둥했던 하일드가 저리 움직이면 다 이유가 있다.

그때 시종이 노크를 했다.

아르노가 들어오라 하자, 시종이 남색 실내 드레스를 입은 여자를 들여보냈다.

여자를 본 누파사 제독의 눈썹이 올라갔다.

"이사벨."

아르노가 단번에 부드러운 어조로 말한다.

이사벨, 즉 아르노의 정부였다.

"죄송합니다, 폐하. 손님이 계실 줄은."

이사벨은 얼굴을 붉히며 뒤로 물러났다.

"누파사 제독은 내 사촌의 자격으로 여기에 있는 거요, 이사벨. 형제처럼 자라 온 사이라 사담을 나누고 있는 중이었으니 괜찮소. 오시오."

꿀이라도 섞은 듯 달달한 태도에, 누파사 제독은 속이 뒤집혔으나 이사벨이 온 덕에 물러날 핑계가 생겼으니 다행으로 여기기로 했다.

"저는 이만 물러나겠습니다."

"아, 그래. 잘 가게."

누파사 제독은 재빨리 나갔다. 시종도 누파사가 나가자마자 문을 닫았다.

"무슨 일이오."

이사벨은 얼마 전부터 이 궁에서 지내고 있었다.

특임 여관장, 즉 궁의 실질적인 안주인 자리로 들어왔다.

"아르노, 선왕 폐하께서 아르노를 뵙고자 하세요."

"아버지가? 제정신이던가."

"지금은 그러신 것 같아요."

종종 제정신이던 아버지는 요즘은 가끔 제정신이었다. 그러나 아르노는 아버지가 제정신일 때가 더 괴로웠다. 아르노는 아버지가 미친 소리를 할 때보다 제정신으로 잔소리할 때가 더 싫었다.

"그런데 당신이 왜 그 말을 전하러 온 거요."

"선왕 폐하께서 제게 전해 달라 하셨어요."

"그대를 직접 찾아와서?"

"네. 지금 제 처소에서 기다리고 계세요."

"이사벨, 그건 내게 알릴 일이 아닌, 의사에게 알려야 하는 일이요. 다음부터 그런 일이 생기거든 꼭 그리하시오."

이사벨은 당황해 사과했다.

"죄송해요. 제가 몰랐어요."

이사벨이 모르는 건 당연하다. 시녀들이 가르쳐 주지 않았을 테니. 가르쳐 주지 않으면 어떻게 아나. 그들은 눈치로 알아야 한다 하지만, 눈치로 이런 일을 알아내는 것이 이상한 거다. 아르노도 안다. 시녀들 모두 이사벨을 싫어한다. 이사벨은 이제 '각하의 창녀'에서 '폐하의 창녀'로 바뀌었을 뿐, 경멸당하는 건 여전했다.

"아버지는 병자요. 내가 아버지와 무슨 말을 하겠소."

"그래도 가족이고 핏줄이 아닌가요."

"모든 부모가 자식들을 사랑하는 건 아니라오. 그리고 자식에게도 자신을 사랑하지 않는 부모를 사랑할 의무는 없지. 신경 쓰지 말고, 말해 보시오. 요즘 궁에서 지내기 어떻소."

갑자기 자기 일로 대화 주제가 바뀌자, 이사벨은 당황해 고개를 저었다.

"괜찮아요."

"아니오. 힘든 게 있다면 말하시오. 나는 언제나 당신 편이오."

"나랏일도 복잡한데. 이런 것까지 신경 쓸 필요 없어요."

"나랏일을 회의실 불을 끈 뒤에까지 생각하고 싶지는 않소. 특히나 당신 앞에서는. 지금은 당신 일이 우선이오."

분노와 신경질과 불평과 짜증은 누파사 제독이 다 받아 갔다. 부정적 감정을 말끔히 털어 낸 아르노는 완벽하고 정다운 연인으로 돌아갈 준비를 마친 상태였다.

"어서 말하시오. 해결해 주는 게 내 일이니."

이사벨은 잠시 생각하다, 부끄러워하며 말했다.

"실망시켜드려서 죄송해요. 하지만 궁의 일은 제겐 버거워요. 해 본 적도 없고, 할 수도 없어요. 그들에게는 그들의 일이 있고, 제게는 제 일이 있어요. 저는 못 해요."

"방법이 있을 거요."

"아르노, 노력하면 될 수도 있겠지만 이건 그런 희생을 감수할 만한 일은 아니에요."

"혹시 궁을 떠나 있고 싶은 거요."

"그 편이 나아요. 이 자리에는 좀 더 자격이 있는 분이 올 필요가 있어요. 누파사 제독님의 어머니도 있잖아요."

"이사벨, 고모님은 너무 나이가 드셨소."

물론, 그 노인네는 아르노보다 장수할 듯 튼튼하지만, 아르노는 계급주의자 중에서도 가장 지독한 근본주의자를 궁으로 불러오는 미친 짓은 하고 싶지 않았다. 사흘 안에 궁에서 폭동이 날 것이다.

"어차피 에스델라도 안 하던 일이오. 당신이 버겁다면, 다른 사람에게 맡기겠소. 멀리 가지 말고, 별궁에서 지내시오. 책임질 시녀들을 보내리다."

"괜찮을까요?"

"내 책임이니 당신이 미안해할 건 없소."

에스델라도 궁의 내무는 조금도 신경 쓰지 않았다. 에스델라는 그들이 일을 잘하는지 못하는지 평가만 하면 되었다.

원래대로라면 여관들이 자기들 일을 자기들이 알아서 했어야 옳다. 이렇게 보고하고 결정하고 관리하라고 일을 넘기는 것 자체가 괴롭힘이다.

아르노는 시녀들이 괘씸해졌다. 아무리 마음에 안 들어도 왕이 직접 보낸 사람을 이렇게 대접하다니. 이건 이사벨에 대한 모독을 넘어, 왕인 아르노에 대한 불충이다.

"로버트의 아내를 부르겠소."

로버트의 이름이 나오자 이사벨의 얼굴에 핏기가 가셨다. 지난번 납치 사건의 배후가 로버트였으니 당연했다.

"로버트의 아내와 그 딸에게 궁의 일을 맡기도록 하겠소. 하지만 그뿐이오. 궁의 일은 전문가인 최고여관장 틸트 부인이 할 테니."

지금 이사벨이 힘든 건, 그 틸트 부인이 주도해서 이사벨을 괴롭히기 때문이다. 건방지게도, 이사벨 괴롭히느라 바빠서 이사벨 뒤에 왕이 있다는 것을 잊고 있다. 다시는 이런 짓을 하지 못하게 만들어 줘야겠다. 그리고 로버트의 아내는 그런 일에 아주 적임자다.

"아르노…… 주, 주제넘은 말이라도 이해해 줘요. 로버트 왕자님의 아내가 온다면, 후계자는 정해진 건가요?"

"아직은 아니지만 언제고 정해질 거요. 하지만 신경 쓰지 마시오."

"하지만 로버트 왕자님은 저를 싫어하세요."

걱정 말라 하고 싶으나, 이사벨의 얼굴은 걱정하거나 겁에 질린 게 아니라 화난 표정으로 보였다. 아르노의 결정이 만족스럽지 못한 것이다.

아르노는 언짢아졌다. 이사벨에게 화가 나는 게 아니라, 이런 불쾌한 상황을 만든 틸트 부인에게 화가 났다. 그 여자가 그따위로 구니, 이사벨이 이러는 게 아닌가.

'만약' 이란 생각이 든다.

만약 아르노가 그레트헨과의 결혼을 포기하고 이사벨을 택했다면, 이사벨은 왕비 칭호를 받지 못할 테고 그들 사이의 아이들에게는 계승권이 없을 것이다. 마이언의 아이들 중 하나가 자연스럽게 왕이 되었을 테지.

물론 힘들었을 테지만, 그래도 지금보다는 견딜 만한 인생이었을 것이다.

그러나 에스델라는 태어나지 않았을 테지.

아내와 결혼을 후회하지 않은 건 그래도 에스델라가 있어서였다. 딸의 죽음이 가슴 아프다 하더라도, 그 아이가 태어나고 사랑했던 나날들이 없어지길 바라는 건 아니었다. 이미 사랑하기 시작한 자식을 무엇으로 부정하겠는가.

셰어브릴을 감정적으로 미워하는 것도 그 탓이다. 왜 네가 살았느냐고, 왜 너는 여기 있느냐고 따지고 싶었다. 그 계집애가 살아 있는 것 자체가 그리도 미울 수가 없었다.

에스델라는 내 옆에 없는데.

"아르노?"

이사벨이 다가와 아르노의 눈물을 닦아 주었다.

"에스델라가 보고 싶소."

이사벨의 눈에 연민이 비치며 조금 전의 분노가 사라졌다.

"미안하오. 그런데 어쩔 수가 없어. 어디 말도 못 하겠소. 보고 싶어 죽겠는데, 죽을 수가 없으니 볼 수가 없어."

"맙소사, 아르노."

에스델라가 죽은 뒤에도 그나마 버텼던 건, 그래도 왕이 되어야 한다는 것 때문이었다.

그마저도 이루고 나니, 왜 여기에 있나 싶었다.

이제 이사벨은 조금 전의 분노는 모두 잊은 듯했다. 오로지 연인을 향한 동정과 애정만 있었다. 아르노는 눈물을 닦은 뒤에 말했다.

“이사벨. 잘 들으시오. 놀라지도 당황하지도 말고.”

“알았어요.”

“아내와 이혼할 생각이오. 어차피 오랫동안 별거 상태라, 우리 결혼은 아무 의미가 없소. 아내에게 지급되는 연금을 올려 주고 좀 더 나은 영지와 거처를 마련해 줄 생각이오. 먹고살 만해지면 독기도 좀 누그러들겠지.”

아르노는 이사벨의 손을 잡았다.

“그리고…… 그리 정리된 뒤에 내가 당신에게 청혼하면 받아 주겠소?”

이사벨이 멈칫했다.

“네?”

“너무 늦었지만, 용서해 주고 받아들여 주면 좋겠어. 후계자 문제만 해결되면 내 결혼 문제 가지고 물고 늘어질 사람은 없소. 물론 당신에게 왕비 자리를 줄 수는 없어. 아르노의 아내인 이사벨이지, 왕비인 이사벨은 될 수 없는 거요. 그건 나도 어쩔 수 없는 문제고, 당신도 양보해야 하오. 하지만 누가 내 후계가 되든, 이제 당신은 안전할 거요. 내 아내니까.”

드디어 이사벨의 얼굴에서 분노와 불안이 완전히 가셨다. 다정한 웃음이 번졌다.

“그건 상관없어요.”

아르노는 만족스러웠다. 딸을 잃은 뒤 처음으로 느껴 보는 행복감이었다.

“그렇게 싸웠는데, 결국 남은 건 별로 없소. 그래도 이것만은 단단하게 남아 있군."

"뭔가요."

"당신을 사랑한다는 것."

"……."

"그건 변하지 않아. 그러니 이리 청하는 거요. 남은 시간을 내 곁에 있어 주시오. 명예도 영광도 줄 수 없지만, 당신을 지킬 권리를 주면 좋겠소."

"아르노."

"부탁이오. 당신을 지키고 돌보게 해 주고, 내 곁에 있어 주시오."

이제 이사벨은 행복한 미소만 보였다.

아르노는 지금만큼은 다정하고 관대한 연인이었다. 물론 직전에 아르노의 모든 분노와 울분과 신경질을 받아 간 누파사 제독이 있기에 가능한 일이긴 했다.

❖

엘리안의 교양을 높여 보려던 브릴과 메즈의 노력은 결실을 맺지 못했다.

메즈가 엘리안의 시험지를 보고 만 것이다. 정답을 썼다며 동그라미를 쳐 두었는데, 다 틀렸다. 역사도 다 틀리고, 지리도 다 틀리고, 산수도 다 틀렸다. 어찌 이다지도 맞히는 게 없느냐는 참담함은 둘째 치고, 다 틀린 것을 정답이라 하다니. 교사가 되어 이것도 모른단 말인가.

다음 날 온 가정교사 로라에게 메즈는 시험지를 보였다.

"이것에 대해 해명해 주시면 좋겠습니다."

"무, 무슨 말인지 모르겠, 모르겠어요. 하하하."

메즈는 기분이 몹시 나빠졌다.

"로라 양, 제가 이민족이라고 기본적인 지식도 없을 것 같습니까. 거의 대부분 정답이 아니고, 이렇게 틀린 걸 정답이라 하신 이유가 뭡니까. 설마, 정답을 모르셔서 이런 겁니까?"

"아니, 아니에요."

로라 양은 땀을 흘리며 자백했다.

틀렸다고 할 때마다 엘리안이 세상에서 제일 슬픈 표정을 짓고, 정답 처리를 하면 너무나 좋아해서 별수 없었다고 했다.

"그러니까, 엘리안이 좋아해서 오답도 정답이라 해 주었다는 거군요."

"죄송합니다."

"당신은 교사입니다. 상대의 호감을 얻기 위해 자신의 지위를 이용해서는 안 되지요."

"정말 죄송합니다."

"되었습니다. 당신에게 더 이상의 일을 맡길지 말지는, 브릴 님과 상의해야 할 것 같습니다."

로라는 펄쩍 뛰어올랐다.

"안 돼요!"

메즈가 더 놀랐다. 로라는 납작한 자세로 싹싹 빌었다.

"잘 할게요! 오지 말라고만 하지 마세요! 다시는 그러지 않겠습니다."

"그럼 처음부터 제대로 하셨어야지요."

"죄송합니다. 그래도 한 번만 용서해 주세요!"

"죄송하다고 될 일이 아닙니다. 이건 당신에게 엘리안을 맡긴 우리들의 신뢰에 대한 심각한 배신입니다. 제가 발견하지 못했다면, 계속 이런 상태였을 것 아닙니까."

메즈는 우는 로라를 돌려보낸 뒤 엘리안을 찾아갔다. 엘리안은 책을 쌓아 놓고 선생을 기다리는 중이었다.

"메즈, 선생님은 안 오세요?"

"오늘은 아닙니다. 아마 앞으로도 안 오실 겁니다."

"왜요?"

"그게—"

"혹시 제 잘못인가요? 그, 그래도 성적이 나쁘지 않아서 실망시켜 드리지 않았을 거라 생각했는데. 역시 아니었군요. 어쩌지?"

메즈는 고개를 저었다. 엘리안이 선량하고 배려할 줄 아는 아이란 건 메즈도 인정하고, 이 순수한 태도를 고치고 싶지는 않았다.

엘리안의 문제는 항상 분리 장애 걸린 강아지 같다는 데 있었다.

혼자 남겨지면, 그때부터 호흡곤란이라도 일어나는 듯 불안해한다.

누구든 곁을 떠난다 하면 당장 반응이 이렇다.

이 문제점은 브릴과의 관계에서도 고스란히 드러난다. 브릴이 서커스단에서 고생하던 엘리안을 구해 줬다는 건 알지만, 구해 줬으면 자기 인생은 살아가야 도리가 아닌가.

"내가 너무 실망스러워요. 서부로 가면 괜찮아질까요. 잘 적응할 수 있을지 모르겠어요!"

절대 그럴 리 없건만, 메즈는 양심적이긴 해도 예의를 아는 남자였다. 그래서 양심과 예의가 타협할 수 있는 최선의 답을 했다.

"전혀 모르겠습니다."

"……."

"엘리안이 제게 아무런 믿음도 못 주고 있지 않습니까. 그러니 모르겠습니다."

엘리안은 울 것 같은 표정으로 고개를 숙였다.

"역시!"

"그리고 물어볼 게 있습니다."

"네, 네."

메즈는 엘리안의 눈을 살폈다.

메즈가 무슨 생각으로 그러는지, 엘리안은 금방 눈치챘다.

"나예요. 엘리안. 혹시 카니발라가 아직 사라지지 않고 저인 척하고 있을지도 모른다고 생각한 건가요."

메즈는 망설이지 않았다.

"사실, 내내 그랬습니다."

"아아."

"지난번 이지프와 이야기하는 것을 몰래 듣기도 했고요. 다만—"

"다만?"

"엘리안 군의 상태가 저를 안심시켰습니다. 카니발라가 아무리 엘리안 군인 척한다 하더라도, 그것까지 위장하지는 못할 겁니다. 제가 아는 카니발라는 자존심이 강합니다."

즉, 너무 무식해서 안심했다는 것이다.

"……."

"저는 카니발라가 없어지지는 않았다는 것을 압니다. 당신 안에 갇혀 있는 거지요. 하지만 당신이 카니발라인데 당신조차도 모르게 세뇌가 되었을지도 모르고, 서로 기억이 뒤섞이거나 카니발라의 영혼이 당신의 기억을 삼킨 상태에서 자신의 의지를 잃었을 수도 있지요."

"그런 거 아니에요."

"아니기를 바랍니다. 다만, 그러니 서부로 가는 문제에 대해 말씀드리자면. 당신이 먼저 가는 편이 나을 것 같습니다."

"브릴 없이요?"

"네. 되도록 브릴 님은 떼어 놓고 가는 편이 나을 겁니다. 안심이 될 때까지 오지 못하게 하는 것도 좋고요. 핑계는 알아서 대도록 하죠. 그곳에 가면 '모든 것의 우물' 이 있고, 야하크라 정령사의 수장도 있고 족장님도 있습니다. 도움을 받을 수 있을 겁니다. 엘리안 군의 상태가 깨끗해지기 전까지는 브릴 님과는 떨어져 지내는 게 좋을 것 같습니다."

엘리안은 겁에 질린 강아지처럼 메즈를 올려다보았다.

그 표정에, 메즈는 자신이 옳다는 확신이 생겼다. 브릴이 옆에 있으면 이런 엘리안의 상태는 점점 더 심해지기만 할 것이다. 브릴은 엘리안의 응석을 받아 줄 테고, 엘리안은 영원히 아이로만 남아 있을 것이다. 좋지 못하다.

"받아들이십시오."

"조, 좀 나중에 가면 안 될까요."

"안 됩니다."

머뭇대선 안 되는 이유로, 로버트 왕자가 있다.

얼마 전에 브릴이 습격을 받았다. 그날 브릴은 엘리안이 자고 있을 때 망명자 기사단의 호위를 받아 돌아왔다.

로버트 왕자가 그런 식으로 움직이면 엘리안을 들키는 건 시간문제다.

"브릴과 이야기해 보도록 할게요."

"제가 말하겠습니다."

"왜……요."

"당신이 조금이라도 불안해하거나 헤어지기 싫어하면, 브릴 님은 당연히 당신을 옆에 두려고 할 겁니다. 그러니 안 됩니다."

엘리안은 부끄러워하며 얼굴을 붉혔다.

메즈는 엘리안의 공부방을 나와 브릴을 찾았다.

브릴은 개인 서재에서 책을 보는 중이었다. 얼마 전부터 브릴은 의회 교육원 소속 교수로부터 행정학 교육을 받고 있었다.

"왜, 메즈?"

"로라 선생이 우리에게 사기를 쳤습니다."

"사기라니?"

그리고 상황에 대해 말했다. 브릴은 이마를 짚었다.

"맙소사. 다른 선생을 찾아야겠네. 아니면 내가 가르치거나."

"일단, 브릴 님은 엘리안 군을 가르칠 수 없습니다."

"왜?"

"엘리안이 공부하기 싫다고 하면 봐줄 테니까요. 차라리 제가 하는 게 낫습니다."

"그만둬. 엘리안이 자폐증에 걸리는 것을 보고 싶지는 않아."

"그럼…… 엘리안을 서부로 먼저 보내면 어떨까요."

메즈의 걱정과는 달리, 그건 브릴이 먼저 꺼내려던 말이었다.

브릴도 문제를 인식하고 있었다.

엘리안이 처한 상황이 특수한 건 안다. 하지만 달래고 어르고 보호해 주는 건 한계가 있다. 저 나이 되도록 혼자서 아무것도 못 하는 건 심각한 문제다. 그렇다고 강해지라고 몰아세울 수도 없다. 그건 노력이나 마음가짐으로 되는 게 아니니까. 그래서 차라리 아무도 없는 서부로 보내 요양을 시키고 싶었다. 그런 곳이라면 몸도 마음도 가라앉을 테니.

"혹시, 엘리안도 그러겠다고 했어?"

"네."

"나도 동의해. 이미 생각해 둔 바이기도 하고. 표 예매할게."

"감사합니다."

"왜 이게 감사할 일이야. 당연한 일이지. 오히려 내가 엘리안을 맡기는 처지잖아."

다음 날 브릴은 일주일에 한 번 수도에서 출발하는 우등 기차의 특실을 예매했다.

가격은 엄청났다. 커다란 호텔 룸을 한 달 빌리는 가격에 맞먹었다.

표 가격을 본 메즈는 신음을 흘렸다.

"너, 너무 비싸지 않습니까."

"편히 가. 객실 문을 닫아 두면 아무도 드나들지 않을 거고, 식사는 기차 식당으로 가거나 시간마다 가져다 달라고 하면 될 거야."

"저와 라바이는 이민족인데 괜찮겠습니까. 이렇게 비싼 객실에 이민족이 탔다가 곤란한 일이 생길까 봐."

"나도 그게 걱정되었는데, 총리 각하의 비서인 알리시아가 같이 가 주기로 했어."

그리고 브릴은 알리시아 몫의 특실표도 샀다. 태어나서 처음으로 특실에 타게 된 알리시아는 정말 흥분했다.

떠나는 엘리안의 짐을 꾸리는 일은 이지프가 했다. 이지프는 드디어 떠나게 되자 신이 나서 짐을 챙겼다. 브릴이 던져 준 가방에 자로 잰 듯 정확하게 엘리안의 옷가지를 차곡차곡 챙겨 넣고, 구두 가방에 솔질한 구두를 넣었다. 정령이 담긴 병들은 특별 제작한 가방에 넣고, 모형 배가 된 이라를 연못에서 건져 내어 커다란 병 안에 넣었다.

당사자인 엘리안은 당일에 이지프가 깨끗하게 솔질해 놓은 옷을 입기만 하면 되었다. 완벽하게 단장을 시킨 이지프는 거울을 보여 주며 말했다.

[어떤가요.]

"멋지다, 이지프. 고마워."

브릴도 이지프를 칭찬했다.

"쓸 만하네."

[오오, 미친 분. 드디어 제 실력을 인정하시는군요.]

"닥쳐. 내 옆에는 망치가 있으니까. 엘, 도착하면 메즈의 아버지가 나와 있을 거야."

"응."

"도착할 때까지 객실에 가만히만 앉아 있으면 돼. 알겠지?"

"알았어. 걱정 마."

차려입은 엘리안은 누가 봐도 신사였다. 얼굴도 너무 눈에 뜨이고. 누구라도 지나는 길에 획 돌아볼 것 같다.

복면이라도 사서 얼굴을 가리게 하고 싶은데, 그러면 더 눈에 뜨이겠지.

어마어마하게 흥분한 라바이는 미친 듯 떠들어 대는 중이었다. 처음 기차를 타는 거란다. 메즈는 인내심 있게 라바이의 말을 들어 주었다.

"브릴 없이 지낼 거 생각하니, 좀 무섭기는 해."

"중간에 내리지 마. 엘리안이 타고 가는 특실, 꽤 비싸거든? 표값 날리게 하면 안 된다."

브릴이 그렇게 말하고 웃자, 엘리안은 눈을 가늘게 떴다.

엘리안의 맑고 푸른 눈동자에 밝고 활기찬 빛이 담겼다.

"브릴이 빨리 오면 좋을 것 같아."

"노력할게."

"화낼까 봐 아직 말 못 했는데 그날 정말 예뻤어."

"무슨…… 아, 그날?"

다시 만난 그날 이야기하는 거다.

이미 지난 일이다 보니, 브릴도 칭찬이 듣기 좋았다. 어린 시절로 돌아간 것 같다. 단둘이 마주 보며 눈을 반짝이던 시절로.

"마법이나 주술에 걸린 것 같았어. 다른 생각은 하나도 안 나고, 브릴이 너무 예쁘다고만 생각했어."

"그럼, 만나자마자 바로 칭찬하지 그랬어."

"그러게. 좋아할 줄 알았다면 칭찬하는 건데. 그런데 그날 뭐 때문에 그렇게 입었던 거야?"

"오페라 구경 갔었어."

"오페라? 누구하고?"

"레오닉스."

엘리안은 차가운 손가락이 심장에 닿은 느낌이었다.

표정이 순식간에 어두워졌지만, 브릴은 다른 곳을 보고 있느라 엘리안의 얼굴이 변한 걸 몰랐다.

"나중에 나라가 조용해지면 보러 가자. 물론 다른 사람인 척하고 다녀야 할 테지만."

"그, 그래."

메즈가 날뛰는 라바이를 잡아다 마차에 집어넣었고, 이지프는 짐인 척하고 짐칸에 탔다.

브릴이 엘리안을 잡아끌었다.

"무슨 생각해? 마차에 타야지."

"응."

한 시간 뒤 마차는 역에 도착했다. 라바이는 역에 내리자마자 냅다 달려 나갔지만, 메즈에게 냉큼 잡혀 기차 객실에 쑤셔 넣어졌다. 이지프는 미리 객실에 들어가 짐인 척하고 앉아 있기 시작했다. 병이 들어간 작은 가방과 이라는 사라졌는데, 엘리안이 혹시 집에 놓고 온 거냐고 묻자 가슴의 뚜껑을 열었다. 모두 그 안에 들어 있었다.

"꽤 크다?"

[보기보다 많이 들어간답니다.]

메즈는 브릴과 작별 인사를 했다.

"그럼 가겠습니다."

"그래, 메즈."

브릴은 메즈의 어깨를 안았다. 메즈는 그런 브릴의 등을 두드렸다.

준비할 때는 마음이 급했는데, 정작 메즈가 떠난다고 생각하니 아쉬웠다. 한동안이지만 혼자 지낼 생각에 막막하기도 했다.

"우르가나는 항상 옆에 두십시오. 연회장에 가더라도 몸에 지니고 가십시오."

"알았어."

"꼭 그렇게 하셔야 합니다."

"알았다니까."

브릴은 메즈의 연두색 눈에 깃든 신중한 불안을 놓치지 않았다.

"메즈, 카니발라가 돌아올 것 같아서 이러는 거지?"

"아셨습니까."

"눈치로. 그래서 엘리안 먼저, 예정보다 빨리 보내자고 그런 거잖아."

메즈는 난처하다는 듯 고개를 살짝 숙였다.

"죄송합니다, 브릴 님. 아직 저는 엘리안을 믿을 수가 없어요. 일단 제가 지켜보겠습니다. 우르가나가 있으니, 연락할 수 있습니다."

"알았어. 그리고 그런 건 그냥 이야기해. 나는 못 믿을 사람이 아니야."

"알겠습니다. 그리고 무사하십시오. 당신의 안전은 제게 가장 중요한 일이니까요."

"그래."

"정말 무사하십시오."

"알았다니까."

브릴은 메즈의 두툼한 어깨를 두드려 주었다.

출발 신호가 울렸다.

"가. 늦겠다."

메즈는 다시 기어 나온 라바이를 도로 잡아 옆구리에 낀 다음 엘리안도 잡아끌어 객실로 밀어 넣었다. 엘리안은 잡아끌려 가면서 두 팔을 흔들었다. 브릴도 손을 흔들며 뒤로 물러났다.

기차는 크게 기적(汽笛) 소리를 울린 다음, 철컥철컥 소리를 내며 출발했다.

기차가 플랫폼 밖으로 미끄러져 나가는 것을 보는 브릴은 쓸쓸해졌다.

아, 혼자 남았구나.

외로워진다.

엘리안이 너무 주변 사람에게 의지한다고 생각했는데, 브릴도 사실 이 모양이다.

하늘에서 빗방울이 하나 떨어졌다.

브릴은 이마를 적신 물방울을 훔치곤 고개를 들었다.

다시, 한 방울 더 떨어졌다. 이번엔 눈 위로 떨어졌다.

툭, 투둑—

연달아 떨어진 빗방울 탓에 브릴은 눈을 감았다. 눈 아래로 빗물이 번져 든다.

아, 안 돼. 가차가 완전히 떠나기 전에 눈을 떠야 하는데.

제발, 카니발라가 사라졌으면.

다정한 엘리안의 웃음, 엘리안의 부드러운 볼, 향긋한 머리카락과 목덜미, 연한 상앗빛 손가락들은 다 엘리안의 것이야. 그 차갑고 사악한 자가 영원히 그 아이의 것을 훔쳐 가지 못하게 되었으면.

고개를 숙이고 빗물을 훔쳐 내려 하는데, 묵직하고 뜨거운 손가락이 브릴의 눈가에 얹혔다.

물기가 그 손가락에 스며들며 아래로 번졌다. 손이 브릴의 젖은 볼을 천천히 쓸어내렸다. 볼에 떨어진 빗물이 그 손바닥을 따라 닦여 나간다.

아.

들뜬 한숨이 흘러나왔다.

두근거린다.

설마, 하고 생각하는 순간에 심장이 빠르게 뛰었다.

눈을 뜨니 넓은 어깨가 보였다. 눈길을 올려 누군지 확인하기 두려웠다. 마주하면 어떤 생각이 들지 몰라 두려웠고, 아니라면 실망스럽고 창피할 것이다.

다스릴 수 없는 감정을 속에 품는 건 그런 것이다.

들불처럼 번지고 천둥처럼 울리고 번개처럼 후려치는 것을 생살 안에 품는다. 그런데, 그런 만큼 또 반갑기도 하다.

"브릴."

남자의 손이 브릴의 목을 쓸어 올리듯 묵직하게 덮어, 손으로 목을 다 삼킬 듯 감쌌다. 목덜미의 맥박이 열기를 품고 더 크게 뛰어올랐다.

살을 밀어내는 맥박이 브릴에게도 느껴지니, 남자의 손에도 느껴질 것이다.

천천히 힘이 들어가는 그 손을 느끼는 동안 남자가 고개를 숙였다. 서늘한 코트 자락이 스치고 이마 높은 곳에 남자의 단단한 턱이 닿았다. 맥이 탁 풀렸다. 스스로도 주체하기 어려워, 고개를 숙이고 남자의 목에 이마를 대고 가슴을 기댔다.

감정이란, 감정을 가진 자의 것이 아니다. 온몸을, 이성과 사리 분별을 모두 집어삼킨다. 그러면서 저 혼자 펄펄 뛰고 나동그라지는 것이 감정이란 것이다. 어디로 흘러갈지 정하는 건 감정 그 자체지 감정의 주인이 아니다.

레오닉스가 한숨을 내쉬었다. 뜨거운 숨결이 출렁이는 가슴과 함께 느껴진다.

"떠난 줄……."

레오닉스가 말했다.

"떠난 줄 알았다."

목소리가 긴장해 있었다. 아, 그래. 내 이름으로 표를 예매했었지.

브릴은 놀리듯 말했다.

"도망칠 걸 그랬나요. 플랫폼에서 놀라서 보고 있게."

"굳이—"

레오닉스가 눈살을 찌푸렸다.

"굳이 그렇게 사람을 괴롭힐 이유가 뭔가. 정말 그랬다간, 온 나라 사람들이 내가 여기 앉아 다음 기차 기다리는 걸 봤을 텐데."

"창피해서 싫은 건가요."

"마음이 아파서 싫다."

목덜미를 누른 손에 힘이 들어가고, 이마에 닿았던 턱이 미끄러지며 이마에 입술이 닿았다. 목을 잡은 손에 힘이 들어갔지만 부드러웠고, 여기서 더 나가지는 못하기에 그것이 그가 할 수 있는 최선이었다.

심장에서 번지는 뜨거움이 모든 것을 변하게 한다.

심장의 색을, 피의 온도를, 세상을 보는 눈을, 죄다 바꾼다.

지금 내 안에서 뭐가 일어나는 걸까.

어떻게 된 건 아니겠지. 아니, 어떻게 된 게 맞나 봐. 그러지 않고서야, 보자마자 이렇게 온몸이 오싹 긴장할 리 없다.

이마로 빗방울이 하나 더 떨어지더니, 곧 머리카락이 촉촉하게 젖기 시작했다. 거세지는 않았지만 그렇다고 금방 그칠 것 같지도 않은 비다.

레오닉스가 브릴의 팔을 잡아끌었다.

"잠시 시간 내 줄 수 있나? 비는 피하면서."

"어디에서요."

"남들이 볼 수 없는 장소."

브릴은 주변을 둘러보았다. 사람들은 별로 없지만, 브릴은 이 남자가 눈에 뜨인다는 것을 알았고 이 남자도 자신이 그렇다는 걸 안다.

"비밀 회동을 할 수 있는 살롱이라도 있나요."

"하일드 저(邸)라면 괜찮은가."

"당신 집…… 아니, 궁 아닌가요?"

다른 이름으로는 하일드 궁이다. '궁' 이란 호칭을 쓰려면, 집주인이 왕족이자 군주여야 한다. 하일드 왕가 소유의 저택은 이 나라에서 궁의 호칭을 받은 건물 중 하나다.

"궁이기에 개인적인 방문도 공식적인 초청이자 방문이 될 수 있다."

놀러 가는 게 아니라 공식적인 방문이 된다. 즉, 기록에 남는다.

브릴이 왔다 갔다는 것을 문서상으로 확인할 수 있다는 뜻이며, 여러 의미로 해석될 여지를 남긴 기록이 될 수 있다는 뜻이기도 하다.

이러면 그냥 하는 말이 아니다.

지난번에 말했던 일과 관련이 있을 것이다.

"그래요. 가요."

레오닉스가 팔로 브릴을 감싸듯 등 뒤로 밀어 넣은 다음 살짝 밀었다.

"서두르지."

한 시간 정도 뒤에 브릴은 레오닉스가 말한 궁에 도착했다. 왕궁과 의회 공관이 있는 시내와는 동떨어진 저택으로, 주변에 하일드나 남부 귀족들, 부유층의 저택이나 별장이 있었다. 내전 때 남부 귀족들 상당수가 몰락하거나 죽자, 공장이나 무역으로 돈을 번 신흥 부유층이 이 근방의 저택을 사들이거나 빌렸다.

그 후 이곳은 이제 하일드의 귀족들과 신흥 부자들의 거주 지역 비슷한 곳이 되었다. 중앙로에는 역사 깊은 극장이나 사치품 상점이 많다면, 이 근방은 새로 생긴 카페나 고급 식당이 많았다.

하일드 궁은 평소에는 그림이나 조각 등을 전시하는 미술관 역할을 해 일반인들에 공개되지만, 레오닉스가 와 있는 지금은 일반인 출입이 전면 금지되었다.

듀카르니아 대궁전보다 규모는 작아도 크고 오래된 저택이었다. 내부는 몇 번이나 수리되어, 고풍스런 겉과는 달리 실내는 최신식이다.

왕자가 돌아오자, 하인과 시종들은 총이라도 쏜 듯 재빨리 자기 자리로 달려갔다. 응접실과 서재, 접객실로 향하는 모든 문이 열리고 촛불이 타올랐다. 브릴과 레오닉스가 들어오자, 모든 문의 양옆을 지키는 시종들은 고개를 숙여 인사했다.

레오닉스는 저택 뒤뜰로 이어진 찬실(攢室)로 브릴을 데리고 갔다. 안으로 들어가며 레오닉스가 손짓을 하자, 그 문을 지키던 시종들이 찬실 문을 닫았다.

찬실은 북국 하일드풍으로 만들어진 곳이었다. 장인이 제작한 것 중 고르고 고른 가구를 놓고, 바닥에는 어두운 색 카펫을 깔았다.

브릴은 의자를 만져 보았다. 테이블과 장식장은 물론이요, 벽지와 창틀, 커튼, 카펫까지 듀카르니아와는 다른 분위기로 만들어졌다.

시종이 향이 진한 차와 따뜻한 브라우니를 내왔다. 달콤한 냄새가 안을 가득 채웠다. 찻잔과 포트도 자주색 작약을 그려 넣고 금으로 테두리를 친 화려한 것이었다.

하일드는 거친 나라지만, 상당히 과시적인 사치를 즐기는 나라이기도 했다. 레오닉스의 아버지는 그런 발카니아의 왕들 중 가장 과시적인 왕이었다. 그는 가문의 상징인 독수리의 머리에 진짜 왕관을 씌울 수 있기를 바랐다. 제국 내전에 끼어든 것도 그 때문이었다. 자기가 영리하게 처신하다 생각했으나, 안타깝게도 당시는 협잡과 외교로 땅을 얻을 수 있는 시기가 아니었다. 질풍처럼 휩쓰는 황제 앞에서 아버지 같은 존재는 하찮을 뿐이었다.

이 궁은 그런 선왕이 부린 허세의 결실이라, 보는 사람 숨 막힐 정도로 호화로운 곳이었다. 다행히 브릴은 극단적인 화려함이나 사치스러움에 어울렸다. 주눅 들거나 압도되지 않았다. 화려한 흑목 의자도, 정신착란이 일어날 정도로 정교한 무늬를 새겨 넣은 테이블도, 금빛 장미 덩굴무늬를 짜 넣은 커튼도, 그 무엇과 있어도 브릴은 밀리지 않았다.

브릴은 찻잔을 내려놓았다. 화려한 얼굴이 밝은 실내의 불빛을 받아 더욱 화사해 보였다.

레오닉스는 그런 브릴의 분위기를, 화려한 반짝임이 감도는 분위기를 즐겼다.

"자, 이제 말해도 될 것 같지만."

브릴이 말했다.

"같지만?"

"우선, 셋."

브릴이 고개를 들며 말했다.

향긋한 차향이 부근에 감돌았다.

"셋 세는 동안만 가만히 있어 줄래요?"

"왜."

브릴은 레오닉스의 입술 위에 손가락을 댔다.

레오닉스는 웃어야 할지 놀라야 할지 몰랐고, 그래서 이런 처지가 된 남자가 거의 그러하듯 가만히 있었다. 아무리 하일드의 왕자라도, 또 그리도 많은 전쟁을 치러 온 남자라도, 이건 처음 해 보는 일이니까.

이렇게까지 건방지게 치고 올라오는 여자는 만나본 적 없었고, 그러기를 바라는 여자 역시 없었다.

브릴이 부리는 건 분명 교태, 그것도 아주 상냥한 교태다.

본인이 즐기는 교태라고 해야 할까. 남들이 어떻게 보든 상관 않겠다는, 오로지 당신만을 원한다는 뜻을 가진 교태다.

"하나나 둘은 너무 부족해하니 셋까지는 필요한 것 같아서요."

"무엇을 위한 셋인가."

"내가 당신에 대해 생각해 볼 수 있는 시간."

그리고 미소 짓는 브릴은 늘 그렇듯 장미처럼 화려했다. 그러면서도 가볍게 보이는 데도 있어, 레오닉스의 기분도 같이 가벼워졌다.

"자, 당신은 사자처럼 사람들의 눈길을 끌어요. 내게도 마찬가지고. 하지만 일단 눈길을 끈다고 이겼다고 생각하지 말아요."

브릴은 레오닉스의 얼굴과 어깨를 보고는 손을 얹었다.

레오닉스는 그리 말하는 브릴이 사랑스럽다고 생각했다. 그래, 붉은 꽃잎이 터지듯 사랑스럽지. 그 덕에 레오닉스는 이 브릴에게 아무것도 바라지 않을 수 있었다.

이 여자가 즐겨 주길, 원해 주기만 바랄 뿐이다.

다른 건 없다. 그뿐이면 된다.

감정은 폭풍 같을 수도 있고 호수 같을 수도 있다. 즐겁게 할 수도 있고 분노하게 할 수도 있고.

레오닉스는 그것들을 다 인정하고 있었다.

열네 살 이후 처음으로 가져 보는 이기적인 욕망이었다.

내 것으로 두고 싶고, 나만이 허락받길 바란다.

브릴의 손이 레오닉스의 턱을 잡고 살짝 당겼다.

"자, 레오."

두 사람의 코가 스쳤다. 입술 위로 숨소리가 번졌다.

"우선, 하나."

"벌써?"

그래도 떨림이 레오닉스의 몸을 스치고 지나갔다. 기분 좋은 긴장감이 몸을 건드린다.

"레오, 분노와 증오만큼 나를 얽매는 게 없지만 행복과 기쁨만큼 나를 자유롭게 하는 것도 없어요. 그러니, 시작은 빠른 거죠. 그래서 하나—"

브릴은 손을 내려 남자의 가슴을 쓸어내렸다.

손바닥 아래로 남자의 몸이 느껴진다. 가슴의 일렁임도, 단단한 몸이 깊게 숨을 내쉬는 것도. 레오닉스의 어깨가 앞으로 기울어졌다. 브릴은 그가 드리우는 그림자 안에 갇혔다.

"둘……."

"천천히 세도 돼."

레오닉스의 검고 부드러운 머리카락이 브릴의 볼에 닿았다.

레오닉스의 눈에 미소가 담겨 있었다.

"아주 천천히 세도 괜찮아."

브릴은 레오닉스의 얼굴을 올려다보았다.

소년처럼 순수한 얼굴이다. 큰 몸이 브릴에게 닿는다.

브릴은 가슴 근처를 나돌아 다니던 간질간질한 것이 심장으로 뛰어든 것 같았다.

"셋."

그리고 레오닉스의 입술 옆에 입을 맞추었다.

"이제 알겠나."

"귀찮은 여자가 되기로 했어요. 발목잡기, 들러붙기, 질척대기, 아쉬워하기를 마구 해 대며."

레오닉스는 다시 웃었다.

“셰어브릴.”

“농담이에요. 그냥, 당신이 내 옆에 있는 게 좋아요……. 또…….”

브릴의 눈이 반짝였다.

“나는 당신이 좋아요.”

“…….”

“당신이 좋아요, 하일드의 흑사자. 욕심도 나고, 그러면서도 다정하게 지내고 싶고.”

어떤 일이 벌어질지는, 브릴이 알 수는 없었다.

남자가 어떻게 생각할지는 모른다. 그러나 여태 만났던 남자들과는 완전히 다른 감정을 불러일으킨다. 어쩌겠나. 강력한 소유욕, 그리고 분노와 결이 닮은 집착이 느껴지는데.

당신은 내 거야, 내 것이어야만 해—라는.

브릴은 이리 말하는 자신이 얼마나 오만하게 비칠지 알았다.

또, 레오닉스의 자존심을 건드린다는 것도 알았다.

그러나 수줍게 어깨를 움츠리는 것도, 남의 감정을 기다리는 것도, 브릴은 할 수 없었다.

원하는 상대를 쳐다보고, 당신을 원한다고 말해야 했다.

물론, 상대가 아직 말하지 않았을 때.

순간 숨소리가 바짝 닿아 왔다.

콧날이 스치고 턱이 스쳤다. 허리를 잡은 레오닉스의 손에 힘이 들어갔다. 긴장한 단단한 몸이 더 가까워지고, 두 팔이 브릴의 몸을 바짝 끌어당기며 고개를 숙여 왔다.

가까워진다. 그리고…….

덮친다.

브릴은 숨을 깊이 내쉬었다. 숨소리를 집어삼키듯 레오닉스의 입술이 닿았다. 단단한 두 손이 허리를 꽉 감싸고, 겹쳐진 입술 사이를 혀가 벌리더니 뜨겁고 묵직하게 들어왔다. 그것이 안으로 들어와 감싸고, 욕망하고, 음미했다. 검은 나무가 뿜어내는 향기처럼 브릴을 취하게 했다. 두 손, 쇠처럼 강한 두 손이 브릴을 조여 왔다.

겹쳐진다. 카니발라이자 엘리안과의 첫 키스를.

그 순간에 브릴은 분명 누군가를 그리워하고 있었고, 허공에 있는 듯 붕 뜬 채 원하고 있었다. 그래서 그날은 당혹감과 죄책감만 남았다. 엘리안에게 미안하기만 했다.

그런데 지금, 엄청난 거리에 있던 타인이 성큼 다가와 이렇게 브릴을 삼키고 있다.

다르다, 그때와.

와, 어서—

머리를 감싸고 목덜미를 덮는 남자의 뜨거운 손에 브릴은 희열을 느꼈다. 레오닉스의 숨소리와 심장 소리가 느껴진다. 저도 모르게 레오닉스의 옷자락을 쥐고 꽉 힘을 주었다. 가슴을 대고 그에게 의지하고 몸을 기울였다.

입술이 떨어진다. 눈이 마주했다. 레오닉스의 검붉은 눈, 살짝 웃고 있지만 갈망에 찬 얼굴, 어깨, 사향 풍기는 기품과 위엄, 그 모든 것이 가까이 다가온다.

“셔츠.”

레오닉스가 말했다.

“할 줄 아는 유혹은 셔츠 찢는 것뿐이라고 했던 걸로 아는데.”

“그건 글로 배운 거지, 해 본 적은 없어요.”

“당돌하고 건방지게 말한다는 건 인정해야겠군.”

"싫다면 어쩔 수 없어요. 고쳐지지 않는 버릇일 테니. 또, 유감이지만 나는 그럴 만한 신분이기는 한걸요."

"인정해. 그래서 계속 이런 식일 건가."

"그럼요."

레오닉스의 눈가에 더 깊은 미소가 보였다. 웃는 얼굴이 드문 남자다. 항상 바위처럼 차갑고 거칠게만 보이니. 그러나 웃는 얼굴, 마주하고 눈을 가늘게 뜨고 입술을 올리는 그 표정이 브릴은 놀라울 정도로 좋았다.

웃는 얼굴이 보기 좋다는 것만 아니라, 웃는다는 것 자체가 좋다. 그러면 이 남자가 가진 황폐한 엄숙함이 사라졌다.

아름답고 젊은 남자만 남는다.

정말로 가지고 싶은.

레오닉스의 손이 브릴을 잡았다. 묵직한 손이 볼을 쓸어 올리고 머리카락 속으로 파고들어가 누르더니 이마가 닿았다. 브릴은 남자가 몸을 숙이는 것을 느꼈다. 기분 좋은 압력이, 다정하고 설레는 압박이 느껴진다.

"하지만 이미 매혹된 자에게 유혹이 무슨 필요가 있을까. 한숨 하나에도 심장이 움직이는데."

이건 왕자와 왕족 여자, 이 나라에서 가장 고귀한 핏줄을 타고난 자들의 일이 아니라 남자와 여자의 일이다.

육체의 욕망은 결코 하찮지 않다.

특히나 지금, 가진 모든 것을 죄다 내놓고 싶어질 만큼 굉장한 힘을 발휘한다.

반짝이는 눈, 두려움 없는 미소, 이것이 다 그를 황홀하게 한다. 그리고 이 아름다움이 그를 향해 반응하는 것도 황홀하다.

첫사랑, 참으로 화려한 첫사랑이지 않은가.

그래서 레오닉스는 다시 다가갔다. 고개를 숙이고, 상대가 턱을 살짝

드는 것을 느끼며 목에 얼굴을 묻었다. 두근거리는 맥박이 입술에 느껴졌다. 얇은 살을 입술로 느끼며 숨을 묻었다. 그래도 레오닉스는 자신의 힘이 어느 정도인지 알기에 조심하며 어깨를 잡았다. 그럼에도 큰 체구는 정욕을 가누지 못해 브릴을 눌렀고, 옷 너머로 느껴지는 브릴의 몸이 그를 자극했다. 그의 팔이 허리의 움푹 파인 곳에 얹히더니 지그시 눌러 왔다. 몸이 정말 바짝 닿았다.

잠시인데, 정말 잠시인데 브릴은 벌써 기진한 느낌이었다.

레오닉스는 몸의 힘을 풀었다. 브릴은 뒤로 물러나 창턱에 앉았다. 레오닉스의 입술이 브릴의 무릎에 닿았다. 그의 머리카락이 허벅지를 덮었다. 레오닉스는 무릎에 입을 맞추고 허벅지를 어루만지고는 어깨를 들었다.

"이런."

옷만 안 벗었다 뿐이지, 누가 봐도 남자와 여자의 행위다.

브릴은 아무것도 하지 않았는데 남자를 받아들인 기분이었다. 정말 다리를 벌리고 뜨겁고 단단하게 들어오는 그를 느낀 기분이었다. 그의 손이 살을 주무르는 것 같고, 목덜미와 젖가슴 위에 그가 입을 맞춘 기분이었다. 분명 옷을 다 입고 제대로 앉아 있는데도, 살과 살을 섞으며 숨을 섞고 뒤엉켜 있는 기분이기도 했다.

레오닉스의 손이 브릴이 앉은 창턱을 짚었다. 눈가에 여전히 열기와 즐거움이 배어 있었다. 브릴은 남자의 눈, 남자의 웃음, 남자의 향기, 그 모든 것이 아름답게 느껴졌다. 욕망은 더 커진다. 가슴속에서부터 소유하고 싶은 욕망이, 처음부터 끝까지 자신의 것이길 바라는 욕망이 생겨났다.

남자 역시 마찬가지이길, 자신이 그 욕망에 흔들리고 있듯 남자도 자신을 원하길 바랐다.

그러지 않다면, 그건 아주 두려운 일이지.

좀 슬픈 일이기도 하고.

분명 브릴은 브릴 자신의 것이다. 그러나 브릴은 그만큼 이 남자가 그녀의 것이길, 그녀만이 소유할 수 있기를, 이 손길과 열기를 완벽히 가질 수 있기를 바랐다.

원하는 것이 생기자, 항상 그렇듯 마귀처럼 원한다.

온전히 손에 넣고 싶다.

사슬을 묶어 그녀의 손에 쥐고 싶다. 복종하게 하고 싶다. 순종하게도 하고 싶다. 몸에 넣어 두고 싶다.

지독하다, 참.

악마가, 내 안의 악마가 눈을 뜬 기분이야.

당신, 가지고 싶어 죽을 것 같네.

"이제."

"그래."

"당신이 하고 싶은 말은 뭐였나요."

"반지 샀다고. 좀 비싼 걸로."

브릴은 웃음을 터뜨렸다.

엘리안은 창밖을 보고 있었다.

너무 오래 멍하니 앉아 있어서, 기차로 얼마나 달려온 건지 모르겠다.

한참 전 같기도 하고, 조금 전 같기도 하다.

뭘 본 거지, 나?

엘리안은 몸을 움츠렸다. 구덩이로 빨려 들어간 기분이었다.

레오닉스가 왜 여기 있는 거지?

마지막으로 본 건, 레오닉스가 브릴 쪽으로 가는 것이었다.

인사하러 간 건가. 아는 사이라고 했으니…….

그래, 아는 사이…….

그게 아니야. 나도 안다고.

분노가 번지듯 올라왔다.

처음에는 미미하다, 어느새 감당할 수 없게 뜨거워진다.

아냐, 당신은 브릴을 원해선 안 돼. 절대, 절대 안 되는 거야.

엘리안은 눈을 감고 머리를 젓혔다.

어떻게 하지? 만약, 만약 레오닉스가 브릴을 아직도 원하는 거라면.

순간, 다른 세상으로 가기라도 한 듯 눈앞으로 화려한 무대가 펼쳐졌다.

무대에 금빛 의상을 입은 여신과 남신이 서 있고, 배경은 황금을 쏟아부은 듯 번쩍였다. 기교가 화려한 노랫소리가 들려왔다. 박스석이 보인다.

그곳 벨벳 의자에 브릴이 앉아 있었다. 흑갈색 머리카락은 말아 올려 핀으로 고정했다. 입고 있는 야회(夜會)용 드레스는 화려하다. 팔에는 푸른 다이아몬드가 박힌 팔찌가 걸려 있다.

그것을 보는 순간, 엘리안은 가슴에 불덩어리가 박힌 것 같다.

기억난다, 저 팔찌.

다시 만난 그날 차고 있었어.

브릴은 즐거움을 담아 무대를 보고 있었다. 그러나 브릴 옆의 레오닉스는 아니었다.

의자에 기대앉은 그가 보는 대상은, 열망과 감탄, 숭배와 애정을 담은 눈으로 보고 있는 대상은, 바로 브릴이다.

브릴이 고개를 돌려 뭐라 말하면, 그 빛은 더 진해졌다. 입가에 웃음이 보이고, 눈빛은 부드러웠다. 거칠고 배타적이던 남자가 더없이 다정하고 무방비하다.

가만, 어떻게 이걸 볼 수 있는 거지?

엘리안이 본 게 아닌, 카니발라가 본 것이다. 극장 안에 넣어 둔 그의 기계 시종들로 하여금 보도록 했던 것이다.

평소라면 금방 알아냈을 레오닉스가, 그날은 하나도 잡아내지 못했다.

앞에 있는 상대에게 집중하고 있었으니.

즐겁게 반짝이는 눈동자와 드러난 어깨와 가슴에, 잠깐이기에 결코 놓칠 수 없는 손길의 스침까지, 모든 것을 느끼고 지켜보느라, 그는 아무것도 신경 쓸 수 없었다. 그의 모든 것이, 오로지 브릴 앞에 바쳐지고 있었다.

"하지만 이제, 그 소원을 영원히 이룰 수 없게 된단다."

"피하고 싶었던, 견딜 수 없었던 현실이 모조리 네 앞으로 돌아올 거야."

이거야말로 진짜 피하고 싶었던 일이다.

분하고 화가 나는 게 아니라, 가슴이 아프고 슬퍼서 죽을 것 같았다. 죽도록 원하던 게 있어서 죽었다가 살아났는데, 그러자 죽도록 싫어하던 일이 벌어지려 한다.

다시 돌아왔을 때, 엘리안은 브릴만 있으면 된다고 생각했다. 브릴 옆에만 있을 수 있다면, 브릴이 행복하기만 한다면 된다고 생각했다.

하지만, 브릴을 누군가에게 빼앗기고도 버틸 수 있을까.

브릴의 인생이 더 이상 엘리안과 함께하지 않아도 괜찮은 걸까.

싫어.

너무 싫어.

네가 내 세상에서 사라진다는 것이, 내가 너 없이 살아야 한다는 것은 너무 싫어.

세상이 꺼진다.

숨을 몰아쉬며 정신을 차리자, 엘리안이 있는 곳은 처음 앉아 있던 의자가 아니었다. 엘리안은 연결 칸 문고리를 잡고 있었고, 메즈는 그런 엘리안의 어깨를 잡아 누르고 있었다.

메즈의 눈이 엘리안의 얼굴을 똑바로 노려보았다.

"메즈?"

메즈는 엘리안을 쏘셔 버리기라도 할 듯 보고 있었다.

그 험악한 얼굴에 엘리안은 목덜미가 오싹하도록 무서웠다.

"혹시…… 일이 있었어요?"

"일이라 하면, 뭘 의미하는 겁니까."

"이상한 말을 한다거나, 난폭해지거나 거칠어진다거나. 내가 다른 사람처럼 보이거나!"

"그런 일은 없었습니다. 인형이나 허수아비가 걸어가는 것 같았지요. 엘리안, 혹시 제가 다가오는 것을 봤습니까?"

엘리안은 고개를 저었다.

"아니요. 못 봤…… 맙소사."

엘리안은 와들와들 떨기 시작했다.

"가, 갈게요."

"어디로 갈 겁니까."

"어디로든! 이대로는 위험해요. 알잖아요! 내가 카니발라일 때 어떤 일이 벌어졌는지! 떠날게요. 도망쳐야 해요! 멀리."

순간 메즈가 엘리안을 휙 당기더니 벽으로 밀어붙였다. 엄청나게 센 힘이라, 엘리안은 아무것도 할 수 없었다. 메즈가 힘이 세다는 건 알았지만, 작정하고 힘을 휘두르면 이렇게나 강할 줄은 몰랐다.

“엘리안, 당신이 사라지면 브릴 님은 또 당신을 찾으러 갈 겁니다. 모든 것을 포기할 겁니다. 그분을 그렇게 만들지는 마십시오. 다시는!”

“하지만! 하지만…… 카니발라가 다시 나오면 끝이에요!”

“왜 그런지, 이유를 알겠습니까?”

“몰라요.”

엘리안이 카니발라의 독을 삼켰을 때와 같은 생각을 했기 때문일 수도 있고, 약해졌기 때문일 수도 있다.

정확한 이유는 모른다.

하지만 분명한 건, 조금 전 카니발라의 지배력이 목 밑까지 올라왔다는 것이다. 아주 위험했다.

“우선, 방법을 찾아보도록 합시다. 지금 당장 도망친다 하더라도, 근본적인 것이 해결되지 않으면 끝입니다. 게다가 당신 착각일 수도 있지요.”

“착각이라뇨?”

“선 채로 잘 수도 있지 않습니까.”

“…….”

엘리안은 메즈의 표정이 너무 진지해서 웃을 수가 없었다.

“만약 도망치다가 당신이 카니발라가 되었다고 칩시다. 저도 없고 브릴 님도 없는 곳에서요. 그럼, 그 카니발라가 새 인생을 찾아 멀리 가겠습니까, 아니면 브릴 님을 다시 찾아오겠습니까?”

“아…….”

“저라면 당연히 그걸 걱정하겠군요. 지난번에 봤을 때, 그 카니발라는 브릴 님께 아주 버릇 나쁜 남자처럼 굴었거든요. 옆에서 보기에도 아주 불쾌했습니다.”

“무슨 말이에요?”

“쉬운 예를 들자면, 길리온 씨 같은 남자를 말하는 겁니다.”

"……?"

"혼자 도망가지 말고, 우선 저와 동행해요. 숨어 있을 만한 곳을 압니다. 그곳에 지내며, 정말 카니발라가 나타난 건지 알아봅시다."

"어디에 숨어요?"

"예전에 암닉시아 궁이란 곳에 머물렀습니다. 그 근방에 숲이 있었고, 버려진 집들이 많았습니다. 며칠 머물지요."

"다른 방법은 없어요?"

[당장 달려가 우물에 가서 뛰어내리면 돼요.]

엘리안과 메즈는 놀라서 비명을 지를 뻔했다.

뒤에 이지프가 와 있었다.

둘이 동시에 노려보자, 이지프는 명랑하게 말했다.

[죽어 버리면 된다니까요. 자, 같이 모든 것의 우물로 가서 몸을 던져요.]

메즈가 험악하게 말했다.

"깡통 머리가 종이처럼 구겨진다는 게 어떤 의미인지 알고 싶다면 더 지껄여 봐."

[하하하. 저는 고통을 느끼지 못합니다.]

"그럼 머리를 뽑아 버리지. 고통은 느끼지 못해도, 수치심은 느낄 거다."

[수, 수치……심은 없습니다.]

"수치는 문명과 지성의 가장 당연한 지표이니, 한번 해 보도록 하지. 네가 창피한 줄도 모르는 미개하고 우둔한 존재인지 아닌지는 그때 밝혀지겠지."

[……당신, 미친 분하고 비슷해요!]

메즈는 엘리안에게 말했다.

"엘리안. 그냥 도망치지 마십시오. 해결책도 아니고, 해결할 수도 없습니다. 그리고 저도 압니다. 사랑하는 사람에게 나 자신이 원치 않음에도 고통을 준다는 것이 어떤 건지. 사랑하는 사람이 나 때문에 슬프고, 나 때문에 고통스러워하고, 나 때문에 절망한다는 게 어떤 건지. 아주 미안하고, 아주 아픕니다. 사랑하는 사람이 아프면 나도 아프고, 나 때문이면 더 아픕니다."

메즈는 깊게 숨을 몰아쉰 다음, 엘리안의 어깨를 두 팔로 잡았다.

"저는 제 아버지에게 그런 존재였습니다. 아버지가 저 때문에 슬퍼할 때마다 저도 슬펐습니다. 그리고 엘리안, 브릴 님에게 당신은 그런 존재입니다. 그분은 당신 때문에 아주 큰 고통을 겪었습니다. 또, 그랬기에 당신을 위해 다시 한 번 모든 것을 포기할 수도 있습니다. 지위도, 재산도, 영광도, 심지어 사랑도. 그분에게 당신은…… 그렇게 특별합니다."

브릴은 엘리안을 찾으려고 카니발라를 찾아오고, 직접 해전에 뛰어들었다. 엄청나게 위험한 바다를 누비고 싸웠다.

그걸 다 수포로 만들 수는 없다.

그런데 엘리안은 캄캄하기만 했다.

불안, 두려움, 초조함, 그 나약한 감정들이 끓어올라 밀랍처럼 연약한 내면을 허물어뜨렸다.

메즈는 잡았던 엘리안의 어깨를 놓고 말했다.

"최선을 다해 당신을 도울 테니, 당신도 최선을 다해 주십시오. 엘리안, 나는 강해지라거나 인내하라고 말할 수는 없습니다. 그 사람이 짊어진 고통과 의무가 어느 정도의 의미이고 무게인지, 그 자신이 되어 보지 않는 한 모르니까요. 그러니 당부만 하겠습니다. 최선을 다해 주십시오. 그분을 위해서."

"알았어요."

메즈는 창밖을 가리켰다.

"우선, 다음 역에 정차하는 대로 내리고, 맞은편에서 오는 기차 중 가장 빠른 것을 타고 가도록 하지요. 라바이는 알리시아 씨에게 맡기겠습니다."

"고마워요."

메즈는 코트를 찾아 엘리안에게 넘겼다.

"그래도 이건 다행이군요. 저는 내내 당신이 엘리안인지 카니발라인지 몰라 의심했는데, 이것으로 엘리안 당신이라는 게 밝혀졌으니."

"정말요?"

"네."

이지프가 엘리안의 코트를 빼앗아 먼지를 털고 주름을 폈다.

"이지프?"

[이 구겨진 옷을 주인님에게 입힐 생각이었어요? 그리고 저를 버리고 가셔서는 안 되지요. 같이 가요. 제가 한 제안이 가장 현명하지만, 주인님께서 다른 길을 가시겠다면 어쩔 수 없지요.]

메즈의 눈이 이지프의 뒤통수를 골똘히 노려보았다. 딱 저기를 후려갈기면 좋겠다고 생각하며.

❖

체자의 하일드 요새에서, 브룬델카 경은 제레미의 우는 소리를 듣는 중이었다.

"그만하게."

"그래도요!"

"내가 자네보다 모를 거라 생각하나? 응? 자네가 이리 징징거린다고 내가 솔깃하거나 같이 불안할 거라 생각하나?"

"……아니요."

이 제레미는 오늘 요새로 출근하자마자 징징대며 말했다.

"왕자님이 반지 맞췄대요."

"알고 있네."

"아주 비싼 반지예요."

"안다니까."

"게다가 왕실 보석으로 등록해 버렸어요."

"그, 그래. 이미 안다고."

"그리고 며칠 전 왕자님이 하일드 궁으로 여자를 초대했대요. 공식적으로! 여자를!"

"안다니까!"

왕족들, 특히나 군주급의 왕족은 말 한 마디, 행동 하나하나가 죄다 예법과 의중으로 해석되기 때문에 조심해야 한다.

레오닉스는 귀찮을 때는 막 나가도 필요할 때는 그런 예법을 잘 지켰다. 즉, 레오닉스는 자신이 무슨 짓을 하는지 뻔히 알았다. 어떻게 보일지도 알고. 그래 봬도, 태어나자마자 왕가의 직계로 교육받았던 분이시다.

그랬기에 브룬델카 경은 레오닉스가 일부러 그런다는 것을 아주 잘 알았다. 지금 도시의 반응과 소문 모두 레오닉스가 의도한 바다.

브룬델카 경은 이런 중요한 일을 의논도 없이 멋대로 하느냐고 따지고 싶었지만, 레오닉스는 의논 없이 정해도 되었다. 레오닉스는 하일드 왕가 유일의 권력자고, 지금 수작 거는 상대인 브릴은 듀카르니아 직계 왕족이다.

적당한 이야기도 있다. 아, 그분이 우리 왕자님이 출정하실 때 같이 가셔서 용감하게 싸우셨지 뭡니까! 왕자님은 그분의 용기와 충심에 감동하고, 그분은 왕자님의 용맹에 감동하여 눈이 맞았다고 합니다.

"……젠장."

그리 생각하자 브룬델카 경은 우울해졌다.

많고 많은 왕족 중, 전 세계에서 직계 왕족이 가장 많은 나라에서 하필이면 왜 그분을 골랐단 말인가.

브룬델카는 아직도 레오닉스가 순수하고 귀여운 신부를 맞이해 평범한 팔불출이 될지도 모른다는 희망을 버리지 못하고 있었다. 언제고 아름답고 착한 신부가 들어와 하일드의 세피아라 궁을 아늑하고 평화롭게 꾸려 나갈 거라는 희망을.

그런데 이 소박한 꿈의 주어가 레오닉스가 되면 얼토당토 않은 망상이 된다.

"처음부터 수상했다니까요."

"제레미, 그건 수상한 게 아니라 누가 봐도 뻔히 돌아가는 거잖아."

아아, 우리 왕자님 취향이 이러셨을 줄이야.

누가 봐도 심란할 정도로 화려한 여자라니. 아무리 잘난 남자라도, 저런 여자 옆에 있으면 존재감이 흐려진다.

"그래도 로버트 왕자의 딸과 결혼하는 것보다 훨씬 낫지 않아요?"

"그걸 누가 몰라."

그러나 레오닉스는 물론이요, 하일드 관련자 중 그 누구도 로버트 왕자의 딸은 정략결혼 후보에도 넣지 않았다. 정략적으로는 손해가 너무 막심하고, 인간적으로도 별 매력 없는 선택이다. '듀카르니아 사교계에서 가장 정숙한 소녀' 라 꼽히는데, 이건 남자들에게는 트로피 이상의 가치가 없고 여자들에게는 미움받는다는 의미다. 레오닉스 역시 아무런 흥미가 없었다.

“아아, 저는 연애라면 시작도 하기 전에 실패하는데, 왕자님은 이번이 처음인데 왜 실수를 안 하는 거죠?”

“왕자님은 일단 직업이 왕자야. 그것도 잘생기고 유명하고 돈도 많은 왕자.”

“하지만 연애는 좀 다르지 않습니까?”

“솔직히 말할까? 일이 잘 풀리길 바란다면 자넨 당장 테이 경에게 가서 사과부터 해. 말투도 고치고! 자네가 성공한다면, 그게 더 이상한 거야!”

제레미가 화를 냈다.

“제가 왜 테이 경에게 사과를 해요!”

“자네가 테이 경을 짝사랑한다는 거, 모르는 사람도 있나! 좋아하면 그리 멍청하게 굴지 말고 신사답고 예의 바르게 굴어! 네가 얼굴이 잘생겼냐, 돈이 많냐, 지위가 높냐!”

“아, 제발! 외삼촌! 왜!”

“닥쳐! 집안 망신 그만 시키고 조신해져! 바닥까지 납작하게 엎드려 아양을 떨어도 장가갈까 말까 한 놈이, 왜 행실이 그따위야! 그리고 그래 놓고 왜 왕자님한테 불만이야, 불만이!”

같은 발카니아 출신 기사이자 외삼촌과 조카 사이인 두 기사가 이렇게 싸우는 동안, 아르노는 전쟁을 대비한 군무총회의를 소집했다.

전쟁 전이라 연회나 만찬의 규모는 축소되었고, 하일드와 의회의 주력군은 모두 밖에 있어야 했지만 전쟁이 코앞인지라 회의 자체는 중요해졌다.

후계자가 발표될 거란 소문도 퍼졌는데, 아르노는 그답게 소문을 실컷 부풀렸다.

동생들 집으로 전령을 보내고, 로버트의 집으로 시종 무관을 보내 그의 아내와 딸을 궁으로 불러들여 정찬(正餐)을 가졌다.

브릴에게도 연회 초대장이 왔다. 전령은 이번에도 정무관 사이먼 공이었다.

"이런 식으로 우리들을 놀라게 하실 줄은 몰랐습니다."

"미안하게도, 내가 놀랄 만한 일을 워낙 많이 해서 그중 무엇인지 궁금하군."

"제랄드 님을 추천했더니, 하일드의 왕자를 잡으셔서 그렇습니다."

브릴은 레오닉스에게 박수를 보내고 싶었다.

대단하다. 이렇게 수도를 한 번에 들썩이게 하다니

"백부님은 뭐라 하시지?"

"물론 좋아하지는 않으시지요."

"그래. 정식으로 결정된 건 아니니, 제랄드에게 아직 설레도 된다고 전해 줘."

그러나 어느 여자가 하일드의 왕자와 제랄드 사이에서 제랄드를 택하겠나. 제랄드도 주제 파악은 할 줄 알 것이다. 물론, 왕자를 욕하는 게 아니라 브릴을 속물이라 욕할 테지만.

"왕자와 어떤 거래를 하신 겁니까."

"사이먼 공, 나는 길거리에서 주워 온 평민 여자가 아닌, 마이언 왕자의 딸인 동시에 필파니온 선왕 폐하의 손녀야. 왕가의 일원이고, 이미 성인이고. 이런 내가 하일드의 왕자와 만나지 못할 이유가 있나?"

사이먼 공은 헛기침을 했다.

"그, 그건 그렇지만."

"하일드 왕가가 내 상대로 부족함이 없듯, 나 역시 왕자에게 부족함이 없는데 무슨 거래가 필요하지? 우리는 대등하고, 대등한 만큼 공정한 교제를 하고 있어."

브릴은 사이먼 공을 올려다보았다.

사이먼 공도 브릴이 미녀라는 건 인정했다. 그것도 압도적인 분위기를 풍기는 미모다. 서슬 퍼렇게 오만한 인상이라도.

흑갈색 머리카락에 청회색 눈, 듀카르니아 왕가의 두 특성 중 하나인 이 용모를 가진 브릴은 사악한 여신처럼 차갑고 아름다웠다.

남자들이 움츠러드는 유형의 여자지만, 레오닉스 정도 되는 지위에다 남성적 매력도 탁월하다면 자신 있게 굴어도 되겠지.

"셰어브릴 님, 그래도 왕가의 수장에게 순종하는 건 왕족의 미덕입니다."

"미덕이란 게, 가지면 좋지만 없다고 비난할 건 아니지 않나. 왕족이 지켜야 할 가장 큰 미덕은 품위와 자부심이지, 굴욕적인 순종이 아니고. 그리고 다음부터는 직접 백부님과 이야기하겠어."

사이먼은 움찔했다. 무슨 뜻인지 뻔히 보이는데, 받아들이자니 패배한 느낌이기 때문이다.

"무슨 뜻입니까?"

"다음에 사이먼 공이 또 심부름 오면, 따뜻한 차 한 잔 외에는 없다는 뜻이야. 그리고 이제부터는 통보하겠어. 허락받을 일도 없고, 지시받을 일도 없으니까. 내겐 허락받을 의무가 없고 백부님에게는 지시할 권리가 없거든. 그리고 무엇보다, 레오닉스 왕자가 저기 서서 언짢아하네."

브릴은 문 앞에 있는 레오닉스를 가리켰다.

사이먼 공은 급히 일어나 레오닉스에게 인사했다.

"왕자님. 반갑습니다. 이렇게 뵐 줄 몰랐군요."

"나도 여기서 사이먼 공의 등짝을 보게 될 줄 몰랐지."

사이먼 공은 잠시 숨을 골라야 했다.

"무슨 일인가. 자네가 여기에 온 것에 상관하는 건 아니고, 그저 이유만 좀 알고 싶어서일 뿐이야."

"왕자님."

"그래."

"폐하께서 왕자님이 듀카르니아의 왕위를 노린다고 오해하시고 계십니다. 이런 오해는 푸는 게 좋지 않을까요."

"그건 셰어브릴이 결정할 몫이지 내가 욕심낼 몫이 아니군."

"네?"

"나는 공식적으로 듀카르니아 왕실에 그 어떤 후계권도 지분도 없다. 내가 노리든 말든, 애초에 권리가 없어서 아무것도 못 한단 말이다. 그리고 이 자리에서 권리가 있는 사람은 셰어브릴 하나뿐이잖나."

"이건 여러 의미로 해석될 수 있습니다."

"여러 의미로 해석해라. 내 알 바 아니니. 자네들 망상의 장르가 공포물인지 스릴러인지 코미디인지, 내가 어떻게 알겠나."

사이먼 공의 얼굴이 분노로 창백해졌다. 레오닉스는 문을 가리켰다.

"그럼, 나가 주겠나."

"왕자님."

레오닉스는 다시 문밖을 가리켰다.

"어서."

레오닉스의 눈에 적대감이 보였다. 왕자가 이리 나오면 버틸 여지가 없으니, 사이먼 공은 숨을 몰아쉬면서도 나가야 했다.

브릴은 레오닉스를 따라온 수하가 문을 닫는 것을 보고는 말했다.

"그렇게 말해도 되는 건가요? 우리 백부님께서 내가 여왕 자리에 욕심낸다고 생각하면 어쩌려고."

"그대가 여왕이 되겠다면 그 할망구도 동의할 테니, 그런 야심이 있으면 말해."

"당신도 각하를 할망구라 부르나요?"

"총리도 비슷하게 나를 부르고 있으니, 공평하지."

"총리는 당신을 뭐라 부르는데요."

"내 입으로 말할 수는 없고."

"궁금하잖아요."

"한 번이라도 들으면 내 매력이 감소해. 듣지 마."

뭔지 궁금해지긴 하는데, 레오닉스가 질색한 눈으로 보고 있으니 묻지 않는 게 좋겠다.

"지금 로버트 숙부님이 후계자가 될 가능성이 높은가요?"

"좀 더 두고 봐야 하지만, 그가 후계자라면 이 나라를 뜨는 편이 낫지. 아르노가 그를 후계자로 삼겠다면 나는 무슨 수를 써서라도 훼방 놓을 생각이다."

"그럼, 백부님은 제랄드를 후계자로 삼고 숙부님은 추방하겠네요."

"제랄드 말고 더 어린아이를 고를 수도 있지. 그리하면 로버트도 에드거도 같이 추방할 수 있으니 더 좋고."

후계자가 정해지면, 그 후계자와 가장 가까운 서열의 경쟁자는 반드시 수도 밖으로 나가야 한다. 브릴의 아버지인 마이언 왕자도 아르노가 왕세자가 된 뒤 그리되었었다.

"그런데 뭘 한 건가요."

"뭐가."

"저 사이먼 공이 저리도 펄펄 뛰며 달려온 걸 보니, 당신이 아주 효과적으로 잘한 것 같아서요."

"궁금한가?"

"나중에 소문만 들을까요?"

레오닉스는 작은 보석 상자를 보였다.

"이게 원인이야."

"원인이라면—"

"그래, 바로 그거지."

브릴은 상자를 받아 열어 보았다.

에메랄드 컷으로 커팅된 분홍색 다이아몬드 반지가 들어 있었다.

분홍색이되, 우아하고 깊이 있는 분홍색 다이아몬드였다. 양옆에는 배 모양으로 커팅된 다이아몬드 두 개가 덧대어져 있다.

지금 온 체자를 숨 막히게 했던 반지가 브릴의 앞에 놓여 있는 것이다. 브릴은 창밖의 빛에 반지를 비추어 보았다. 투명하면서도, 또 눈을 제대로 뜨고 보기 힘들 만큼 반짝였다.

"반지를 맞추면 어차피 소문은 따라오는 법이지."

제레미는 이 반지를 사기 위해 이를 갈며 경매장에 갔다. 그러나 지난번 오페라 극장표 사건 탓에 제레미는 소심하게 가격을 올렸다. 이번만큼은 제레미가 레오닉스 대신 나온 줄 모두가 알기에, 같이 소심하게 올렸다. 그 덕에 이번에는 예상가에 낙찰을 받아 왔다. 얼마나 예상가였느냐면, 레오닉스가 약간 자존심이 상할 만한 가격이었다.

"그냥 받기에는 상당히 비싸 보이는데요."

"그대 마음에 든다면, 그걸로 제값을 한 거라고 본다."

브릴은 상자 뚜껑을 닫았다.

"하일드는 어떤 곳인가요."

"아는 대로 말해 봐. 터무니없이 알고 있으면 곤란하니."

"강철 바다, 먹물빛 지붕을 가진 아름다운 성, 회색 돌로 만들어졌다는 대사원…… 이 정도?"

"그 정도 기대치라면 만족시킬 수 있겠군."

레오닉스가 손목을 잡았다. 브릴은 그의 손에 힘이 들어가는 것을 느끼며 말했다.

"설마, 내가 예상하는 무언가를 쏜살같이 할 생각은 아니겠지요."

"상상하는 그건 말이야, 아주 길 텐데. 쏜살같이 될 리가."

레오닉스는 브릴의 손가락에 입을 맞췄다.

"그리고 너무 자극하지 마. 사람 헷갈리니까."

"뭐가 헷갈린다는 건가요."

"글쎄."

레오닉스는 웃기만 했다.

아무 반지나 가지고 오라고 했더니, 이렇게 크고 엄청난 걸 가지고 오다니. 하일드 왕가의 자존심이 어느 정도인지 잠시 잊었다. 또, 이 남자의 자존심 역시.

"좋아요. 이것으로 당신이 내 것이라고 선언한 거지요?"

"할 만큼 하지 않았나."

브릴은 레오닉스에게 몸을 붙이고 고개를 젖혔다.

"더 하고 싶은 말이 있으면 어서 해요. 중요한 말을 오후의 난감한 침대 위에서 하고 싶지는 않으니까요."

레오닉스는 브릴의 볼에 입을 맞췄다. 브릴은 눈을 가늘게 떴다.

"그대가 할 말은 없나."

"아니, 한동안은 레오닉스 아르칸젤로의 소유주로서의 권리와 승리감을 느낄게요."

"좋나."

"물론, 아주 좋아요."

레오닉스가 브릴의 이마에 늘어진 머리카락을 쓸어 올렸다.

이러고 있으니, 떠오른다. 서부 숲에서 처음 만났을 때 마주 보았던 이 남자의 눈이.

그 강력한 눈동자, 브릴을 포함한 모든 것을 빨아들일 듯 눈을 뗄 수 없게 매혹적이던 그 눈동자가.

지금, 만족한다.

이 남자를 누구에게도 주고 싶지 않다. 오로지 그녀만을 향했으면 좋겠다. 그러면 배부른 호랑이처럼 만족스러울 것 같았다.

레오닉스의 입술 끝이 올라갔다. 부드러운 목소리가 들려온다.

"그대가 그렇다면, 나 역시 더 할 말은 없지. 그리고 앞으로 할 말은, 모두 공식적인 일로 연결될 거야."

"그래요?"

"그러니, 신중하게 허락해 주길 바라지만 그만큼 허락 자체를 바라기도 해."

❖

메즈는 자신이 엘리안을 잘못 판단했다고 생각했다.

엘리안의 지성은 콩알만 했지만, 야생에 풀어 놓자 꺼 두었던 다른 뇌가 켜진 듯 완전히 달라졌다.

맙소사, 훌륭하다.

너무 훌륭해.

엘리안은 숲으로 들어가자마자 이지프에게 편한 옷과 먹을 것을 구해오라고 시켰다. 한 시간 뒤에 돌아온 이지프의 손에는 활동하기 편한 바지와 튼튼한 가죽 부츠, 셔츠와 재킷이 들려 있었다. 같이 내민 가죽 가방 안에는 단도와 작은 손도끼, 큰 물병은 물론이요, 급하게 요기를 할 수 있는 통조림들도 들어 있었다.

엘리안은 옷을 갈아입은 다음 숲속으로 들어갔다.

“가요, 메즈.”

“길을 압니까?”

“몰라요. 찾아봐야죠.”

메즈는 정말 걱정되었지만, 신기하게도 엘리안은 몇 번 온 듯 아주 쉽게 숲을 헤치고 나가더니 큰 오두막을 발견했다.

평범한 농가처럼 보이는 이 오두막은 사실은 내전 시대에 버려진 귀족의 별장이었다. 회칠한 벽은 아주 잘 만들어져 있고, 집 모양도 아담하고 예뻤다. 버려진 지 오래되었으나 창문은 잘 붙어 있고 지붕도 멀쩡했다.

엘리안은 마당 펌프 손잡이를 눌렀다. 틈으로 물이 좀 새긴 해도 잘 나왔다.

“우선 여기서 지내도록 해요.”

“불편해도 괜찮겠습니까?”

“걱정 마요. 잘 지낼 수 있어요.”

과연? 아늑한 저택에서 편하게 살던 소년이 보살펴 주는 사람도 없이 잘 지낼까.

반나절 뒤, 메즈는 엘리안에 대한 의견을 다시 수정해야 했다.

엘리안, 정말 잘했다.

도끼로 나뭇가지를 잘라 땔나무를 해 왔고, 냇가에 가서 물고기도 잡아 왔다. 이지프는 사라졌다 돌아올 때마다 갖가지 통조림을 들고 왔다. 콩, 정어리, 옥수수, 다랑어, 쇠고기, 돼지고기 등등.

통조림만 까먹게 될 줄 알았는데, 엘리안은 통조림을 이용해 요리도 했다. 이 역시, 맛이 괜찮았다.

어디서 배운 걸까.

브릴에게서 배웠을 리는 없다. 브릴로 말할 것 같으면, 부엌에서 할 줄 아는 일은 주전자 올려놓는 것 정도였다. 물론 어떤 주전자를 어디에 걸라고 지정받은 뒤에. 물 먹는 방법은 컵을 들고 누군가가 따라줄 때까지 서 있는 것이다. 애초에 본인이 너무 게을러서 알아서 하는 일이 없다. 브릴이야말로 옆에서 시중들어 주는 것에 익숙해도 너무 익숙해 아직도 그 버릇이 고쳐지지 않은 사람이다.

그런데, 같이 자란 엘리안은 왜 이렇게 잘한단 말인가.

"아주 잘하시는군요."

"아, 어린 시절에 서커스단에서 자랐거든요. 식사를 준비하고 야영지를 만드는 게 제 일이었어요."

"그렇군요."

엘리안을 돌보게 될 거라 생각했는데, 이렇게 잘하니 자신이 쓸모가 없어진 것 같다.

메즈는 유능하고 믿음직한 위치를 선점하고 잔소리를 하는 데 익숙했지, 이렇게 앉아 받아만 먹는 것에는 익숙하지 못했다. 메즈는 왠지 기분이 나빴다.

며칠 지나자 오두막은 아늑한 보금자리가 되었다. 엘리안은 요리뿐만 아니라, 집 안을 꾸미는 일도 잘했다. 문을 고쳐 외풍을 막고, 적당한 곳에 짚을 깔고 담요를 펼쳐 잠자리를 만들었으며, 찬장을 치우고 식품을 정리해 넣어 저장소도 만들었다.

"……이것도 잘하시는군요."

"저 혼자 하면 오래 걸렸을 텐데, 이지프가 많이 도와주었어요."

[당연히 할 일입니다. 주인님이 돌아오실 수 있다는 희망이 있는 지금, 저에게는 당신 몸을 잘 간수해야 할 의무가 있습니다. 주인님이 돌아오셨을 때 당신이 감기라도 걸린 상태면 곤란하지 않을까요. 엘리안 님, 그러니 엘리안

님의 몸은 소중해요. 제가 잘 돌보게 해 주세요.]

"……."

"……목을 뽑아 버릴까요?"

"참아요. 표현이 저래서 그렇지 나쁜 뜻은 아닐 거예요."

"엘리안, 저건 누가 들어도 나쁜 뜻입니다."

"아, 아는데. 참아 줘요. 처지가 힘들잖아요. 불쌍하게 여겨요."

이지프는 어디서 구해 왔는지 모를 찻잎과 구리 주전자로 차를 끓였다. 엘리안이 그 차를 가리키며 물었다.

"이지프, 그건 어디서 난 거야?"

[주웠어요.]

"지난번에도 주웠어?"

[네. 같은 곳에서 주웠어요.]

엘리안은 이지프가 내민 양철 차 상자에 적힌 제조 일자를 보았다. 얼마 전이다.

"이지프, 혹시 이 근방에 사람이 사니?"

[아뇨. 아는 사람이 쌓아 놓고 갔어요.]

"몰래 가지고 온 거라면, 나중에 그 사람이 와서 찾지 않을까?"

[아뇨, 그럴 리 없어요.]

"어떻게 확신해?"

[죽었거든요.]

"……네, 네가 죽인 건 아니지?"

[아뇨.]

메즈가 물었다.

"그럼, 다른 사람이 와서 찾아갈 일은 없나?"

[없어요. 다 죽었어요.]

"확인해야 할 것 같다."

[의심도 많아라. 오세요, 그럼.]

이지프가 안내한 곳은 상당히 큰 저택 터였다. 이 역시 내전 때 버려진 곳이라, 오래되어 음산했다. 그러나 군데군데, 치우고 머문 흔적이 있었다.

[자, 이거 보세요.]

이지프가 가리키는 곳을 본 엘리안은 기겁했다. 메즈가 엘리안의 눈을 가리려 했지만 이미 늦었다.

마당에 여기저기 핏자국이 나 있었다. 벽에도 피가 튀어 있었다.

[보시다시피, 그 차와 통조림을 사다 놓은 분들은 이렇게 다 죽었어요.]

"……."

엘리안은 입을 막은 채 이지프를 보았다.

[왜요? 이 사람들에게는 쓸모없잖아요. 기왕 왔으니, 더 가지고 올게요.]

"아냐, 아냐! 괜찮아!"

메즈가 피가 튄 흔적을 보며 말했다.

"여기서 누군가가 목이 잘렸군요."

"마, 말하지 말아요."

엘리안은 다시 입을 막았다.

그런데 메즈는 이 근방에서 목이 잘린 사람을 하나 알았다.

"예전에 여기에 왔을 때 말입니다, 그때의 당신은 카니발라였으니 기억나지 않을 겁니다. 저와 브릴 님은 이 근처에서 카니발라의 습격을 받았습니다."

"그래요?"

"그 정도 습격이라면 조력자들이 없을 수가 없었습니다. 여기서 목이 잘린 사람 말고도 더 있을 겁니다."

"무…… 무섭네요."

"아, 제가 모르는 사람의 목이라, 별로 안 무서웠습니다. 목이 잘린 당사자에게는 안타까운 일이지만 말입니다."

"그게 아니고……."

"우선 여기서 떠나지요. 아무래도 이지프는 이곳이 어떤 곳인지 알고 있고, 뭐가 있는지도 알았겠지요. 그런데 말 안 했습니다."

"이지프 입장에서는 말 안 해도 되는 거라서 그런 게 아닐까요."

"엘리안, 일단 이지프는 우리 편이 아닙니다. 그러니 이지프는 우리가 여태 하던 대로 안 믿으면 됩니다. 불신의 눈으로 보세요."

그때 메즈가 갑자기 허리에 손을 가져가 칼자루를 잡았다.

엘리안이 긴장해 물었다.

"왜 그래요, 메즈?"

"여기 다른 누군가가 있습니다."

"가만. 나가지 말아요."

엘리안은 이지프에게 말했다.

"이지프, 네가 가 봐."

[왜 저예요?]

"여기서 네가 제일 안전하잖아."

[왜 제가 안전해요?]

"안 죽잖아. 그리고 메즈나 나나, 다치면 아프고, 아프면 곤란해. 메즈는 네가 이해해. 둘, 별로 안 친하잖아? 서로 오해하고 나쁜 말도 할 수 있어. 하지만 친해지면 괜찮아질 거야."

메즈가 기가 차서 엘리안을 보았고, 이지프의 눈도 밝기가 줄어들었다. 그럴 리가. 그럴 리가요. 절대 없어요. 절대 없습니다.

"어서."

[네, 알겠습니다.]

이지프는 숲속으로 들어갔다.

“엘리안.”

“네? 왜요.”

“엘리안이 무엇을 걱정하고 있는지 압니다. 그러니 만일을 대비해 우리만의 암호를 만들도록 하지요.”

“암호요?”

“당신이 카니발라인지 아닌지, 제가 알아볼 수 있는 암호.”

“내가 아는 건 카니발라도 알아요. 소용없어요.”

“좋습니다. 당신이 엘리안이란 것을 확인시켜 주고 싶으시면 제 얼굴을 보십시오.”

“왜요.”

“당신에게는 버릇이 있습니다. 카니발라일 때는 절대 나오지 않는 버릇이. 카니발라는 그게 뭔지 결코 모를 겁니다. 당신 역시 무의식적으로 하는 거라 몰라요. 자, 그러니 확신을 시키고 싶거든 저를 올려다보기만 하십시오. 제가 알아서 알아보겠습니다.”

“그런데 그렇게 간단하게 알 수 있어요?”

“있습니다.”

엘리안은 믿기지 않았지만, 단어나 행동으로 암호를 만들어 내는 것보다 이게 더 안전할 것 같았다.

“미안해요. 폐를 끼쳐서.”

“당신이 잘못되면, 그것이야말로 폐입니다.”

그때 이지프가 돌아왔다.

[아무도 없는 것 같—]

이지프의 등 뒤로 그림자가 나타났다.

"멍청아, 미행당했잖아!"

메즈는 이지프의 등 뒤로 몸을 날렸다. 미행한 자는 메즈에게 붙잡혀 바닥으로 내동댕이쳐졌다. 남자는 버둥댔지만, 메즈는 무릎으로 목을 누르고 겨드랑이 사이로 검을 찔러 넣어 꼼짝도 못하게 만들었다.

"아, 이런. 쿨럭. 놔, 놔!"

엘리안은 메즈에게 잡힌 남자를 내려다보았다. 짙은 갈색 제복 차림에, 허리에는 화려한 검이 매어져 있었다. 얼굴은 기분 나쁠 정도로 험악한 데다 흉터까지 있었다.

누구냐고 엘리안이 물어보려는데, 수풀 뒤에서 옷자락 끄는 소리가 들렸다.

"이런, 시반 백작. 한 방에 나가떨어지다니. 네가 약한 건지, 저 청년이 강한 건지."

숲에서 날씬한 미인이 나왔다.

얼굴은 달걀처럼 작고 희었고, 눈 코 입은 세필로 그려 넣은 듯 섬세했다. 살짝 처진 눈은 천진한 인상을 풍겼다.

여자는 엘리안을 보자마자 활짝 웃었다.

"어머나, 카니발라!"

엘리안은 놀라 후닥닥 물러났다.

"늘 귀엽더니, 오늘은 더 귀엽네요."

카니발라와 아는 사이?

아, 그럼 무섭다.

그런데 그것보다 더 무서운 것이 있으니—

여자다, 여자다, 여자다!

엘리안에게 있어 남자들은 항상 긴장하며 상대해야 하는 존재고, 여자들은 탐욕의 눈을 번들대서 무서운 존재들이었다.

즉, 남자도 싫고 여자도 싫다.

인간들 다 싫다.

여자가 가까이 다가왔다. 자주색 레이스가 가득 달린 화려한 드레스 차림이었다. 향긋한 냄새가 풍겨 오자, 엘리안은 겁에 질렸고 그걸 감추지도 못했다.

"오늘은 왜 이렇게 귀여워요, 카니발라. 콱 잡아먹어 버리고 싶네."

엘리안은 고개를 저었다.

"그, 그만하세요."

진정 묻고 싶었다. 누구세요? 으아, 누구냐니까!

"일단 시반 백작을 놓아 달라고 해요. 아, 이지프. 안녕? 새로운 몸인가 보네. 지난번보다는 훨씬 보기 좋다. 그러니 그건 깨 먹지 마."

엘리안은 이지프를 휙 돌아보았다. '이지프, 이 아가씨 알아?' 라고 속으로 생각하며.

이지프는 눈의 빛을 아주 흐리게 하고는 말했다.

[만나 뵙게 되어 반갑네요, 페니 번. 제 주인님과 같은 동족이자, 여섯 해 전에 주인님이 이 몸으로 듀카르니아에서 전생하셨을 때 도와주셨던 분이시자, 재작년에 이 여성분의 몸으로 전생하신 분. 잘 지내고 계세요? 아, 죄송합니다. 두 달 전에 오페라 극장에서 당신이 계셨지요. 덕택에 도움이 많이 되었습니다. 하지만 그때 주인님이 급히 돌아가셔야 해서, 인사도 못 하고 갔군요.]

엘리안은 울고 싶었다. 이지프, 끝내주게 수상해!

대충 힌트만 달라는 거였는데 설정을 읽어 주면 어떻게 해!

[그때 주인님이 '항상 그렇듯' 당신 집에 들르지 않으신 건, 그러니까 지난번처럼 말이죠, 급하셔서 그런 겁니다. 아, 걱정 마세요. 주인님이 여성인 당신에게 관심이 없듯, 당신이 남성인 주인님에게 관심이 없다는 건 알아요.]

그렇게 쓸데없는 것까지는 알고 싶지 않아!

그러나 이지프의 말은 끝날 줄을 몰랐다.

[설마하니, 세상에 마인이 주인님 하나뿐일까요. 물론 주인님이 가장 강하시긴 하지만요. 마인은 참 많아요. 여기도 마인, 저기도 마인. 단, 누가 마인인지도 모르고.]

"……너, 오늘따라 말이 많은데?"

페니 번은, 그러니까 페니 번의 몸을 가진 마인은 고개를 갸웃했다.

[저는 항상 말이 많았습니다.]

"그렇긴 하지. 그런데 그걸 스스로 인정한 건 이번이 처음인 것 같다?"

페니 번은 엘리안에게 다가왔다. 엘리안은 슬금슬금 뒤로 물러났다.

"카니발라, 어서 시반 백작을 놔주라고 해요. 이 사람이 당신 때문에 얼마나 고생했는지 알잖아요? 당신이 그때 궁을 폭파한 다음 마음대로 사라져서, 시반 백작이 몰래 퇴각하느라 죽을 뻔했다고요. 당신은 사라졌지, 주변에는 망명자 기사단이 쫙 깔렸지. 그뿐인가. 도망치려고 했더니, 이번에는 의회의 용 기사단이 나타나지."

엘리안이 얼빠진 얼굴로 듣고만 있자, 페니 번이 재촉했다.

"어서, 카니발라."

엘리안은 메즈에게 말했다.

"메즈, 풀어 드리세요."

메즈가 마지못해 몸을 일으켰다. 페니 번은 메즈에게서 벗어난 백작의 등을 쳐 뒤로 가게 한 다음 말했다.

"여긴 웬일인가요? 지난번 전쟁 이후에 당신이 사라졌다는 건 알아요. 그런데 여기 이렇게 나타난 걸로 보아, 새로운 일을 준비하나 봐요? 황제는 걷어찬 것 같고."

엘리안은 카니발라인 것처럼 연기하고 싶었다. 그런데 엘리안은 연기를 못한다. 아니, 대부분의 일을 못하는데 연기도 못하는 것이다. 우물쭈물하는 동안 페니가 말했다.

“전쟁 결과를 보고 놀랐어요. 기다리고 있으면 당신과 황제가 멋진 배를 타고 나타날 줄 알았는데, 제국이 박살 나 버려서요. 당신만큼은 아니지만 나도 모든 것의 우물에서 나온 지 시간이 좀 되었는데, 그 정도 인상적인 전쟁은 몇 손가락 안에 들어요.”

페니 번은 여전히 아무 말 못 하는 엘리안의 어깨를 부채로 톡톡 쳤다.

“그런데 그런 전쟁을 마친 뒤에 사라졌다가 이렇게 나타나다니. 역시, 당신은 황제를 버리려고 하는 거예요. 좋아요, 좋아. 그 남자와의 인연은, 당신치고는 꽤 길었죠. 그럼 여기서 뭘 할 생각인가요?”

엘리안은 이지프를 흘끗 보았다. 이지프는 아무 말 하지 않는다. 모르는 것이다.

“로버트 왕자님은 어쩌고 있는지 궁금하지 않아요? 당신이 나더러 그 남자를 도와주라고 했잖아요. 하긴, 지금이야말로 나라를 망하게 할 것이 분명한 자를 왕으로 만들 기회긴 하죠.”

“로버트 수……, 아, 아니 로버트요?”

페니 번의 눈썹이 올라갔다.

“말투가 왜 그래요, 카니발라.”

로버트 숙부님은 왜? 엘리안은 메즈를 보았지만 메즈가 알 리가 없었다. 이지프를 보자, 이지프 눈의 불이 꺼졌다. 모르는 척한다. 나쁜 놈.

“그때 오페라 극장에서 당신이 시켰잖아요. 저 시반 백작에게 그들 몫의 표를 준 것도 당신이고. 흠, 그때 나는 당신이 로버트 왕자를 이용하려고 그러는 줄 알았는데, 다른 사람이 눈에 뜨이더군요. 셰어브릴이던가. 화려한 암사자 같은 아가씨였지요. 그래서 당신이 사실은 그쪽에 흥미 있어 한다고 생각했어요. 나도 그 아가씨에게 접근하는 편이 더 재미있을 것 같은데.”

브릴의 이름이 나오자 엘리안은 심장이 아파 왔다.

“지금 수도 상황이 어떻게 되고 있는지는 알죠? 당신을 이긴 레오닉스는 승리자의 권위를 마음껏 누리고 있어요. 이대로라면 듀카르니아의 왕위도 넘볼 수 있겠더군요. 하긴, 나라도 그 정도 승리를 이루었다면 마음껏 야심을 발휘하겠네요. 대단하지. 망명 왕자가 듀카르니아의 왕이 된다니.”

엘리안은 플랫폼에 서 있던 레오닉스의 뒷모습이 떠올랐다.

혼자 남겨진 브릴에 생각이 미친다. 엘리안도 레오닉스가 왕이 되려면 우선은 듀카르니아 왕족과 결혼해야 한다는 건 알았다.

지금 아르노를 제한 다른 왕자들은 약하다. 그런 상황에서 레오닉스가 왕족과 결혼한다면, 그 정도 규모의 군대와 영향력을 가진 자가 왕족과 결혼한다면, 레오닉스는 왕위를 가질 수 있다.

그렇게 되기 위해선 우선 남자 형제가 없는 여자가 필요하다.

여자 왕족에게 있어 남자 친형제는 모두 경쟁자니까.

하지만 레오닉스. 당신, 이제 브릴은 이용하지 않기로 한 거 아니었어?

나에 대한 책임을 벗자마자 브릴을 이용하는 거라면, 너무 비겁하잖아.

패니 번이 다가왔다.

눈에 웃음이 듬뿍 담겼다. 달콤한 향기가 풍겨 왔다.

“언제 봐도 참 예쁜 모습이에요. 황금 잔에 담긴 사파이어 조각처럼 예뻐. 자, 그러니 왜 왔는지 말해 줘요. 복수를 위해 온 건가요, 아니면 듀카르니아의 왕좌에 당신이 원하는 자를 앉히고 싶은 건가요. 그도 아니라면 처음 원했던 대로 이곳을 전쟁터로 만들기만 하면 되는 건가요."

"네?"

어떻게 말해야 할지 모르겠다. 진정해야 하는데, 몸이 말을 듣지 않아 가슴이 너무 쿵쿵거린다.

페니 번이 말했다.

"우선 내 집으로 가요. 여기 계속 있을 수는 없잖아요?"

이 상황이 어떻게 되는 건지 알아야 했다.

레오닉스가 정말로 브릴을 이용하려고 하는 건지, 듀카르니아의 왕이 되려 하는 건지 알아야 했다. 그리고 정말 확인하고 싶은 건, 브릴이 엘리안의 곁을 떠나는 건지, 그것이다. 제대로 된 사람이 되고 싶은 것도 사실인데, 브릴과 헤어지고 싶지도 않았다. 엘리안이 아는 세상은 모두 브릴과 함께하는 세상이다. 정확히 말하자면, 브릴이 정해 준 세상에서만 살고 싶다. 그런데 레오닉스가 브릴을 데려간다면, 그러면…….

머뭇대는데, 사라졌던 시반 백작이 돌아와 말했다.

"마차 다시 준비시켰습니다."

"그래. 좋아. 자, 카니발라. 와요, 어서."

페니 번이 데리고 간 곳은 체자 안에 있는 페니 소유의 빌라였다.

가구들은 번쩍번쩍했고 창가와 진열장, 콘솔에 얹힌 화장품 병과 향수병들은 아주 화려했다. 금칠을 한 새장 안에는 하얀 앵무새 한 마리가 들어 있었다.

페니 번은 손님방을 내주며 말했다.

"자, 카니발라. 오늘은 여기서 자요. 즐기는 건 나중에. 오늘은 약속이 있네요."

들어가자마자 엘리안은 윽, 하고 신음을 흘렸다. 방은 레이스가 가득 달린 침대보와 방석, 캐노피, 분홍색 커튼 등으로 사치스럽게 치장되어 있었다.

엘리안은 앉아 있는 것도 부담스러워 서 있는데, 페니의 '화류계 친구'라는 젊고 예쁜 아가씨들이 쳐들어오더니 엘리안에게 황홀한 눈길을 던지며 모여들었다.

"세상에, 이 눈 봐. 어쩜 이렇게 속눈썹이 길까."

"머리카락 봐! 꿀처럼 달콤한 색이야."

"피부는 어쩌면 이리 고울까. 잡티 하나 없어. 기름만 번들대는 우리 손님들과는 달라도 너무 다르다."

"몇 살이니?"

"이름은?"

"어디 출신이고?"

"신분은?"

"돈 벌러 온 거야?"

"손님 소개해 줄까?"

"으아, 제발요!"

엘리안은 제발 좀 하지 말라고 애원했지만 통할 리 없었다. 엘리안은 야생에서는 곰과 늑대와 친구가 되어 잘 살 수 있었지만, 문명 세상에 던져두면 열 살짜리 꼬맹이에게도 괴롭힘당할 수준이었다.

메즈가 겁에 질린 엘리안 대신 나섰다.

"이보세요. 파는 거 아닙니다."

"……."

왜 그런 말을 해요!

엘리안은 정말 죽고 싶었다.

"파는 거 아니니, 손 떼십시오."

여자들이 조용해지며 메즈의 얼굴과 몸을 보더니, 이내 활짝 웃으며 메즈에게 몰려들었다.

"이건 장르가 다른데?"

"소년 같은 얼굴에 몸은 근육질이야."

"키도 엄청 커! 얼굴은 순진해 보이고."

"이봐요, 손대지 마십시오. 나도 파는 거 아니라니까요! 가요, 가라고요!"

메즈는 여자들을 죄다 모아 문밖으로 내던졌다.

쫓겨난 여자들은 주인인 페니 번과 노닥대다 갔다. 그들이 엘리안과 메즈에 대해 늘어놓는 음란한 대화는 차마 들을 수가 없었다. 엘리안은 수치스러워 울음을 터뜨렸고, 메즈는 뛰쳐나가고 싶은 것을 참느라 힘들었다.

"미안해요. 이런 곳에 오게 해서."

엘리안은 울먹이며 사과했다.

"지금은 제가 당신의 보호자이니, 이런 곳에서 당신의 성적 자기결정권을 보호하는 건 제가 할 일이 맞는 것 같군요."

"……."

옆에서 우울증 걸린 물건인 척하던 이지프의 눈빛도 게슴츠레해졌다.

엘리안은 자신이 이지프의 동정을 받는 것 같아, 정말 비참해졌다.

"그런데 페니 번은 대체 뭐 하시는 분입니까."

"고급 창부. 즉, 코르티잔이요."

"그건 뭐 하는 직업입니까."

엘리안은 최선을 다해 설명했다. 로버트를 비롯한 남자 어른들이 엘리안을 앉혀 놓고 '남자의 소양'에 대해 떠벌려서 그 직업이 뭔지 알고는 있었다. 브릴이 알았다면 무슨 소리를 지껄이는 거냐고 숙부고 뭐고 두들겨 팼을 내용이었다.

설명을 듣는 메즈의 눈빛은 점점 더 싸늘해졌다. 메즈도 수도 생활을 오래한 건 아니라, 수도의 풍습과 유흥에 대해 전혀 알지 못했다. 게다가 아무리 생각해도 납득이 안 된다. 코르티잔이란, 그럼 연극배우 같은 건가? 남자가 원하는 여자를 연기하며 위로를 한다니. 그런데 젊은 여자만 줄 수 있는 위로는 대체 무엇인가. 성적인 위로란 건 알겠다만, 본인이 매력도 없고 노력을 들일 시간도 없으면 포기하고 다른 데서 자존감을 찾지, 돈이 아쉬운 사람을 불러다 돈을 줘 가며 그런 연기를 시키는 건 비열한 짓이다. 또, 굳이 돈을 줘 우위를 점한 다음에 위안을 받는다니. 정말 너절한 자존감이다.

"욕망이란 게 비합리적이란 건 알지만, 그렇게 불합리한 방식을 써서라도 충족시켜야 하는 건지는 통 모르겠군요."

"나, 남자의 욕망은 충족시켜 줘야 하는 거라고 하던데요. 워낙 강해서."

"굳이 누군가에게 해를 끼쳐서라도 만족시켜야 하는 욕망을 저 스스로 제어할 수 없다면, 가야 할 곳은 교화수용소일 것 같군요."

"메즈 씨는 그런 어려운 말은 대체 어디서 배웠어요?"

"아버지에게서 배웠습니다."

"대단해요."

엘리안은 순진한 얼굴로 감탄했다.

"평범한 수준입니다. 그렇게 감탄하지 마십시오."

"아니에요, 제가 보기에는 정말 대단해요!"

"엘리안에게 지적 소양에 대한 칭찬을 받는 건 좀 비겁하게 느껴지는군요."

“…….”

메즈는 몰랐으나, 메즈의 지적 소양은 맞춤법도 자주 틀리는 길리온과 비교도 안 되는 정도였다. 기사들의 지적 수준에 수치심까지 느껴 왔던 마르셀도 감탄할 정도고, 로즈 맥빌 경은 깊은 감동을 받았다. 메즈는 두 사람이 메즈보다 연배가 높아서 자신을 기특하게 여기는 줄만 알았다.

그때 방으로 하녀가 들어왔다. 윤기 흐르는 갈색 피부에 잘록한 허리를 가진 여자였다. 페니 번의 말을 빌리면 ‘예비 인력’이라는데, 메즈는 무슨 말인지 못 알아들었지만 엘리안은 알아듣고 얼굴을 붉혔다.

“신사분들, 잠시 나오지 말고 여기 있어요. 곧 페니 양의 고객이 오시거든요. 젊은 남자가 둘이나 있는 걸 들키면 안 되니까. 조용히 있기.”

그리 말하며 하녀는 엘리안을 탐욕스러운 눈으로 보았다. 엘리안은 급히 고개를 돌렸지만, 하녀가 다가와 엘리안의 가슴을 문질렀다.

“그리고 우리 둘은 여기서 좋은 시간을 가지죠?”

“저기, 저에게서 좀 멀어지시면 안 될까요.”

“오늘은 왜 이러세요. 오랜만이잖아요. 지난번에는 당장 셔츠를 벗어 던지고 저에게 덤비더니, 오늘은 왜 이래.”

하녀는 엘리안의 어깨를 쓸었다. 엘리안은 소름이 끼쳐 떨었다. 메즈가 즉각 달려와 하녀의 팔을 잡아 위로 올렸다.

“상대의 허락 없이 접촉을 하면 안 됩니다.”

“이봐요, 신사님. 이분은요, 지난번에 오셨을 때는 안 이랬거든요? 제 허리를 감싸 안고 입을 맞춰 주고 음…… 그리고 아주 은밀한 일도 있었어요. 음란한 나의 신사님. 당신이 남긴 열기가 아직도 내 허벅지 사이에 있는데…….”

"으악, 그만하세요!"

엘리안이 얼굴을 새빨갛게 물들이며 고함을 질렀다.

"못된 신사님, 나는 당신의 소중한 곳이 어떤지 알아요. 깊이, 아주 깊이 맛봤거든요. 달콤하고 단단했죠. 다시 보고 싶은데, 응?"

"으아아아!"

수치스러워서 죽고 싶었다. 카니발라, 남의 몸을 가지고 뭘 한 거야!

"바로 이 방이었잖아요? 거의 이틀은 뒹군 것 같아요. 당신이 날 놓아줘어야 말이지."

"아니, 아—! 제발요, 제발. 아악, 메즈! 도와줘요!"

메즈가 하녀를 덥석 잡아 밖으로 던져 버렸다.

"어라, 이봐요! 당신이 무슨 상관이야!"

메즈는 문을 쾅 닫고 잠가 버렸다. 엘리안은 얼굴도 못 들고 울기 시작했다.

"더럽혀졌어요! 나는 내 몸이 그렇게 된 줄도 모르고 브릴 옆에 있었다니!"

"저—"

"어떻게 해! 어떻게 해……. 카니발라가 내 몸을 가지고……!"

"엘리안, 이건 엘리안의 잘못이 아니라 엄연한 겁탈입니다. 브릴 님은 엘리안을 탓하지 않을 겁니다."

"으아!"

엘리안은 눈물을 그치지 못했다. 이지프가 방 안에 있던 분홍색 손수건으로 엘리안의 눈물을 닦아 주었다.

[자책하지 마세요. 엘리안 님의 잘못이 아닙니다. 도저히 수치를 참을 수 없으면…… 죽어 버리면 되죠.]

"……."

메즈가 이지프의 머리를 갈겼다.

엘리안이 눈물을 뚝뚝 흘리며 우는 동안 현관문이 열리는 소리가 들렸다.

메즈가 쉿, 하고 속삭였다. 엘리안은 딸꾹질을 하며 울음을 참았다.

"오, 페니!"

그 목소리를 듣는 순간 엘리안은 경악했다.

"로버트 숙부잖아?"

"아는 사람입니까?"

"숙부니까 당연히 알죠!"

밖에서 옷을 던지는 소리가 들렸다.

"내가 왔어, 페니."

페니가 한껏 가련한 목소리로 답했다.

"어머나, 나의 왕자님! 어서 오세요!"

엘리안은 속이 매슥거렸다. 물론 왕자는 왕자다. 나이도 많고 결혼도 하고 못생겼을 뿐이지. 그러고 보니 이 나라에서 젊고 잘생긴 미혼 왕자는 레오닉스 하나뿐이구나. 그나마도 듀카르니아 왕자가 아니라 하일드 왕자고.

"얼굴만 보고 갈 거야. 요즘 나를 보는 눈이 많아서 말이야."

"세상에, 이제 왕의 후계자가 되실 테니, 저를 버리시겠다는 건가요? 하긴, 그런 자리로 가시는 분이 저같이 타락한 여자를 가까이하시면 난처해지실 테지요."

메즈는 도저히 참지 못하고 신음을 흘렸다.

"으엑."

"오오, 너는 지금 내가 눈치를 본다는 거냐."

"왕이 되실 분이 저 같은 천한 여자를 가까이하시면 아니 되어요. 그런데 말이죠, 아르노 전하께서 정부를 입궁시켰다고 하던데요. 소문이 자자해요."

"아, 그래. 천한 창녀가 감히 궁에 있지!"

"그래도 그분은 눈치 안 보시네요. 하긴, 왕이시니까 뭐가 두려우시겠어요."

다시 한숨.

메즈와 엘리안은 양쪽 귀를 쫑긋 세우고 다음 말을 들었다.

"페니. 나도 왕이 될 거야! 내가 왕이 되면 너를 위한 별궁을 마련해 주지!"

옷 벗고 쪽쪽 빠는 소리가 들렸다.

메즈가 얼른 엘리안의 귀를 막았지만, 덕택에 메즈는 그 모든 적나라한 소리를 다 들어야 했다. 페니 번의 연기 장르는 아주 대단한 교성과 자지러지는 비명이었다.

엘리안과 메즈는 십 분도 되지 않아 기진해 버렸고, 다행히 로버트는 오래할 수 있는 능력은 되지 못해서 금방 끝났다.

잠시 뒤, 로버트를 보낸 페니가 방문을 열었다.

"다 끝났…… 카니발라. 지금 뭐 해요?"

엘리안은 충격을 받아 퀭한 눈으로 앉아 있었고, 메즈는 그런 엘리안의 귀를 막아 주고 있었다. 페니는 한숨을 내쉬었다.

"카니발라, 대체 언제 제정신으로 돌아와요?"

"몰라요."

어지간하면 안 돌아왔으면 좋겠어요. 영영 안 돌아오면 더 좋고.

"지난번에는 멀쩡했는데, 어쩌다 이리된 거람."

"지난번이라면 언제인가요??"

"암닉시아 궁이 쾅! 하고 날아갔던 그때요. 아르노는 죽고, 그 동생인 왕자들이 왕위를 두고 난잡하게들 싸울 거라 생각했는데 아르노가 살아남았지요. 아르노는 동생들을 어떻게 이용할지 궁리 중이고. 특히나 저 로버트를 가지고 말이죠."

엘리안은 메즈를 보았다.

메즈는 눈이 커진 채 페니를 보고 있었다.

"저, 저기…… 그, 그럼 아르노 백…… 아니, 아르노는 로버트 왕자를 다음 왕으로 정하려는 건가요?"

"설마. 아르노가 미쳤다고 로버트를 왕위로 앉힐까. 지금 확인된 후보는 두 사람이에요. 로버트 왕자의 아들 제럴드, 마이언 왕자의 딸인 셰어브릴. 그러나 후자는 아르노 선택 사항이 아니죠. 의회와 하일드가 원하는 후보니까요."

엘리안은 너무 놀라 벌떡 일어났다.

"의회와 하일드요?"

"원래대로라면, 로버트 왕자의 아들이나 에드거 왕자의 아들이 후계자 자리를 가져갔을 테죠. 말 안 듣고 아둔한 동생보다야, 말은 듣고 아둔한 조카들이 나으니까. 그런데 말이죠, 당신이 계획했던 것과는 달리 레오닉스 왕자가 지난 전쟁에서 살아남았어요. 레오닉스 왕자가 있는 이상, 아르노도 선택권이 제한되죠. 이번 전쟁으로 레오닉스는 의회와 더 단단히 손을 잡을 수 있게 되었거든요. 의회와 협조하는 하일드의 왕자라니, 듀카르니아 왕실이 덜덜 떨 만한 상황이죠."

"아, 그, 그렇죠."

엘리안은 차마 페니를 마주 볼 수 없었다.

죄송합니다. 사실 저 때문에 졌어요.

페니 번은 싱긋 웃고는 말했다.

"아르노는 고를 거예요. 로버트 왕자의 아들을 후계자로 만들어서 의회와 레오닉스와 싸우든가, 셰어브릴을 후계자로 만들어서는 레오닉스와 의회가 싸우게 만들든가."

"왜 의회와 레오닉스가 싸워요?"

"아, 순진해라. 귀여운 사람. 지난 전쟁에서 이김으로써 레오닉스가 얻은 건 엄청나요. 대승리를 거둔 명성 높은 영웅이 되었고, 독립국이나 다를 바 없는 하일드의 군주이기도 하지요. 그런 남자가 지금까지는 아르노와 대립하느라 의회와 손을 잡고 있었어요. 작년만 해도 에스델라는 확고부동한 후계자였고, 레오닉스는 에스델라와 결혼해서 아르노 아래로 들어갈 수는 없었지요. 하지만 이제 상황이 달라요. 레오닉스 마음대로 할 수 있는 왕족이 그의 손으로 굴러들어 왔잖아요. 레오닉스가 가만히 있을까? 이대로 그 왕족을 왕위에 올리면, 그 왕족을 손에 넣은 자신이 왕이 될 수 있는데."

"레오닉스는 왜 에스델라와 결혼하지 않으려고 했던 거죠?"

"에스델라와 결혼하면 그는 왕의 사위지 왕은 아니에요. 아르노는 그에게 왕의 지위를 허락하지 않을 테고, 에스델라가 여왕이 되어도 그의 지위는 대공의 지위를 추가로 얻는 것으로 그칠 테죠. 로버트 왕자의 딸은? 로버트 왕자는 사돈으로 삼을 상대조차 아니고, 로버트 왕자에겐 아들이 있어요. 게다가 로버트 왕자는 돈도 별로 없지요. 이러니 마리 록시와의 결혼은 레오닉스 입장에서는 어마어마하게 격이 떨어지는 결혼이에요."

페니는 자기가 난감한 제안을 받기라도 한 듯 양손을 저었다.

"하지만 셰어브릴은 다르죠. 손에 넣으면, 완벽하게 그의 손으로 들어와 보호와 지지를 받아야 하는 왕족이에요. 후견인이 없는 성인인 데다, 남자 형제도 없어요. 자, 봐요. 그 시골 아가씨가 지금 어떻게 되었는지. 신화에 나오는 영웅들 같아요."

그리고 페니 번은 엘리안을 기대에 찬 눈으로 보았다.

"그 아가씨는 레오닉스와 의회가 만든 젊고 아름다운 왕이 될 수 있어요. 제국을 물리치고, 그다음 레오닉스를 도와 왕국의 적을 물리치고. 동화 속에 나오는 고난의 왕자님 역할을 하고 있죠. 추방당했지만, 나라의 위기를 구하고 나쁜 왕 앞에 서는 당당하고 아름다운 젊은이. 어머, 표정이 왜 그래요?"

"이, 이해가 안 되어서요."

페니 번은 웃으며 말했다.

"레오닉스는 셰어브릴을 후계자로 만들고, 그 아가씨의 남편이 되어서 듀카르니아의 왕위를 가질 수 있다는 거죠. 외국 왕자라는 거부감은, 그 아가씨에게 영웅의 위치를 만들어 줌으로써 벗어날 수 있어요. 단, 여기서 위험은 있죠. 아르노가 셰어브릴을 후계자로 지명하면, 레오닉스는 오히려 의회의 견제를 받게 될 수 있어요."

"왜죠?"

"그런 방식이라면, 듀카르니아의 왕이란 자리가 가진 영향력이 너무 커지거든요. 이 나라는 연방 체제고, 세 세력이 어떤 식으로 헤치고 뭉치느냐로 정세가 변해요. 하지만 듀카르니아 왕가와 하일드 왕가가 일체가 되면, 그러면 균형은 무너지는 거예요. 둘 다 왕가이며, 둘 다 군주거든요. 그래서 어디까지나 아르노가 싫어하고 견제하는 셰어브릴이어야 가치가 있어요. 후계자 자리도 억지로 얻어 내야 훨씬 가치가 있고."

엘리안은 다시 배신감이 느껴졌다.

나더러 잘 지내라고 하더니, 내가 가자마자.

레오닉스가 도둑처럼 느껴졌다.

"저, 저기, 브, 브릴은—"

"손해 볼 건 없잖아요. 이 나라 최고의 신랑감이 자신을 여왕으로 만들어 준다는데."

"브릴이 원하지 않을 수도 있어요."

"왜 그렇게 생각하는데요."

"그야—"

브릴은 나와 같이 가야 하니까.

나와 단둘이 살아야 하니까.

그러나 엘리안은 그리 말할 수가 없었다.

브릴에게 그런 힘든 일이 주어져서는 안 된다고 생각하면서도. 예전에 브릴에게서 느꼈던 경외감을 잊을 수도 없었다.

내게도 레오닉스 같은 지위가 있다면, 카니발라 같은 힘과 능력이 있었다면, 그랬더라도 이렇게 생각할까.

브릴에게 위대한 자리를 주고 싶지 않을까?

브릴이 강력하고도 빛나는 존재가 되는 것을 보고 싶지 않을까.

엘리안은 자신이 한심하게 생각되었다.

레오닉스가 브릴을 이용한다고 원망하면서, 그런 레오닉스를 부러워하고 미워하고 있었다.

"카니발라. 당신은 어때요?"

"네?"

"표정을 보니, 불안해하고 있네요. 평소와는 좀 다르지만. 당신은 불안하면 엄청 화를 내고 성질을 부렸거든요. 그때는 아무도 못 말리죠. 물건을 망가뜨리고, 성가시게 하는 사람을 때려요. 그런데 이렇게 겁먹은 생쥐처럼 바들바들 떠니 귀엽군요."

엘리안은 그 놀리는 말이 너무나 싫었다.

지금 나는 괴로운데, 왜 저렇게 말해.

"당신도 그 아가씨를 원하지 않았나요?"

"네?"

"그날 오페라 극장에서 당신을 돕기는 했지만 말이에요, 재미있는 상황이긴 했어요. 당시 나는 당신이 그 아가씨에게 아주 흥미가 높은 줄, 고고한 공주에게 홀린 못된 마법사 노릇을 할 거라 생각했지요. 어찌나 재미있겠던지."

페니 번이 다가왔다. 눈이 활활 타오르는 듯 보였다.

"전쟁의 왕자가 공주를 채 가려고 하는데, 가만히 있을 거예요? 당신은 파멸의 악신이잖아요. 아름답고 잔인하고 제멋대로인 트릭스터."

엘리안은 손이 떨렸다.

펠릭스에 대한 고마움도, 레오닉스가 목숨을 걸고 자신을 구해 준 것도, 잠시 잊고 말 정도의 분노다. 아무리 엘리안을 구해 줘도, 브릴을 손에 넣으려 하는 건 용서할 수 없다.

그런데 그런 만큼 바다에서의 브릴이 떠올라 가슴이 아팠다.

너에게 세상을 줄 수 있는 힘을 가진 카니발라가 되어 줄 수 없는 게, 너에게 레오닉스나 아르노의 협잡에 더럽혀지지 않은 진정한 금빛 보관을 쓰게 해 줄 힘이 없는 게 분해.

펠릭스의 말이 맞았다.

돌아가면 그 무엇도 해결되지 않은 채로 고스란히 되살아날 거라고. 그때의 괴로움도, 그때의 고통도 모두 고스란히 돌아올 거라고 했지.

"브릴을 만나 물어보면 되지 않을까요."

결국, 어처구니없을 정도로 단순한 답이었다.

"레오닉스가 아닌, 내가…… 그, 그러니까 하일드 왕자와 결혼하지 않더라도 왕위에 오를 수 있도록 도와줄 수 있는데 어쩌겠냐고."

"그러면 뭐, 레오닉스가 사냥감을 놓치긴 하겠군요. 그에게 모든 것을 줄 보물을 당신이 낚아채 가는 거니. 그래요. 이래야 카니발라지."

엘리안은 막막했다.

말은 이렇게 했는데, 당장 어떻게 브릴과 만나지? 사택으로 가야 할까?

"자, 그럼 여기에 같이 가요."

페니 번의 손에는 초대장이 들려 있었다. 황금색으로 박을 넣은 호화로운 초대장이었다.

"조금 전 로버트 왕자를 졸라서 얻어 낸 거예요."

"뭐죠, 그건?"

"연회 초대장. 여기, 이곳에 당신의 공주님이 와요. 왕족이니까. 그 자리에서 후계자가 결정될 거예요. 그 전에 레오닉스와 의회, 왕이 후계자에 대해 논의할 테고. 공주님을 구해 내려면 이때뿐이에요."

"무슨 연회……인가요."

"군무총회의."

누구의 마음인 건지 모르지만, 엘리안은 반드시 가야 한다는 생각이 들었다. 갈망과 희망에 찬 엘리안을 본 페니 번의 눈이 기쁨으로 반짝였다.

"준비하도록 하죠, 카니발라. 맙소사, 너무 재미있어요!"

페니는 하녀를 불렀다.

"키티, 키티!"

"네."

"카니발라의 연미복을 챙겨 놓으렴. 항상 그가 쓰는 향수도! 자, 어서!"

"알겠습니다, 아가씨."

그러자 엘리안은 불안해졌다.

이러다 카니발라가 돌아오기라도 하면 어떻게 하지.

아니, 지금 돌아와 있으면 어떻게 해.

메즈가 엘리안의 어깨에 손을 얹었다. 엘리안은 돌아보았다. 메즈의 연한 녹색 눈이 엘리안을 빤히 보고 있었다.

"엘리안."

"나, 나 맞아요?"

"그래요, 엘리안입니다."

"저기, 메즈! 예전에 카니발라가 움직일 때 저도 눈을 같이 뜬 적이 있어요. 카니발라는 의식하지 못했지만, 저는 카니발라가 보고 느끼는 것을 같이 느꼈어요."

"혹시, 지금 카니발라가 그러고 있을지도 모른다고 생각하는 겁니까."

"네. 저 페니가 그걸 알고 저러는 것 같아요."

메즈는 엘리안을 물끄러미 보았다. 그리 보면, 엘리안 안에 들어 있는 카니발라를 볼 수 있는 듯.

"그럼, 하나는 성공했군요."

"뭐가요?"

"카니발라가 있다 하더라도, 이제 당신의 몸을 쓸 수가 없습니다."

"그걸 어떻게 알아요?"

"예전의 카니발라라면, 벌써 저를 죽였을 겁니다."

"……네?"

"저 여자가 저런 식으로 나오는 건, 당신 안에 있는 카니발라를 불러내려고 그러는 겁니다. 말은 저리 살갑게 해도, 카니발라가 화가 나거나 자극을 받을 만한 말은 다 하고 있어요. 그럼에도 당신은 카니발라가 되지 않고 있습니다. 그러니 엘리안—"

메즈는 엘리안의 볼에 손을 얹어 당겼다. 엘리안의 머리가 메즈의 목덜미에 닿았다. 메즈는 엘리안의 머리를 감싸 잡은 뒤, 부드럽게 만져 주었다.

"포기하지도, 겁먹지도, 무너지지도 마십시오. 힘들더라도, 고통스럽더라도, 그래도 부탁드립니다. 당신은 한 번 이겼습니다."

⚜ 제 16 장 ⚜

숨어 있던 자들의 야회

여름 군무총회의는 듀카르니아의 최고위층이 모이는 자리였다.

지정된 사람들은 본인이 오거나 대리인이 와야 했다. 불참은 무례를 넘어 불충에 해당되었다.

올해는 왕도 즉위하고 큰 전쟁도 있어 더 중요해졌다.

제국군은 이제 남하해 남부 왕국을 가로질러 진군 중이다. 국경에 점점 가까워지고 있고, 곧 바짝 붙을 것이다. 그럼에도, 아르노를 포함한 왕실 내각은 제국군이 남부 반란을 진압하기 위해 내려왔다는 핑계를 믿었다.

남부를 통해 북상하려면 상당수의 군을 소모하면서 올라와야 한다. 바다가 하일드에 장악된 지금, 바다를 통한 보급도 지원도 힘들다. 황제가 택할 가장 현명한 수는 남부 반란을 진압한 뒤에 강화조약을 맺는 것이다. 아르노는 그렇게 예상했다. 그리고 반드시 그리되어야 했다.

반대로 의회는 남부의 침략을 기정사실화하고 있었다. 반란 진압을 위해서라면 멈추었어야 할 지점은 이미 지나쳤다. 게다가 진군 속도가 빨라도 너무 빠르다. 예전에도 황제의 진군 속도는 빠른 것으로 유명했으나, 그때는 제국군의 보급을 담당하던 황제의 동생이 있었다. 이리하면, 조만간 보급에 차질이 생길 것이다. 왕국군의 공격은 그 시점에서 이루어져야 한다.

총리는 낙관적인 왕을 어떻게든 설득해야 했다. 당장 준비에 들어가지 않으면, 멍청한 낙관론은 금방 치명적 오판이 된다.

이런 상황에서 아르노는 로버트를 불러들이며 의회와 대립각만 세웠다. 로버트는 아르노가 의용부대를 부리기 위해 내세운 대리인이었다. 로버트는 몰랐으나, 그가 자기가 꾸리고 충성을 받는다고 생각하는 의용부대는 실질적으로 아르노가 만든 것이었다. 로버트를 전면에 내세우는 건, 의용부대가 실패하든 성공하든 로버트가 모든 책임을 지도록 만들기 위함이다.

아르노는 로버트의 아내도 불러 '궁의 안주인'으로 이번 만찬 행사를 총지휘하라 했다. 로버트는 더욱 고양되었고, 왕자비는 왕비라도 된 듯 굴며 최고여관인 틸트 부인이 설명하는 건 조금도 귀담아듣지 않았다. 십 년도 전에 폐기된 의례가 행사 일정에 들어가고, 접시 수와 와인 잔 수도 자기가 직접 정했다. 모든 일에 간섭하고, 모든 일에 조언했다. 경험이 많은 틸트 부인은 왕자비가 하라는 대로 하면 얼마나 엉망이 될지 금방 예상할 수 있었다. 그 예상만으로도 틸트 부인은 고통스러워, 이사벨을 박대했던 것을 후회하고 또 후회했다.

만찬 시간이 다가오자 틸트 부인은 앓아눕기로 했다. 문서상 거동불가에 이른 몸살이었다. 그런데 틸트 부인이 병가를 내자, 전염병이라도 도는지 실무자들이 차곡차곡 아프기 시작해 앓아누울 권리가 없는 하급자들만 남았다. '그건 아닙니다.'라고 말하는 사람이 사라지자, 왕자비는 더욱더 자신만만해졌다. 왕자비는 손님들 접대는 남자 시종들이 해야 격이 산다며 여관들과 하녀들은 홀에서 물러나게 했다. 에스델라가 남녀 동수로 만찬 시중을 들도록 법을 고친 지 오 년 만에 그리된 것이다.

하녀와 여관들은 안도했다. 도저히 왕자비가 명령한 대로는 일을 할 수가 없기 때문이었다. 남자 시종들은 울부짖었다. 도저히 그대로 일을 할 수가 없거니와, 오늘 벌어질 모든 사건 사고는 그들 책임이 될 것이기 때문이다.

왕자비는 드디어 지시를 마쳤다 뿌듯해하다가, 중요한 것을 깨닫고 말았다. 틸트 부인이 아픈 지금, 자신이 연회에 참석한 뒤에 지시를 내릴 사람이 없다는 것이다. 딸인 록시에게 맡길 수는 없다. 록시는 오늘 '미모와 기품을 가진 데다, 성품도 순종적이고 현숙한 소녀'가 될 예정이었다. 사치스럽고 건방진 에스델라가 없는 지금이야말로, 모두의 귀감이 되는 록시가 사교계의 중심이 되어야 한다. 요즘 소문이 도는 셰어브릴은 서부 촌뜨기에다 시들어 갈 날만 남은 나이다. 아르데나에서 업적을 이루었든 말든 무슨 상관이란 말인가. 어차피 남자들은 그런 여자를 안 좋아한다. 어리고 예쁜 데다 수도에서 예법과 품행을 갈고 닦아 남자에게 순종할 줄 아는 록시가 더 낫다.

그때 여관이 급히 달려와 알려왔다.

"왕자비님, 레오닉스 왕자님이 오셨습니다."

"이, 이렇게 빨리?"

"원래 이 시간에 오시기로 했는데요."

"왜 말 안 했어! 일을 왜 그런 식으로 하는 거냐."

여관은 할 말이 많았지만 입을 다물었다.

"가만, 그러면 마중 나갈 사람이 있어야지."

여관들과 시종들은 서로 눈치를 주고받았다.

누구도 '아닙니다.' 라고 말하지 못했다. 이 자리에서 그런 말을 할 만한 지위의 여관은 틸트 부인에게서 옮은 병으로 병석에 누워 있다.

왕자비는 위엄 있게 말했다.

"록시를 보내라. 곧 이곳에서 살게 될 몸이니, 미리 해 봐야지."

그리고 왕자비는 그 오만한 왕자가 딸의 미모에 감탄하기를 바랐다. 자기가 무엇을 놓치고 있는 건지를 깨달아야 한다. 제대로 만난다면, 당장 내일이라도 록시를 아내로 맞이하고 싶다며 연락할 것이다.

여관은 만찬장에 나갈 준비를 하던 록시를 잡아끌어다 밖으로 내보낸 뒤, 즉시 도망쳐 버렸다. 더 옆에 있다간 책임을 뒤집어쓸 것이 분명해서였다.

레오닉스는 동쪽 문으로 들어왔다. 근위대 건물을 지나서 오는 게 관례였기 때문이다. 근위대 기사들이 나와 사열했고, 레오닉스는 그 사이를 지나 왕궁의 뜰로 들어섰다.

록시는 레오닉스를 몇 번 만난 적은 있다. 그러나 사람들이 많이 있는 연회장에서였다. 그나마도 인사만 나눈 정도라, 마주한 시간은 초 단위로 헤아려야 했다.

레오닉스는 말에서 내려 승마용 장갑을 벗고 옆에서 건네주는 흰 예식 장갑을 꼈다. 근위대가 양옆에 서서 사열하는 가운데, 망명자 기사단이 레오닉스의 양옆과 뒤에 섰다.

록시는 들어오는 레오닉스를 맞이해 무릎을 굽혔다.

"어서 오십시오."

레오닉스가 멈추었다.

인사를 하려고 멈췄다기보다는, '왜 이러지?' 라는 것에 가까웠다.

록시는 당당해지려 했다. 어머니가 그랬다. 저 남자가 듀카르니아의 왕위를 노리고 있고, 사촌 언니는 이용당하고 있다고.

불쌍한 사촌 언니는 욕심에 눈이 어두워 어리석은 처신을 하고 있다. 하일드는 어디까지나 신하 가문이다. 왕이 되어선 안 된다. 시골에서 고생하고 살던 사촌 언니가 분수에 맞지 않게 행동하며 이 나라의 근간을 흔들고 있다. 분명 왕비나, 최소 왕자비가 될 거라 믿어서 그러겠지.

왕자가 사촌 언니에게 후하게 군다는 건, 의상실에 드나드는 친구들로부터 들었다. 아버지도 여자에게 그렇게 돈을 쓰면 버릇이 나빠져서 안 된다고 했고, 값비싼 보석들을 아무렇지도 않게 받는 건 창녀들이나 하는 짓이라 했다.

록시는 이 자리에서 왕실 여성의 명예를 지켜야 한다 생각했다.

그런데, 정작 레오닉스의 반응은 '누구지?' 다.

레오닉스는 레오닉스대로 록시가 이상했다. 이 자리에 나올 사람 중, 이런 드레스를 입고 나올 사람은 없다. 레오닉스의 기사들도 마리 록시를 알아보지 못했다.

다행히, 보다 못한 근위대 장교가 나서 말했다.

"로버트 왕자님의 따님이신 마리 록시 영애입니다."

그제야 레오닉스의 눈이 록시의 얼굴을 향했다.

눈빛을 해석하자면, '아, 그렇군.' 정도였다.

"마중 나왔습니다."

"마중?"

괴상한 말을 들은 표정이었다. 얼굴에 살짝 짜증이 비쳤지만, 상대가 어린아이라 판단하고 곧 거두었다.

"한두 번 오는 것도 아니니, 손 붙잡고 데려다줄 필요 없다. 더군다나, 내가 영애보다 이 궁에 대해 더 잘 알 것 같은데."

"네? 아, 저기—"

록시는 말을 제대로 하지 못했다. 레오닉스와 말을 많이 해 본 적이 없고, 말투가 이런 사람이란 것도 몰랐다. 사실대로 말하자면 목소리 자체를 처음 들어 본다.

“저, 저는 왕실의 대표로서—”

근위대 기사가 다가와 작게 말했다.

“록시 님, 레오닉스 왕자님이 오시면 근위대가 마중 나갑니다. 총리 각하가 오실 때도 마찬가지고요.”

“네?”

“궁 상황이 어수선해서 잘못 전달된 것 같습니다. 이만 들어가십시오. 이런 자리에 공식 지위가 없는 사람이 나오면 안 됩니다.”

“뭐라고요?”

“죄송합니다만, 큰 실례입니다. 지위가 없는 사람이 나오는 건. 다음부터는 이러지 마십시오.”

몰랐다. 록시는 창피했다. 이게 무슨 망신이란 말인가.

기사는 그런 록시가 불쌍해, 레오닉스에게 말했다.

“왕자님, 폐하께서 기다리십니다. 들어가십시오. 영애는 저희들이 모시고 가겠습니다.”

“그래. 왕족 아이가 엉뚱한 곳에서 배회하고 있다면, 왕실에서 알아서 해야지.”

레오닉스는 록시에게 시선도 주지 않고 궁 안으로 들어갔다.

입구부터 이상하더니, 들어가는 동안에 레오닉스뿐만 아니라 다른 기사들도 눈치챘다.

궁이 엉망이다. 대체 저건 왜 저기 있는 것이며, 커튼은 왜 저걸 달았는가. 게다가 시종들과 하인들이 우왕좌왕하다가 레오닉스와 마주하자 기겁했다. 보통은 미리 동선을 짜서 시종이나 여관들이 참석자들과 마주치지 않도록 해야 한다. 특히나 오늘처럼 고위층들이 오는 날에, 홀 시중을 드는 시종과 여관을 제하고는 눈에 안 뜨이도록 움직이는 것이 원칙이다.

그런데 그냥 신분 높은 사람도 아니고 레오닉스, 그것도 행사 시간도 아닌데 레오닉스와 마주친다는 건, 그만큼 엉망이란 뜻이다.

"어서 오게."

아르노가 레오닉스를 맞이했다.

근위대 기사들은 인사를 하고 물러났고, 레오닉스의 기사들도 문 앞까지만 따라왔다.

"하실 말씀, 하십시오."

레오닉스에게 연회 시작 두 시간 전에 미리 만나자고 한 건 아르노였다.

무슨 헛소리를 할지, 참 기대가 된다. 이 나라에서 가장 못 믿을 놈이 왕이라니. 황제는 적이란 걸 믿기라도 하지, 이놈은 적인지 아군인지 정체성이 없다.

아르노는 의자에 앉아 레오닉스를 올려다보며 말했다.

"레오닉스, 자네가 듀카르니아의 왕이 될 생각은 없나."

이건 또 뭔가.

아르노가 자발적으로 할 말이 아니다.

그러니까 '듀카르니아 왕이 될 생각이 없나?' 라는 질문에 레오닉스가 긍정적인 답을 하면 아르노가 긍정적으로 들어 준 다음 '잘 생각했네. 도와주지.' 라고 답하는 것으로 넘어갈 만한 상황이 아니란 거다.

레오닉스가 아는 아르노의 입에서 이런 말이 나오려면 눈앞이 적으로 꽉 차 있고 목에 칼이 들어와 있어야 한다.

"폐하, 제가 해명을 해야 할 일이 있는 겁니까."

"몰라서 묻는 건가. 그—"

레오닉스는 손을 들어 왕의 말을 막았다.

"그렇다고 자세히 알고 싶은 건 아닙니다. 그렇게 알고 계시다는 건 알겠고, 오해하려고 작당하거나 그리 믿고 싶으셔서 이런 말을 한다는 것도 알겠습니다."

레오닉스도 요즘 도는 소문에 대해 알았다.

소문이 돈다 하더라도 레오닉스가 해명할 수는 없는 노릇이니 깨끗하게 무시한 것뿐이다. 해명하면 구질구질해지고, 해결하려 하면 더 구질구질해지는 문제였다.

"좋아. 왕위에 욕심이 있는지, 그에 대해 솔직히 말하게."

"폐하, 폐하께서는 제가 왕이 되길 원하십니까."

갑자기 훅 치고 들어온 질문에 아르노가 오히려 당황했다.

"그건 왜 묻는 건가."

"제가 원하느냐 원하지 않느냐는 어차피 별문제가 아니기 때문이지요. 저는 왕위를 원한 적도 없고, 그 왕위가 간절한 적도 없습니다. 믿으실지 말지는 알아서 하십시오. 내 알 바 아니니."

"레오닉스!"

"중요한 건, 폐하께서 제가 왕이 되기를 원하시는지, 오로지 그뿐입니다."

레오닉스는 지치는 기분이었다. 차라리 황제하고 싸우는 게 낫지. 몸은 피곤해도 이렇게 불쾌하지는 않으니까.

"이 자리에서 제가 폐하의 제안을 받아들이면, 폐하의 적은 모두 제 적이 되고 제 아군은 절반은 적이 되고 절반은 어정쩡한 아군이 될 겁니다."

그리고 아르노의 황당해하는 얼굴을 보니, 레오닉스가 이리 나올 줄 조금도 예상 못 한 듯했다. 레오닉스는 아르노가 이런 말을 할 줄 알았지만, 아르노는 레오닉스가 이리 나올 줄 모른다는 것이 이 둘의 비극이었다.

레오닉스가 아르노에 대해 아는 반만큼도 아르노는 레오닉스에 대해 모르고, 또한 아르노는 레오닉스가 아는 만큼의 반의반도 자신에 대해서 모르는 것이다.

레오닉스가 말했다.

"일 년 전도 이 년 전도 아닙니다. 고작 지난달입니다. 아무리 승리했다고 하나, 제가 입은 손실은 적지 않습니다. 폐하가 도와주셨다면 그 정도 손실은 면했을 테고…… 아마도 발카니아 상륙도 당장 가능했을 겁니다. 하지만 폐하는 해군에게 가만히 있으라 했습니다. 그 상황에서 제가 졌다면, 폐하가 왕위를 넘겨줄 대상은 황제였을 겁니다."

"유세 떠는 건가."

"저와 제 군사가 치른 희생에 대한 경의조차 없는 폐하께는 그마저도 유세입니까? 하긴, 폐하의 배은망덕이야, 익히 봐 와서 잘 알지요."

"자네는 이겼으니, 내 판단이 틀렸다고 봐야 하나?"

"그건 폐하께서 운이 좋으셨던 겁니다. 제가 이겼으니까요."

아르노의 손이 떨렸다.

"그럼 지금은 운이 나쁠 수도 있다는 건가."

"나쁘게 만들지 않으시면 좋겠습니다. 자꾸 이러시면, 언제고 진짜 운이 나빠지실 겁니다."

"그럼 자네가 원하는 건 대체 뭔가."

"최선을 다해 제국을 상대하길 바랄 뿐입니다. 저와 의회와 같이."

레오닉스가 보기에, 지금이 제국 본토를 공격할 가장 적기였다.

황제가 친정에 나서며 남부로 내려갔고, 대리인으로 가장 유능한 역할을 할 수 있는 레프 오네긴사도 같이 갔다. 황제의 장군들은 쉽게 분열한다. 그런데 바로 지금 그 분열할 장군들을 다스릴 카니발라가 없다. 패전 직후에는 레프와 재상인 기욤 공 덕에 수습했지만, 레프는 장군들의 미움을 받는 황제의 양자고 기욤 공은 열두 장군 출신이 아니라 급할 때 쓸 병력이 없다. 둘이 같이 있다면 모를까, 황제는 이미 그중 하나인 레프를 데리고 남부로 가 버렸다. 레프 오네긴사가 이끄는 기병대가 돌격전에 능하긴 하다. 전쟁 지휘 능력은 황제 다음이다. 그래서 황제는 정치적 부담을 감수하면서 레프를 데리고 간 것이고, 이것이야말로 황제가 상대할 적이 고작 반란군이 아니란 증거다.

황제는 최강의 상태로 남부로 향하고, 본토는 최약체의 상태로 버려진 것이다.

그런 상황에, 아르노는 왕위를 가지고 협잡질이나 하고 있다.

"그럼, 자네가 왕이 될 생각이 없다는 말은 믿어야 하나?"

"듀카르니아의 왕위가 가진 가치를 믿으십시오. 제게 그것이 얼마나 하잘것없는지."

"레오닉스, 나는 왕실의 수장이네."

"알고 있습니다."

"나는 자네가 시도하는 그 일을 훼방 놓을 수 있네. 더 건방지게 굴지 마."

레오닉스는 비위가 상했다.

지금 아르노가 꺼낸 말, 그리고 내내 아르노가 진짜 하고 싶었던 말은 바로 이것이다.

"폐하, 폐하께는 왕족의 혼처를 정할 권리가 있는 것이지 이미 자기 혼처를 정한 왕족의 결혼을 반대할 권한은 없습니다."

"그런 법이 있던가?"

"있습니다."

"음?"

레오닉스의 너무나 단호한 답에 아르노는 자신감을 잃었다.

있었나? 있었던 것 같기도 하다.

"저와 에스텔라 간의 혼담이 오고 갈 때 그 누구도 제가 왕이 될 거라 의심하는 사람이 없었습니다. 오히려 하일드와 듀카르니아 왕실의 결합을 기대했지요. 특히 폐하가 그에 대해 말씀이 잦으셨습니다. 그런데 지금은 왜 이러시는 건지요."

"그때와 지금은 다르네."

"기본적으로 같은 일인데 폐하의 말만 달라졌군요."

"자네는 어떤가."

"제게는 기본적으로 아예 다른 일입니다."

아르노는 어금니를 물어야 했다.

또 조롱당하고 있다.

"왕족이 필요하다면, 로버트의 딸은 어떤가."

"그 꼬마는 왜 들이미시는 겁니까."

레오닉스에게 야심이 우선이었다면 로버트 왕자의 딸이야말로 가장 먼저 버릴 선택지고, 마음이 우선이면 역시나 가장 먼저 버릴 선택지다. 야심이 우선일 때는 너무 손해 보는 선택이고, 마음이 우선이면 흥미도 매력도 없기 때문이다.

"자네와 내가 협조하면, 자네에게 왕위가 가는 건 쉬운 일이야. 우리 둘이 힘을 합치면 듀카르니아의 왕위는 지금보다 강력하고 가치 있어지겠지. 자, 어떤가."

레오닉스는 아르노의 얼굴을 보았다. 다른 사람이 해 준다고 해도 못 믿을 판에, 이 남자가 하는 말을 어떻게 믿나. 게다가 남자 형제가 있는 마리 록시를 들이민다? 기껏 그 정도 서열을 가진 꼬마 여자애가 왕위를 가져다줄 수는 없다.

이 정도로 하찮은 조건을 레오닉스가 받아들일 거라 생각한다면 어처구니없는 것이다.

참으로 이기적인 권력자가 아닌가. 남을 희생시키는 것도, 모욕을 주는 것도, 왕이니 당연히 누려야 하는 권력이라고 생각한다. 삼백 년쯤 전의 왕이라면 평범한 왕이지만, 이 시대에는 어울리지 않는다.

"폐하, 제게는 이 나라를 지킬 의무가 있습니다. 옳은 방향으로."

"이 나라는 왕의 나라네."

"유행 지난 말입니다. 폐하, 폐하는 왕이지만, 왕이 곧 나라인 것도 아니고 나라가 곧 왕인 것도 아닙니다. 법이 왕을 정하고, 왕은 그에 따라 의무를 다하는 것입니다. 저는 폐하가 그 자리에 어울리기를 바랍니다."

"지금 나한테 설교하는 건가."

"안 될 이유라도 있습니까. 저와 제 나라의 운명이 당신에게 달려 있는데."

"그래서 어쩔 건가."

"폐하께서 가야 할 길로 가시길 바랍니다."

"자네는?"

"저는 제 갈 길 잘 가고 있습니다."

아르노는 기가 막혀 레오닉스를 바라만 보았다.

"이만 가 보겠습니다. 우리 사이에 할 말은 여기서 끝인 것 같군요. 좋은 후계자를 택하십시오. 누가 봐도 좋은 후계자가 아니면 저와 의회는 최선을 다해 방해할 테니."

"반역이자 불충이 아닌가!"

"우선, 반역은 왕이라도 할 수 있습니다. 불충은— 이제 왕에게 충성하는 시대가 아닙니다. 국가, 그 자체에 충성하는 거지."

"뭐라?"

"제발 부탁이니, 시대에 맞춰 생각하십시오. 혼자만 이상한 생각을 하고 계시면, 대체로 혼자 이상할 가능성이 높습니다."

"자네가 듀카르니아 왕위를 멋대로 가져갈 생각을 하는데도?"

레오닉스는 이제 짜증이 났다.

"폐하. 다시 한 번 말하지만, 저는 듀카르니아 왕위에 관심이 없습니다. 가지고 싶은 생각도 없고, 가질 가치도 없습니다."

그리고 그 왕위란 것은, 왕위가 주어질 가치가 있는 자에게 가야 한다. 그러지 않으면 모두에게 불행하다. 가지고 싶다고 가지라 해서는 안 된다.

로버트 왕자?

절대 안 된다.

그의 아들은? 아르노가 키울 거라면, 역시나 안 된다.

에드거 왕자도, 그 외의 다른 왕자도 아무런 가치가 없다. 아직 새카맣게 어린 자식들 중 하나에게 가치가 있을지는 모르지만, 가능성일 뿐이지 증명된 적은 없다.

이 상황에서 유일하게 가치를 증명한 건 브릴이다. 엄청난 전쟁을 치러도, 목표가 정해지면 결코 꺾이지 않는다. 절망과 무력감과 슬픔을 겪어도 고개를 들고 상대를 내려다볼 수 있는 권위를 가지고 있다.

어쩌면 젊은 시절의 황제가 그러했을지도 모른다.

레오닉스는 황제가 엄청난 사람들을 매혹시키고 따르게 만들면서도 레오닉스의 아버지 같은 사람들을 불쾌하고 불편하게 만들었다는 것을 알고 있었다.

세상을 바꾸는 자들이란, 원래 그리 태어난다.

누군가는 엄청나게 사랑하고, 누군가는 엄청나게 미워한다. 누군가에게는 꿈이요, 누군가에게는 악몽이 되기 때문이다.

브릴 역시 그렇다.

총리도 그리 생각하고 있을 것이다.

그랬기에 서부에서부터 브릴을 지켜보았고, 엘리안을 돕는다는 이유로 의회군을 맡겼던 것이다. 브릴에게 기대를 걸고 준비하던 총리는, 아르노가 서부에 있던 브릴을 데리고 왔을 때 기회가 왔음을 깨달았을 것이다.

원하는 왕을 세울 수 있는 기회가. 변화한 시대에 맞는, 그 변화한 시대를 존중할 수 있는 왕을 세울 수 있는 기회가.

운이 좋아 보이는 사람들은 항상 그렇다.

단 한 번, 정말로 유일한 기회가 왔을 때 그것을 움켜잡아 성공시킨다.

항상 준비하고 있기 때문이다.

또, 항상 무엇이든 할 수 있기 때문이기도 하다.

❖

브릴은 연회를 위한 의상으로 갈아입었다.

연회용 드레스는 이미 주문해 두었는데, 의상실에서는 화려하고 묵직한 느낌의 드레스를 만들어 바쳤다.

푸른 비단과 은빛 비단을 기본으로, 하얀 레이스로 소매와 가슴, 치맛단을 장식했다. 푸른색과 은색은 상당히 강한 색이지만, 입으니 브릴 자체가 가진 화려한 분위기를 돋보이게 했다.

브릴은 목덜미를 덮는 진주 목걸이를 하고, 양팔에는 얇은 백금 팔찌를 찼다. 시녀는 머리단장을 마무리하고 핀을 꽂았다.

그렇게 단장을 마친 브릴은 반지를 꺼냈다.

레오닉스가 이 반지를 샀다는 소문은 다 퍼졌고, 레오닉스가 만난 여자가 브릴뿐이란 것도 다 안다. 공식 석상에 이 반지를 끼고 나가면 많은 사람들이 알아볼 것이다.

다만, 브릴은 이다음에 대해 생각해야 한다.

레오닉스는 과연 무엇을 생각하고 있는 걸까.

그때 시녀가 방문자를 알려 왔다.

"오시라고 할까요."

사이먼 공은 아닐 것이다. 지난번 일 이후로는 오지 않고 있으니. 게다가 이젠 올 일도 없다.

"아니. 내가 직접 갈게."

"네, 셰어브릴 님."

접객용 응접실에서 브릴을 기다리고 있는 사람은, 놀랍게도 총리 율리아였다.

브릴의 단장한 모습을 본 총리는 웃으며 말했다.

"근사하군. 내가 잘생긴 젊은이가 아닌 게 아쉬워."

총리 옆에는 청년 기사가 있었다. 브릴이 궁금해하며 보자, 총리가 소개해 주었다.

"가스파르 경이네. 올 초에 혼 빠지는 일을 겪어 요양을 하다, 이번에 부총리 경호를 맡기게 되었지. 부총리는 아마 만찬 때 만나게 될 거야. 이 청년에게, 자네를 궁까지 수행하라고 했네."

새해 첫날 총리를 수행했던 죄로 잡혀가 실종되었던 가스파르 경이었다.

컴컴한 방에 몇 주간 갇혀 있다 풀려나니, 암닉시아 궁이 폭파되고 아르노가 죽을 뻔하고 총리와 레오닉스가 그 아르노를 구하는 일이 벌어져 있었다.

가스파르 경은 자기가 잡혀가고 궁이 폭파된 것보다 레오닉스가 아르노를 구한 것에 더 충격을 받았다.

푹 쉬라는 총리의 말을 들어 쉬는 중에, 경쟁 상대인 로즈 맥빌 경이 공을 세웠다는 말을 듣자마자 벌떡 일어나 돌아온 것이다.

"각하는 참석하시지 않는 건가요?"

"오늘 나는 빠지네. 여기 있을 거야. 부총리가 내 일을 할 테고, 조만간 그가 내 자리를 이을 거네. 다음 왕은 부총리와 일하게 될 테지. 나와 아르노와는 달리 사이가 좋기를 바라네."

"오늘 후계자가 발표된다는 소문은 들었습니다."

"아르노 마음대로 발표한다 하더라도 그 후계자가 계속 갈 거라는 보장은 없네. 자네 숙부와 고모들은 일주일 정도는 예의상 조용했다가, 곧 신나게 신문에 찔러 댈 거야. 만약 그 주인공이 로버트라면, 부자가 번갈아 가십거리가 될 거네. 종일 떠들어도 모자랄 만큼의 소문거리가 있거든."

"제랄드는 아직 어리지 않나요. 그런 일의 주인공이 되기엔."

"어린데도 전적은 화려하지. 아주 기대가 되는 인재야."

"백부님의 생각은 어떤가요."

"아르노가 가진 마지막 기회라, 어떻게든 이용하려는 것을 이해 못 할 바는 아니지. 자네 입장에서는 어떻던가, 아르노는."

"백부님은 저를 증오하세요. 지금은 제가 각하와 왕자를 등에 업고 자신에게 도전한다 생각해 더욱 증오하게 되었겠지요. 그분은 항상 감정 없이 일을 처리한다 하지만, 자신의 감정을 제한 다른 사람의 감정을 무시하는 것에 가까워요. 그래서—"

"그래서?"

"지금 백부님이 뭘 하고 계시는지는 알고 있습니다. 로버트 숙부님을 불러오고, 숙모님과 마리 록시를 불러다 책임 있는 일을 맡겼죠. 분명 레오닉스 왕자를 불러 제안하겠지요. 왕위나 왕위에 근접할 수 있는 권한을 주겠다고."

뻔뻔하리만큼 뻔하지만, 아르노라면 내보일 만한 수다. 레오닉스와 로버트를 경쟁시키고, 또 레오닉스와 의회를 분열시키는 것. 아르노에게 있어 로버트는 가장 버려야 할 패인 동시에 가장 빨리 쓸 수 있는 패다.

브릴은 손가락의 반지를 매만졌다. 여태 레오닉스가 일을 해결하는 방식을 보자면, 그는 최대한 문제가 없도록 만드는 데 주력해 왔다. 총리 역시 상대를 무력화시키는 방식을 택하곤 했다. 둘 다, 적이 무력화되어 주춤한 사이에 승부를 걸어 이기는 유형이다. 느리고 조용한 방식이지만, 분명하게 해결한다. 이번에도 그리될 것이다.

총리가 말했다.

"나는 정말로 자네가 행복하길, 좋은 삶을 살기를 바라네."

"저 역시 총리님의 행운과 성공을 바랍니다."

브릴은 총리의 손을 당겨 손등에 입을 맞추었다.

"맙소사, 이거 참 설레는군."

"각하께서 저를 도와주셔서 저는 제게 가장 소중한 사람을 되찾았고 그에게 자유를 줄 수 있었습니다. 잊지 않아요. 그러니 필요하시다면 저를 믿어 주세요."

"그러면 보답하는 마음만으로는 안 되는 힘든 일이 많을 거네. 고작 그거 해 주고 이 정도로 답해야 하나 싶을 정도로."

"각하가 지켜야 할 것이 제가 지켜야 할 것이고, 각하가 믿는 것이 제가 믿는 겁니다. 저는 각하와 각하를 믿는 사람들로부터 도움을 받고 구원을 받았습니다. 그러니 제가 할 일이 있다면, 저는 의지와 자부심을 가지고 힘을 보탤 것입니다."

그 말에 총리가 보여 주는 표정은 브릴이 생각한 것과는 달랐다.

만족할 거라 생각했지, 이렇게 따뜻한 미소를 지어 줄 줄은 몰랐다. 착실한 제자나 기특한 손녀를 보는 눈빛이다.

"아직도 신은 내게 희망을 주는군. 셰어브릴."

총리가 브릴의 볼을 어루만지고는 손을 떼었다.

"자네는 내가 생각했던 것보다 더 값져."

브릴은 총리의 갈색 눈을 보며 따뜻한 애정을 느꼈다. 어머니에게서도 느낀 적이 없다. 아니, 애초에 어머니에게서 부드러운 애정을 기대한 적이 없었다.

이런 사람이 이룩해 낸 것을 왜 같이 지켜 내지 않겠는가.

이 사람 덕에 아무에게도 의지하지도 기대하지도 않던 소녀가 달라졌다. 순수를 잃거나 타락한다는 의미가 아니다. 강해지고 성장했다. 관대해지고, 관대해지며 애정과 책임을 기울일 수 있게 된다.

아무것도 없는 자가 강한 게 아니다. 지켜야 할 것이 있는 자가 견디어 내고, 견디어 낸 자가 강하다.

"잘 다녀오게. 그리고 다녀오면, 더 많은 것들이 그대의 것이 될 거야."

❖

왕궁의 만찬은 오후 4시부터 시작되었다.

입장은 그보다 더 이른 시간에 시작되어, 초대된 사람들은 오후 2시가 되기도 전에 대기 홀로 배정된 갤러리에 모였다.

입장 시간이 아직 정해지지 않았다는 것을 알게 된 것은 다들 그곳에 모인 뒤였다.

언제 들어가야 할지 몰라 기약이 없으니, 금방 어수선해졌다.

도착하자마자 그 분위기를 눈치챈 브릴은 마음이 편해졌다.

다 같이 의욕 없이 산만하고 실속 없이 분주한 바람에, 브릴이 들어왔을 때 알은 척하는 사람도 눈길을 주는 사람도 없었다.

브릴은 에스코트해 준 가스파르 경을 부총리에게 보냈다. 그다음, 대기 장소로 안내해 줄 사람을 찾아 두리번거렸다. 다행히 혼 빠진 거미 떼처럼 움직이는 시종들을 감독하던 시종장이 브릴을 발견했다.

"이런, 죄송합니다, 셰어브릴 님."

보통 이런 자리에서는 고위 여관(女官)이 손님들을 맞이해 각자의 그룹으로 그들을 보내는 역할을 한다. 왕족은 왕족끼리, 지역 귀족은 지역별로, 관료들은 관료들끼리 모이도록 배정한다. 그 역할을 해야 할 여관이 없어서, 사람들은 오는 대로 섞이고 그 사이로 미숙한 시종들이 어수선하게 돌아다니며 더 어지럽혔다.

"이리 오십시오."

브릴은 왕족들이 모인 홀 중앙으로 안내되었다.

금발 소녀가 사람들에게 인사를 하고 있다가 브릴과 마주쳤다. 브릴도 소녀를 몰랐지만, 소녀도 브릴을 알아보지 못했다. 시종장이 소개하려는 순간 소녀 뒤에서 로버트 왕자의 아내가 나타나 외쳤다.

"어머, 셰어브릴 엘리아!"

왕자비는 유달리 크게 말했다.

그제야 브릴도 금발의 소녀가 록시란 것을 알아보았다.

"마리 록시였구나. 너무 많이 커서 못 알아봤어."

"셰어브릴 언니도요."

에스델라와 비슷한 연배니, 열여덟인가. 인형처럼 예쁘고, 피부는 고운 우윳빛이었다. 몸집도 작아 제 나이보다 어려 보였다. 입고 있는 옷은 왕족치곤 상당히 수수했다.

왕자비가 부채를 흔들며 말했다.

"그런데 차림이 과하구나, 셰어브릴. 왕족이 사치스럽게 차려입으면 좋아 보이지 않는단다."

"죄송합니다. 주는 대로 입고 와서 분위기를 몰랐어요."

"주는 대로?"

"제가 고른 게 아니거든요. 아는 게 없다 보니 전문가더러 알아서 하게 한 건데 과했나 보군요."

브릴의 드레스는 화사한 푸른빛인 데다 촘촘하게 드리운 레이스와 진주 덕에 더 화려했다. 그리 입어도 브릴의 용모 자체와 어울려 괜찮았다.

"그럼, 이 정도가 기본이란 거군요."

브릴은 록시의 차림새를 보았다.

록시는 머리를 촘촘히 땋아 말아 올리고, 겸손한 보석을 달았다. 연한 장밋빛 드레스는 단순했지만, 록시의 청초하고 사랑스러운 인상을 돋보이게 했다.

"젊은 기사들과 귀족들의 찬사는 록시의 몫으로 넘길게요. 착하고 예쁜 동생의 몫을 약탈하는 못된 언니가 될 생각은 없거든요. 모두가 록시를 사랑스럽게 여길 거예요. 참, 연회장 준비를 숙모님이 맡았다고 하던데요."

"미래의 안주인으로서 당연한 거 아니겠니. 네 어머니가 살아 계셨으면 서로서로 축하했을 텐데. 그리고 네가 그 나이 먹도록 혼자 살게 내버려 두지도 않았을 테지. 안쓰럽구나."

"걱정을 끼쳐서 죄송스럽네요."

"좋은 나이를 넘겨 버린 게 네 잘못은 아니지. 내가 여자애는 잠깐 신경 쓰지 않는다면 금방 노처녀가 된다는 걸 몰랐구나."

브릴은 그에 대해 말하려 했지만, 숙모의 말이 더 빨랐다.

"너무 걱정 마라. 그리 늙어 보이진 않으니까. 어딘가에는 네 나이가 큰 흠이라고 생각하지 않을 사람이 있겠지. 다만, 좋은 청년들을 만나기엔 늙은 처지니 너무 눈이 높으면 안 된단다. 여자란 제가 먹은 나이만큼 분수를 알아야지. 특히나 왕족 여자들은 쉽게 오만해져서 자기가 늙었다는 걸 잘 모른단다."

순식간에 스물한 살짜리 할망구가 된 브릴은 숙모가 떠들어 대는 대로 내버려 두었다. 로버트 숙부와 살다 보니 닮은 건지, 닮은 사람들끼리 결혼한 건지는 모르겠다. 그렇게 열심히 말하던 숙모의 눈에 브릴의 반지가 들어왔다.

"가만, 셰어브릴. 너. 웬 반지니? 세상에, 네 숙부가 한 말이 맞았구나."

"뭐라 그러셨는데요."

"네가 창녀처럼 사내들에게 값비싼 선물을 받으며 교태를 떤다고 말이다. 남자들이 비싼 선물을 주는 것에 우쭐해하거나, 그들에게 선물을 요구하면 안 된단다!"

"숙부님은 왜 그렇게 창녀를 좋아하시는지 모르겠네요."

"뭐, 뭐?"

"항상 '창녀' 생각만 하시다 보니, 뭘 봐도 창녀만 생각나나 봐요. 그런데 숙모님도 그러시네요. 그러지 마세요. 세상에 좋은 거 많아요."

숙모의 볼이 꿈틀거렸다. 게다가 그녀는 비싼 보석을 볼 줄 몰랐다. 특이한 색의 예쁜 보석이라고만 생각했지, 유색 다이아몬드라고는 생각 못했다. 그래서 이 보석이 하일드가 산 '그 보석'이라는 것도 몰랐다.

그때 큰 손이 반지를 낀 손 아래로 들어와 손가락을 감싸 잡았다.

브릴이 고개를 돌렸다.

남자는 손가락으로 손바닥을 쓸어 올린 다음, 손가락에 입을 맞추고 엄지손가락으로 손가락을 매만졌다. 인사라기보다는 애무에 가까웠다. 그러잡은 손이나, 깊게 대는 입술이나. 브릴은 손등을 허락한 상대의 금빛 목깃을 만지고 어깨의 술을 매만진 다음 팔에 손을 얹었다.

“어서 와요, 레오닉스.”

“늦었군.”

“당신이 이른 시간에 온 거라고요. 나는 내 시간에 맞췄고요.”

브릴은 빙글거리면서도 새삼 레오닉스의 지위를 재확인할 수 있었다. 일단 그가 오니, 주변이 금방 정리가 된다. 모두 조용해지며 눈치 살피느라 바쁘다. 특히나 남자들이.

“오늘 내내 바쁠 줄 알았어요.”

“시간은 원래 가장 중요한 것을 위해 덜어 내는 것이지.”

레오닉스는 브릴의 손을 잡아 올려 반지를 낀 손가락에 다시 입을 맞추었다. 손등 위로 눈이 마주치자, 브릴은 저도 모르게 웃었다.

이거, 레오닉스가 브릴에게 교태를 부리는 것이 아닌가.

“좀 더 힘 줄 걸 그랬네요. 당신이 이렇게 단장하고 올 줄이야.”

“그대가 만족하면, 그걸로 된 거지.”

레오닉스에게는 브릴이 아름다운 것보다 자신이 그녀를 만족시켜 주는 게 더 중요한 문제였다. 브릴은 흐흠— 하고는, 숙모를 돌아보며 말했다.

“숙모님, 저는 상대를 정했어요. 사촌들 중 제가 가장 나이가 많으니, 가장 먼저 짝이 정해지는 게 도리지요.”

“아, 그, 그러……니? 상대가 누구인지 몰라도, 몰라도, 잘되었구나. 집안의 격에 맞는 상대이길 바란단다.”

“말씀하신 대로 제가 좀 늙은 나이라 다급하게 정하는 바람에 집안 어른들께 말씀드리지 못했군요. 여기, 레오닉스 아르칸젤로 왕자님이에요."

레오닉스를 모를 리가.

숙모의 입술이 비비 틀렸다.

모르는 척하고 있었던 것뿐이다. 제발 저 계집애가 착각하고 건방지게 구는 거라고, 왕자가 그 사실을 모두에게 알리고 망신시켜 줬으면 좋겠다.

저런 얼굴은 남자들이 쉽게 질리니까, 곧 얌전하고 현숙하여 남자의 마음을 편하게 해 주는 여자를 찾게 될 것이다. 내 딸 같은.

하지만 그땐 그때고, 이러면 오늘 록시가 황제를 데리고 오지 않는 한 사람들 놀라게 하긴 글렀다.

브릴은 레오닉스와 함께 안으로 들어갔다. 입구의 시종은 뭐라 말해야 할지 몰라 당황했다. 그것을 본 브릴은 레오닉스의 귓가에 입술을 대고 속삭였다.

"당신 덕택에 오늘 가장 빼길 수 있는 입장이 되었네요."

"자랑거리가 되는 것도 좋군."

"겸손하게 굴지 말아요. 자, 이리 와요. 나의 전리품. 모두에게 뻐겨야지."

브릴은 레오닉스가 이렇게 빨리 나올 줄은 몰랐다. 물론, 브릴은 지금 레오닉스가 브룬델카 경을 포함한 하일드 귀족들을 다 내팽개치고 오는 길이란 건 몰랐다.

"이미 들었을지 모르는데, 오늘 총리 각하가 찾아왔어요. 그리고 가스파르 경이란 사람을 빌려줘서 에스코트했고요."

레오닉스는 눈살을 찌푸렸다.

"왜 그래요."

"나도 수하들에게 명령했는데, 할망구가 선수 쳤군."

망명자 기사단이 에스코트해서 오면 그날로 브릴의 신분이 '하일드 왕자의 약혼녀' 가 될 거라 그런 것 같다.

총리가 손을 쓴 덕에 브릴은 왕족들과 만날 수 있었고, '셰어브릴 엘리아 폰 듀카르니아' 로 입장할 수 있게 되었다.

그것이 레오닉스를 언짢게 했다.

구렁이 백 마리쯤 삶아 먹은 할망구가 생각 없이 이런 일을 했을 리는 없다.

레오닉스는 자존심 상했고, 살짝 질투도 났다. 그래도 그걸 잠시 잊어도 될 만큼 브릴은 아름답게 차려입었다. 의상실과 시녀는 브릴을 최선을 다해 아름답게 치장해 놓았다. 흑갈색 머리카락을 말아 올려 별 모양의 핀으로 장식하고, 연한 화장으로 눈매와 눈썹을 돋보이게 하면서 귀에 방울 모양의 다이아몬드 귀걸이를 달아 장식했다.

"오늘 행사 순서가 어떻게 되는지 아나요?"

"귀담아듣지는 않았다. 그래도 무도회는 있을 거야."

"흠—"

브릴은 레오닉스의 눈을 빤히 바라보며 의미심장하게 웃었다.

"춤 신청해 줄 거죠?"

"몇 번이든. 빈틈없이."

"믿어 볼게요."

큰 키와 체구가 위협적이지 않게 물러나 있고, 등에 얹힌 그의 손은 부드럽고 다정했다. 자신이 만족하기 위해 건드리는 게 아니라, 애정을 구하는 짐승의 애무 같았다.

브릴은 이 남자가 좋았지만, 이 남자가 브릴에게 원하는 것이 진정 무엇인지는 아직 감이 잡히지 않았다.

애무, 입맞춤, 속삭임, 그런 것들은 다 해 주었다.

그렇게 브릴의 호감과 관심을 이끌어 낸 다음, 이 남자가 원하는 건 무엇일까. 브릴을 그 혼자 독점하게 되었다고 확신하게 되면, 과연 무엇을 청할까.

아직 남자는 브릴의 모든 관심과 눈길을 받겠다는 듯 굴고 있고 훌륭히 성공하고 있다. 브릴은 그런 레오닉스에게서 눈길을 떼고 싶지 않았다. 엘리안을 상대로 하면 모든 것이 양심에 걸리는데, 이 남자에게서 그런 유혹의 낌새를 느끼면 기대감이 들었다.

그러니 더 궁금한 거다.

당신, 나에게 뭘 더 원해요?

“레오.”

브릴은 문 앞에서 기다리고 있는 하일드의 기사인 브룬델카 경과 제레미 경을 발견했다. 제레미는 테이 경에게 동행을 신청했다가 차이고 오는 길이었기에, 이 모습을 차마 눈 뜨고 볼 수가 없었다. 정략결혼도 성의 없이 진행할 감정 마른 왕자님이라고 생각했지, 여배우나 여가수 쫓아다니는 주책들이나 하는 짓을 할 줄은 몰랐다.

연애 장르를 정하자면, 레오닉스의 방식은 ‘호구’였다. 레오닉스의 형인 펠릭스가 알았다면 웃으며 응원했을 테지만, 아버지인 선왕은 발카이드 왕가의 체통이 무너졌다며 펄펄 뛰었을 것이다. 선왕이 듀카르니아 왕실에 가진 열등감이야, 모르는 척해 주는 것도 힘들 만큼 노골적이었으니 말이다.

아, 네. 그렇습니다. 저분이 올 초만 해도 그렇게나 건방지던 하일드의 레오닉스랍니다. 여자에게 관심이 없던 게 아니라 관심 있는 여자가 없던 거였고, 관심 있는 여자도 없는데 모든 여자들에게 관심을 두는 건 멍청한 짓이라 생각했던 것뿐이다. 일단 목표가 정해지니, 아주 집요하고 노련하다.

전술 전략 잘도 세우고, 물량도 효과적으로 투자한다. 본인의 장점이 뭔지도 알고, 상대가 원하는 게 뭔지도 잘 파악한다. 또한 경쟁자로 보이는 자들을 제압할 줄도 안다.

뭐야, 이거.

알고 보니 이 방면 신동이셨다.

제레미는 고개를 저었다.

미웠다. 오늘 테이 경에게 차이고 온지라 더 미워진다.

연회장 초입부터 엉망이더니, 만찬장 역시 자리 배석부터 엉망이었다.

공적으로도 사적으로도 원수 사이인 부총리와 궁무 장관이 같이 앉았고, 당장 식탁 아래에서 총을 꺼내 서로를 쏴 죽여도 이상하지 않을 근위대 부대장과 가스파르 경이 마주 앉았다. 왕가의 방계가문으로 유명한 누파사가(家)의 장남(즉, 마르셀 경의 큰형)은 맨 끝에 앉았고, 레오닉스는 자기 자리가 로버트 왕자 옆이란 사실을 알자마자 다른 자리로 가 버렸다. 차마 레오닉스에게 당신이 앉은 자리가 내 자리라 할 수 없었던 어느 가엾은 귀족은 레오닉스 대신 로버트 왕자 자리 옆에 앉아야 했다. 하석에 배정받은 분노로 에드거 왕자와 아드리나 공주는 중간에 나가 버렸다. 다른 왕자와 공주들도, 가족임에도 같은 테이블에 앉지 못했다.

시종들은 모두 서툴렀고, 음식 나오는 순서도 뒤죽박죽이었다. 그릇과 스푼과 포크를 내놓는 순서도 같이 엉켜서, 수프를 먹어야 하는데 포크가 나오거나 고기 요리가 나오는데 스푼만 나오는 식이었다. 음식들 역시, 요리 순서와 맞지 않다 보니 너무 식거나 설익거나 퍼졌다.

까다로운 아르노는 점점 더 짜증이 나기 시작해, 결국 참지 못하고 시종장을 불렀다.

"대체 어떻게 된 건가. 혹시, 주방 일까지 그 여자가 간섭하던가?"

"죄송합니다. 그러셨습니다."

"메뉴 순서도 그 여자가 정한 건가."

"네."

"어처구니가 없군. 자기 할 일이 뭐라고 생각하는 건가."

에스델라는 책임자를 추천받거나 임명할 때나 관여했다.

누군가에게 일을 맡기면, 그 일을 맡은 사람들이 알아서 하도록 내버려 두어야 한다. 잘하면 칭찬하고 못하면 책임지면 된다. 왜 관리자가 있고, 왜 상급자와 하급자가 있단 말인가.

"시종들은 다 왜 이 모양인가. 오늘이 출근 첫날인 것처럼 보이는데."

"왕자비께서 여자들이 중요한 자리의 시중을 드는 건 격이 맞지 않다고 하시며 남자만 들어오도록 했습니다."

"뭐야?

어처구니가 없었다.

"그런 법이 대체 어디 있나. 남자든 여자든, 익숙하고 일 잘하는 사람이 하면 되지! 그럼 모자라는 사람은 어디서 데려온 건가."

"하인들로 채웠습니다. 죄송합니다."

"교육도 제대로 받지 못한 놈들을 홀 시중으로 들여보냈다는 건가? 맙소사, 나라 안의 귀빈이란 귀빈은 다 오는데 스푼 놓는 순서도 모르는 놈들을 들여보냈다고? 왕궁을 망신시킬 셈이란 말인가!"

"죄송합니다."

"되었네. 자네에게 책임은 묻지 않을 테니, 순서를 최대한 줄이게. 그리고 틸트 부인 불러와. 꾀병인 거 알고 있으니 나오라고 해."

"네, 폐하."

아르노는 축배라도 들려 했지만, 샴페인이 아닌 붉은 와인이 나오는 바람에 축사도 생략해야 했다. 그 뒤에 모두가 기다리던 디저트 비슷한 음식이 나왔다. 디저트가 나오면 어쨌건 만찬이 끝나서였다. 그러나 요리와 전혀 어울리지 않는 포도 셔벗이었다. 그나마도 물처럼 녹아 있었다.

아르노는 결국 폐장을 선언하고 일어났다. 그가 나가자마자, 사람들은 모두 스푼과 포크를 던지고 일어나 밖으로 나갔다. 만찬은 그렇게 어정쩡하게 중지되었다.

연회장이 이러니, 무도회장도 어수선했다.

사람들은 절반 넘게 나와 있어서 자기들끼리 떠드느라 바빴다. 오케스트라는 무슨 음악을 연주해야 할지 몰랐고, 조명은 어딘가는 너무 어둡고 어딘가는 너무 밝았다.

왕자비는 어떻게든 수습해 보려 했지만, 그러면 그럴수록 더 엉망이 되었다. 결국 시종장이 왕자비에게 와서 말했다.

"왕자비님, 왕자님과 함께 접객에만 신경 쓰시라는 폐하의 전언이 있었습니다."

아르노는 당장 집어치우고 집에 돌아가 잠이나 처자라 전하라고 했으나, 시종장은 차마 그리 말할 수는 없었다.

"아, 알았네."

왕자비는 쩔쩔매고 있었던지라 그런 시종장의 말이 고마웠다. 그러나 내색할 수는 없어, 원래 그럴 예정이었다는 듯 홀 중앙으로 간 뒤 아들과 딸이 어찌하고 있는지 살피기 시작했다. 그러자 눈치 빠른 주변 귀부인들이 왕자비에게 와서 아첨을 늘어놓고, 오늘 연회에 대해 품평을 하기 시작했다.

"오늘 말이죠, 시종장이 일을 너무 못하는 것 같아요. 이렇게 엉망진창인 연회는 처음입니다."

"맞아요. 너무 엉망이에요. 정신 나간 꼬마가 난동을 부려도 이보다는 나을 것 같군요. 역시, 제대로 안살림을 할 사람이 들어와야 할 것 같아요.”

“저도 동의합니다. 윗사람이 없다고 제 할 일을 하나도 못 하는 사람이 문제예요.”

“역시 아랫것들이란.”

왕자비는 부채로 얼굴을 식히며 그럼요, 그럼요, 하고 답하며 록시를 찾았다.

록시는 자기 친구들이 엄청나게 치장을 하고 나타나 시무룩한 상태였다. 친구들은 한마음 한뜻으로 ‘검소하면서도 우아하게’ 입는다더니, 한 사람도 남김없이 치장을 했다.

그 모습을 본 왕자비는 후회했다. 록시의 드레스를 더 화려한 것으로 했어야 했다. 브릴이 너무 천박하고 사치스럽게 차려입고 오는 바람에, 정직하게 차려입은 록시는 공작새 옆의 굴뚝새나 다를 바 없었다. 그러나 이런 자리에서는 어중간할 바에야 대놓고 화려한 게 나았다. 게다가 록시 친구들이 죄다 배신해 버려, 지금 록시가 가장 튀고 있다. 안 좋은 방향으로.

이럴 줄 알았으면 돈을 쓰는 건데. 이게 다 그 빌어먹을 남편 탓이다. 창녀에게는 돈을 펑펑 쓰면서, 딸과 아내에게는 신발 한 켤레 사 주는 것도 아까워했다.

사람들이 서서히 조용해져 갔다. 아직 어수선하긴 했지만, 아르노가 단상으로 올라갔기 때문이다.

여전히 마음에 들지 않아도 행사는 해야 했기에, 아르노는 의례적인 말만 했다. 와 줘서 감사하고, 올해의 가장 비극적인 일을 이겨 내고 위대한 승전을 이룩해 감사하다 등등.

레오닉스는 의자에 앉은 채 일어나지도 않고 아르노의 축사를 듣고 있었다. 하일드 계열의 귀족과 의회 인사들은 아르노의 말이 아니꼬웠다.

남부에 집결 중인 제국군이 남부의 반란군을 토벌할지, 아니면 그대로 도하하여 체자로 쳐들어올지도 정해지지 않았다. 협력과 단결, 통합을 우선해야 할 지금 아르노는 후계자 자리를 두고 의회와 하일드, 왕실 간의 분열을 유도하고 있다.

자기편을 제하곤 모두 적이다. 적을 없애야만 한다고 생각하지, 그 적이 적이 아니란 건 모른다.

연설이 끝나자, 아르노는 첫 춤을 로버트에게 양보했다. 로버트는 아내와 함께 회장으로 들어섰다. 둘의 춤이 어느 정도 끝나면 제랄드와 록시가 춤을 출 것이다. 누구든 록시에게 춤을 신청해야 한다. 청년 몇이 록시를 눈여겨보았다. 그들 중 상당수가 에스델라 뒤를 쫓아다니던 청년들이었다. 이제 새로운 상대를 찾아야 하니, 그다음 상대로 록시를 택한 것이다.

브릴은 그들을 지켜보며 의자에 기대앉아 있었다. 브릴에게는 춤 신청을 하는 자들도, 소개를 원하는 자들도 없다. 브릴 바로 옆에 레오닉스가 앉아 있었으니 당연했다. 브릴은 구경만 하면 되는 위치가 되어 좋았다. 사람들이 부담스러워하고 거리를 유지하는 것도 좋다. 곧고 반듯한 어깨와 등, 훤칠한 키와 시원하게 드러난 목덜미는 드레스와 보석을 걸치고 있어도 브릴을 전사들의 여신처럼 보이게 했다.

레오닉스는 그런 브릴 옆에서 자리를 뜨지 않았다. 원하는 변화가 없자, 왕자비는 아주 속이 쓰려했다. 레오닉스가 그런 브릴에게 몸을 기울였다. 어깨를 기울이고, 눈을 마주 보며 웃는다. 오만하고 상대하기 까다로운 왕자가 저리 공손하게 군다는 것이 사람들을 경악시켰다.

왕실과 왕실 간의 결혼 거래가 아니라, 한참 정분난 남녀로만 보였다. 정략결혼 상대라면 감정적 거리감과 예의를 지키는 것이 당연한 건데, 레오닉스는 그의 가문 어른들이 봤다면 놀랄 만하게 행동하고 있었다.

다리는 길게 뻗고 몸을 기울여 이야기만 주고받고 있고, 허튼소리를 하고 있음에도 눈은 브릴을 떠나지 않았다.

이런 레오닉스에게 말을 걸 만큼 눈치 없고 겁 없는 사람은, 적어도 이 회장 안에는 없었다.

둘만 남겨둔 채, 연회장 안의 그 누구도 가까이 오지 않았다.

그 덕에 브릴은 이 요란하고 산만한 연회에서 평화로울 수 있었다.

로버트 왕자와 왕자비가 춤을 마치고 들어오자, 브릴은 그들을 가리키며 말했다.

"다음은 당신이 나갈 순서 아닌가요."

"그렇긴 한데, 맞춰서 나간 적이 없어서. 이쯤에서 나간 게 아니라, 이쯤에서 눈치들을 줬지."

레오닉스는 일어나 손을 내밀었다.

"오늘은 순서를 지킬 수 있겠군."

"흥미가 생겼나요."

"파트너가 있잖은가. 그리고 그대가 며칠 전에 나에게 허락해 준 걸 생각해 봐. 그래 놓고선 춤도 안 춰 준다면—"

"다면?"

"그대는 사기꾼이지. 그러지 마. 한껏 마음 놓게 해 놓고, 다른 사람이 보는 자리라고 아무것도 안 해 준다면 서운할 테니."

브릴은 레오닉스의 손을 잡았다.

저 멀리서는 브룬델카 경이 옆의 귀부인에게서 부채를 빼앗아 미친 듯이 부치고 있었다.

아니, 왕자님! 소년도 아니고, 지금 뭐 하는 겁니까!

"무도회에 나온 적이 있나."

"이번이 처음이죠. 그러니 이건 내 데뷔이기도 해요. 스물한 살에 하는."

사교계로 나가는 나이가 열대여섯이란 것을 감안하면, 엄청나게 늦은 것이다. 그러나 어린 시절의 브릴은 사교계 데뷔가 싫었다. 그런 자리에 나가 품평받고 등급을 판정받는다는 것이, 신분과 재산에 따라 나누어지고 미모에 따라 또 평가를 받는 것이 싫었다. 네가 더 아름답다는 추켜세움도 싫었다. 평가를 받기 시작하면, 좋으면 좋은 대로 나쁘면 나쁜 대로 불쾌하고 자존심이 상했다.

레오닉스 덕이긴 해도, 그런 평가에서 자유로워지니 편했다.

"춤, 잘 출 수 있어요?"

"그대는?"

"객관적으로는 말 못 해요. 내 상대는 하나뿐이었고, 그 상대는 양처럼 순했거든요. 내가 발을 밟거나 걷어차도 춤을 잘 춘다고 칭찬했을 거예요."

레오닉스는 눈살을 살짝 찌푸렸다.

"나는 좋은 남자일 거야."

"어떤 의미로요?"

"내가 여기서 제일 좋은 종마 비슷한 거야. 내가 인간적으로 부족한 게 있다면, 내 지위와 권력에 점수를 줘. 그러면 부족한 면이 좀 채워질 테지."

브릴은 웃었다. 자기가 직접 그리 말하면 어떻게 하나.

레오닉스는 브릴의 등을 당겼다.

"어떻게든 그대 마음에만 들면 되는 거지, 포에닉시아."

"왜 그렇게 부르나요."

"동대륙식 존칭이다. 여자면 포에닉시아, 남자면 포에닉시온. 포에닉스, 즉 불사조. 불멸의 존재. 영광의 대상, 이런 것들."

브릴은 몰랐지만, 한동안 황제도 그리 불렸었다.

불멸이라.

브릴은 입으로 구슬을 굴리듯 중얼거려 보았다.

불멸이란 무엇을 의미할까.

레오닉스가 부드럽게 말했다.

"불꽃, 열기, 욕망. 영혼을 불타게 만드는 존재."

심장과 피를 들끓게 만드는 것. 자신의 모든 것을 내던지게 만드는 환희의 대상. 그것들을 그리 부른다.

불사조, 숭배자들이 바친 제물의 잿더미 위에서 태어나는 영광의 존재.

레오닉스의 손이 브릴의 턱을 건드리곤 머리카락을 넘겨 주었다. 친밀하고 은밀한 동작이었다. 팔을 쓸어내리고 브릴의 팔목을 감싸듯 잡았다. 손에 낀 반지가 그의 손바닥에 닿았다.

레오닉스는 허리를 숙여 이마를 댔다.

브릴은 여태 한 번도 느껴 보지 못한, 태어나서 단 한 번도 느끼지 못했던 감정을 느꼈다.

소유욕을 넘어선다.

보호받는 느낌, 상대가 강하든 약하든 상관없이, 이 사람이 나를 소중히 보듬는 느낌이다. 이런 안도감을, 또 그 안도감 속에서 기대감을 느끼는 건 처음이었다.

포근하고 부드러운 깃털이 감싸 줘서 안에서부터 따스해지는 느낌이었다.

브릴은 이것이 신뢰에서 온다는 걸, 이 남자가 보여 주는 예의 바른 다정함에 대한 신뢰에서 온다는 것을 알았다. 그 역시 처음이다.

레오닉스의 눈에 부드러운 웃음이 깔렸다.

브릴이 말했다.

"계속 웃어 봐요. 보기 좋네."

"얼마나?"

"계속 웃어 주면, 무슨 짓이든 할 수 있을 것 같아요. 저기서 거꾸로 설 수도 있을 정도로. 당신이 이렇게 웃을 수 있는 사람이란 건, 의외라서."

레오닉스는 브릴의 허리를 더 바짝 당겼다.

극장 안의 남녀도 아니고, 연회장 안에 있는 둘은 듀카르니아 왕의 조카이자 선왕의 손녀고, 앞에 있는 남자는 하일드의 왕자이자 망명자 기사단의 단주다.

이미 모두의 시선이 집중될 대로 집중되고, 귀부인들은 부채를 부치고 아가씨들은 호기심에 차 있고 남자들은 이상한 방향으로 질투심을 느끼고 있었다. 브릴을 차지한 남자에 대한 질투가 아니라, 레오닉스로부터 대접을 받는 브릴에 대한 질투였다.

브릴의 걱정과는 달리 레오닉스의 춤 실력은 좋은 편이었다.

이끄는 팔은 정중했고, 큰 키와 체격에도 불구하고 동작은 가볍고 부드러웠다. 움직일 때마다 체격 탓에 당겨진 제복 아래로 팔의 윤곽이 드러났다. 브릴은 온기를 즐기는 고양이처럼 눈을 가늘게 떴고, 그러자 레오닉스가 속삭이듯 말했다.

"다행이군."

"뭐가요."

"나를 즐기는 것이."

"기분 좋나요?"

"미치도록."

“그럼, 나는 당신의 어디까지 즐길 수 있나요.”

“모든 것.”

조명이 어두워졌다. 또 누군가가 실수를 한 듯하다. 음악도 멈추었다. 음악 자체가 끝난 것은 아니었지만 춤은 중단되었고, 레오닉스는 브릴의 볼에 입을 맞추었다.

“남은 건 이 정도로 보답받을 수 있겠지.”

“당신, 나에게 어떤 일을 했는데요?”

“경모(傾慕).”

브릴의 눈썹 끝이 떨렸다.

탄식이 흘러나왔다. 레오닉스의 검은 머리카락이 브릴의 손에 의해 넘어갔다.

남자의 눈, 남자의 숨소리, 그리고 그 심장의 고동 소리가 브릴을 향하고 있다는 걸 느끼자 벅차면서도 조금은 아팠다.

그럼에도, 황홀함이 피를 타고 흐른다.

또 시간이 되어 이 남자와 헤어질지도 모른다 생각하니, 그리고 그 시간이 지나면 결코 돌아오거나 다시 만날 수 없을 거라 생각하니 한쪽이 허물어지는 느낌이었다.

왜 이렇게 된 거지.

브릴은 눈을 내리깔았다. 나는 당신에게 진정 무엇을 바라는 걸까.

언제부터인지 모르게, 모래 위에 바람이 결을 새기듯 새겨졌어.

남자의 눈, 레오닉스의 눈이 담은 갈망이 보였다.

간절하고 뜨겁고, 부드럽고 따스하면서도 떨리는.

브릴은 기뻤다.

레오닉스의 큰 손이 이마에 내려온 머리카락을 쓸어 넘겼다.

화려한 빛을 담은 눈과 검고 짙은 속눈썹을, 레오닉스는 관찰하듯 바라보다 그녀의 관자놀이에 손을 얹었다.

"그대를 경모한다."

브릴은 낮게 한숨을 내쉬었다.

"그대도 나를 좋아한다면, 또 더 좋아해 준다면 좋겠어. 차근차근 깊어지도록 기다릴 수 있다. 그대 주변 남자에게 약간 심술은 부릴 테지만, 그래도 괜찮아."

"왜요."

"이리 원해 본 적도 없고, 앞으로도 없을 것 같아서. 또, 그렇게 실컷 애교 피우게 만들어 놓고서는 아니라고 하면 서운할 것 같군."

브릴은 남자와 보냈던 순간을 기억하고 있었다. 몸을 스치던 손길도.

"난 당신이 좋다고 이미 말했어요."

"그리고?"

"당신의 매력을 과소평가하지 말아요."

레오닉스의 웃음이 진해졌다.

음악이 완전히 멈추었다. 다음 곡으로 가는 데는 상당한 시간이 걸릴 것 같아, 브릴은 레오닉스의 옷을 당겨 홀에서 물러났다.

아르노가 기가 막혀 한숨을 내쉬는 게 보였고, 옆에 있는 로버트도 입을 벌렸고, 왕자비는 머리카락이 다 서도록 부채질을 했다.

로버트가 하일드 계열의 공작을 보았다.

"저래도 되나?"

"왕자님은 하일드의 최고 결정권자입니다. 아내를 결정하는 건 그분의 권리이고—"

그리고 록시를 흘끔 보고 로버트를 흘끔 본 다음 말을 말았다. 여자 취향은 레오닉스 마음이고, 정략적으로 본다면 로버트의 사위가 되는 건 그야말로 최악의 한 수였다. 왕자의 결정에 하일드 내각도 귀족들도 딱히 불만이 없었고, 왕자가 여기서 뭘 하든 추억으로 남겨 보라 배려해 줄 생각이었다. 그들 모두 레오닉스가 남자를 데려오지 않는 한 순종할 자세가 되어 있었다.

어느덧 아홉 시를 향하고 있었지만, 시간이 어떻게 가는지 누구나 알 정도로 엉망인 무도회다.

아르노는 로버트를 불렀다.

"로버트."

"네, 형님."

"해 둘 말이 있다."

로버트는 얼굴이 붉어질 정도로 흥분했다.

드디어, 드디어 후계자에 대해 말하려는 거구나.

"그리고 이건 아버지와 선대의 왕들을 위한 길이 될 것이다. 이 나라의 운명이 바뀌게 될 테니 말이다."

아르노는 손짓을 보냈다.

멀리 있던 근위대의 라드 경이 고개를 끄덕인 다음 밖으로 나갔다.

그것들 모두 레오닉스의 눈에 뜨였다.

몇 번이나 전쟁터에 나간 레오닉스다. 주변 상황을 동시에 파악하는 건 쉬운 일이었다.

"일이 생겼군."

브릴도 그 움직임을 눈치챘다.

"기껏 분위기 잡고 고백했는데, 이런 일이 벌어질 줄은 몰랐지만."

레오닉스는 브릴의 볼에 입을 맞췄다.

"수하들을 옆에 둘 테니, 무슨 일이 벌어질 것 같으면 말해."

레오닉스는 옆에 있는 브룬델카 경과 제레미에게 손짓을 보냈다. 둘은 금방 무도회 구석으로 물러났다. 그들뿐만이 아니라, 여기저기 흩어져 있던 망명자 기사단의 제복을 입은 기사들이 민첩하게 움직이기 시작했다. 브릴 옆으로도 기사들이 배치되었다.

이 움직임은 의회 쪽 인사들에게도 감지되어, 가스파르 경을 비롯한 의회 기사들이 역시나 각자가 지켜야 할 인사들 옆에 섰다.

브릴은 지난번 시반 백작의 일이 생각났다.

망명자 기사단은 물론이요, 의회의 용 기사단까지 움직여 의용대를 털었다. 말이 좋아 의용부대지, 사설(私設) 무력 집단이다. 그들이 망명자 기사단과 용 기사들을 자극했던 건, 아르노가 원하기 때문이었다.

다음 음악이 연주되기 시작했다.

처음 듣는 음악이었다. 춤곡은 춤곡인데, 경쾌하다. 단순하지만 기분 좋아지는 선율이다. 오늘 나온 음악 중, 그나마 가장 나았다.

이제 조명은 말도 안 될 정도로 어두워져, 앞에 있는 사람 얼굴이나 간신히 볼 정도였다.

그때 브릴은 옆에 있는 흰 연미복의 청년에게 눈길이 갔다.

좋은 옷이네. 그리고…….

눈을 들자, 상대의 얼굴이 보였다.

놀란 브릴을 본 청년이 입술에 손을 가져갔다.

"엘?"

"쉿."

브릴은 순간 아무 생각도 할 수 없었다.

엘리안이다.

처음에는 다른 사람인 줄 알았다. 그만큼 인상이 달라 보였다. 잘 빗어 넘긴 금빛 머리카락은 엘리안의 아름다운 얼굴을 그림처럼 밝게 보이게 했고, 희고 맑은 피부는 어두운 조명 아래에서도 깨끗하고 예쁜 색을 띠었다.

브릴은 엘리안의 얼굴에 손을 얹었다.

따뜻하니, 카니발라는 아니다. 경계도 긴장도 풀어졌다.

멋을 낸 모습일 뿐이다.

“서부로 안 갔어?”

“일이 생겨서.”

“무슨 일.”

“그게…….”

엘리안의 눈이 브릴을 볼 수 있게 된 기쁨을 감추지 못하고 있었다.

브릴도 그 순수한 애정의 눈에 약해졌다. 다그치고, 어떻게 된 거냐고 물어봐야 하건만 엘리안의 눈은 그런 말을 할 기회를 놓치게 했다.

“예쁘다.”

엘리안이 말했다

“너무 예뻐.”

“엘.”

아무리 좋은 말도 안 맞을 때 하면 어처구니없는 말이 되건만, 브릴은 저도 모르게 웃었다. 엘리안은 브릴의 어깨에 입을 맞추었다.

“가슴이 터질 것 같아. 브릴이 너무 예뻐서.”

“제대로 말해. 왜 돌아온 거야?”

“좋지 않은 일이 생겨서 중간에 내렸어.”

“혹시, 카니발라가 다시 나타난 거야?”

엘리안의 눈에 윤기가 돌았다.

브릴은 마음이 아파졌다. 누가 뭐래도, 엘리안은 브릴을 가장 순수하고 어리게 만들어 주는 대상이었다.

“쉿, 엘. 그럼 혼자 내린 거야?”

“아니. 메즈도 같이 있어. 따라와 줘어.”

브릴은 안도했다. 엘리안이 메즈 몰래 사라졌다면 메즈는 당장 브릴을 찾아왔을 것이다.

"근처에 있어?"

"밖에. 하지만 들어올 수는 없었어."

"그럼, 엘은 어떻게 들어온 거야."

"카니발라의 수하……들 덕에."

브릴의 눈이 커졌다.

차가운 분노가 싸늘하게 밀려 올라왔다.

"뭐라고?"

"시반 백작이란 용병과 페니 번이라는 여자야. 그들이 나를 여기로 데리고 왔어. 그들 모두 나를 카니발라로 알고 있어."

브릴도 시반 백작은 예상했지만, 로버트 왕자의 정부인 페니 번까지 한패인 줄은 몰랐다.

그럼, 그날 로버트 왕자를 쓰러지게 만들었던 건 페니 번이었나?

브릴의 머리가 빠르게 움직였다.

일단, 시반 백작은 브릴을 습격한 적이 있다. 의용부대는 망명자 기사단은 물론이요, 의회의 용 기사단과도 충돌해 왔다. 그 충돌의 배후에는 아르노나 로버트가 있었다. 더 큰 충돌을 이끌어 낼 빌미를 잡기 위해서 시비를 걸어대는 것이다.

브릴도 이 나라가 얼마나 힘겹게 봉합을 유지하고 있는지 안다. 아르노가 무엇을 원하는지도 짐작이 된다. 힘겨운 봉합을 포기하고 손쉬운 분열로 권력을 확보하려 하고 있다.

레오닉스가 급히 움직인 건 이에 대한 소식이 전해져서일 것이다. 아르노다운 발상이다, 참으로. 아르노 혼자 하는 것도 아니다. 암닉시아에서부터 눈치챈 거지만, 카니발라는 이 나라의 일에 깊이 관여하고 있었다.

카니발라는 트릭스터다. 그 교활한 자는 가장 손쉽고 적당한 수단인 아르노를 움직여 자기가 원하는 바를 이루어 왔다.

만약 엘리안이 몸을 되찾지 않았다면, 암닉시아에서 실패하지 않았다면, 카니발라는 분명 아르노와 로버트, 의용부대를 이용해 이 체자를 혼란하게 만들었을 것이다.

브릴은 엘리안의 팔을 잡았다.

"가자."

"어디로?"

"일단 체자에서 벗어나야지. 서둘러."

로버트도, 왕위도 나중에 생각하자. 먼저 엘리안을 데리고 가야 한다.

다만, 레오닉스는…….

이대로 가도 될까.

엘리안이 물었다.

"레오닉스가—"

브릴은 저도 모르게 긴장했다.

"레오닉스가 브릴을 원한다고 들었어."

"아, 그건."

브릴은 손가락을 들었다. 반지가 반짝였다. 엘리안은 충격받은 얼굴로 반지를 보았다.

"어, 어떻게 된 거야!"

"아르노가 나더러 사촌 동생 제럴드와 결혼하라고 했어. 아, 걱정 마. 어차피 나를 겁주려고 그런 거지 정말 결혼시킬 생각이 있는 건 아니야. 그래서 나는 레오닉스에게 부탁했어. 그 덕에, 요란스러운 소문이 퍼졌지."

"그럼, 그것뿐인 거야?"

"예전 일 때문에 엘리안이 레오닉스를 믿을 수 없다는 건 알아. 하지만 이건 내가 먼저 제안한 거야."

"왜 말 안 했어? 그런 일이 있었다고."

엘리안의 목소리가 떨렸다.

"해결되었으니까."

"나, 봤어."

"뭘."

"브릴하고 레오닉스."

브릴은 얼굴이 붉어졌다. 거짓말하다가 들킨 듯 수치심이 들었다.

"브릴, 브릴에게…… 그 레오닉스는 뭐지?"

"그건 왜 물어."

"물어보고 싶어. 왜 그때 레오닉스를 생각한 건지 모르겠고, 왜 지금 그와 그렇게 가까운지 모르겠어. 답해 줘."

"왜."

"나는 너를 사랑해."

브릴이 눈을 크게 뜨고 올려다보았다.

"사랑해. 브릴은 내 모든 것이고, 나보다 더 사랑하는 존재야. 브릴 외에는 아무것도 없어. 브릴이 없으면 아무것도 없고, 브릴이 있으면 다 있는 거야. 그러니 말해 줘. 레오닉스가, 레오닉스가 브릴에게 뭔지!"

브릴은 멍해졌다.

레오닉스, 그 남자는 내게 뭘까.

"경모한다."

그리 말해 준, 그 남자에게 나는 뭐라 답했을까.

“엘.”

브릴은 달래듯 말했다.

“…….”

“너를 사랑해, 엘.”

브릴은 엘리안의 목을 감싸 잡았다.

“너를 사랑해서, 나는 네가 나 외에는 아무것도 없었으면 했어. 네가 나 외에 관심을 가지면 미웠고, 다른 사람을 쳐다만 봐도 불안했어. 그래서 나만, 오로지 나만 너를 행복하게 해 줄 수 있기를 바랐지.”

그 말을 하자, 브릴은 아파 왔다. 가슴이 뻐근하리만큼 아팠다.

“그렇게 내가 너를 망쳤어. 불구로 만들어 버렸어.”

그래서 너로 하여금 그런 선택을 하게 만들었어.

레오닉스가 아니었다.

엘리안이 손에 쥔 독을 마시게 만든 진짜 이유는, 브릴이었다.

그리고 모순적이게도, 엘리안이 떠나 있는 동안 브릴은 엘리안 없이 사는 법을 알게 되었다.

지독한 소유욕으로 묶어 놓은, 오로지 내 것이라 생각한 상대 없이 사는 법을.

누군가 자신을 필요로 한다는 생각을 하지 않아도 살 수 있는 법을, 상대방을 통해서만 자신의 가치와 존재감을 확인하지 않아도 되는 법을 배웠다.

레오닉스는 그렇게 어른이 된 브릴이 만난 남자였다.

대등하게 바라보고, 대등하게 요구하는. 대등하게 서로를 살피고, 대등하게 받아들일 수 있는.

그건, 처음 해 보는 모험 같았다.

가슴 벅차는, 두근거리는, 흥분되는.

그 모든 것이 합쳐진, 하나의 결실이었다.

"지금 나는 너에게 아무것도 바라지 않아. 안전하기만 하면 되고, 행복하기만 하면 되는 거야."

"내게 아무것도 바라지 않아?"

"그래. 그러니 엘. 바라지 않는 걸 주려고 너를 위험하게 하지 마! 다시는. 희생도 하지 말고, 도망도 치지 마."

브릴은 엘리안의 손을 꽉 잡은 다음 놓았다.

"우선 여기 있어."

엘리안을 커튼 뒤에 남겨둔 후, 브릴은 옆에 있는 레오닉스의 수하에게 말했다.

"이만 가겠어. 레오닉스에게 전해 줘."

"어디로 가십니까."

"도착하면, 그러면 그때 알려 주겠다고 전해 줘."

"혼자 가셔도 됩니까?"

"그래."

브릴은 돌아섰다.

말하고 나니, 가책이 느껴졌다.

멋대로 사라지는 일인데, 이거야말로 레오닉스가 하지 말라던 것이다.

하지만 브릴은 이 모든 것을 완벽하게 할 시간이 없었다.

브릴이 택한 길은 궁의 뒷문으로 난 뒤뜰 산책로였다. 평소라면 어둡고 사람도 별로 없지만, 오늘은 연회 날이라 환해야 했다. 브릴의 예상대로 숙모가 일으킨 재앙은 그곳에도 영향을 미쳐, 평소대로 어두웠다.

조금 가자, 근위대 기사들이 길을 막고 있었다. 그중 하나는 브릴도 얼굴을 알고 있는, 지난번 서부에 왔을 때 아르노를 수행했던 라드 경이었다.

드레스 차림이라 거동을 조심할 수 없었던 브릴은 그들에게 쉽게 들켰다.

브릴은 어둠 속으로 엘리안을 밀며 물었다.

"라드 경?"

라드 경은 가슴에 손을 얹어 공손히 인사를 한 다음 말했다.

"폐하께서 셰어브릴 님을 모시라 명령하셨습니다."

"무슨 일로?"

"모릅니다. 그저 모시고 가라는 명령만 받았습니다."

왜 이러는 지 안다. 오늘이나 내일 분명 후계자가 발표된다.

로버트 왕자는 아니다. 그는 분명 오늘 벌어질 일이 무엇이든 그에 대한 책임을 지고 감옥으로 갈 처지가 될 것이다.

왕자들의 어린 아들들 중 하나가 선택될 테고, 그리되면 왕자들은 거의 동시에 수도 밖으로 나가야 한다.

형식적인 거라 생각하자니, 브릴은 아르노와 사이가 너무 나빴다. 여태 브릴이 한 일은 아르노에게 괘씸한 짓이었고, 이건 아르노 같은 사람에게는 반역에 해당될 만큼의 중죄였다.

"셰어브릴 님은 오늘 궁 안에 계셔야 합니다."

"억류당하는 기분이군."

그다음 어디로든 보내질 것이다.

귀양당하거나 유폐될 가능성도 높고, 최악의 경우는 죽음이다.

우선 여기서 벗어나야 한다. 이들 손에 잡히면 끝이다. 상대는 다 기사들이다.

드레스 차림으로 얼마나 싸우고 떨쳐 낼 수 있으려나. 어디까지 기대하고 어디까지 포기해야 하나.

"엘, 일단 도망쳐."

"브릴?"

"내가 어떻게든 해 볼 테니, 엘은 먼저 도망쳐서 메즈에게 가."

"하지만!"

브릴은 엘리안을 올려다보았다.

"지금 들키면, 그야말로 끝장이야. 너는 잡히면 안 돼."

아르노나 로버트가 이 엘리안을 본다면 끝장이다.

엘리안의 왕족 사칭죄는 가벼운 죄가 아니다. 서부의 귀양자 신세였다면야 아무도 상관하지 않을 테지만, 지금은 아니다. 특히나 오늘은.

"어서!"

엘리안의 얼굴이 하얗게 굳었다. 엘리안이 느끼는 공포가 브릴에게도 느껴졌다. 그 순간, 사방의 덤불이 들썩였다. 나무에서 날개 퍼덕이는 소리가 들리고, 잔디밭 아래에서 쥐가 찍찍대는 소리도 났다.

무슨 일이 벌어지려는지, 브릴은 알아챘다.

풀숲에서 여우가 튀어나왔다. 여우는 단번에 기사의 정강이를 물어뜯었다. 동시에 덤불 속에서 튀어나온 여우가 기사의 뒷덜미를 세게 물었다.

브릴은 옆에 있는 기사의 팔목을 내리쳤다. 기사가 칼을 떨어뜨리자. 얼른 집어 들어 라드 경을 겨누었다.

"어서 가!"

엘리안은 고개를 저었다.

브릴은 성난 목소리로 말했다.

"당장 메즈를 찾아!"

"너는!"

"나는 내가 알아서 해."

브릴은 돌아보고, 그 순간 후회했다.

다그쳐선 안 되었는데.

엘리안이 헐떡이고 있었다. 하얗게 질린 얼굴에 가득한 건 공포였다.

분명, 분명 그날— 카니발라의 독을 삼킨 그날도 이런 표정이었으리라.

"엘."

"알 것 같아."

"뭘!"

"내가 왜 카니발라를 놓지 못한 건지."

브릴은 입술을 물었다.

"카니발라 이야기는 하지 마!"

"카니발라가 나를 여기로 데리고 온 거야."

처음 기차에서 내리고 그 오두막을 찾아간 것도, 하필이면 그곳으로 페니 번과 시반 백작이 온 것도, 페니 번이 엘리안이 움직일 만한 말을 한 것도.

카니발라는 단 한 번도 모습을 드러내지 않았다. 그럼에도, 모든 것을 그가 원하는 대로 이루어 냈다.

엘리안은 카니발라가 원하는 대로 기차에서 내리고, 그가 원하는 대로 페니 번과 만났고, 그가 원하는 대로 여기에 있다.

로버트 왕자, 아르노, 거기에 엘리안을 알아볼 수도 있는 사람이 있는 곳으로. 엘리안은 경이로울 정도로 손쉽게 카니발라의 의중에 따라 준 것이다.

이곳에서 정체를 들킨다면 어찌 될지, 엘리안도 안다.

레오닉스와의 관계 덕에, 브릴은 사소한 실수는 물론이거니와 과거의 잘못도 중죄가 되는 위치가 되었다.

그렇게 카니발라는, 엘리안이 결국 카니발라의 힘을 원해야만 하는 순간으로 밀어 넣었다.

바라보는 브릴의 눈이 커졌다.

"하지 마!"

브릴이 고함을 질렀다.

"내가 할 수 있어! 그러니 하지 마, 엘!"

동시에 브릴의 눈이 궁의 입구를 향했고, 그 입구에서 달려 나오는 남자를 발견했다.

검푸른 제복과 금빛 술이 보인다. 혼자가 아니었다. 그의 뒤로 기사들이 따르고 있었다.

레오닉스다.

엘리안은 멍하니 그를 보았다.

레오닉스가 고개를 돌려 브릴과 엘리안을 발견했다.

발견하자마자, 그는 망설임 없이 달려왔다. 그 주변으로 기사들이 모였다.

그때 라드가 브릴을 잡았다.

"모두 물러나라."

기사들 모두 순식간에 흩어졌다. 브릴을 데리고 갈 수 없다고 판단한 것이다. 라드가 뽑은 단도가 번득였다. 브릴은 주먹으로 라드를 갈겼다.

"윽!"

라드의 몸이 뒤로 휘청거렸다.

브릴은 거듭 그 얼굴을 퍽퍽 갈긴 뒤, 무릎을 걷어찼다.

"내 기억으로는 몇 달 전 여기 다치셨던 것 같은데."

"허!"

라드 경은 다리가 꺾이며 주저앉았다. 되었다 생각한 순간, 라드가 손에 놓치지 않았던 단도를 배로 밀어 넣었다.

"!"

다친다—

순간, 그 단도를 엘리안이 움켜잡았다. 독수리처럼 검을 낚아챈 손에 힘이 들어가며, 그 단도가 유리처럼 깨졌다. 라드의 눈이 커졌다. 헉, 하고 그가 신음을 삼킨 순간에 주먹이 라드의 머리를 내리쳤다. 거의 뼈 깨지는 소리가 난 것 같았다. 라드는 허공으로 붕 떠올랐다가 바닥으로 떨어졌다.

브릴은 고개를 확 돌렸다.

엘리안은 재킷 소매에 꽂힌 손수건을 꺼내 손에 튄 피를 꼼꼼하게 닦아 냈다.

설마—

엘리안의 푸른 눈이 브릴을 향했다.

차가웠다.

만지지 않아도 누구인지 알 것 같았다.

엘리안이 브릴의 목을 움켜잡았다. 차갑다. 빌어먹게도, 빌어먹게도 차갑다.

"다시 만나고 말았네, 공주님."

브릴은 이가 갈렸다. 분노에 찬 고함이 터지려 했다.

그때 브릴의 눈에 레오닉스가 보였다.

두 눈이 브릴을 향하더니, 그대로 멈춘다.

브릴은 레오닉스가 저런 표정인 것을 본 적이 있었다. 몇 달 되지도 않은 일이었다. 세상의 끝을 본 눈, 땅이 무너지고 하늘이 쏟아지는 것을 보는 눈이었다.

저리도 강한 사람을 몰아가는 게 무엇인지, 대체 무엇이 그리도 저 남자를 처참하게 하는지 몰라, 브릴마저도 그 슬픔에 흔들리는 것 같았다.

세상이 바짝 작아져, 오로지 레오닉스만을 바라볼 수밖에 없었다.

레오닉스의 목과 어깨에 힘이 들어가며 근육이 팽팽해졌다.

"브릴!"

단단하고 차가운 손이 브릴을 밀쳤다.

턱과 목을 누르는 힘에 숨이 막힌다. 순간, 아직 마르지 않은 유채화(油彩畵)를 휘저은 듯 주변이 뒤섞인다.

주변의 정원은 모래처럼 무너지고, 왕궁은 연기가 바람에 휘날리듯 희미해지며 사라졌다. 세상이 말 그대로 가루가 되어 흩어진다. 바닥이 출렁이며 속이 울렁거리고, 두 다리가 균형을 잃고 휘청거린다. 목을 휘감은 진주 목걸이가 턱에 부딪혔다. 드레스의 천이 다리를 감았다. 머리카락이 풀어져 쏟아졌다.

넘어질 뻔했지만 철처럼 단단하고 차가운 팔이 허리를 감싸 안아 당겼다. 몸이 당겨지며 차가운 가슴과 닿았다. 단단한 손이 턱을 단숨에 휘감아 당기고 머리를 감싸 잡았다. 쇠사슬처럼 단단하고 강한 두 팔이 브릴의 허리를 당겨 바짝 붙였다.

"공주님."

은밀하고 달착지근한 목소리다.

절망감을 느끼는 순간, 갑자기 난폭하게 떠밀렸다. 등 뒤에 벽이 닿았다. 차가운 벽과 부딪히고, 몸이 덜컥 흔들렸다. 목이 졸리며 아팠다. 등을 바짝 붙인 채, 가슴을 압박하는 힘에 억눌리며 브릴은 분노와 증오를 담아 상대를 노려보았다.

"카니발라!"

브릴의 몸을 누르는 카니발라의 팔과 가슴에 더 힘이 들어갔다.

카니발라의 입술에 웃음이 가득했다. 그럼에도, 두 눈에는 분노가 이글거렸다.

이 계집애가 나를 가둬 버렸지.

이 계집애 탓에 내가 그 꼴을 당했어.

진정, 복종하게 만들고 싶다. 나에게 도전하는, 나를 능멸하는, 이 오만한 인간을.

"내내, 네가 미워 죽을 것 같았지! 지금도 미워! 내가 없는 동안 네가 느끼고 기억했을 시간에, 네가 즐거웠을지도 모른다는 생각에, 네가 평화롭고 만족했을지도 모른다는 생각에! 이 몸을 엘리안인 줄 알고 만졌을 테지! 아주 화가 난다고!"

속이 뒤집혔다. 분노가 펄펄 끓어, 너무나 펄펄 끓어, 이 여자를 잡아 흔들며 겁에 질리게 하고 싶었다.

"네가 숨 쉬는 것도 밉고, 네가 다른 것을 보는 것도 밉지! 그리고 네가 그 누구도 아닌 또 다른 나와 있다는 것에, 나는 미친 짐승처럼 화가 치밀어! 손이 떨리고 다리가 후들거리고 심장이 벌컥대서 네가 미워 죽을 것 같았지……."

카니발라는 브릴을 노려보았다. 그런데 웃음이 나온다. 분노에 찬 눈에, 악문 이에, 죄다 웃음이 나온다.

분노의 웃음이, 기가 차서 나오는 웃음이.

너는 여전하군.

별처럼 차가운 심장과 밤의 위엄을 가지고 있으니, 뭐가 두려울까.

"네가 없을 때는 그렇게 네가 밉더니, 다시 보니 그런 것 따위는 하찮군."

이제 세상이 제 모습을 되찾기 시작했다.

•

약한 조명이 켜진 방 안이었다.

바닥에는 화려한 카펫이 깔려 있고, 창가와 벽에는 온갖 종류의 인형들이 가득 쌓였다. 활짝 열린 벽장과 옷장, 버려진 콘솔 위에는 보석과 장갑 같은 사치스러운 잡동사니들이 널려 있었다. 그리고 그곳에서, 브릴을 짓누른 카니발라는 분노와 희열에 떨고 있다.

“가슴이 깨지도록 기뻐!”

카니발라는 팔을 내리며 고함을 질렀다.

“너무 기뻐서, 네 모든 것을 망치고 싶지!”

그러나 브릴은 카니발라를 똑바로 노려보며 말했다.

“엘은?”

“그 아이의 소원은 끝나지 않았어. 아니, 끝날 수가 없지. 네가 살아 있는 한 그 아이의 소원은 끝나지 않고— 언제고 나를 부르게 되어 있지!”

브릴의 눈에 찬 것은 환멸이었다.

카니발라는 기쁘고 슬프고 화가 났다.

이겼다, 내가.

너에게 그 눈빛을 다시 불러일으키다니.

너는 다시는 나를 잊지 못하고, 다시는 나를 버리지 못할 테지. 미워죽을 테니. 네가 바라는 단 하나는 될 수 없지만, 네가 증오하는 단 하나는 되겠지. 그리고 그때야말로, 나는 네 삶을 지배하는 지배자가 되겠지.

심장이 뛰었다.

남의 몸을 차지하면 결코 느끼지 못했던 심장의 박동이 느껴지고, 흐르는 피가 느껴진다. 엘리안의 육체와 카니발라 자신이 일체가 된다. 완벽한 육체와의 일체감이 그를 달아오르게 한다.

“자, 공주님.”

카니발라가 속삭인다.

"너는 이제 내 것이야. 네 운명, 네 영광, 모두 내 손에서 나올 테니."

"무슨 소리지?"

"네 앞에 붉은 융단이 깔릴 거야, 공주님. 영원한 고독이 너를 찾아오겠지. 불멸의 영광과 함께. 그리고 오로지 나를 증오하기 위해서 살게 될 거야."

"카니발라!"

카니발라의 손이 브릴의 어깨에 얹혔다. 차갑고 단단한 손이 어깨를 잡았다. 너무 꽉 쥐어 아팠다.

"그리고 나는, 그렇게 네 운명의 왕이 될 거다."

"왜!"

왜냐고?

그건 나도 몰라.

별이 흐르는 방향이 정해지듯, 나는 그리하도록 정해졌거든.

너의 분노, 그 분노만이 나를 향하니까.

내게 허락된 건 오로지 너의 분노뿐이니까.

나는 카니발의 왕이고, 왕이 되기 위해서는 무슨 짓이든 하니까. 모든 것의 왕이며, 모든 것의 지배자, 그게 나여야 하니. 그리고 너의 왕이 되기 위해서 할 수 있는 일은 너의 분노를 사는 것뿐이지!

"너는 말이야."

카니발라는 감정의 근원이 무엇인지 이제 분명히 말할 수 있었다.

"너야말로, 내가 사랑하고 증오하는 존재야."

바로 다음, 카니발라의 몸은 모래처럼 흩어졌다.

브릴은 처음에는 허탈하고, 그다음은 당황스럽고, 그다음은 분노가 치밀었다.

아무것도 없고, 아무도 없다.

"저 개자식이."

빌어먹을 마법사는 이곳에 브릴을 가두어 두고 사라졌다.

그의 말대로, 그는 브릴을 유리공 안에 가두어 둔 듯 멋대로 굴릴 것이다.

브릴은 돌아서 치마를 걷어 올렸다.

치마 아래로 허벅지가 드러나고, 그 허벅지 옆에는 검이 채워져 있었다. 브릴은 그 검을 묶은 끈을 풀었다.

더럽게 힘들었다. 이거 차고 다니느라.

검이 그다지 길지 않고 치마가 풍성한 게 천만다행이었다.

네가 아무리 나대도, 내 운명이 네 것이 될 수는 없어.

내가 너보다 강할 거다.

아니, 강해지고야 말겠어.

아주 예전에 누군가 그랬지.

'왕' 이라고.

엘리안을 가져야 하는 이유가 애정이었다면, 카니발라를 가져야 할 이유는 분노다.

내가 너를 정복하겠어,

악신이여, 내가 너의 주인이 되겠다고.

나를 가질 수 있는 건 나뿐이고, 이런 나를 가지려 하면 내가 너를 가지겠어.

브릴은 검을 뽑았다.

"가자, 우르가나."

⚜ 제 17 장 ⚜

그들의 근원

엘, 너는 엘이야.

그래, 나는 엘.

항상 시작은 이렇다.

엘리안은 눈을 떴다.

나무로 서까래를 댄 높은 지붕과 돌로 된 벽이 보인다.

반쯤 열린 창문으로 바람이 들어왔다. 냉기가 맑게 배어 든, 기분 좋게 서늘한 바람이다.

긴 의자에 누워 있던 엘리안은 일어났다. 몸은 깃털처럼 가볍다. 투명해진 기분이다.

투박한 녹색 커튼이 반쯤 가린 창밖으로 금빛 벌판과 붉게 물든 울창한 숲이 보였다. 벌판을 둘러싼 목책 너머에 양과 소들이 있고, 그 사이를 말에 타고 누비는 여자가 있다.

여자는 가죽 바지에 조끼, 차양 넓은 모자를 쓰고 있다. 뒤로 땋아 내린 흑갈색 머리카락이 찰랑인다.

"일어났습니까?"

고개를 돌리니, 뜨거운 차를 따르고 있는 메즈가 보인다.

"메즈?"

"네, 접니다."

어떻게?

우리, 헤어졌었잖아요.

내가 궁으로 들어가고 당신은 밖에서 기다리기로 했는데.

눈이 마주치자 메즈가 잔을 내밀었다. 엘리안은 손을 뻗어 그 잔을 받았다. 담홍색의 향기로운 홍차다.

"어떻게 된 거죠?"

"자다 깨었습니다."

메즈다운 답이다.

정말 자다 깬 게 맞을까? 그런데 감각이 너무 맑다.

원래 꿈을 꿀 때는 뭐가 진짜인지 아닌지 구분하기 힘들지.

지금도 그런 것 같아.

엘리안은 찻잔을 놓고 문으로 갔다. 문은 경첩이 낡고 이음새가 잘 안 맞아, 힘들게 열렸다.

검은 나무로 만든 넓은 포치가 나왔다. 들판은 바다처럼 평평하다.

멀리, 판판하고 잔잔한 호수가 보였다. 호수의 수면 위로 하늘이 거울처럼 비친다. 그 옆에는 하얀 겨울 자작나무 숲이 있다. 숲은 너무나 넓어, 먼 세상에서 흘러나온 듯 보였다. 저곳을 거슬러 가면 다른 세상으로 이어질 것 같다.

여기가 어디더라.

그래, 여긴 서부야. 브릴의 집이 있는 곳.

나는 문제없이 기차를 타고 서부의 누하에 도착했고, 브릴이 지내던 집으로 왔어. 그곳에는 브릴을 기다리는 하녀가 있었어. 메즈와 남매 같은 사이래. 이름은 시하라.

하녀는 메즈를 보고 몹시 반가워했고, 라바이와도 얼싸안으며 좋아하다가 어느 순간 화들짝 놀라 떨어졌지. 야하크라족과 반크족은 사이가 나쁘다나.

그곳에 머물며 한 달 정도 보내자, 드디어 브릴…… 네가 왔어.

'보고 싶었어, 엘.'

너무나 기뻤어.

이제 단둘이야, 정말로. 다시 우리들의 자리로 돌아왔어.

브릴의 말대로 황무지는 아무것도 없는 곳이었다.

어느 날은 안개처럼 조용하고, 어느 날은 철따라 이동하는 들소들이 우는 소리가 들린다.

이지프는 집안일을 한다.

음식을 만들고, 열매로 잼도 만들고, 청소와 빨래도 하고. 갑자기 울컥 화가 나면 고함을 치지.

[언젠가 우울증으로 콱 죽어 버릴 겁니다!]

그러면 잠자코 들어 주던 브릴이 말하지.

'말만 하지 말고 정확한 일정을 말해 보지 그래?'

[자꾸 그러면 정말 죽어 버릴 겁니다.]

'그럼 지금까지는 죽어 버리지 않을 생각으로 죽어 버릴 거라 그런 거야?'

[정말 죽어 버릴 거라고요! 청소도 안 할 거고, 잼도 안 만들 거고, 아침 요

리도 안 할 거고, 저녁을 위한 스튜나 구이도 안 할 거예요! 죽어 버릴 거니까! 다 굶어 버려!]

'…….'

엘리안은 보고 말았다. 브릴이 움찔하는 걸.

이지프가 없으면 시하라가 요리를 할 것이다. 그건 모두가 매일매일 감자와 옥수수만 먹든가 굶어야 한다는 것을 의미한다.

시하라의 요리는 엄청났다. 메즈는 당연하다는 듯 안 먹었고 엘리안은 고분고분 먹은 다음 위경련으로 조용히 쓰러졌다. 브릴은 결국 시하라에게 부엌 금지령을 내렸다. 곧 이지프가 '취미 삼아' 요리를 시작했고, '취미 삼아' 요리 연구도 시작했다. 그 취미 생활을 방해하려고 시하라가 부엌에서 얼쩡대면 몹시 위협적으로 굴었다.

엘리안은 벌판을 보았다. 바다처럼 넓다. 물고기가 될 것만 같아. 저 초원을 헤엄치는.

'벚나무는 없어.'

브릴이 그렇게 말했지.

우리 집 뜰에 그렇게나 많던 벚나무는 이제 못 봐.

괜찮아. 다른 나무를 좋아하면 되지.

모든 게 참 소중하고 예쁘고 사랑스러워.

둘이서 지내니 참 좋아. 좋을 거라고 생각했는데, 그보다 더 좋아.

매일매일 너를 보면 심장 안에 별들이 가득 차는 것 같아. 행복해서.

때론 그 별빛이 가시가 된 듯 아프기도 해. 그러면 이 모든 것이 얇은 유리처럼 깨져 버릴까 봐 보고 또 보고, 확인하고 또 하지.

너는 볼 때마다 아름답고, 다시 볼 때마다 더 아름다워.

이대로 우리들만의 세상에서 영원히 살고 싶어.

나는 법을 잊은 매처럼, 달리는 법을 잊은 말처럼, 숲속의 공터에 있는 두 그루의 나무처럼, 단둘이 마주하며 살고 싶어.

그렇게, 영원히.

엘리안은 마음이 아파 왔다.

이건 꿈일 거야.

너무나 간절히 원했던. 이렇게 살면 참 좋았을, 그러나 결코 할 수 없는.

안다.

나는 서부로 가지 못했고, 카니발라는 다시 돌아왔어. 나는 너를 지키고 싶었지만 아무것도 할 수가 없었어.

내 세 가지 소원은 영원히, 영원히 버릴 수 없었던 거였나 봐. 그래서 카니발라도 사라질 수 없었던 거지.

내가 너를 사랑하는 만큼, 네가 나를 소중하게 여기는 만큼, 나는 너를 위태롭게 해.

그래서 처음에는 포기했어. 내가 없으면 네가 안전해질 거라 생각했지. 그리고 그렇게 내가 너를 버린 그 여섯 해, 너는 조금도 안전하지 않았지. 아파하고 슬퍼하고 외로워하며 지냈어.

또한.

그 시간이 우리의 틈을 벌렸지.

내 심장은 우리가 처음 만난 그날과 조금도 다르지 않은데, 너는 멀리 멀리 갔어.

내가 잘못 선택했기 때문이야.

그날 아무 일도 없었으면 우리는 이렇게 살았을 거야. 영원히.

잘못 택해서, 그래서 진짜 너는 이곳에 없는 거야.

그러니까…….

엘리안은 서부의 벌판을 보았다.

처음 본다.

엘리안은 처음 보는 곳이다. 그런데 카니발라는 이곳을 알고 있다. 이곳은 어쩌면 카니발라가 만들어 놓은 환상일지도 모른다.

그가 항상 말하던, 모든 소원이 이루어진 뒤에 가야 할 곳.

영원한 지옥, 아니면 영원한 천국.

옆에 이지프가 앉아 있었다.

손에는 물에 불린 콩이 담긴 그릇이 들려 있었다.

"그건 뭐야?"

[콩입니다.]

괜히 물었다.

"……너, 왠지 메즈 닮아 가는 것 같아."

[그따위 인간하고 닮다니. 그런데 엘리안 님, 당신에게 저는 이런 존재인가 보죠? 하녀라니!]

"가만, 이지프. 너 제정신이야?"

[저는 어차피 정령이잖아요. 엘리안 님이 원하는 형상으로 이곳에 있을 수 있는데……. 그런데 이대로 사시는 것도 나쁘지 않을 것 같은데요. 잘 지내시네요.]

"저, 이지프. 소원을 다 이룬 자는 어떻게 돼?"

[그건 주인님 마음이에요.]

엘리안은 펠릭스가 생각났다. 그의 소원은 뭐였고, 소원을 다 이룬 그는 어디로 갔을까.

그리고 브릴, 너는 어떻게 되었니. 여기서는 네가 어떻게 되었는지 확인할 수가 없어. 예전처럼 할 수 있으면 좋겠다.

그때 엘리안은 카니발라가 눈을 뜨고 있는 동안 자각했다. 그러나 당시에는 라바이와 우르가나, 거기에 펠릭스까지 있었다.

지금 그리되고 싶으면 혼자서 해야 한다.

어떻게 했더라.

그래, 그때 노랫소리가 들려왔었다.

작은 새가 왔다 갔어요.

링, 링, 링—

처음부터 그 노래였다.

이 노래가 머리에 떠오르면 서서히 정신이 들었다.

그래, 노래를 불러 봐.

작은 새가 왔다 갔어요.

꽁지가 빨간 새였죠…….

아주 어린 시절부터 알던 노래다.

엘리안이 원래 무엇이었는지를 알려 주는 희미한 흔적이기도 했다.

노래가 더욱더 크게 들리자 주변이 변했다.

벌판이 앞으로 확 당겨 오더니, 하얀 자작나무 가득한 숲이 엘리안의 눈앞을 뒤덮었다.

엘리안은 어느새 자작나무 숲속에 서 있었다.

하늘은 옅은 회색이고, 군데군데 눈이 쌓인 채 고요하다. 아무것도 없다. 잎이 다 진 겨울나무들만 서 있을 뿐이다.

엘리안은 천천히 걸어갔다.

잠시 뒤 넓은 빈터가 나왔다. 그 빈터에 커다란 구멍이 있다. 그 둘레에 돌이 둥글게 쌓여 있다. 구멍 속은 텅 비어, 깊고도 깊은 암흑일 뿐이다. 너무도 깊어, 다른 세상으로 뚫린 것 같은 암흑이다.

엘리안은 돌벽 위에 올라섰다.

이리 보니, 이거 너무 깊다. 별이라도 흐를 듯 새카맣고 깊어.

엘리안은 그 검은 구멍을 내려다보았다.

이곳이 그를 부른다.

카니발라, 이건 네가 만들어준 환상이지?

너는 내가 뭘 원하는지 너무 잘 알 테지. 너에게 나는 너무도 쉬운 상대니까.

그래서 이런 곳을 만들어, 나를 꿈에서 깨지 않도록 달래는 거야.

하긴, 이런 곳에 있으면 내가 뭐 하러 밖으로 나가려 하겠어. 세상은 평화롭고, 브릴은 내 옆에 있는데.

원래의 나라면, 이곳이 꿈인 줄도 모르고 잠들었을 거야.

지금도 이 꿈에서 벗어나는 게, 이게 꿈이라는 걸 인정하는 게 힘들어.

하지만 나는 네 의도가 뭔지 알아.

너는 나를 무시하면서도, 내가 너를 이겨 낼까 봐 무서워하고 있어.

그렇다면, 나는 어떻게 해야 할까.

브릴이 보고 싶어진다.

나의 모든 것, 나의 세상, 나의 브릴…….

“내가 너를 망쳤어.”

아냐, 브릴.

내가 원해서였어.

네가 행복하길, 네가 좋아하길 바라서였어. 그러니 자책하지 마. 네 탓이 아니야.

너를 위해서라면, 나는 내가 할 수 있는 것도 할 수 있고 할 수 없는 일도 해야 해. 다 내가 원한 거니, 절대 네 탓이 아니야.

엘리안은 암흑을 내려다보며, 그 노래를 다시 중얼거렸다.

"작은 새가……."

검은 구멍 안에서 그 소리가 울린다.

작은 새가 왔다 갔어요.

엘리안은 그 안으로 뛰어들었다.

암흑이 엘리안을 휘감았다. 끝도 없는 암흑이었으며, 시작도 없는 암흑이었다.

먼 하늘을 본 것 같고, 바닥 모를 바다를 본 것도 같았다.

부옇게 흩어지는 은하수를 보고, 세차게 휘몰아치는 강을 보고, 시뻘겋게 타오르는 불꽃을 보고 콸콸 흘러넘치는 물을 보고 휘몰아치는 바람을 보고 해와 달이 떨어져 그 잔해가 고이는 것을 보았다.

끝도 없는 지평선이 펼쳐지는 것을 보고, 불벼락이 내려 붉게 타오르는 대지를 보고, 흐르는 별을 보고 해와 달이 겹쳐지는 것을 보았다.

놀랍다.

여기는 바로 어디서 온 건지 모르고, 어디로 가는지도 모르는 자들이 오는 곳.

그래서 카니발라가 기억하는 태초인, '모든 것의 우물'.

근본은 령이나 결국에는 마인이라 불리는, 차원의 방랑자들이 거치는 통로.

이 세상에 적(迹)이 없어, 이곳에서 나와 다른 세상에서 태어난 자의 몸을 빌리고 생을 빌려야 하는 자들.

이들을 마인이라 한다.

그중의 하나인 카니발라.

스스로 카니발의 왕이라 칭하고 결국 그리 불리며 그것을 자신의 이름으로 삼은 자, 카니발라.

전생과 전생을 거듭해, 전생자의 삶과 이능을 모두 집어삼키는 위험하고 악한 방랑자.

또, 엘리안은 어느 생을 보았다.

별이 떨어졌다. 별의 덩어리를 대장장이가 주웠다. 그는 모루 위에 그것을 얹고 망치로 내리쳤다.

캉—

다시 내리친다.

캉—

검은 날카롭게 벼려지고, 그 위에 문양이 새겨졌다.

날개 달린 뱀.

대장장이는 검을 세웠다. 아름다운 검신이 빛을 반사한다. 대장장이는 황홀하게 자신의 작품을 바라보다가, 자신이 가지기로 했다. 누구에게도 줄 수 없다.

대장장이의 생이 끝나자, 그의 다음 생이 기다린다.

눈을 감자, 금방 다른 아이로 눈을 뜬 것이다. 이제 그는 전사다. 아이는 걷고 달리고 말할 나이가 되자, 옛 대장장이의 보물 창고로 가서 검을 되찾았다.

전사는 검을 들고 모든 것의 우물로 갔다. 어두운 우물 안에서 푸릇한 기운이 피어올라 검에 깃들었다.

검에 머문 정령은 벼락의 정령이었다.

전사의 검은 벼락을 내리는 검이 되었다.

전사가 죽자, 정령도 원래의 우물로 돌아가고 검은 빈 채로 다시 창고로 갔다. 눈을 감은 전사는 금방 다른 아이로 눈을 떴다.

이번 생에는 학자였다. 그는 학업을 어느 정도 마치자 다시 모든 것의 우물로 갔고, 또 그에게 도움이 될 정령을 불렀다. 이번에 검에 머문 것은 모든 것을 알려 주는 정령이었다.

그렇게 거듭했다.

어느 날은 선원이 되어 바람의 정령을 담고, 어느 날은 사냥꾼이 되고, 어느 생에서는 성직자다.

그렇게 계속 또 태어난다. 태어나고…….

눈을 감으면 반드시 다른 자의 눈으로 태어났다.

하지만 어느 생이 끝나기 전에 그의 고향이 멸망했다.

두어 번 정도 눈을 뜨긴 했지만, 그때마다 기억이 희미해져, 최근에 눈을 떴을 때는 아무 기억도 없었다. 가난한 어머니의 품 안이었다. 검은 어머니가 가지고 있었다. 어머니는 그것을 팔아 치울 생각이었지만, 칼자루가 너무 조잡해서 비싼 값으로는 못 팔 것 같다며 투덜댔다.

이번 생은 고달플 것 같다. 이제 기억은 아예 없다.

어느 남자가 여자에게 상당한 돈을 주고, 아이를 샀다.

검은 케이프를 두른 신사였다.

신사는 아이의 삶에 흥미는 있어도 돌봐 줄 생각은 없었다. 그래서 아이는 서커스단의 단장 손에 들어가 맹수들과 함께 자랐다.

아이가 다섯 살이 되자, 단장은 녹색 액체가 든 작은 병을 주었다. 아이가 가져 본 것 중 가장 값비싸 보이는 것이었다.

단장이 말한다.

'세 가지 소원.'

세 가지 소원을 빌고 그 독을 마시는 거다.

그 세 가지 소원은 대체 무엇을 의미할까.

부자가 되게 해 달라거나, 왕이 되게 해 달라거나 빌라는 걸까.

그런데 왠지 그런 종류의 소원은 아닌 것 같았다.

아이는 자기 자신이 누군지도 모르면서도 그 소원에 대해 생각했다.

세 가지 소원.

그러던 어느 날, 항상 닫혀 있던 문이 열렸다.

활짝 열린 문 앞에 어린 암사자 같은 소녀가 있었다.

"엘."

"너는 엘이야."

소녀의 눈이 품은 강력한 욕망에 아이는 복종했다.

그래, 네가 엘이라면 나는 엘이야.

엘. 그것이 나, 나의 이름.

그렇게 이곳, 여기에 있다.

엘리안은 허공에 떠 있는 느낌이다.

이게 대체 뭐지?

내 기억인가?

이러면 나 역시 카니발라와 같은 동족인 셈이잖아?

가만, 마인이 인간의 육체를 가지고 태어날 수 없다면, 지금 엘리안과 카니발라는 한 몸을 사이에 둔 계약자들이 된다.

그래서 정령사인 라바이가 엘리안을 찾아낼 수 있었고, 우르가나가 도와줄 수 있었던 것일지도 모른다.

어느새 주변이 변하고, 이제 엘리안은 어둑어둑한 공간이 보고 있었다.

넓은 천막 안이었다.

천막 안은 왕궁의 방을 그대로 옮겨 놓은 듯 호화로웠다.

고급 의자, 공단 침구를 깔아 둔 침대, 책상, 필기구와 지도 등이 깨끗하게 놓여 있었다.

그 가운데에 레프 오네긴사, 처음 엘리안이 아데안에서 눈을 떴을 때 만났던 공작님이 서 있었다.

젊은 공작의 얼굴은 체념과 슬픔을 고스란히 보여 주고 있었고, 그 모든 것은 의자에 앉아 있는 황제 탓이었다.

"진군 속도가 너무 빠릅니다. 보급로가 아직 확보가 되어 있지 않아, 위험합니다."

"그 말이 몇 번째인지 알고는 있는 거냐."

"마지막이 되게 해 주십시오, 폐하. 헤르케 경과 함께 남아 보급로를 지키겠습니다."

"그리하면, 너는 아무 공도 얻을 수 없게 될 거다."

"상관없습니다. 게다가 곧 한여름입니다. 한여름에 이 지역을 통과하는 건 어렵습니다. 차라리 이대로 군사를 돌려 남부 반란을 진압하고 가을까지 기다리는 편이 나을 것 같습니다."

이건 레프뿐만 아니라 많은 참모들과 지휘관들의 의견이기도 했다. 그러나 그런 의견을 가진 자들만큼이나 이대로 빨리 진격하자는 의견도 많다. 황제는 자신이 원하는 의견을 말하는 사람들의 낙관적 근거만 믿었다.

레프는 황제의 목에 걸린 병을 보았다. 황제가 항상 저 녹색 병을 아예 가지고 다녀, 레프는 저 병을 처분할 수 없었다. 시종이라도 매수해서 빼돌리고 싶었으나, 그 시종은 오히려 레프가 자기를 매수했다고 황제에게 일러바칠 것이다.

"폐하, 어딘가에 있을 카니발라를 믿고 계신 거라면 그만둬 주시길 바랍니다. 그는 사라졌습니다."

레프는 확신했다. 이제 카니발라는 황제의 편이 아니다. 그의 흥미는 다른 사람에게 넘어갔다.

카니발라는 마법사고, 사람이 아닌 악령이다. 종잡을 수가 없다.

레프는 현실적인 사람이었고, 그랬기에 기적이나 경이를 멀리했다. 그래서 예측도 안 되고 변덕스러운 카니발라를 믿지 않았다.

"하지만 레프, 이번이 마지막 기회다."

"위험부담이 너무 큽니다."

"감수해야 할 위험이지."

"희생이 큽니다."

"영광스러운 희생이다."

레프는 치미는 화를 간신히 참았다.

그런 레프를 본 황제가 빙그레 웃는다. 다정한 웃음이었다. 걱정하는 아들에게 뭔가를 보여 주고 싶은 아버지의 얼굴이었고, 아들의 얼굴이 존경과 안도로 바뀌는 것을 기대하는 아버지의 얼굴이기도 했다.

엘리안은 저도 모르게 레프를 보았다.

황제의 양자, 황후가 황제에게 재가하며 데리고 온 아들이라 했다. 그런데 이 황제가 양자인 레프에게 보여 주는 관심과 애정은 노골적이고 일방적이다.

말도 안 된다 생각하면서도, 엘리안은 레프의 이마와 눈매에서 황제의 흔적을 보았다. 분명, 눈매가 닮고 턱과 얼굴 윤곽이 닮았다.

설마?

"저는 내일 아침이 되는 대로 출발해, 보루를 세우고 보급로를 지키겠습니다."

"아니다, 와라. 명령이다."

"폐하."

"헤르케 경에게 전임해라. 너는 나와 같이 있어야 하고, 내 옆자리에 있어야 한다. 모두가 보는 곳에 있어."

그리 말하는 황제는 아주 강압적이었다. 이 고집을 본 레프는 순종할 수밖에 없었다. 황제에게 복종해서가 아니라, 황제를 이런 상태로 내버려 두고 갈 수가 없어서였다.

아직 밤이었다. 푸릇한 하늘 아래 험준한 산맥이 보인다. 그 아래에 대기하고 있는 군사들은 산만 바라보고 있었다.

산기슭에는 오랫동안 이 지역을 지켜 온 관문이 있었다. 관문은 길과 그 근방의 요새로 이어졌다.

남부 산맥을 통과할 수 있는 거의 유일한 길이었다.

이곳을 통과한 다음에는 바로 데노강이 있다. 그 강을 도하하면 정말 본토 공격이 시작된다고 봐도 되었다. 근방을 지키는 것은 의회군이다. 이 근방은 의회와 나라에 충성을 맹세한 자들이 행정권을 장악하고 있다.

그래서 아르노는 이곳의 방어를 의회에만 맡겼다.

위험해지면 의회와 거래를 할 생각이었다. 왕은 이곳 군사의 총지휘권을 원한다. 분명, 그것을 받는 대가로 지원군을 보낼 것이다.

황제는 그런 사정을 알고 있어, 이곳을 공격하는 것이 의외로 쉬울 수 있다고 생각했다.

다만, 관문을 통과해 듀카르니아 의회의 방어선을 뚫어야 한다.

그때 우르릉— 천둥 같은 소리가 들렸다.

푸릇한 어둠 속에서, 레프는 관문 뒤에서 연기가 피어오르는 것을 보았다. 무너지는 바위가 뿜어내는 연기였다.

레프는 물론이요, 그 주변의 지휘관들과 병사들도 놀랐다.

적이 적진에서 공격 받고 있다.

황제는 웃으며 보았다.

“자, 봐라. 카니발라는 사라지지 않았어.”

레프는 기쁘지 않았다.

사라졌어야 한다.

이대로 돌아가야 한다. 그러지 않으면 저곳에서 황제가 위험해질 것 같다. 관문을 통과하여 산맥을 넘으면, 그야말로 퇴로가 없는 상황이 된다. 의회가 한번 통과된 관문이라 버려 둘 리 없으니.

“이대로 진군한다. 남부의 반란군 따위에 낭비할 시간은 없다. 듀카르니아가 무너지고 굴복하면, 남부의 반란도 같이 무너질 거다.”

잘하면 남부가 진탕길이 되기 전에 진격해 들어가 듀카르니아의 체자까지 이를 수 있다.

그러나 어디까지나, 행운이 모두 합쳐져야 한다. 단 하나도 부족해선 안 되는 행운에 기대는 건, 레프가 보기에는 무리한 일이었다.

“비밀을 하나 가르쳐 줄까, 아들아.”

“네?”

“듀카르니아의 체자는 오늘 안으로 혼란해질 거다. 아르노, 내 편인 아르노가 의회와 하일드를 상대로 전쟁을 일으킬 테니. 그 누구도 우리를 막아서지 못하는 동안, 우리는 진군만 하면 된다."

황제의 웃음이 진해졌다.

만족의 웃음이었다.

"이렇게 카니발라는 아직 내게 있고, 나의 행운은 여전하지."

"폐하, 저는……."

"아버지."

황제가 말을 가로 막았다.

"아버지라 부르라고 했다, 레프."

"죄송합니다."

만약, 혼란해지지 않는다면.

카니발라가 지난번에 그랬듯 진다면.

그러면 어찌 되는 건지.

레프는 하늘을 뒤덮는 연기를 보았다.

이 상황에 대한 보고는 내일 오후나 되어야 듀카르니아의 수도 체자로 전해질 것이다.

황제의 말대로라면, 이 소식이 전해질 무렵 듀카르니아는 돌이킬 수 없게 되어 있을 것이다.

위기는 그들을 더 혼란하게 할 것이다. 듀카르니아는 결코 섞일 수 없는 분노와 증오로 갈라진 곳이기 때문이다.

하일드는 듀카르니아 왕실에 왕자가 모독당한 기억을 가지고 있고, 오랫동안 제국을 막기 위한 전쟁에 내몰려 왔다.

의회는 어떠한가.

남부는 지난 내전 때 왕실이 자행한 엄청난 학살을 아직 잊지 않았다. 총리조차도 그 학살로 형제와 친족을 잃었다. 남부는 아직도 왕실을 증오하고 있고, 왕실은 아직도 남부를 경멸한다.

그 분노는 하룻밤으로 청산되지 않지만, 그간 들어간 노력이 무너지는 데는 하룻밤만으로도 충분하다.

그런데…… 그리된다 하더라도, 과연 황제의 뜻대로 결론이 날까.

레프는 자기도 모르게 고개를 돌렸다.

그 순간 누군가와 눈이 마주친 것 같은 착각이 일었다.

엘리안?

그럴 리 없는데, 이상하게 그곳에 엘리안이 있는 것 같다. 그런 느낌이다.

동시에, 엘리안의 눈앞이 변했다.

컴컴해졌다. 엘리안은 검은 공간 안에 홀로 서 있었다.

드디어 카니발라가 무엇을 하려 했는지 알겠다.

듀카르니아 사정에 대해서는 거의 모르지만, 한번 터지면 끝장을 보게 된다는 건 안다. 카니발라가 여전히 죽어 있었다면 모를까, 다시 눈을 떴으니 여기서 황제를 도우려나 보다.

"어떻게 하지?"

이리되면 듀카르니아가 위험해지고, 브릴도 위험해지는데.

우선, 카니발라를 장악해야 한다.

펠릭스의 도움으로 카니발라에게서 몸을 되찾을 때 나는 어떻게 했었던가.

[엘리안 님.]

놀라 고개를 돌리니, 이지프가 앉아 있었다.

"이지프?"

그래, 그러면 되겠다!

"이지프. 네 몸, 지금 어디에 있어!"

[제 본체는 지금, 어, 메즈를 따라가고 있어요.]

“정말?”

[네. 메즈는 말을 달리고 있고, 저는 그 뒤를 쫓고 있어요. 전해 드릴까요? 엘리안 님이 아직 제정신으로 카니발라 님의 의식 아래에 있다고.]

“아냐, 그럴 필요 없어. 일단 돌아가 있어. 그리고…… 저기, 브릴을 지켜 줘.”

[그 미친 분은 제가 안 도와줘도 잘하실 텐데요.]

“지켜 달란 말이야!”

[하아, 알았어요, 알았어. 그런데 내키지 않네요.]

“어서!”

이지프가 사라졌다.

엘리안은 혼자 남겨졌다.

나 때문에 카니발라가 되돌아와 모두를 위기로 몰아넣고 있다.

브릴, 그때는 너를 잃기 싫다면서 너를 버렸지. 나 혼자 도망쳐 버렸어. 하지만 이제는 그러지 않을 거야. 아니, 그럴 수가 없어.

도망치지도, 너를 배신하지도 않을게.

그러니—

나를 믿어 줘. 믿을 수 있게 해 볼게.

서서히 눈앞이 밝아 왔다.

거의 동시에 별빛이 보인다. 기둥이 보인다. 펄럭이는 커튼 너머 넓게 펼쳐진 강과 도시가 보인다.

체자.

여긴, 체자야.

그리고 엘리안은 자기 의지를 가지지 못한 채 움직이는, 지난번 같은 감각을 느꼈다.

기뻤다.

성공했다!

“다행이네요. 당신이 정신을 차려서, 카니발라.”

페니 번이다. 페니는 고개를 돌리며 카니발라의 시선을 이끌었다. 페니가 돌아보는 곳에 있는 남자를 보자, 엘리안은 질겁했다.

로버트 숙부다.

으아, 싫다, 싫어. 가까이 오지 마세요.

“너를 다시 보게 될 줄은, 그것도 이런 사람이 되어서 나를 찾아올 줄은 몰랐구나.”

뭐라고요?!

가만, 로버트 숙부님은 설마 카니발라가 엘리안이라고 생각하는 거야?

아니, 아니다. 그런 게 당연하네.

생각해 보니, 로버트 왕자는 일가가 수도로 올라오자마자 어머니 지스티아를 찾아왔다. 그리고 지스티아를 끈질기게 설득해, 엘리안이 왕이 될 수 있을지도 모른다고 믿게 만들었다.

상황은 최악이 되었다.

과연, 당시의 상황은 우연이었을까.

레오닉스가 나타나지 않았다 하더라도 그 약을 마셔야 하는 상황이 왔을 수도 있다.

엘리안은 환상 속에서 본, 케이프의 마법사를 떠올렸다. 그가 엘리안을 서커스단으로 데려다 놓았고, 그 서커스단에서 브릴을 만났다. 브릴과 서부에서 살다 체자에 왔을 때, 하필이면 로버트 왕자가 설쳐서 일이 꼬였다. 당시 로버트 뒤에 카니발라가 있었을지도 모른다.

그럼, 애초에 카니발라는 전생할 몸을 정해 두고 그들의 운명을 조종하는 게 아닐까.

펠릭스는 포로가 된 뒤 카니발라에게 몸을 넘겨주었다. 그런데 펠릭스의 나라를 멸망시키고 포로로 삼은 것은 카니발라다.

엘리안 역시, 자살을 택했던 당시 상황 뒤에 카니발라가 있었을지도 모른다.

지금 상황도 마찬가지. 카니발라가 이 나라를 혼란하게 만들려 한다. 모두가 위험해진다.

내가 카니발라를 데려왔으니, 내가 데리고 가야 해.

하지만 어떻게?

'이름.'

차가운 얼음이 심장에 박힌 느낌이다.

'이름.'

그래, 이름을 부르면 된다.

하지만 내가 할 수 있나?

아니, 내가 해도 되나.

카니발라는 우르가나의 이름을 불렀지만 장악하는 데 실패했다.

그럼, 왜 실패했던 걸까?

카니발라가 약해서? 아니면 잘못되어서?

어쩌면 좋지…….

순간 엘리안은 깨달았다.

"너는 엘이야."

그것에 모든 것이 있었다.

왜 몰랐던 걸까.

순식간에 인과가 맞는다.

왜 엘리안이 브릴과 만나자 깨어난 건지.

❖

브릴은 치마를 적당히 잘라 내고 버팀대와 후프를 뽑아 집어 던졌다. 그렇게 엄청난 장비들을 몸에서 들어내며 다짐했다.

나중에 사교계에서 제일 잘나가는 여자와 의상실을 설득해 버팀대 없는 드레스를 유행시키고 말 테다.

치마를 정리한 브릴은 방을 둘러보았다.

창문도 없고 조용해, 창고 속 같은 느낌이다. 문은 당연히 잠겨 있었다. 브릴은 망설임 없이 문틈에 검을 밀어 넣었다. 칼날이 번쩍이며, 중간의 잠금쇠가 박살 났다.

그 문을 열자마자 사람이 보였다.

브릴은 검을 세웠지만 그들 모두 진짜 사람이 아니었다. 이지프와 비슷한 기계들이었다.

브릴은 기계 중 하나를 걷어찼다. 힘없이 툭 쓰러졌다.

"이봐, 코트하고 부츠 좀 빌려줄래?"

답이 없으니 합의한 것으로 간주한다. 브릴은 그들의 부츠를 벗기고 코트를 벗겨 입었다. 부츠는 깨끗하고 편했다. 코트 역시 좀 크긴 했지만 그럭저럭 입을 만했다.

그때 기계 인간이 꿈틀거렸다.

"옷 훔쳐가서 화난 거니?"

기계 인간들이 모두 몸을 일으킨다.

눈동자에 박힌 유리알이 보내는 음산한 빛이 점점 진해졌다.

브릴은 그중 하나에 검을 박아 넣었다. 팔을 비틀자, 검 주변에서 폭발이 일어나며 기계인형의 몸이 깨졌다. 브릴은 검을 휘둘러 고쳐 잡곤, 다른 기계의 몸을 내리쳤다. 검에서 불꽃이 번쩍였다. 기계 인간의 몸이 터지고 깨졌다. 폭발과 함께 뒤의 인형까지 날아가 바닥에 박혔다. 브릴은 검을 휘둘러 그것들을 모두 휩쓸어다 내동댕이쳤다. 검광이 번득일 때마다, 불꽃이 일으킨 검풍에 거인이 손바닥으로 휩쓴 듯 모두 쓰러졌다.

순식간에 그을리고 깨진 기계 인간 더미만 남았다. 브릴은 그중 몇 개를 걷어차며 복도를 가로질렀다. 복도 창으로 풍광이 보인다. 다행히 체자 안이었다. 덴강이 보인다.

복도 끝에 도착해 문을 열자, 현관과 이어진 홀이 나왔다. 검을 찬 남자들이 의자에 앉아 담배를 피우고 있다가 일어났다.

사람들이다. 제복 비슷한 상의를 걸치고는 있지만 병사일 리는 없다. 제복은 군을 떠나도 입고, 나중에 팔아 치우기 때문에 군과 상관이 없는 자들도 많이 입고 다닌다.

남자 중 하나가 브릴을 위아래로 훑었다.

"이봐, 숙녀분. 어떻게 거기서 나온 거지?"

"사정이 있었어. 간단히 설명하면 이해가 되지 않을 테고, 상세히 설명하면 지겨울 것 같으니 그냥 비켜 주는 게 어때."

너무나 당당한 요구에, 다들 기가 막혀 바라만 보았다.

미친 여자인가. 그런 듯?

"방범(防犯) 중이었다면, 당신들은 외부 침입자를 상대하라고 이곳에 있는 거지 내부 감금자를 지키는 건 아니잖아?"

"우리는 여기를 지키란 말을 들었고, 누군가가 접근하면 보고하라는 명령을 받았다."

"누군가가 나가면 보고하란 말은 없었잖아. 비켜. 싸우고 싶지 않아서 그래."

"검을 들었으면서 평화를 사랑하는 숙녀인가."

"그건 아닌데 귀찮아. 피곤하고. 앞으로 무슨 일이 벌어질지 모르는데, 편하게 지나가고 싶어서 그래."

"헛소리."

"나중에는 참된 소리가 될 거야. 좋아. 당신들, 혹시 사설 경비원인가."

"사설 경비원?"

"교차로 교단 같은 곳에서 온 사설 경비원이냐고 물었어."

"맞긴 한데 왜—"

"그럼 두들겨 패도 뒤탈이 없겠네."

브릴은 더 답을 듣지 않고 가장 앞에 있는 자의 얼굴을 후려갈겼다.

"으악!"

세기도 세기지만, 엄청나게 빠르고 날카로운 일격이었다. 상대가 고함을 지르며 몸을 움츠렸다. 브릴은 상대의 다리를 걸어 자빠뜨렸다. 동료가 쓰러지자마자 당황한 다른 사람이 덤벼들었지만, 브릴은 먼저 덤비는 자의 겨드랑이를 후려치고 목을 감아 당기려는 자를 향해 검을 찔러 넣었다. 검이 목을 뚫었다. 브릴은 검을 뽑고 반대편으로 휘둘렀다.

그때 등 뒤로 검이 날아왔다. 반격하기도 전에 날아온 묵직한 주먹이 그를 후려갈겼다. 적은 몇 미터를 날아가 처박혔다.

"브릴 님!"

"메즈?"

메즈가 동시에 덤벼드는 두 상대의 머리를 양쪽 주먹으로 후려갈겼다. 둘 다 한 번에 멀리 나가떨어졌다. 브릴은 메즈의 허리를 찌르려는 자의 옆구리를 베었다. 메즈는 브릴의 등을 공격하려는 자의 허리를 통째로 후려갈겼다. 도망친 용병이 문을 활짝 열었다. 밖에 있던 자들이 총을 뽑았다.

"멈춰!"

"젠장, 그냥 쏴!"

그때 하얀 팔이 쑥 나와 그 총을 쥔 자들을 죄다 밀어 넘어뜨렸다. 이지프였다.

[괜찮으세요? 아, 괜찮은 건 압니다. 예의상 하는 말입니다. 제가 미친 분의 안위를 걱정할 리가 있어요?]

세세하게 깐죽대는 걸 보니, 이지프가 맞다.

"어떻게 온 거야?"

메즈는 용병 하나를 걷어차 기절시킨 다음 말했다.

"우르가나."

"우르가나?"

"다행입니다. 가지고 계셔서."

"아."

"서부로 가는 기차에서 카니발라가 나타나려는 낌새가 보였습니다. 나타난 건 아니지만, 엘리안이 불안해해서 그냥 내리기로 했습니다. 저 깡통도 같이 내렸습니다."

[깡통이라니요!]

"그래서 저 깡통! ……과 며칠 숲속에서 지내면서 상황을 파악하려 했습니다. 그러고 있는 동안, 그곳에 이상한 여자와 이상한 남자가 나타났습니다. 카니발라와 관련된 자들이었지요. 그들이 저와 엘리안을 끌고 갔습니다."

페니 번과 시반 백작이려나.

브릴은 한숨을 내쉬었다.

"괜찮아?"

"달려오느라 좀 힘들었을 뿐입니다."

숨은 돌렸지만 상황이 좋지는 못했다.

주변에 무장한 남자들이 쫙 깔렸다. 브릴은 검을 돌려 잡고 주변을 살폈다. 꽤 많다. 몇몇이 총을 겨누었다.

"멈춰라!"

브릴은 그 외침에 웃었다.

"가만, 가만. 숫자 세는 중이야. 하나, 둘— 아니, 잠깐. 헷갈리잖아."

그러던 브릴은 불길한 기분을 느끼며 돌아보았다.

건물이 돌로 장식되어 있었다. 역시나, 끽— 끼긱— 소리가 들리더니 건물의 외장이 뽑혀 나오며 그 틈에서 먼지가 떨어졌다.

"젠장, 이거."

돌이 쿠르릉 소리를 내며 쏟아졌다. 먼지가 부옇게 피어올랐다. 용병들이 뒤로 물러났다. 돌들은 파도처럼 브릴과 메즈를 향해 몰려왔다.

브릴의 검이 불에 휘감겼다.

용병들이 놀랐다.

"뭐야, 이능이야?"

브릴은 검을 세우며 말했다.

"메즈, 항복하고 기회를 노릴까?"

"아닙니다. 브릴 님, 우리도 아군이 있습니다. 좀 더 버텨 주십시오."

"아군?"

잠깐 망설이는 찰나, 브릴과 메즈를 향해 돌덩어리가 쏟아졌다.

브릴은 검을 잡은 손에 힘을 주었다.

세상이 같이 숨 쉬는 것 같은 느낌— 아르데나 해전 때와 비슷한 느낌이 들었다.

돌덩이들 사이로 붉은빛이 번졌다. 시뻘겋게 물들더니, 폭약이라도 있는 듯 꽈릉— 하고 터졌다. 파편 조심하라 말하기도 전에, 그 돌덩어리들이 갑자기 시커멓게 변하더니 쏴아아 녹아 쏟아졌다. 용병들의 총과 검도 시커멓게 변해 사라졌다.

아군.

브릴의 눈이 커졌다.

기쁨이 짜릿하고 날카롭게 파고든다.

레오닉스.

브릴은 돌아섰다. 머리카락이 날렸다.

천둥이 친 것 같았다. 엄청난 말발굽 소리와 함성과 함께, 묵직하고 강력하게 기사들이 돌격해와 단숨에 용병들을 짓뭉갰다. 용병들이 흩어지거나 발굽에 짓밟혔다. 반격하는 자들 모두 목이 날아갔다. 그 중앙으로 검고 큰 말이 뛰어들었다. 말은 발굽으로 바닥을 짚으며 멈추었다.

레오닉스였다. 단주가 풍기는 광포하고 강력한 위압감이 사방을 짓눌렀다. 망명자 기사단은 피에 젖은 검을 휘둘러 피를 떨쳐 내고, 다시 총을 장전했다.

수십 명의 용병들이 기가 눌려 움츠러들었다.

레오닉스는 브릴을 보며 물었다.

"괜찮나."

뭐라 해야 할지.

다친 곳은 없지.

하지만 아주, 아주 빌어먹을 상황에 처해 있다.

짜릿한 기쁨이 사라지고, 분노가 치밀었다.

브릴은 저도 모르게 신음을 삼키며 이를 악물었다. 다리 힘이 풀린다. 레오닉스가 말에서 뛰어내려, 쓰러지려는 브릴에게 달려와 어깨를 잡았다.

"브릴."

"엘이—"

"무사하면 더 말 안 해도 된다."

"하지만 엘이! 젠장, 카니발라가 돌아왔어요!"

이게 뭐야.

속이 뒤집힌다.

이가 갈리고 눈에 분노가 고였다. 물어뜯고 싶고 후려갈기고 싶었다. 분노가 절망과 이어져 있다는 건 분명 진실이다.

지금 딱 그러니까.

브릴은 저도 모르게 레오닉스의 팔을 잡고 몸을 기댔다. 레오닉스의 팔이 굳었지만, 예상은 했던 일이었는지 놀라거나 당황하지는 않았다. 레오닉스의 손이 브릴의 머리를 덮어 주었다. 손가락에, 손의 체온에 안타까움과 위로가 담겨 있었다.

"셰어브릴."

레오닉스는 손을 내려 브릴의 팔을 잡고 살짝 흔들었다.

"정신 차려라, 브릴."

브릴의 눈에 초점이 돌아왔다.

팔을 잡은 레오닉스의 손에서 뜨거운 힘이 느껴졌다. 브릴을 살펴보는 검붉은 눈도.

추락하는 것 같던 마음이 가라앉았다. 캄캄하기만 하던 앞도 보이기 시작했다.

왜 여기에 있는 건지, 또 무엇을 하려고 했던 건지도 깨달았다. 그러자 결의와, 결코 패배할 수 없다는 의기(意氣)가 돌아온다.

"부탁……할 게 있어요."

레오닉스의 눈에 안도가 보였다.

"말해라."

로버트 왕자의 의용대와 아르노의 근위대.

아르노는 우선은 의용대를 움직이라 하고, 그 핑계로 근위대도 움직일 것이다.

충돌이 더 커지게 하기 위해, 아르노는 로버트를 이용해 분란을 일으킨 다음 의회로 군사를 보낼 것이다. 의회가 반격한다면 아르노는 그들을 일단 반역자로 만들 것이다. 의회 주력군이 모두 국경에 가 있는 지금, 당장 도우러 올 수 없다.

"아르노는 오늘 안으로 로버트와 손잡고 근위대를 움직일 거예요. 숙부 뒤에 있는 의용부대가 소요를 일으키면 아르노는 그 핑계로 근위대들을 투입할 거예요. 당신과 의회, 둘 다 왕의 적이 될 거라고요. 이긴다 하더라도 반역자고, 져도 반역자예요."

브릴은 레오닉스의 얼굴을 보았다. 브릴은 자신의 눈에 열기가 돈다고 생각했다.

"당신도 예상하고 있는 거 맞지요? 그러지 않고서야 그렇게 움직였을 리 없으니까."

"절반은."

"다른 절반은 뭔가요."

"그대를 지키러 왔지."

브릴이 멈칫했다.

"무사해서 다행이다. 달려오면서 정말 죽는 줄 알았다."

"무슨 말인가요."

"그대에게 지킬 가치가 있다거나, 나라를 구하려고 그런 거라든가, 주절주절 말할 수도 있지만, 그건 아니다. 그대가 안전하길 바라서, 그대를 지키기 위해 왔다."

놀란 브릴에게 레오닉스가 말했다.

"이미 나라가 망하는 걸 본 몸이다. 한 번 망하는 걸 봤더니, 두 번째 위기가 와도 견딜 만은 해. 그러니 그 이유, 나라의 위기는 나중에 생각해도 되는 문제다."

아직 놀라 있는 브릴을, 레오닉스가 머리를 감싸 잡아당기곤 이마에 입을 맞춰 주었다.

"정신 차려."

"이게 더 정신없게 만든다는 거 몰라요?"

"그래. 알았다. 그대를 지키는 건 다른 문제지. 그래서 막 달려왔다. 무턱대고, 정신없이. 미친놈처럼."

레오닉스는 속이 끓는 것을 견디듯 눈살을 찌푸렸다.

"다행이다. 무사해서. 정말로. 다치지 않아서, 더더욱."

브릴은 미소를 보였다.

그렇게 브릴의 놀라움이 가라앉은 것을 확인한 레오닉스가 물었다.

"이제 부탁이 뭔지 말해 봐."

"내가 의회로 가겠어요."

"무슨 의미인가."

"왕족의 자격으로 의회로 가겠어요. 당신과 의회가 대항하겠다면, 나는 당신들 편에서 같이 대항하겠어요."

"셰어브릴."

브릴은 레오닉스가 네 책임 아니다, 도망쳐도 된다, 보호받아라, 그리 말하면 어쩌나 불안해졌다. 이 남자가 거부하면 브릴은 얌전하게 처박혀야 할 것이다.

"궁에서 기다리겠다."

"……!"

"내가 궁에서 기다리겠다. 와라."

눈이 분명하게 마주쳤다.

환희로 하얗게 타오르는 느낌이었다. 두 손을 맞잡는 기분이었고, 영혼을 건네주는 느낌이기도 했다.

짜릿하다.

"네가 무엇을 하든, 너와 함께 세상과 맞선다. 그러니 달리고 싶거든 달리고, 날고 싶거든 날아. 네 모든 적, 네 모든 벽이 나의 적이며 나의 벽이니."

레오닉스는 다시 한 번 브릴의 목덜미를 잡고 이마를 댔다.

"네가 원하는 게 무엇이든, 네가 옳다."

레오닉스는 손을 내리고 돌아섰다.

"의회까지 안내해라!"

망명자 기사단이 일제히 답하고 물러났다.

브릴은 말에 올라탔다.

메즈도 말에 타려다, 슬그머니 같은 말에 타려는 이지프를 보았다. 마주치자 이지프가 어깨를 움츠렸다.

"너는 여기 있어."

[싫어요.]

브릴이 끼어들었다.

"이봐, 이지프, 여긴 카니발라의 거점 중 하나고. 너하고 비슷해 보이는 녀석들도 있던데. 그냥 여기서 친구들하고 지내는 게 어때?"

[제가 왜요.]

"나는 너를 못 믿고, 메즈도 너를 못 믿을 거라. 너는 카니발라 것이잖아."

이지프의 눈이 번뜩였다.

[주인님이 돌아오셨는데, 주인님은 저에게는 아무 명령도 내리지 않고, 주인님과 대화도 못 하겠습니다. 주인님에게 버림받은 것 같아요.]

"……거짓말 아니야?"

[미친 분에게 왜 거짓말을 해요! 저는 버림받았다고요! 혼자라고요! 자꾸 그러시면 콱 죽어 버릴 겁니다! 제 시체에다 대고 눈물이나 흘리세요!]

……우리가 왜 울어.

브릴은 어처구니없었지만, 지금 이지프를 상처 주고 싶지는 않았다. 너무나 시끄러워서.

포기하고, 브릴은 레오닉스를 돌아보았다.

"지금 가겠어요."

레오닉스가 고개를 끄덕이곤, 주변 기사들에게 손짓을 보냈다. 기사들이 브릴에게 따라붙었다.

"의회로 간다."

브릴은 출발했다. 말을 달리면서 보는 강 너머는 낮처럼 환했다.

궁으로 향하는 길로 이어지는 다리 끝에는 근위대가 밝힌 등불이 환하게 타오르고 있었다.

아르노의 명령에 따라 대기하고 있는 그들은, 건너오고는 싶어 하지만 다리 옆에 망명자 기사단의 전함 두 척이 대기하고 있어 멈추어 있었다. 검푸른 강 위로 배에서 밝힌 불빛이 반사되어, 커다란 별이 녹아 수면 위로 흐르는 듯 보였다.

반 시간 뒤에 도착한 의회도 다리와 사정이 다르지 않았다.

의회 앞에 모닥불이 크게 타오르고 있었다. 그 앞에 의자와 테이블, 가구, 돌덩이 등을 쌓아서 만든 바리케이드가 쳐져 있었다.

의용부대가 의회와 마주한 건물을 점거한 듯했다. 건물 창은 환하게 켜져 있고, 창문 너머로 총을 든 남자들이 보였다. 아래층도 마찬가지다. 브릴이 나타나자, 그들은 총을 장전하며 눈을 번뜩였다. 바리케이드 뒤는 물론이요 근방 건물들의 테라스에 의용부대가 가득했다.

얼마나 될까. 백은 훌쩍 넘겠다.

"어떻게 하시겠습니까."

망명자 기사단의 기사가 물었다.

"간다."

브릴은 정문을 향했다. 기사단의 기사가 달려가 문을 두드렸다. 워낙 당당한 데다, 그녀가 거느린 기사들이 망명자 기사단이기에 안에 있던 의회의 기사들이 문을 열어 주었다. 브릴은 그 안으로 들어갔다. 의사당 창문으로 기사들이 나타나, 장전한 총을 겨누었다. 브릴이 아닌, 브릴 뒤에 있는 의용대를 향한 것이었다.

이곳은 과거 내전의 중심지였다. 1차 내전 때 이곳을 거점으로 하여 의회파가 승리하고, 왕이 귀환했을 때는 이곳부터 잃었다. 왕은 돌아오자마자 이곳의 성벽을 헐어 버리고 쇠창살 벽으로 바꾸었다.

그때 안에서 로즈 맥빌 경이 달려 나왔다.

기사들은 총구를 내렸다. 로즈 맥빌 경은 정문을 향하는 통로로 달려나와 브릴에게 들어오라 했다. 브릴은 안으로 들어가 말에서 내렸다. 메즈도 뒤따라 내렸고, 그와 같이 내린 이지프는 거미처럼 슬그머니 기어 의회 정원을 지키는 기마 동상의 그늘로 숨어들었다.

로즈 맥빌 경이 물었다.

"어떻게 되신 건가요. 여긴 무슨 일로 온 건가요."

지금 브릴은 어디서 나온 건지 모를 몰골이었다. 근위대 제복을 걸치고 있는데, 머리는 엉망이지만 목걸이와 손가락에 낀 반지는 휘황했다. 그제야 브릴은 자신이 아직 진주 목걸이와 다이아몬드 반지를 착용하고 있었다는 것을 깨달았다. 브릴은 목걸이를 풀어 바닥으로 던졌다. 이지프의 팔이 기마상 뒤에서 튀어나와 그것을 주워 감추었다. 브릴은 반지는 바지 주머니에 넣고 귀걸이는 이지프에게 던졌다. 이지프가 그것도 집어 얼른 안에 감추었다.

로즈 맥빌 경이 그런 이지프를 미심쩍게 보았다.

"저게 뭔가요?"

"걱정 마. 우리 편이니까."

[미친 분, 아직 당신 편이라고 한 적 없어요.]

"이지프. 갈 곳 없는 처지라고 자백했잖아. 내가 너그럽게 거둬 주기로 했는데, 감사하게 생각하고 얌전히 박혀 있어야 하는 것 아냐?"

이지프는 쭈그러들었다.

"맥빌 경, 총리 각하는 어디 계시지?"

"안에 계십니다. 오세요."

브릴은 로즈 맥빌 경의 안내를 받아 안으로 들어갔다.

기사들 모두 브릴을 지켜보았다.

진귀한 순간이었다. 젊은 여자, 그것도 드레스에 제복 코트만 걸치고 온 왕족 여자가 이렇게 당당하게 들어오는 건.

총리는 달리아 경을 포함한 용 기사단의 기사들과 같이 있었다. 총리가 일어나 브릴을 맞이하자, 다들 일어났다. 젊은 기사들의 적대적인 눈빛이 브릴을 향했다.

로즈 맥빌 경은 다른 기사들을 불러 밖으로 나가게 한 뒤 문을 닫았다.

메즈는 남으려 했지만, 로즈 맥빌 경이 말렸다.

"들어가지 말아요, 메즈 군. 중요한 자리입니다."

"알겠습니다."

메즈는 즉각 말을 듣고 물러났다. 옆의 이지프가 뭐라 중얼거리다 메즈에게 걷어차였다. 그러나 이지프의 몸이 너무 단단했고, 메즈는 너무 급하게 화를 낸 덕에 이를 악물고 비명을 참아야 했다.

"대체 어디서 오는 건가."

브릴은 자신의 꼴이 괴상하다는 건 인정했다. 흉하다고 벗을 수는 없으니, 코트 앞 단추를 여미고 허리띠도 제대로 졸라맸다.

"아르노에게 체포될 뻔했다가 도망쳐 오는 길이라는 게 가장 적합하겠네요."

물론 중간에 카니발라에게 낚여 가긴 했지만 그건 생략하자.

브릴은 자신이 연회장에서 사라진 지 얼마나 지났는지 궁금해졌다. 두 시간? 세 시간? 시계를 보니 거의 자정이다. 오늘 같은 날에는 많은 일이 생길 수 있는 시간이다.

"오면서 근위대를 봤습니다. 그리고 이곳에는 의용부대가 있군요."

"오늘 국왕 폐하께서 택할 선택지가 딱 두 가지였네. 얌전히 계시든가, 마지막으로 설쳐 주든가."

"극단적이군요. 원래 그러셨지만."

"원래 사람이란 게 잘 변하지 않지. 변한 듯싶으면, 그건 변한 게 아니라 약해진 거고."

하긴, 사람이 변하면 그게 사람인가. 변하지 않으니 사람이 사람이지.

알고 있는 사실이긴 하나, 그 당사자가 아르노이니 브릴은 피곤해졌다.

총리가 말했다.

"지금까지 벌어진 일에 대해 설명하자면, 의용대가 우리들에게 시비를 걸었고 우리는 교전을 피해 이곳으로 왔네. 아르노는 이것을 핑계로 근위대를 부르고, 근위대 일부는 왕궁을 지키고 일부는 이곳으로 와 이 사태를 진압할 예정이네. 의용부대는 소요 폭동 혐의로, 의회는 그에 대항해 전시가 아닌데 무기를 들었으니 반역으로 체포될 예정이지."

"어디서 많이 본 광경이군요."

"그래, 어떤 왕이 그렇게 했지."

내전의 시작이 딱 이랬다.

의회가 세금과 왕의 체포권 입법권 남용 문제로 시위를 벌였고, 왕은 용병을 보내 의회를 공격하도록 한 뒤 상비군을 움직여 의회군을 진압하고 의원들을 체포하도록 했다. 그렇게 시작된 내전에서, 왕은 미처 수도를 탈출하지 못한 채 체포되어 반역죄로 목이 잘렸다.

"나도 늙었네. 전쟁을 지휘하기에는 지쳤어. 그렇다고 장렬하게 산화할 생각이 있는 건 아니니, 내가 할 마지막 일을 하는 중이네."

"패하면 의회는 반역자들이 됩니다."

"이겨도 반역자네. 왕이 사라지지 않는 한."

브릴이 물었다.

"각하, 하일드와 의회의 기사들을 다 합치면 얼마인가요?"

"근위대와 비슷해지지. 단, 일단 저 앞에 있는 의용대를 돌파해야 하네. 점점 늘어나고 있어. 개미굴에서 개미가 나오는 것 같더군. 다리 건너에 있는 근위대는 하일드의 전함이 앞을 지키고 있어서 가만히 있네만, 하일드의 레오닉스가 어느 쪽에 협조할지는 아직 정해진 바가 없네."

"레오닉스가 아르노와 손을 잡으면 어떻게 되나요."

"의회는 끝장이지. 지금 남쪽 국경의 상황을 생각한다면, 의회는 내전을 감당할 수 없어. 하지만 패배를 인정하면, 일부는 반역자가 되어야 하지.”

총리는 그렇게 말하면서도 그다지 긴장하지는 않았다. 차라도 한 잔 마시는 듯 느긋하다.

브릴은 과제를 받은 기분이었다.

자, 상황이 이런데 자네는 어떻게 해결할 셈인가.

‘왕이 없어지지 않는 한.’

“각하, 반역자가 안 되면 되지 않나요?”

“어떻게 우리들이 반역자가 되지 않을 수 있겠나?”

“왕이 있으면 되겠지요.”

브릴은 총리를 마주 보았다.

지금, 아주 거대한 벽을 마주하고 있다.

이 벽을 넘으면 결코 돌아갈 수 없어. 그리고 지금 나는 바로 그 벽을 넘으려 하고 있어.

“저한테 거십시오.”

브릴은 도전하듯, 장갑을 던지고 칼을 뽑듯 말하고 있었다.

“각하, 저는 왕족이고 서열도 높습니다. 아직 로버트 숙부님이나 제 사촌 동생인 제랄드가 후계자로 발표되지 않은 이상, 저와 로버트 숙부님의 서열은 같아요. 그러니 저에게 거십시오.”

“자네에게?”

“그렇습니다, 각하. 저를 왕으로 만들어 보세요.”

브릴은 총리의 얼굴에 미소가 번지는 것을 보았다.

“제가 후계자가 되고 로버트 숙부님을 체포하면 됩니다. 시반 백작이 이끄는 의용대는 숙부님의 지원을 받고 있어요. 모든 책임은 로버트 숙부님이 질 거예요. 어차피 백부님도 로버트 숙부님에게 뒤집어씌워 버릴 생각이었을 테니."

이리 말해도, 브릴은 자신이 믿음을 얻을 수 있을지 확신이 서지 않았다.

그래도, 이 순간이 중요했다.

당신은 나를 믿어야 해.

"저에게 왕위를 주십시오."

나는 무엇인가.

지금은 그저 후계권이 있는 왕족일 뿐이다.

많고도 많은 왕족.

나는 무엇을 가지고 있나?

나는 무엇을 해 왔나. 그리고 그것으로, 무엇을 할 수 있을 거라 말하고 있는 건가.

하지만, 그럼에도 이 일을 내가 해야 한다는 건 안다.

"이보게."

총리가 말했다.

"……나는 많은 도박을 해야 했네. 정말로 많은 도박을 했어야 했어. 내 마을이 불타고 내 이웃들이 학살당했지. 내 언니들이 체포되어 교수형 당하기도 했어. 열 살도 안 된 조카들의 목이 잘려 성 앞에 걸린 것도 보았지. 같이 싸운 동료들이 숲의 나무에 걸려 있는 것을 보았고, 산채로 불태워져 처형당한 것도 보았네. 어제까지 내 동지가 되겠노라 하던 자가 배신해 우리들을 죽였고, 내가 목숨을 구해 준 자도 나를 배신했지. 왕이 돌아오고 수도를 점령하자, 우리들은 다 그런 신세가 되었다네."

총리는 의수를 낀 손을 내밀었다.

"결국 이 팔을 잃고 나서야 전쟁은 끝났네. 하지만 평화는 고통스러운 인내를 요구했지. 비참하게 죽어 간 내 가족과 동료들의 죽음에 대한 책임을 묻지 못했고, 예전의 적들이 우리를 괴롭히고 모욕하고 방해하는 것도 막지 못했어. 그럼에도, 그럼에도 불구하고 이것이 평화였기에 받아들였네. 그리고 자네는, 그렇게 타협했던 내게 도박을 하라 하는 건가."

그러나 진다면, 밀린다면, 총리가 말한 과거는 다시 현실이 된다.

지금의 듀카르니아는 또 한 번의 고통을 감당할 여력이 없다.

"각하, 이건 도박이 아닙니다."

브릴은 의수 위에 손을 얹으며 말했다.

"승부입니다."

총리가 웃었다.

"반드시 이겨야 하는 승부이고, 저는 이길 겁니다."

의회와 대치 중인 시반 백작은 명령을 기다리고 있었다.

자고 있었다가 조금 전에 이곳으로 망명자 기사단이 들어갔다는 소식을 듣고 일어나 달려왔다.

지금 시반 백작이 원하는 건 교전이다. 이 교전이 끝나면, 아르노는 드디어 의회를 폐쇄할 수 있는 명분을 얻게 될 것이다.

그리고 뭐, 그리되면 이 나라가 아르노의 것이 되는 게 아니라 남부가 의욕을 잃고 황제 앞에 항복할 가능성이 더 크긴 하다. 남부가 자기들을 학살한 왕실에 충성했던 건 의회 때문이니까.

다행히 의용부대는 계속 늘어나는 중이다. 제국에 나라를 잃고 떠돌아다니는 군인들에게 기회가 될 수 있다.

평소 회합에 나오지도 않던 놈들이, 이 일의 배후에 왕과 왕실이 있다는 것을 알자마자 너도나도 나왔다.

왕실을 도와 의회의 평민들을 제압하면 정식 계급과 작위도 받을 수 있고 의회 계열들이 털려 나가 비게 될 자리를 챙길 수도 있다. 그야말로 근사한 투기장이다.

그때 의회의 중앙 문이 활짝 열렸다.

1층 복도의 창문이 모두 열리며 그 안에서 묵직한 것이 튀어나왔다.

"뭐야, 저거."

시반 백작은 한참을 봐야 했다.

믿어지지 않게도, 그건 대포였다.

"대포?"

진짜 대포다.

시반 백작은 멍하니 바라보았다.

"저게 어떻게 저 안에 있는 거지?"

크기나 모양으로 보아, 모두 구형(舊形)이다.

시반 백작은 그제야 이곳이 사관학교를 겸하고 있다는 것을 깨달았다.

포병 훈련소는 교외에 있지만, 기본 교육은 이곳에서 하기 때문에 교육용 및 전시용으로 가져다 놓은 대포가 있다.

저 미친놈들은 교육용, 그것도 전시용으로 가져다 놓은 대포를 끌어다 놓은 것이다. 안에서 뭘 하나 했더니, 저걸 쓸 수 있도록 개조하고 있었다.

"점화!"

고함이 들렸다.

심지가 타오르더니, 이어 포성이 울렸다. 쿵, 쿵, 쿵 하는 소리와 함께 포연이 피어올랐다. 날아간 포환이 바리케이드에 내리박혔다. 엉성한 바리케이드가 꽝 하고 터졌다. 온갖 가구와 돌을 모아다 만든 바리케이드 조각이 하늘로 치솟았다.

다음 포성과 함께 이번에는 바리케이드 뒤에 있는 2층 테라스가 박살 났다. 터진 벽이 무너졌다. 테라스가 무너졌다. 놀란 병사들이 총을 쏴 대는 바람에 여기저기서 총성이 울렸다.

"저놈들이!"

다시 고함 소리가 들렸다.

"점화!"

시반 백작은 어처구니가 없었다.

저놈들, 정말 전쟁이라도 하겠다는 건가? 도시 안에서?

쿵, 쿵, 쿵— 포성이 다시 연달아 울렸다. 바리케이드는 다 무너지고, 건물의 벽도 폭발과 함께 허물어졌다. 벽돌이 길로 쏟아지고, 안에서 연기가 피어올랐다. 저격수들이 도망치거나 추락했다. 골목과 건물 1층에 있던 의용부대가 겁에 질려 흩어졌다.

"모두 피해! 퇴각!"

시반 백작의 바로 옆에 포환이 떨어져 폭발했다. 포석과 흙이 위로 세게 튀어 올랐다. 백작의 말이 놀라 날뛰고, 백작도 바닥으로 떨어졌다.

뒤이어, 의회를 둘러싸고 있던 창살로 된 벽이 쓰러졌다. 창살에는 밧줄이 매어져 있고, 밧줄이 동시에 당겨지며 벽이 쓰러진 것이다.

"돌격!"

의회 앞에서 전열을 세운 기사단이 모두 쏟아져 나왔다. 의용부대는 맞설 엄두도 내지 못하고 도망쳤다. 용 기사단의 검은 제복과 황금색 단추가 횃불에 번쩍였다.

"장전!"

선두에 선 기사들이 일제히 총을 들었었다.

"발사!"

총성이 울렸다.

그냥 총이 아니라, 용 기병대의 총이었다.

총성과 함께, 그들을 가로막으려던 의용부대가 맞아 쓰러졌다. 피보라가 일었다. 말들이 놀라 날뛰었다. 누구든 대응사격을 해야 하나, 조금 전 대포 공격으로 다들 혼이 빠진 상태에다가 용 기병대의 총은 대포나 마찬가지였다. 의용부대는 일격에 무너졌다. 맞서려는 자는 총에 맞고, 남은 자들은 검에 베어졌다.

시반 백작은 기가 찼다.

오늘 그의 역할은 이곳에서 시위를 하는 것이었다.

근위대가 들이닥치면, 바로 의회의 반역에 맞서는 정의로운 의용부대로 변하면 되었다.

아르노의 계획은 그러했다. 아니, 카니발라가 시반 백작을 비롯한 측근들을 통해 아르노의 머리에 부어 넣은 전략은.

그런데 이것들이 달려 나온다.

"저놈들이 정말 반역자가 되려고!"

그리고 시반 백작은 그 검은 제복 틈에 있는 붉은 제복을 발견했다.

여자다. 흑갈색 머리카락이 보였다. 눈에 확 뜨이는 화려한 얼굴도.

셰어브릴?

셰어브릴 듀카르니아.

왕족, 그리고 의회.

번개 같은 깨달음이 시반 백작의 머리를 후려쳤다.

시반 백작은 저 의회 놈이 반역자가 되려고 작정했다는 것을 깨달았고, 이들이 이기면 반역자는 반대편이 되리란 것을 깨달았다.

잊고 있었다.

저놈들은 한 번 왕의 목을 잘라 낸 자들이다.

그것도 '반역'의 죄로.

그리고 지금, 저들에게는 그때와는 달리 그들의 선두를 이끌 왕족이 있다.

저 여자가 왕이 되겠다면, 그리고 정말로 왕위를 가진다면, 이건 반역이 아닌 반역자를 처단하는 전쟁이 될 것이다.

의용부대의 포위는 순식간에 와해되었고, 의회 기사단은 단숨에 그 지점을 돌파했다. 훈련받은 강력한 기사들의 돌격은 코끼리 떼가 몰려나오는 거나 다를 바 없었다.

"와, 젠장!"

여태 의회가 망설인 것은 그 반역이 힘들어서다. 그런데 그 힘든 일을 지금 의회가 하려고 한다.

저 여자, 셰어브릴을 선두로 세워서.

시반 백작은 허, 하고 한숨을 내쉬었다.

망할 카니발라, 붙으려면 저쪽에 붙지. 뭐 하러 그 멍청한 로버트에게…….

가만, 그 망할 카니발라가 애초에 저 여자에게 붙은 거였다면?

우리는 이용당한 거라면?

아, 빌어먹을.

끝장이다. 도망가야겠다.

◈

레오닉스가 왕궁으로 돌아온 것은, 그가 사라진 지 두 시간 만이었다.

대신 자리를 지키고 있던 제레미가 레오닉스를 맞이했다. 제레미는 보자마자 흠칫 놀랐다. 주군이 이리도 고요하게 살벌한 건 처음이었다.

"무슨 일이 있었던 겁니까."

"어찌 되고 있나."

"아르노가 들어갔습니다."

어차피 어수선했던 연회장은 아르노가 자리를 비우자 빠른 속도로 와해되었다.

사람들은 흩어지고 돌아갔다. 연회장이 어수선하게 무너지는 동안, 근위대는 왕궁을 포위하기 시작했다.

"이 안에 있는 망명자 기사단을 모두 밖으로 내보내라. 동문에서 집결한다."

"네."

그때 시종이 와, 로버트 왕자의 접견 요청을 전했다. 레오닉스의 눈썹 사이가 접혔다.

"지금 접견이라고 했나."

"그, 그렇습니다."

"그게 가능한가?"

"저, 저기, 말씀을 잘못 드렸다면 용서해 주십시오."

오늘 처음 나온 시종은 로버트 왕자가 불러 준 대로 했을 것이다. 그러나 접견이란 말은 집주인이 방문자나 아랫사람 만날 때나 쓰는 것이다. 로버트 왕자는 이 집 주인이 아니니, 접견이란 말을 쓸 권리가 없다. 레오닉스는 듀카르니아 왕위 서열 밖에 있기는 하나, 위치 자체는 로버트보다 높았다. 같은 왕자라도, 로버트는 왕의 아들일 뿐이지만 레오닉스는 하일드의 군주다.

로버트 왕자가 레오닉스를 접견한다는 상황은, 그래서 불가능한 일이었다.

"제레미, 일단 로버트 왕자를 만나고 바로 궁을 떠나겠다."

"알겠습니다."

"그리고 집결 후에 정문으로 이동한다."

"네. 기다리겠습니다."

레오닉스는 시종의 안내를 받아 로버트를 만나러 갔다.

로버트 왕자는 건방지게도 왕의 접견실에서 기다리고 있었다.

"어서 오게, 레오닉스."

로버트는 제 부름에 레오닉스가 온 것이 신기하고 즐거운 표정이었다.

레오닉스는 많은 아들을 두고도 그중 단 하나도 쓸 만한 놈으로 키워내지 못한 필파니온을 원망했다. 아들들이 변변찮으면 성의껏 교육이라도 시켰어야지, 낳아 놓기도 변변찮게 낳고 키우기도 무책임하게 키웠다.

"할 말 있으면 어서 해라, 로버트 왕자."

"예의를 지키게."

"근거가 뭔가. 인간과 인간? 발 두 개로 움직이고 입으로 말할 수 있는 것만으로도 예의를 요구하나."

"저, 저. 이—"

"할 말이나 해라, 로버트. 어서!"

레오닉스는 예의는 집어치운 지 오래였다.

아르노는 화가 나면 앙칼져지지만, 레오닉스는 짜증나면 상대가 자존심과 인격이 무너지는 경험을 하게 된다.

로버트는 급히 말했다.

"의회가 반역을 일으켰네."

"이유가 뭔가."

"반역이 반역이지."

"오늘 저녁까지 같이 먹은 의회가 반역을 일으켰다면 이유가 있어야지. 최소한 아르노나 네가 술을 너무 많이 먹어 착각하고 있다는 이유라도."

"의회는 이미 반역을 일으켰던 자들이 아닌가. 아니, 아직도 반역자지."

"적어도, 그들이 왕의 목을 잘랐을 때는 왕이 먼저 반역을 일으켰다는 이유가 있었다."

물론 로버트는 모른다.

그러니 너무 황당하다는 듯 되물을 수 있었다.

"왕이 어떻게 반역자가 되는 거지?"

"그때 재판정에 있었던 판사들에게 물어봐라. 아, 잊었군. 네 할아버지가 돌아오자마자 모두 처형해서 남아 있지 않지."

역시나, 로버트는 모를 것이다. 당시 의회가 반역자였다고 주장하면, '맞습니다. 반역자입니다.' 라는 답만 들었을 것이다.

"의회가 반역을 일으켰다는 지금의 착각에 근거해 묻지. 나더러 뭘 하라는 건가."

"이, 이 왕궁에 자발적으로 충성하는 용맹한 자들이 의회 앞을 지키고 있네. 하지만 왕실을 지키기 위해 근위대가 와야 하네. 궁 안은 근위대가 지키고 있지만, 궁 밖을 지킬 근위대도 있어야 하지."

"아, 그래."

"그런데 다리에 자네의 전함이 있더군."

조금 전 브릴을 찾으러 가기 전 레오닉스가 직접 명령해 불러다 놓았다.

이유는 '불꽃놀이 준비 중' 이었다.

다리에 바짝 붙은 그 배들을 보고 그 말을 믿자 그대로 믿을 자는 별로 없을 것이다. 하늘 말고 다른 곳을 쏠 것임에 분명한 대포를 장전하고 있으니 말이다.

“전함을 치워 달라는 건가?”

“하일드 왕실은 듀카르니아 왕을 보호하는 것을 최우선으로 두지 않나. 그러니 근위대가 왕을 지킬 수 있도록 통과시켜 주게.”

“배를 치운다고 왕이 안전해지는 건 아니다, 로버트 왕자. 대포 사정거리에 대해 잘 모르는 것 같은데 그 두 전함은 덴강 입구에서도 다리를 맞출 수 있어. 물론, 멀어지면 정확도가 떨어져서 다리가 아닌 왕궁이나 당신 저택을 박살 낼 수도 있지만.”

로버트 왕자의 목덜미가 불끈거렸다.

“레오닉스, 천 년 동안 듀카르니아에 충성해 왔던 하일드 가문을 배신자로 만들 건가?”

“나는 내 가문을 좋아하고, 가문에 대한 책임감도 있다. 나에게 왜 그런 누명을 씌우는 거지?”

“그렇다면 그런 말은 하지 말아야지! 의회는 반역자야. 왕을 죽이고 나라를 차지했고, 내 할아버지가 돌아오시자 반항했지. 결국 패해 쫓겨난 주제에 여기저기 불법 점거를 하고 시위를 했어. 할아버지께서 나라를 위해 그들과 타협하긴 했지만, 그들이 반역자인 건 변하지 않아.”

“당신 할아버지의 아버지도 반역자이긴 했는데.”

“그건 판결이 잘못된 거야! 나라가 곧 왕이고, 왕이 곧 나라이네. 왕이 왕의 나라를 통치하는데, 무슨 반역이 있나. 통치 방침일 뿐이지.”

“오래전에 유행이 지난 법이라는 거, 알고는 있지?”

“……레오닉스!”

로버트는 눈을 부릅떴다.

“로버트, 가정교사에게 최근 법전으로 배운 게 맞나.”

왕권 근본의 법칙은 왕과 의회가 같이 폐기한 법이다.

한번 부정당한 절대 권력은 결코 회복되지 않는다.

"그런데 당신과 같은 법으로 나랏일을 배운 아르노도 의회를 무찌르고 왕실의 잊힌 권위를 되살리고 싶은가 보군."

"반역자를 처단하는 거야."

"당신 생각인가?"

"내가 형님에게 제안했지."

당연히도, 로버트 머리에서 나온 것 같지는 않다.

시반 백작 머리에서 나온 거라 알고 있을 테지만, 분명 카니발라 머리에서 나온 걸 테지. 어처구니없을 정도로 기본적인 양심도 책임감도 잊은 생각이니.

그러나 제국에서 황제가 했던 일이기도 하다. 황제는 당시 황제와 내각 관료들까지 일시에 모아 잡아들인 다음 제국을 손에 넣었다. 카니발라는 아마도 그 지점에서 끼어들었을 거다. 너무나 절묘한 행운으로 이루어진 반란이었으니.

이 일이 카니발라가 기획한 것이라면, 레오닉스는 카니발라의 의중이 진심으로 궁금해졌다.

무엇을 위해 이 짓을 하는 거지, 카니발라.

황제의 세계 정복? 그럼, 왜 황제가 온 세계를 손에 넣어야 하는 것이며, 너는 왜 그 일을 돕는 건가.

황제가 너무 좋아, 황제가 원하는 세계 정복을 돕는 건가.

그러나 아무리 생각해도 이상한 이유일 뿐이다.

"레오닉스. 자네는 나를 도와야 하네. 하일드 왕가는 듀카르니아의 왕과 그 후계자를 보호해야 하지 않는가."

"그렇긴 하지."

"바로 지금 듀카르니아 왕실은 하일드 왕가의 충성을 요구하는 바네."

레오닉스가 물끄러미 보기만 하자, 로버트가 조급한 목소리로 말했다.

“어서 한다고 해.”

“로버트.”

레오닉스는 로버트를 노려보았다. 확 드러나는 적대감에, 로버트는 입술을 물었다.

위엄 있게 보이려고 애는 썼지만, 겁이 나는 건 어쩔 수 없었다.

“로버트, 당신은 형인 아르노를 위해 이러는 건가.”

“왕실을 위한 거네.”

“그러기에는 당신과 아르노의 사이가 워낙 좋았어야지. 솔직히 말해 봐, 로버트. 내가 누굴 돕기를 바라지? 아르노인가, 당신인가.”

로버트 왕자의 얼굴에 웃음이 보였다.

“그걸 정확히 말해야 하나?”

“나는 아르노와 사이가 아주 더러워. 그러니 솔직히 말해 봐라, 로버트. 아르노를 돕기 위해 이러는 건지, 당신을 도와줬으면 하는 건지.”

“아하. 그렇군. 정말 그래.”

레오닉스는 로버트의 야심찬 표정이 웃겼다.

왕은 혼자 하나. 아르노에게는 그나마 쓸 인재들이 있지만, 로버트에게는 화류계와 도박장에서 만든 친구들 외에는 없다.

아르노가 그걸 모를 리 없으니, 이 일이 끝나면 로버트에게 모든 책임을 다 넘기고 추방할 것이다. 이 나라의 왕권은 분명 그 어느 때보다 막강해질 것이다. 의회도 하일드도 어떤 방식으로든 타격을 입게 될 테니.

건방진.

더럽게 건방진 놈.

이딴 수작을 부리면서 제국과 싸울 생각이었단 말이냐.

“어서 말해, 로버트 왕자.”

“좋아, 말하지. 나는 자네를 존중하겠네.”

"존중?"

"자네가 발카니아를 되찾는 것을 돕겠네. 발카니아 왕위를 되찾게 해 주겠어. 단, 오늘 나를 도와준다면 말이야."

"아르노를 폐위시키고 당신을 왕으로 만들어 달라는 건가."

"그래. 그리고 근위대와 하일드의 기사들이 있다면 의회와 상대할 수 있지. 하늘의 운이 나를 그렇게 만들 거야."

레오닉스는 눈살을 찌푸렸다.

확실히 카니발라가 끼어 있나 보군. 저리 근거 없이 낙관적인 걸 보니.

"그야말로 반역이 아닌가."

"내가 왕이 되면 반역이 아니지. 물론, 조건은 있네."

"말해."

"결혼을 제안하네."

"당신 아들과 결혼하라고?"

로버트가 입술을 물었다.

"싫은데."

"내게는 딸이 있어!"

"그 꼬마와의 혼담은 이미 거절했다. 당신도 체면과 자존심이 있지, 설마 또 권하지는 않을 거라 생각했지. 그런데 체면도 자존심도 없었군. 나에게 같은 딸을 권하는 걸 보니."

"장난……치지 말게!"

"애초에 당신 말이 장난 수준이다, 로버트. 어지간한 얼간이라도, 당신이 멍청한 소리를 하는 줄은 알겠어."

말이 험해지자 로버트 왕자의 눈썹이 올라갔다. 턱이 부들부들 떨린다.

레오닉스는 로버트 왕자의 풍모가 눈에 들어왔다.

금발에 푸른 눈이다. 듀카르니아 왕실 특유의 풍모다. 금빛 머리와 푸른 눈, 아니면 흑갈색 머리에 청회색 눈. 이런저런 피가 섞여도 저 두 가지는 왕실의 상징처럼 발현된다.

"로버트. 내가 왕실의 주인과 후계자를 보호해야 하는 건 맞는데, 아직 당신이 후계자가 되었다는 통지를 받은 적이 없어. 아르노도 그리 말한 적 없고, 또 의회의 총리도 그 말을 한 적이 없지."

"의회는 반역자야!"

"자주 말하는 걸 보니, 지적해야겠군. 로버트, 반역이 뭔지 아나."

"내가 그 뜻도 모를까?"

"모르는 것 같아서 가르쳐 주는 거야. 그건 말이다, 이 나라에서는 패배자란 뜻이다."

"뭐?"

"왕이 패하자 왕이 반역자가 되고, 의회가 패하자 의회가 반역자가 되었지. 왕과 의회가 서로 휴전해 둘 다 패자가 되자 둘 다 반역자가 되었지. 그런 거다, 이 나라의 반역자란."

로버트 왕자는 분노를 주체하지 못했다.

예상대로 되어 가지 않는 것은 감당하지 못한다.

이런 종류의 인간에게 있어, 욱하는 성질머리와 분노는 항상 자신의 권력이 부정당할 때 나타난다. 알량한 자기 권위, 권력, 그것들이 흔들리면 수치심을 느끼며 날뛴다.

그런데 고작 그런 것도 참지 못하는 자에게 뭘 해 준단 말인가.

"자, 반역, 반역, 참 좋아하니 내가 당신을 반역자로 만들어 주지."

로버트 왕자가 입을 벌렸다.

"무, 무, 무슨 소리야!"

"나는 듀카르니아의 왕과 왕실을, 왕관을 쓴 자와 왕관을 쓸 자를 지키고 충성을 한다. 나는 하일드의 왕자로 태어났고, 하일드의 군사는 바로 그 충성의 서약을 지키기 위해 검을 들도록 허락 받았다."

레오닉스는 분명히 말했다.

"로버트, 나는 듀카르니아 왕에게 절대 충성한다."

레오닉스의 눈은 로버트를 똑바로 보고 있었다. 어깨와 팔에 들어간 힘은 적대적이고 강압적이었다. 누가 봐도, 로버트는 지금 이 레오닉스의 적이었다.

"하지만 그게 너라는 의미도, 아르노라는 의미도 아니지."

그리고 레오닉스가 돌아섰다. 검푸른 제복을 입은 넓고 단단한 등이 로버트를 등졌다.

레오닉스가 고함을 질렀다.

"문을 열어라!"

대기하고 있던 시종이 문을 열렀다.

양옆에 서 있던 망명자 기사단이 레오닉스를 돌아보았다.

레오닉스는 팔을 들어 뒤를 가리키며 말했다.

"로버트 왕자가 반역을 일으켰다."

로버트가 입을 벌렸다.

"미친! 미쳤어!"

"하일드의 군주 레오닉스가 명령한다! 하일드 왕실의 원칙에 따라, 로버트 왕자와 그를 따르는 자들을 모두 반역자로 규정하고—"

레오닉스는 로버트를 돌아보며 말했다.

"토벌하라!"

로버트는 믿어지지 않았다.

정말 뭐라는 거야, 저 미친놈이!

"이런 짓을 하고도 괜찮은가? 나는 후계자야!"

"아르노는 당신을 후계자로 발표하지 않았다. 그런 상황에서 당신은 자의로 의회를 공격하고 내게 회유를 시도했다. 아르노를 몰아내자고도 했고. 그러니 반역자가 되는 데 모자람이 없고, 내가 바로 그 증인이다."

"후회할 거다. 오늘 내가 이길 거라고!"

레오닉스는 무시하고 접견실을 나섰다.

뒤따르는 제레미가 기가 막혀 말했다.

"뭐 하시게요!"

"수도 안에 있는 모든 망명자 기사단을 소집한다. 궁 앞에 집결하라."

제레미는 너무 어처구니가 없어 말문이 막혔다. 뭐, 뭐라는 거야, 왕자님?

"제대로 사고 치시는 거예요?"

"의회는 어떤가."

"조금 전 의회군이 의용대의 포위망을 돌파했습니다. 오고 있습니다. 그런데 그건 그거고요! 설마, 정말이에요?"

레오닉스의 입술이 올라갔다.

"왕실을 포위하고, 근위대와 맞서라. 의회군과 합류한다."

"진짜 미치셨어요? 왕이 될 생각이 없다고, 후계자와의 결혼을 걷어차서 정말 그런 줄 알았더니. 아예……!"

궁 밖으로 향하는 레오닉스의 등을 향해 제레미가 고함을 질렀다.

"아예 반란입니까? 의회랑 손잡고?"

"그래. 바로 그거다. 오늘 하일드와 의회가 왕을 만든다."

"어, 언제 계획한 겁니까! 언제 한 거냐고요!"

"한 시간 전."

레오닉스의 눈, 항상 거칠고 날카로운 눈이 이제는 보는 사람이 숨찰 정도로 적대적으로 변했다.

오늘, 아르노와 로버트는 그토록 부르짖던 반역이 뭔지 제대로 보게 될 것이다.

그 반역자들에 의해 자기들이 반역자가 되는 것도.

제 18 장

불꽃의 보주

체자는 수십 년 만에 다시 세 세력이 대립하는 것을 보게 되었다.

지난번에는 하일드와 왕실이 손을 잡았지만, 이번에는 의회와 하일드가 손을 잡았다. 왕실은 그 두 세력에 반발하며 근위대를 모두 궁 앞으로 소집했다.

레오닉스도 하일드의 기사단을 소집했고, 명령을 받은 기사들은 요새 문을 열고 왕궁으로 달려갔다. 의회 기사단 역시 의사당에서 출발했다. 주력 부대가 아직 다리 너머에 묶인 왕궁 안의 근위대는 왕궁 안을 장악한 것으로 만족해야 했다.

궁 안에 있는 로버트는 의연한 척하긴 해도 두려웠다. 현재, 다리 위에 있는 근위대가 오지 않으면 위험한 상황이었다. 로버트는 파악하지 못했지만, 지금 근위대의 이동 속도보다 하일드와 의회의 속도가 더 빨랐기에 벌어진 일이었다.

"멍청한 시반, 뭐 하는 거야!"

그 시반 백작이 의회군에게 돌파당한 뒤 도망친 지 오래라는 것도 모르고 로버트는 이만 갈았다.

궁 안의 근위대에게 그나마 다행스러운 일은, 망명자 기사단은 레오닉스와 함께 궁을 나가 중앙 광장에 진을 쳤다는 것이다. 아직 안으로 진입하지 않고 있고, 애초에 궁 안으로 진입할 생각이 없다는 뜻이기도 했다.

이제 서로서로 반역이라는 상황이었다. 의회는 의용부대가 로버트의 사주를 받아 반란을 일으켰다고 하고, 근위대는 의회가 반역을 일으켰다 하고, 하일드는 둘 중 누구 잘못인지 모르겠으니 일단 여기 있겠다고 하는 중이다.

망명자 기사단의 전열이 마무리될 무렵, 의회의 기사단이 왕궁 앞에 도착했다. 궁 앞은 망명자 기사단에 점령된 뒤였기에, 그들과 협조하기로 한 의회 기사단은 순조롭게 그들과 합류했다. 의회 기사들의 검은 제복들 옆에는 레오닉스가 브릴을 호위하라 보낸 망명자 기사단이 있었다.

브릴은 검은 기사단과 푸른 기사단을 양옆에 두고 나타났다. 혼자 붉은 제복이었다. 망명자 기사단이 갈라져 자기들 본대에 합류하자, 브릴도 망명자 기사단의 선두를 향해 말을 몰았다.

선두로 레오닉스가 나왔다.

활활 타오르는 횃불 옆으로 나온 레오닉스를 보자, 브릴은 진정되는 기분이었다.

드디어 도착했다. 의회에서 출발하고, 돌파해 여기까지 이르는 데 숨도 못 쉬고 달려온 것 같다. 하지만 이렇게 도착해, 그녀가 믿는 사람과 마주하자 바닥이 깔리고 하늘이 생기고 집이 만들어지고 호수가 고이는 느낌, 세상이 완성되는 느낌이었다. 먹처럼 검었던 세상이 밝아 오고, 풀 하나 없던 황무지가 녹색으로 뒤덮인다.

"레오닉스."

브릴이 말했다.

레오닉스는 고개를 살짝 숙여 말하란 의사를 전했다.

"아르노 백부님은 아직 궁 안에 있겠지요?"

"그렇다."

"레오, 그렇다면 내가 백부님을 만나겠어요."

"어쩔 건가."

"우선 협상하고, 안 되면 협박하겠어요. 무슨 일이 있든, 무엇이 되든 간에, 오늘 우리들이 반역자가 되지는 않게 하겠어요."

"그다음은?"

"내가 후계자가 되겠어요. 가능하다면 지금 왕이 되어도 좋고."

"그대가?"

"네."

"아르노가 인정할까."

"아르노가 인정할 문제가 아닌, 받아들여야 할 문제예요. 내가 후계자예요. 그 외에는 없어요."

브릴은 총리 앞에서보다 더 긴장되었다.

총리와 브릴은 분명 대등했다. 목표가 같다. 그런데 이 남자와 이 남자가 이끄는 기사들, 그들을 상대로는 의무감과 중압감이 먼저 들었다.

거래는 거래이되, 브릴이 모든 것을 책임지는 거래이다. 또한 이들의 목표가 브릴이 되어야 한다.

"지키겠어요. 당신도, 의회도, 국민도…… 카니발라로부터."

"카니발라라고 했나."

"오늘 일은 카니발라 짓이에요. 지금 내가 하려는 건 카니발라를 향한 전쟁이에요. 나는 패배하지 않아요. 휘말리지도 않고. 나의 삶을 가질 수 있는 건 나뿐이고, 나의 자유를 위해 싸우는 것도 나예요. 반드시 내가 이길 테니 들여보내 줘요. 그동안, 당신은 이곳을 지켜 주세요."

"좋다."

레오닉스는 하일드 역사상 단 한 번도 하지 않았던 미친 짓을 하는 보람을 느꼈다. 또, 하일드의 군주들이 단 한 번도 이런 왕을 만나지 못했을 거라 확신할 수도 있었다.

"레오닉스, 내가 예전에 지키고 싶었던 건 엘리안뿐이었어요. 그 아이를 잃자 다 끝났죠. 하지만 지금은…… 다 지키고 싶어요. 나를 도와줬던 사람들, 나를 믿어 줬던 사람들…… 그리고 당신처럼 터무니없는 사람도."

"터무니없는?"

"당신처럼 이렇게 자신을 막 던지는 사람은 없을 테니."

브릴은 잠시 웃고는 말했다.

"하지만 레오, 만약 내가 실패하거나 죽으면."

"그런 말은 하지 마."

"물론, 그럴 생각 없어요. 하지만 만약 그렇게 된다면 당신이 다 없애 버려요. 아르노든 뭐든. 반란을 일으켜서 듀카르니아 왕실을 몰아낸 다음 당신이 왕이 돼요. 아니면 의회와 손잡고 왕 자체를 없애 버리는 것도 나쁘진 않겠네요."

허튼소리인데, 브릴의 목소리는 맑고 차분했다.

"진하게 입이라도 맞춰 주고 싶은데, 내 꼴이 이래서 다음에 예쁘게 하고 해 줄게요. 오늘은 이걸로 만족해 줘요."

"아니, 충분하다. 만족해."

레오닉스는 고함을 질렀다.

"기립!"

기사들이 일제히 멈추었다.

"돌파 대형!"

망명자 기사단은 레오닉스의 명령에 따라 궁 앞 광장을 반달형으로 둘러쌌고, 의회의 용 기사단은 왕궁 출입구를 봉쇄한 다음 좌우로 갈라져 총을 장전했다.

망명자 기사단이 돌격하면 의회의 용 기사단은 양옆에서 화력을 지원해 망명지 기사단을 엄호해 포위를 막는 역할이었다.

궁내의 근위 기사단은 입구를 향해 몰려와 총검을 겨누고 방어했다. 불과 몇 시간 전까지만 하더라도 이곳에서 연회 중이었다는 게 믿어지지 않는 대치 상태였다.

브릴은 그 가운데로 말을 몰았다.

"돌격!"

레오닉스가 외쳤다.

공격하라는 말이나 다를 바 없다. 그리고 그 공격 대상은 다름 아닌 왕을 지키는 왕의 근위대다.

근위대는 경악했다. 항상 상대를 위협하는 위치였지, 이렇게 공격당하는 위치가 된 적은 한 번도 없기 때문이다.

곧바로 돌진해 들어온 망명자 기사단과 근위 기사단이 격돌했다. 서로의 검이 일제히 맞물렸다. 망명자 기사단의 전선이 위로 밀려 올라갔다. 그렇게 망명자 기사단은 근위 기사단을 떠밀 듯 밀어붙이며 길을 만들었고, 브릴은 안으로 뛰어들었다.

"들어가지 마십시오!"

기사가 총구를 겨누었지만, 순간 총이 가루가 되어 사라졌다. 브릴은 자신을 공격하려 했던 기사의 머리를 후려갈기고, 옆에서 덤비는 기사의 가슴을 밀어젖혔다. 레오닉스가 브릴 옆으로 붙는 기사의 멱살을 잡아 내던졌다. 레오닉스의 검은 말이 브릴의 말 옆에 바짝 붙어 엄호했다. 브릴은 그에게 붙어 안으로 뛰어들었다. 반대편에서 메즈가 뛰어들어 지켰다.

궁의 문 안으로 들어가자 레오닉스가 뒤로 물러났다.

곧 궁 안에서 근위대가 몰려왔다. 궁으로 들어가는 홀은 그들에 의해 막혔다.

"누구냐!"

궁의 안쪽 수비를 맡은 근위대 장교가 외쳤다.

"누구냐 물었다!"

"폐하를 뵈러 왔다."

"누구인지 물었어!"

"셰어브릴 엘리아 폰 듀카르니아. 마이언 왕자의 딸이자, 선왕 필파니온 폐하의 손녀다."

브릴은 말에서 뛰어내렸다.

"왕족의 자격으로, 내 백부이신 폐하를 뵈러 왔다. 물러나!"

이지프가 슬금슬금 기어들어 와 동상 뒤에 숨었다가, 다시 슬금슬금 기어가 궁 안으로 들어갔다. 잠시 뒤 궁의 창 너머로 이지프의 하얀 손이 불쑥 나오더니 엄지손가락을 세워 보였다. 메즈가 이마를 짚고 고개를 숙였다.

"저 바보가."

"내버려 둬. 바보라서 우리 편인 거니까."

브릴은 근위대 기사에게 말했다.

"어서 물러나."

"안 됩니다. 가십시오."

"미안, 그럴 수 없어. 비키기 싫다면 비키게 해야지."

브릴은 그에게 달려들어 멱살을 잡은 다음, 옆으로 내던졌다. 곧이어, 푸른 제복을 입은 팔이 들어와 브릴의 몸을 감싸듯 잡고 안으로 밀었다.

레오닉스였다.

"어서 가라!"

브릴은 뛰어들었다. 다른 기사가 막으려 했지만, 레오닉스에게 막혔다. 레오닉스는 기사의 검을 날려 버리고, 주먹으로 쳐 몸을 내동댕이쳤다. 곧이어, 입구로 망명자 기사단이 밀려들었다.

그들은 바로 궁의 입구를 장악하고, 안에 있던 근위대 기사들을 밖으로 내몰았다. 근위대의 기사들은 도망쳐 밖에 있는 동료들과 합류해야 했다.

레오닉스의 망명자 기사단에 의해 궁의 입구가 완전히 장악되자, 이제 안에 있는 아르노와 로버트, 근위대는 오도 가도 못 하는 신세가 되어 궁에 갇히게 되었다.

망명자 기사단은 안으로 들어가는 대신 방어 대형으로 섰다. 그들을 보는 근위대가 분통이 터져 고함을 질렀다. 그들은 급히 전열을 가다듬은 다음 공격해 들어가려 했지만, 용 기사단이 일제히 총을 장전을 해 근위대를 겨냥했다.

용 기사단은 어지간하면 발포할 리 없었지만, 근위대는 자기들이 얼마나 의회와 사이가 나쁜지 알았다. '어지간하면' 의 수위는 아주 낮았다.

"멈춰! 돌파 못한다. 포위되었다."

그들의 지휘관이 말했다.

바로 그때, 폭발하는 소리가 아주 크게 들렸다.

강에서 들리는 소리였다.

덴강에 있는 전함이 터지며 불길이 치솟았다.

폭발하는 소리가 들렸을 때 아르노는 조금 전까지 들어온 보고에 대한 분노를 잠시 잊었다.

그러니까, 궁의 입구가 망명자 기사단에게 장악되었고 근위대는 용 기사단이 무서워 꿈쩍도 못하고 있다는 보고에 대한 분노를.

과거, 아르노가 어린 시절에 체자에서는 몇 번이나 폭동이 일어났었다. 어느 날은 엄청난 폭동이 일어나 체자가 거의 절반 넘게 장악되기도 했었다. 그들은 왕의 초상화를 태우고 자기들의 깃발을 흔들었다.

어머니는 괜찮다고 했지만, 아버지는 초조해했다. 잠도 자지 못했고 불안해하며 떨었다.

그 후 아버지는 거의 일 년 넘게 우울증에 시달렸다. 지병이던, '소리가 들린다'는 증상은 더 심해졌다. 아버지가 어린 시절에 겪었던 망명 생활이 남긴 고통은 못된 개처럼 아버지의 정신을 물어뜯어 댔다. 그건 의지나 인내로 극복할 수 있는 것이 아니었다. 결국, 아버지는 미쳤다. 그렇게나 아버지를 괴롭히던 고통의 개는 주인이 쓰러지자 기뻐하며 짖어 댔을 것이다.

그래도 아버지의 치세 말기에 이르자 혼란은 잦아들었다. 폭동은 아르노의 섭정공 시절에는 단 한 건도 없었다. 소소한 소요는 있었다. 그러나 그건 폭동이라기보다는 난동에 가까웠고, 대부분 왕당파 쪽에서 벌인 일이다.

혼란과 충돌이 없으면 변화도 없다. 다들 만족하고 있기 때문이다. 이제 이 나라는, 평민의 의회와 왕이 서로 협조하여 나라를 다스리는 것을 당연하게 여기고 있다. 몇 년 더 굴러간다면, 더욱 당연해질 것이다.

아르노도 이번이 마지막 기회란 것을, 왕이 왕답게 나라를 가질 수 있는 마지막 기회란 것은 알았다. 이번 기회를 잃으면, 왕은 영원히 법에 묶인 허수아비가 될 것이다.

과연, 원하는 대로 될 것인가. 아침만 해도 자신만만했는데, 지금 상황으로 보면 모든 것이 다 원하는 대로 안 되고 있다.

레오닉스는 망명자 기사단을 모아 아르노와 맞섰다. 그 미친놈은 반역을 저질렀다. 의회는 주력군이 거의 없는 상황에서 무슨 수를 쓴 건지 의용부대의 포위를 뚫고 여기까지 왔다. 이제, 왕궁이 포위되었다. 근위대가 어서 다리를 건너와야 하는데, 하필이면 그 근방에서 포성이 울리고 있는 것이다. 그들이 제때 합류하지 못하면 승산은 없다.

그때 시종무관이 달려와 보고했다.

"폐하, 셰어브릴 님이 뵙고자 하십니다."

"그 계집애가 왜?"

순간, 아르노의 머리는 밝아졌다. 의회와 하일드가 미친 짓을 하는 이유를 알게 되었기 때문이다.

그 망할 계집애가 선동한 거다.

하일드는 왕을 지키고 의회는 왕권을 존중한다. 그런데 그 왕이 굳이 아르노여야 한다는 보장은 없다. 의회 역시 마찬가지. 그들은 왕권을 보호한다고 선언했지만, 왕이 아르노만 있는 건 아니다.

아르노가 로버트를 이용하자, 그들은 셰어브릴을 보낸 것이다. 이건 후계자를 로버트에서 셰어브릴으로 교체하라는 경고다. 그리해 주면, 그들 역시 군대를 거두고 돌아갈 것이다. 그렇게 정리되고 내일 아침이 평화롭게 밝아오면, 로버트는 이 모든 사태의 책임을 지고 어디든 귀양 가게 될 것이다.

명분은 줄 테니, 받아들이라는 의미이기도 하다. 이 나라에서 명분은 아주 중요하다. 위선과 허식일망정, 전쟁은 벌어지지 않도록 하고 있으니.

셰어브릴이 그들과 미리 짠 건가, 아니면 오늘 즉각 결정한 것인가.

미리 한 거라면 너무 잘 속여서 기가 막히고, 오늘 결정한 일이라면 담대하다 못해 기가 찬다. 아니, 아니다. 계집애가 계획한 게 아닌, 총리가 계획한 것일지도 모른다. 그 할망구는 어쩌면 처음부터 그 계집애를 후계자로 염두에 뒀을지도 모른다.

하긴, 그 계집애가 황량한 서부에서 멀쩡하게 버텨 낸 것부터 이상하긴 했다.

힘 있는 자가 보호해 주었기에 가능했던 것이다.

아르노는 다시 증오가 치밀었다.

에스델라가 정말 총리에 의해 살해당하기라도 한 듯 분노가 일어난다.

"만나시겠습니까."

"아니, 필요 없다."

다시 쿵, 쿵, 쿵— 소리가 연달아 들렸다.

아르노는 창가로 갔다.

순간, 궁으로 들어오는 다리 옆에 있던 전함이 불타올랐다. 근위대는 그 틈에 다리를 건너 궁을 향하는 길로 달려왔다.

아르노의 놀란 눈이 서서히 가늘어졌다.

하일드 전함이 물러나고 있다. 분명 하일드가 공격당한 것이다. 그런데 주변에는 그 어떤 전함도 없다. 전함 안에서 폭발이 일어난 것이다.

사고인가? 아니면, 누군가가 아르노를 도운 건가.

이거, 이길 수 있겠는데.

가슴이 두근거리기 시작했다.

"아르노."

그를 부르는 목소리에 아르노는 미소로 답했다.

"이사벨."

평소라면 이사벨은 가장 안전한 곳에 가장 편안하게 있어야 하지만, 오늘은 그럴 수가 없어 옆에 두었다. 괜찮은 상황을 보고 난 뒤라, 아르노는 다행스럽게도 마음 좋은 연인의 모습을 보여 줄 수 있었다.

"불안해하지 마시오. 내게 유리한 상황이 되었으니."

아르노는 이사벨의 어깨에 손을 얹고 위로하듯 만졌다.

이사벨이 말했다.

"당신 조카가 왔다고 들었어요."

"협상을 하라고 내게 보낸 것 같은데, 내가 무시하면 끝이오. 버티다 보면, 근위대가 망명자 기사단과 용 기사단을 물리칠 거요."

그런데 이사벨은 불안하기보다는 약간 화가 난 듯 보였다.

"왜 그러오."

"그럼, 아무것도 하지 않으시겠다는 건가요."

"내가 아쉬운 게 아닌, 저들이 아쉬운 거요, 이사벨. 내가 아무것도 안 하면 저들도 아무것도 할 수 없지. 너무 계산을 하면 오히려 잃는 게 많아."

"아르노."

이사벨은 아무것도 모르는 위치라기보다는, 알아도 모르는 척해 왔다는 데 가깝다. 항상 모든 것을 짐작하고 있음에도 침묵하고 돌아섰고, 아르노의 판단을 존중하고 따라 주었다. 그래서 지금 이사벨의 반응은 아르노에게 의외였다. 어떻게든 달래 주어야 한다는 생각이 들었다.

"아르노, 로버트 왕자님은 저를 죽이려 했고, 의회의 총리는 저를 구해 줬어요. 나는…… 당신이 지난번에 그 말을 했을 때, 총리님에게 협조하려 한다고 생각했어요."

"하지만 의회와 나는 입장이 다르오. 당신을 구해 준 것도 이익이 있으니 도와준 것뿐이니, 너무 신세 졌다 생각하지 마."

"이익이 있다고 죽이려 든 사람보다는 낫죠."

이사벨의 눈이 흐려졌다.

"그리고 아르노, 나는 그날 봤어요."

"뭘 말이요?"

"마법사요."

이건 또 무슨 소리인가. 아르노는 웃음이 나왔다.

"마법사라니, 그건 또 뭐요?"

"암닉시아 궁에서 그 마법사를 봤어요. 그 후…… 소문으로 알았지요. 악마에 대한 소문. 그래서 알게 되었어요. 마법사가 나타났다는 것을."

"악마라도 내게 도움이 되면 되는 것 아니요."

"아르노, 나는 대륙 사람이에요. 제국 사람이란 거죠. 그곳과 이 듀카르니아는 달라요. 나는 이곳 사람들이 미신이라 생각하는 것들, 세상에 있을 리 없다고 생각하는 것이 실재하는 것을 봐 왔어요. 아르노, 악마는 사람들에게 도움이 되는 존재가 아니에요. 그냥 악마지."

"약한 말 하지 마시오."

이사벨의 입술이 떨렸다.

" '카니발의 왕' 을 아나요."

"황제의 마법사가 가진 별명이 아니오."

"아니오, 그건 악마의 이름이에요. '카니발의 왕' 은 항상 존재해 왔어요. 내 어린 시절에도 들었고……. 그래서 황제의 마법사가 '카니발의 왕' 이라 할 때, 다들 고개를 끄덕였어요. 드디어 재앙이 시작되는구나. 세상이 불바다가 되고, 악마와 살육자가 날뛰리라."

"이사벨."

"재앙은 모든 이에게 재앙이에요. 구분 같은 건 없어요. 악마도 그러하죠. 고향이 황제에 의해 불타고 내 형제들과 고향, 재산이 모두 잿더미가 되어 사라질 때 저는 알았어요. 이게 재앙이구나. 사람들이 항상 말하는, 카니발의 왕이 만드는 재앙이 이런 거야."

이사벨의 얼굴은 창밖으로 보이는 강을 향했다.

"그렇게 내 모든 것…… 내가 사랑했던 모든 것은 당신만 빼곤 다 잿더미가 되었어요. 그런데 그 재앙은 항상 사람과 함께하더군요. 인간은 계시 받은 광신도들처럼 어리석어지고, 또 어리석게도 모두 다 파괴하죠."

아르노는 이사벨의 평소와는 다른 모습이 의아했다.

아르노가 아는 그런 여자가 아니다. 물론 조용한 여자는 아니다. 이사벨은 사람을 즐겁게 해 주는 재기를 갖춘 여자였다. 감정을 정직하게 표현하고, 상대로부터 존중과 배려를 이끌어 낼 줄 알았다. 그리고 무엇보다, 항상 아르노의 판단을 존중했다.

"이사벨, 모든 것이 잘될 거요. 내가 이길 거고, 당신은 안전해질 거요."

"하지만 전쟁은 벌어질 테죠."

이사벨은 고개를 저었다.

"쉬게 해 주세요."

"어디서?"

"어디서든."

말릴 수가 없었다. 이사벨의 분노는 당혹스러운 일이었고, 그래서 아르노는 위축되어 이사벨이 하고자 하는 대로 내버려 둘 수밖에 없었다.

"그래, 쉬시오. 피곤해 보이는군."

이사벨은 아르노의 볼에 입을 맞춘 다음 방을 나갔다.

혼자 남게 되자 아르노는 아무 생각도 나지 않았다.

이사벨의 분노, 떨리는 목소리, 시선을 맞추지 않던 얼굴만 떠오른다. 그것이 그를 몹시도 불편하게 했다.

궁 앞의 상황은 다시 변했다.

하일드 전함이 급작스럽게 폭발하며, 더 이상 공격을 할 수 없게 되자 안전해진 근위대는 재빨리 다리를 건너 궁 앞으로 진출했다. 그들을 이끌고 온 근위대 대장이 앞으로 나왔다. 라드 경보다 서열이 높은 기사였다.

대장은 궁 앞을 장악한 망명자 기사단과 용 기사단 앞에 섰다.

두 기사단의 선두에는 레오닉스가 있었다.

레오닉스, 그 유명한 왕자가 적장처럼 대장 앞에 서 있는 것이다.

큰 키와 튼튼한 체격의 왕자는 상대를 목 조르듯 압박했다.

"무엇을 원하나."

레오닉스가 물었지만, 대장은 아무 말 못 했다.

레오닉스가 보이는 적대감은 더 강해졌고, 그런 레오닉스를 보는 제레미는 불안했다.

왕자님, 제발. 사람 겁주지 마세요.

레오닉스는 아주 화가 난 상태였다. 주변을 화나게 해서 문제지 정작 본인이 화내는 일은 거의 없는 레오닉스다. 그런 레오닉스가 지금 화가 나 있고, 자그마치 참고 있다.

대장은 간신히 말했다.

"물러나 주십시오, 왕자님. 이건 반역입니다."

레오닉스는 무표정하게 상대를 보았다.

지휘관은 얼른 눈을 내리깔았다. 젊은 왕자 상대로 기가 죽는 자신에게 몹시 실망하면서.

"역사상 단 한 번도 없었습니다. 이렇게 하일드와 근위대가 맞서는 일은. 하일드는 항상 왕실 편에 섰습니다."

"어쩌라고."

"우리를 보내 주시고 협조하십시오."

"그럼, 나더러 용 기사단과 싸우란 건가. 서로서로 황당하겠군. 용 기사단은 용 기사단대로, 내 기사단은 내 기사단대로 단주가 미쳤거나 오늘

마신 술이 좀 과했다고 생각할 거다."

"그들은 반역자입니다. 왕자님께서 무슨 오해를 하셨는지 모르지만, 듀카르니아 왕실과 하일드 왕실은 영원한 충의로 맺어진 사이입니다."

레오닉스는 팔을 들었다.

그 손짓 하나에, 망명자 기사단은 단숨에 대형을 바꾸었다.

돌격 대형이다.

"왕자님!"

대장 뒤의 근위대는 바짝 긴장했다.

말이 좋아 근위대지, 이 정도 규모와 전투력을 갖춘 적을 상대하는 건 처음이다.

적의 기세에 눌려 압박당한 근위대는 긴장했다. 긴장은 금방 그들을 초조하게 했다.

의회의 용 기사단이 허리에 있는 총을 잡았다.

지금 망명자 기사단과 용 기사단은 먼저 광장을 장악해 유리해진 점을 마음껏 누리고 있었다. 돌격 지점도 확보하고, 장거리 공격 지점도 확보했다. 이들을 뚫고 들어가려면 희생을 감수해야 한다. 그리고 대장은 그 희생에 자신이 포함될 것임을 너무 잘 알았다.

"이러지 마십시오. 국왕 폐하를 지키는 건 근위대와 하일드의 임무입니다."

"미안하다만."

레오닉스는 느릿하게 말했다.

"국왕 폐하를 지키는 일이 나와 너희들의 임무인 게 맞다. 그런데 지금 누가 왕이고 후계자인지 헷갈려서."

"네?"

"우선, 국왕 폐하께서 엊그저께 제대로 즉위해서 아직도 본인이 섭정공인지 왕인지 헷갈리시는 것 같다. 섭정공일 때도 본인이 왕인지 섭정공인지 헷갈려 하긴 했으니 그 버릇이 금방 고쳐질 거란 생각하지 않는다. 그러니 오늘의 폐하는 이해하기로 한다. 단—"

대장은 할 말을 잃었다.

뭐라고요?

"단, 지금 후계자가 누구인지 몰라서 법이 정한 서열에 따라 정했다. 그리고 그 법에 근거하여 내 임무에 충실할 예정이다."

"네? 무, 무슨 말씀이신지."

"나는 국왕을 존중하고, 지금 국왕이 정신 나간 짓을 한다는 것도 인정한다. 이건 정신이 나갔다는 걸 인정한다는 것이지 정신 나간 판단까지 인정한다는 건 아니다."

대장 입을 떡 벌렸다. 다른 근위대 기사들도 마찬가지였다.

오늘 들은 소리 중 가장 끔찍한 소리였다.

"그, 그걸 왜 하일드와 의회가 정합니까."

"비상 상황이라. 보다시피, 로버트 왕자가 폭동을 일으켰고, 그 폭도들이 의회와 나를 공격했다. 지금 안에서는 로버트 왕자가 자신의 사병으로 폐하를 억류하고 있다. 지금 궁이 내리는 모든 명령은, 아르노 폐하께서 자신이 안전하며 자신의 판단이 로버트의 협박이 아닌 본인 스스로의 의지와 이성에 의해 내린 것이란 증거가 있을 때만 유효하다."

레오닉스가 지금 유서 깊은 듀카르니아 왕실을 막장 극장으로 만들고 있다. 왕자, 그것도 로버트 왕자 정도 되는 사람이 왕궁을 장악하고 왕을 잡고 인질극을 벌이고 있다는 거다.

로버트 왕자의 무능함을 누구보다 잘 아는 대장 입장에서는 너무나 황당했다.

"그만하십시오! 모두 앞으로 가라!"

근위대가 앞으로 나가려 했지만 길이 갑자기 시커멓게 변하더니 바닥으로 푹 꺼졌다. 근위대는 기겁하며 뒤로 물러났다. 딱 그 부분만 칼로 베어 낸 듯 사라졌다.

이능이다. 대장도 이능 기사이긴 하지만, 이능 기사이기에 레오닉스를 상대하는 게 얼마나 무모한지도 알았다.

배 몇 척을 혼자서 박살 내는 힘이다. 그나마 다행인 건, 레오닉스가 물건은 박살 낼 수 있어도 사람이나 짐승은 그리할 수 없다는 것이다. 그러니 바닥이 푹푹 사라지게 만들긴 해도, 사람이 직접 이렇게 되지는 않는다. 물론 그 바닥으로 굴러 떨어지는 건 다른 문제지만.

레오닉스가 말했다.

"두 시간이다."

"네, 네?"

"두 시간 기다려라."

레오닉스는 말 머리를 돌렸다. 망명자 기사단의 기사들이 일제히 길을 비켜 주었다. 레오닉스가 지나가자, 기사들은 다시 그 빈틈을 메웠다. 이제 망명자 기사단은 두껍고도 단단한 방어진을 만들어 궁을 지키고 있게 되었다. 또, 양옆에 서 있는 기사단의 원거리 지원도 받게 된다.

"왜 두 시간입니까!"

"내가 인내할 수 있는 최대치다. 여기에 두 시간 정도 더 버틸 수는 있다. 그사이, 로버트 왕자가 반역을 포기하거나 진압되고 국왕이 구출되면 너희들을 들여보내 주겠다."

"그 시간……을 넘으면 어떻게 되는 겁니까."

"내가 궁을 장악하러 들어가겠다."

장군은 충격으로 휘청거렸고, 그건 망명자 기사단의 제레미도 마찬가지였다.

제레미는 고함이라도 지르고 싶은 심정이었다. 하늘에 계신 국왕 폐하, 펠릭스 왕자님! 레오닉스 왕자님이 미치셨습니다. 도와주세요. 제정신으로 돌려보내 주세요. 왕자님이 반역을 하신대요. 두 시간 뒤의 상황이 마음에 들지 않으면, 궁으로 쳐들어가 버린답니다.

그러나 아무 변화도 없었다.

이제 제레미는 모든 일이 잘되기만, 두 손 모아 잡고 기도해야 했다.

궁 안으로 들어간 브릴을 맞이한 것은 시종 무관이었다.

제복으로 확인할 수 있었다.

시종 무관은 브릴을 발견하고 다가오려다, 무엇을 발견했는지 잠깐 기다려 달라 한 뒤에 모퉁이 너머로 사라졌다.

"나, 이번 일이 끝나면, 한동안 잠만 잘 거야."

브릴이 한숨과 함께 말하자, 메즈도 지친 목소리로 답했다.

"저 역시 마찬가지입니다."

"미안. 중노동시켜서."

"아직은 버틸 만합니다. 하지만, 이것만은 허락해 주십시오. 엘리안이 돌아오면……."

"한 대 때릴 거야?"

"아니, 안아 주게 해 주십시오."

딸꾹질을 한 건 언제 나타났는지 모를 이지프였다.

"엘리안하고 사이가 좋아진 거야?"

"착한 분이니까요."

다시 시종 무관이 나타났다.

그의 옆에는 로버트 숙부가 있었다.

"숙부님?"

"형님 대신 내가 나왔단다, 셰어브릴. 무슨 오해가 있는지 모르겠다만, 지금 우리들은 의회의 반역에 대항하는 중이란다."

"아아. 그러셨군요. 제가 몰랐습니다."

브릴 자신이 생각해도 너무나 영혼 나간 답이었다.

"그러니 걱정 말려무나, 셰어브릴. 나는 반역은 저지르지 않았어. 이게 다, 형님의 뜻이란다."

그러나 로버트의 얼굴은 그다지 밝지 못했다. 잔뜩 겁먹은 상태다.

시작만 하면 될 줄 알았지, 이렇게 의회와 하일드의 강한 반발 속에 포위당할 줄은 몰랐던 것이다.

"충심이 깊으셨군요."

로버트가 직접 나섰을 린 없고, 아르노가 시킨 걸 테지.

아르노가 브릴을 만나지 않으려고 일부러 이러는 거다. 굳이 로버트를 보낸 것을 보니. 일이 마무리되면 로버트와 브릴을 둘 다 반역으로 묶어 처리할 생각인 것이다.

아무것도 안 해도 붙잡혀 귀양 보내지거나 조용히 처리될 처지였던 브릴에겐, 아쉬운 것 없는 상황이다.

"이야기 좀 하자. 조용히 마주 볼 수 있는 곳으로 가서."

그리고 로버트 왕자는 브릴 옆에 있는 덩치 큰 메즈를 가리켰다.

"네 노예는 여기 기다리라고 하고."

브릴은 눈살을 찌푸렸다. 메즈는 노예가 아니라고 설명할 시간도, 숙부의 턱을 갈길 시간도 없는 것이 안타깝다.

메즈가 말했다.

"기다리겠습니다."

"솔직히 말해."

"가시면, 제가 재주껏 따라가겠습니다."

"그래. 좋아."

브릴은 로버트 왕자를 따라나섰다.

로버트 왕자는 브릴을 회의실을 겸하는 넓은 방으로 데리고 갔다. 거대한 분수대가 설치된 뜰을 향한 창이 있는 회의실이었다. 그리고 앞에 앉은 것은—

엘리안이다.

"안녕, 공주님."

흰 연미복 차림의 엘리안이 브릴을 보자 싱긋 웃었다. 아니, 카니발라다.

저런 표정, 엘리안은 결코 짓지 못해.

카니발라가 등진 홀에는 대리석 조각상들과 갑옷의 기사들로 가득했다. 카니발라는 그에 둘러싸여, 마치 자기가 그들의 주인인 듯 앉아 있다.

"안녕."

브릴은 생각보다 담담하게 응했다.

마법사란 참 신기하다.

무엇이든 할 수 있는 것 같아 보이고, 무엇을 하든 신기하지 않다.

저 사람은 마법사니까, 하고 넘어가지. 세상에, 저것도 하는구나. 아, 그래. 마법사지. 다 이런 식이다.

그래도 금빛 머리와 흰 얼굴, 곧은 어깨와 호리호리한 몸을 보자 브릴은 안심이 되었다.

다친 데는 없구나.

로버트가 웃으며 말했다.

"어떠냐. 봐라, 정말 놀랐지? 엘리안이 살아왔어."

"아주아주요."

브릴은 건성으로 답했다.

"어떻게 된 건가요, 숙부님?"

"엘리안이 돌아왔단다, 셰어브릴. 죽은 줄 알았던 네 쌍둥이 형제가."

아니, 알아요. 내가 살려서 데리고 왔는데, 모를 리가.

카니발라가 도로 튀어나와서 비위가 뒤틀리는데, 숙부님이 말하는 꼴을 보니 엘리안을 들킬까 봐 걱정했던 자신이 한심했다. 거짓말 몇 마디면 간단하게 해결될 수 있었잖아.

"숙부님, 제 누이는 지금 상황을 모른답니다. 여태 제가 죽은 줄 알았거든요. 봐요, 순진한 누이는 눈물이라도 흘릴 듯 놀라고 있군요."

으엑. 브릴은 속으로만 말했다.

누가 봐도 놀란 표정이 아니었건만, 카니발라가 그리 말하고 나니 놀란 표정이 되었다.

로버트가 웃으며 말했다.

"어떻게 된 거냐면 말이다, 셰어브릴. 너의 형제인 엘리안은 아르노 형님의 눈을 피하기 위해 죽은 척하고 도망쳤다고 하는구나. 작년에 돌아와, 자신은 왕의 재목이 아니니, 나를 돕겠다고 했지. 그동안 많은 도움을 줬단다."

"그럼, 에스델라가 죽기 전이군요."

로버트 왕자는 아주 당황했다.

"아니, 아니야. 나를 돕던 사람이 엘리안이란 걸 알게 된 건 최근이다. 에스델라가 죽기 전에는 정체를 몰랐어."

"정체를 모르는 사람이 도와주는 건데, 의심도 들지 않던가요."

"믿음에는 믿음으로 답하는 거란다."

그 말은 이런 경우에 쓰는 게 아닐 텐데. 이제 슬슬, 정황이 잡힌다. 오페라 극장에서 로버트 옆에 있던 시반 백작과 페니 번은 모두 카니발라 수하들이다. 그들이 오페라 극장에 있던 이유도 이것이고, 시반 백작이 브릴 앞에 나타난 진짜 이유도 이것이겠다.

"셰어브릴, 에스델라가 죽은 건 사고다. 그리고 여기서 그 이야기를 할 필요가 있니? 아르노 형님이 오판을 하고 계신 건 확실하지 않느냐."

"어디가 오판이라는 건가요."

"모두를 적으로 만들고 있지. 하지만 나는 화합을 중시한단다. 하일드를 내 편으로 만들고, 의회도 내버려 둘 거야. 그리고 엘리안은 이런 나야말로 왕이 되어야 한다고 생각하고 있단다."

"죄송한데."

브릴이 말했다.

"오늘 계획이 어찌 되는 건가요. 지금 아르노 폐하는 가엾게도 숙부님에게 억류당한 건가요?"

"아니, 그 정도는 아니고……."

로버트는 허둥댔다. 답답해진 브릴은, 자신이 대신 설명해 주기로 했다.

"의회와 하일드가 의용부대의 습격을 받은 뒤 왕실을 지키기 위해 여기로 달려왔고, 이 안의 상황을 몰라 포위한 뒤에 근위대와 대치하는 중이지요. 지금 그들은 근위대가 누구의 명령을 듣고 있는 건지 모르니 물러나지 못하는 중이고요."

"뭐, 그, 그렇다고 봐야지."

상황이 정말 그렇다기보다는, '그렇게 보이도록 만든다.'가 맞다. 이제 아르노가 밖의 근위대에게 무슨 명령을 전하든 다 무시된다. 아르노의 명령이 아닌, 아르노를 억류한 로버트 왕자의 명령이 될 테니.

그러나 실제, 지금 상황을 이리 만든 건 아르노다. 로버트를 궁 안에 남겨 둔 건 나중 일을 위한 핑계일 뿐이다.

기왕 이리된 거, 같이 이용하자.

로버트 숙부가 그 어떤 양심적 아픔도 들지 않는 상대란 게 다행이다.

“셰어브릴, 모두 다 나라의 왕실과 공익을 위해 이러는 거란다. 물론 너의 얕은 지식으로는 이해 못 하겠지. 너는 시골에서 자라 배움이 없으니 말이다. 하지만 순종과 침묵이야말로 여자의 미덕이니, 그걸 발휘해 보려무나.”

브릴은 로버트의 딸인 록시가 가엾어졌다.

이런 아버지 아래에서 자랐으니 속으로 얼마나 에스델라를 미워하고 부러워했을까.

그런데 카니발라가 말했다.

“숙부님, 누이에게 제가 설명하면 어떨까요.”

“아니, 네가?”

“네. 제 누이가 아직 상황을 이해를 못 한 것 같습니다.”

로버트는 안도했다

“잘 생각했다, 엘리안. 여자란 원래 이런 복잡한 상황을 이해 못 하지. 하지만 너는 여자들 수준에 맞춰 이야기하는 데 익숙하겠지. 아, 그리고 셰어브릴.”

“네.”

“그렇게 천박하게 입고 다니지 말거라. 왕실의 명예를 생각한다면 말이다.”

“숙부님.”

엘리안이 타이르듯 말했다.

“입 좀 다물어 주십시오.”

“음, 뭐?”

“닥치라고 하려다, 예의가 아닌 것 같아 이리 말한 겁니다. 박살 내기 전에 어금니 물라는 말도, 역시나 예의가 아닌 것 같고요. 그러니 이제, 쉿.”

카니발라는 팔을 들었다.

바닥의 대리석에 금이 쩍 가 벌어지면서 로버트 숙부가 앉은 의자를 밀어냈다.

"에, 엘리안?"

로버트 왕자는 애써 침착한 척했지만 두 다리가 떨렸다. 곧 턱도 떨리기 시작했다.

엘리안은 웃으며 말했다.

"이만 가십시오, 숙부님."

"무, 무슨 짓이냐."

"가시라고요."

대리석이 더 벌어졌다.

로버트는 허둥지둥 일어났다.

"숙부님과는 언제부터 이렇게 사이가 좋으셨나."

로버트가 나가자 브릴이 말했다. 카니발라의 눈이 가늘어졌다.

"꽤 꾸준히 관리해 왔어. 저 멍청이는 제법 쓸모가 있었거든. 저렇게 자기가 이용당하는 줄도 모르고 적극적으로 이용당하는 사람은 드물어."

"혹시, 엘리안의 몸을 차지하기 전에도?"

"그래."

카니발라의 눈이 내리깔리며 브릴을 살핀다. 이제 브릴을 보는 푸른 눈은 잔인하지도 사납지도 않았다.

묘하게 평화롭고 다정한 느낌이다.

하지만 브릴도 안다.

이 카니발라는 지금 다정하다 할지라도 언제 변덕을 부리고 폭력적으로 변할지 알 수가 없다. 인내심 없고 난폭하고 잔인한 아이 같다. 그리고 브릴은 그럴 때의 카니발라가 얼마나 흉포하고 저열한지 알았다.

카니발라가 부드럽게 속삭였다.

“가만히 있으면 저절로 여왕이 되어 있을 텐데.”

“지금, 대체 무슨 생각이지?”

“뭐긴 뭐야. 로버트 왕자는 하일드와 의회 손에 체포될 테고. 그다음 아르노는 죽여 버릴 생각이야. 왕을 암살한 죄는 로버트 왕자가 뒤집어쓸 테지. 그리되면 왕의 조신들은 일단 너를 찾을 테지. 현재 네가 서열이 가장 높으니. 임시로 네가 추대되면, 그때부터 너는 너 알아서 하면 되는 거다. 너는 금방 여왕이 될 거야. 아름답고 영리한 여왕이.”

카니발라는 브릴이 자신의 마음을 알아주길 바라는 얼굴로, 브릴이 응답하길 바라는 얼굴로 브릴을 마주 보았다.

“고맙네. 여왕 즉위라니. 그럼 이천오백까지만 세고 나오라고 미리 말해 뒀어야지.”

“지금부터라도 가만히 있으면 될 텐데.”

카니발라의 엄지와 검지가 맞물리더니, 딱— 소리를 냈다.

동시에 주변에 있는 조각상이 삐걱대며 움직였다.

사악하고 적대적인 분위기가 주변에 가득하다.

브릴이 말했다.

“내게 왜 이러는 거야.”

“그러고 싶어서. 자, 공주님. 내게 있어 세상은 카니발이야. 내가 강림하고, 내가 춤을 추고, 내가 노래를 부르면— 모든 것이 카니발이 되지. 미치고 날뛰고 사랑하고 죽이고 찢는 카니발.”

카니발라는 브릴의 턱을 건드렸다. 브릴은 고개를 들어 카니발라를 보아야 했다.

차가운 손이 브릴의 볼을 매만졌다.

“황제를 만났을 때 나는 알았어. 그가 그야말로 한 시대를 박살 낼 수 있는 천재란 것을. 나는 그래서 돕기로 했고, 대륙은 쓰러졌지. 재능 있는 자들, 떨어진 별을 삼킨 듯 엄청난 능력을 가진 자들은 나를 즐겁게 하지. 너, 셰어브릴. 너도 그리될 수 있어. 자, 봐."

차가운 손가락이 브릴의 머리카락 사이로 파고들어 왔다. 금방이라도 머리를 박살 낼 수 있는 잔인한 손이다. 카니발라는 볼을 살며시 붙이곤, 입술을 귓가에 댔다.

"너는 영리하고 아름다워. 정말로. 네가 왕좌에 앉는다고 생각만 해도 벅차고 신이 나. 너를 택한 것이 만족스럽고 기쁠 테지."

"내게 원하는 건 뭐지?"

"고독, 그야말로 고독. 아, 걱정 마. 엘리안은 너를 외롭지 않게 해 줄 거야. 새장 속의 새가 주인을 위해 노래를 부르듯, 슬프고 외로울 너를 지켜 줄 거야."

아아, 나를 어쩌겠다는 건지.

브릴은 황제의 인생이 어떠했던지 돌이켜 보았다.

황제가 없던 시절이 어땠는지는 잘 모른다.

아주 어린 시절, 어머니와 진짜 엘리안과 여행을 다니던 시절에 본 그곳은 평화롭기보다는 전쟁만 없던 곳이었다. 극단적 가난과 폭력, 전횡 등이 널렸었다. 도시의 절반이 빈민가고, 농촌으로 가면 비참한 빈곤과 절망이 가득했다. 귀족들은 가혹하고 탐욕스러웠다. 전쟁만 벌어지면 잔인한 수탈로 이어졌다.

그런데 바로 그 세상이 끝났다.

바로, 황제에 의해.

황제는 카니발라가 택한 전령이었던 것 같다. 온 세상을 발아래로 굽어보게 된 황제는, 그런 선물을 준 존재를 옆에 두고 제정신일 수 있었을까. 아무리 세상의 주인이 된다 하더라도, 아무리 자신을 믿던 자라 할지라도, 자신이 자신의 것으로 남아 있어 줄까.

브릴은 그때 만났던 황제를 떠올렸다.

불운한 시절을 헤쳐 나와 황제가 된 자. 그가 이 카니발라에게 매달리는 이유는 과거의 불행과 상실감 탓이 클 것이다.

브릴도 안다. 고통과 상실감이 사람을 얼마나 약하게 만드는지. 안정이 되고 권력을 얻는다 하더라도, 그때의 나약함은 숨겨 둔 상자와 같아 언제라도 열린다. 그리고 그 안에서 검은 손이, 과거라는 검은 손이 튀어나온다. 잘 닫아 두지 않으면, 언제라도 튀어나와 목을 조르고야 만다.

엘리안도 그랬겠지.

행복한 시절이었다 하더라도, 엘리안이 보낸 과거는 그 아이를 괴롭게 했다. 그래서 결국 저 잿더미 같은 자를 부르고 만 거다.

브릴 앞의 카니발라는 서리처럼 하얗고 차가웠다.

잔인함과 난폭함을 최대한 인내하는 그는, 물결치는 금빛 머리와 하얗고 반듯한 콧날과 푸른 눈동자를 빛내는 그는, 엘리안의 아름다움을 고스란히 간직한 채 잔인함을 어금니 아래 물고 있는 그는, 브릴이 어서 고개를 끄덕이고 복종하길 바라고 있다.

어른이며 늙은이이며 마귀이며 요괴가 앞에 있다.

그런 그가, 그녀에게 권력과 승리를 준다 한다.

“공주님, 너는 할 수 있어. 네 안에는 불타는 칼날이 있다고! 태어날 때부터 가진, 그 누구도 가질 수 없는, 세상을 내리치는 불칼이.”

“그럼 황제는 어떻게 되는 거야? 네가 지극정성으로 도왔던 그 황제는.”

“황제는 내가 준 세상의 시작과 영광을 보고 마지막도 보겠지. 자기 나라가 남의 손에 넘어가고 그의 아름다운 황후와 아들이 죽는 것도 볼 거야.”

브릴은 카니발라의 손이 머리카락을 쓸어 넘기는 것을 느꼈다.

어쩌면 우쭐할 수도 있겠다.

이런 존재가 이리도 안달복달하며, 제발 자기 소원을 들어 달라 하고 있는데. 자기가 가진 권력으로 이룰 수 있는 것들을 늘어놓으며 어서 가져 달라고 간청하는데.

“다음 세상은 네 거야, 공주님.”

브릴이 할 수 있는 말은 하나였다.

“아니, 거절하겠어.”

그러나 이것이야말로 이 남자가 브릴을 소유하려는 방법이다.

황제를 소유했듯, 이제 브릴을 가지고 싶어 한다. 그러면서도 브릴이 복종하지 않을까 봐, 그의 것이 되어 주지 않을까 봐, 그의 뜻에 따르지 않을까 봐 불안해한다. 권력이 통하지 않는 것에 대한 초조함이 이자를 미치게 한다.

황제는 전쟁의 천재이자 전신의 아들이었다.

카니발라는 그에게 있어 행운이었던가?

행운은 행운일 것이다. 카니발라가 없었다면, 같은 목표에 도착하기까지 더 많은 노력을 하고 더 많은 실패를 겪어야 했을 것이다.

카니발라는 황제가 겪어야 했을 고통의 시간을 줄여 주었다. 황제는 아직 모른다. 자신의 능력과 이 카니발라가 준 행운 중, 무엇이 더 비중이 큰지. 그래서 카니발라를 가짐으로써 얻은 권력과 승리는 오히려 황제가 카니발라의 지배를 받도록 만들어 버린다. 황제가 이룩한 모든 것이 카니발라의 것이 되면서.

이것이 카니발라가 자신의 권력을 확인하고 세상을 굴복시키는 방법이었다.

황제는 카니발라의 도움으로 대륙을 가진다 하지만, 그런 황제를 소유한 카니발라야말로 대륙을 가지고 있다.

브릴에게도 그렇다.

브릴을 굴복시키는, 브릴을 정복하는 방법이 바로 이것이다.

권력과 고독을 주는 것.

그런 모래의 보관이 대체 무슨 가치가 있단 말인가.

그래서 거부할 수밖에 없다.

나는 너, 카니발라에게 분노한다.

너를 증오하고. 너의 권력과 너의 지배욕을 증오해.

너를 지배하거나 이용할 생각은 없어.

네가 채워 주는 욕망과 야심이 언제고 나를 지배할 테니.

"카니발라, 네가 잠자코만 있어 줬으면 아무 일도 없었을 거야. 나는 서부 황무지에서 엘리안을 데리고 즐겁게 살았을 테지. 시하라의 엉망인 요리를 먹고, 갈 곳 없는 이지프가 마지못해 일하는 것도 보고. 엘리안은…… 잘 살았을 거야. 재미있는 뜨개질을 배웠을지도 모르지. 그리고 너, 카니발라. 너도 항상 이렇게 시끄럽게 살 이유는 없잖아. 한 번 정도는 흔들의자에서 졸면서 보내도 될 텐데."

"그런 게 너와 어울릴 거라 생각해?"

"네 생각이지. 나는 내가 어떻게 살든 나와 어울린다고 생각해. 내가 좋다면, 그것이야말로 나와 어울리는 거지."

"빌어먹을, 거짓말하지 마! 거래를 좀 더 수월하게 하기 위해 둘러대는 건가?"

"복잡하게 말하면 못 알아듣는 거야? 잠들어. 쉬어. 번거롭게 굴지 말고."

"그건 내가 정해, 공주님!"

"나도 내가 정하는 거야. 물어볼 게 있어. 엘리안은 어떻게 된 거지?"

카니발라가 비웃었다.

"이번에는 잘 가둬 뒀어. 결코 나오지 못할 거다!"

"왜?"

"그 아이가 결코 나가고 싶지 않을, 너무도 원하던 꿈속에 넣어 두었으니까! 고통도 두려움도 없어. 오히려 그 꿈이 사라질까 봐 불안해할걸? 그리고!"

카니발라의 웃음이 더 환해졌다.

자신이 가진 권력을 믿는 자의 비웃음이다.

"그리고 오늘 검은 사자의 목은 떨어질 거야. 그가 죽으면 엘리안의 소원은 완전히 끝나는 거지. 이 몸은 내 것이고, 엘리안의 영혼은 오로지 내 것이야. 네 고독도 시작될 거야! 고독하고 아름답고 강하고 유일한 왕의 고독. 나를 받아들이든 받아들이지 못하든, 너는 계속 불행해질 거야."

"레오닉스를 정말 죽이고 싶나 보네."

지난번부터 느낀 것이지만, 카니발라는 레오닉스를 병에라도 걸린 듯 증오한다.

항상 이럴 것이다. 이자는 자신의 권력이 부정당하거나 흔들리는 것을 견디지 못한다. 순조롭게 마음대로 될 때는 신나하고 즐거워하지만, 잠깐만 머뭇대게 하면 견디질 못한다.

핑계는 좋다. 네가 아름다워서, 네가 사랑스러워서, 널 가지고 싶어서. 그러나 그 안에, 상대를 편안하게 해 주거나 즐겁게 해 주거나 존중하는 마음은 조금도 없다.

그런 자를 내가 어찌 믿어.

나를 망칠 욕망이 될 텐데.

"그를 죽이려면 나부터 죽여야 할 거야."

"아, 그래. 계집애들이 좋아할 만한 남자긴 하지. 하지만 너는 그런 평범한 계집애가 아니잖아."

"무슨 오해를 하는지 모르겠는데, 나는 평범한 계집애가 맞아."

브릴은 활짝 웃었다.

"엘리안을 가지고 싶었던 것도, 엘리안이 너무나 예뻐서였어. 들에 핀 예쁜 꽃이나 귀여운 산새를 집으로 들고 온 것과 마찬가지지."

카니발라가 어이가 없어하며 본다. 브릴은 카니발라를 가리키며 말했다.

"이런 나를 더 방해하면…… 그러면 너를 죽일 거야."

"엘리안의 몸을 죽이기라도 할 건가. 네가, 네가 과연?"

"그래, 그럴 거야."

카니발라의 눈이 커졌다.

브릴은 검을 뽑았다.

츠캉—

검날이 단숨에 붉게 일렁였다. 붉은빛이 카니발라의 볼과 이마를 붉게 매만졌다. 차가운 볼이 장밋빛으로 물들고, 섬세한 콧날과 눈매는 노을에 젖은 듯 보였다.

"나는 너를 죽여 버릴 거고, 나는 내가 죽여 버릴 거야."

"엘리안도 죽어!"

"어차피 나도 죽을 테니 그 슬픔은 짧을 테지."

"입 다물어."

카니발라는 초조해했다.

브릴이 말했다.

"예전에 말했지. 아무도 나를 가질 수 없다고. 나를 가질 수 있는 건 나뿐이야. 내가 네 것이 되어 내가 사랑하는 것이 파괴된다면, 내가 나를 가지기 위해 너를 죽여야지."

카니발라는 여자가 진담이란 것을, 아니 농담이라도 자신이 진담으로 들을 수밖에 없음을 깨달았다.

"그렇게 간절히 되찾으려 하던 엘리안을 죽인다는 거야?"

"네가 엘리안을 죽이려 하니, 내가 먼저 죽이는 거야. 그러면 육신도 내 것이고 영혼도 내 것이지. 엘리안이 죽으면 다른 몸 찾아가. 적당한 소원 비는 사람은 어디에라도 있을 테지."

뭐 이리 미친 계집애가 다 있나.

카니발라는 기가 막혔다.

이지프 말이 맞다.

미쳤어, 이 계집애.

하긴, 미친 계집애니 그 난리를 치고 결국 엘리안을 빼앗았지.

미친 계집애니 이렇게 처음과 똑같은 분노로 바라볼 수 있지.

미친 계집애니 나를 이리 미치게 하지.

"그리되면 네 시체쯤은 내 것이 되겠군."

"그래, 그건 네가 가져. 어차피 나한테는 필요 없을 테니까."

점점 커지는 카니발라의 푸른 눈을 보며 브릴이 말했다.

"하지만 나는 너의 손에 그 아이를 남겨두고 싶지 않아. 결코 너로 살지 못하도록 하겠어."

카니발라에게서 생명을 부여받은 석상들이 브릴을 쳐다보았다.

카니발라의 명령도 필요 없었다. 주인을 향한 진짜 살의가 느껴지는 순간, 그들은 브릴을 적으로 인식했다.

그것을 알게 된 카니발라의 눈에도 믿을 수 없다는, 도저히 견딜 수 없다는 충격이 드러났다.

정말이잖아, 이 계집애.

브릴은 검을 세웠다. 검을 물들인 붉은 불길이 너울처럼 일렁인다.

엘리안의 이름을 부를 때 느꼈던 것은 애정이고, 우르가나의 이름을 불렀을 때 느낀 것은 신뢰였다. 그런 감정을 느끼자, 그들의 이름이 간절해졌다.

그래서 불렀다.

엘리안을, 우르가나를.

시간을 더듬어 흘러가면, 그때의 감정을 알 수 있게 된다.

어린 시절에는 사실, 너무나 외로웠었다.

그나마 동지이자 친구였던 친형제, 엘리안도 잃었다.

어머니는 자식 잃은 슬픔을 이해하라 하는데, 브릴의 형제 잃은 슬픔을 봐 주진 않았다.

그래서 브릴은 그 서커스단의 창고에서 사랑할 수 있는 존재를 얻었고, 그 존재도 브릴을 사랑해 줬던 것이다.

그런 존재를 잃고, 브릴은 다시 버림받았다.

알아.

서부의 폭동이 일어났던 그날, 나는 도망칠 생각이었어.

넓고 넓은 벌판 위였지. 하늘과 땅만이 있었어. 그런데 잠시 기다리자, 새카만 하늘 위로 별들이 보이기 시작했어.

하얗고 아름다운 별들이 하늘에서 쏟아졌지.

나 하나 있던 세상이 찬란한 빛으로 가득 차.

그리고 깨달았지.

나는 셰어브릴인데, 셰어브릴로 살아 본 적이 없다는 것을.

사람들이 나를 셰어브릴로 본 적이 없고, 나도 셰어브릴이 되어 사람들을 본 적이 없다는 것을.

그리 생각하자 온 세상이 말을 걸어오기 시작했다.

풀벌레 소리, 밤 짐승들의 울음소리, 잔잔한 호수 위로 바람이 불며 들려오는 물결 소리.

그리고…….

저 먼 자작나무 숲에서 들려오는 숲의 술렁임까지.

브릴은 숲속에 있는, 모든 것의 우물이라 불리는 다른 세상의 문에서 들려오는 소리를 들었다.

그곳에서 브릴은 자신이 죽는 것을 느꼈고, 죽음과 동시에 되살아나는 것을 느꼈다. 위대한 탄생이라 할 만한 건 아니었다. 작은 둥지 속의 알이 깨어나듯, 작고 빨간 아기 새가 껍질 위에서 울음을 터뜨리는 듯, 그런 소소한 탄생이었다.

브릴은 돌아서 성으로 향했다.

돌아서는 브릴을 향해 온 세상이 따라왔다.

그리고 이렇게, 다시 서 있다.

브릴이 외쳤다.

"메즈, 뒤로 와! 이지프, 너도!"

이지프가 갑자기 메즈의 몸을 등으로 밀더니 팔을 휘젓기 시작했다.

달려드는 조각상들이 이지프의 팔에 맞아 내동댕이쳐졌다. 돌들이 바닥으로 나동그라지며 깨졌다. 박살 난 바닥이 튀어 올랐다.

놀란 메즈가 말했다.

"너, 정말 우리 편인 거냐."

[그럼 아니겠어요? 아, 몰라요! 도와줘도 문제야!]

브릴이 카니발라에게 달려들었다. 메즈와 이지프가 그런 브릴을 공격하려는 카니발라의 수하들을 막았다.

"어서—!"

메즈가 수하를 주먹으로 깨 버리며 외쳤다.

"어서, 브릴 님!"

브릴은 몸을 밀었다. 두 무릎이 카니발라의 가슴을 찍어 밀어내고, 그의 몸이 바닥에 부딪히기 직전 그의 멱살을 잡았다.

카니발라의 몸이 통째로 나동그라졌다. 브릴도 같이 넘어졌지만, 브릴은 얼른 발에 힘을 주고 카니발라의 목을 틀어잡은 다음 검을 들었다.

조각상들이 브릴을 향해 더 필사적으로 몰려들었지만, 메즈와 이지프가 그것들을 힘껏 상대했다. 카니발라와 눈이 마주했다. 얼굴이 닿았다.

카니발라가 움직이려 했다. 브릴은 허벅지로 그의 쇄골을 짓눌렀다.

"윽! 너!"

카니발라가 외쳤다.

"진심이야? 진심으로 나를 죽이려는 거야? 정말이냐고!"

"그럼. 엘은 나를 사랑하고."

브릴은 카니발라의 눈을 똑바로 보았다.

"나도 엘리안을 사랑하니까."

브릴의 눈이 분노로 일렁였다.

분노, 그렇다, 분노!

브릴이 이 카니발라에게 느끼는 건 진정 분노였다.

나를 지배하려는 자를 향한 분노, 나를 꺾으려는 자를 향한 분노, 내가 사랑하는 것을 빼앗으려는 자를 향한 분노.

네가 나에게 세상을 주려는 것을 거부하는 게 아니야.

나의 세상이 네 것이 되어 파괴되지 못하도록 막기 위함이지.

브릴의 감정이 느껴지자, 카니발라는 머리가 묵직한 것으로 바뀌는 느낌이 들었다. 아니, 온몸이 쇠처럼 무거워진다.

눈앞이 뒤덮인다. 엄청난 모래 폭풍이 쏟아지는 것 같았다. 모래알이 하나하나 흩어지며 살을 스치다, 어느 순간 무자비하게 쏟아져 휘감는다.

휘몰아친다. 쏟아진다. 다시 휘몰아치고 쏟아진다.

천 년의 세상이 금방 져 버릴 꽃처럼 피어났고, 그 감도는 향기에 취하고 혀를 적시는 달콤함에 전율한다.

이제, 다시 엘리안이 된다.

애초에 애정을 근원으로 하는 소원은 들어주는 게 아니었다.

분노든 갈망이든 욕망이든, 다 괜찮다. 그것들은 마치 장작과도 같아, 모두 불타면 사라지게 되어 있다.

그러나 애정은 아니다.

너무나 오래, 너무나 간절하게 지속된다.

펠릭스 왕자가 가진 소원의 근본은 애정이었으니 결코 완성될 수 없는 소원이었다. 영속하는 소원, 레오닉스가 살아가고 있다면 내내 이루어져야 하는 소원이다.

엘리안의 소원 역시 마찬가지. 소년이 말한 소원의 근본은 브릴을 향한 사랑이었다. 그렇기에 브릴이 다시 나타났을 때, 죽어서도 잃고 싶지 않았던 소망은 죽어서도 다시 살아나고 싶은 소망이 되었다.

그래서 나, 카니발라도 엘리안의 육신에 각인되어 있는 그 감정을 받아들였다.

사나운, 암사자처럼 사납고 아름다운 너를 사랑하는 감정을.

그 소원을 받아들인 순간부터 나 역시 엘리안이었을지도 모르지.

그리고 이제, 브릴의 분노를 받아들이게 되자 더욱더 분명하게 느껴진다.

이것이 브릴의 감정, 이것이 카니발라에게 브릴이 내던지는 감정이란 것을.

그런데 거부할 수가 없다.

본능처럼, 너무나 강한 본능인 듯, 받아들여야 한다고 온몸이 외친다.

셰어브릴, 너의 분노가 나를 지배할 거다.

브릴은 우르가나를 만났을 때의 느낌과는 다른, 엘리안을 만났을 때의 느낌과도 역시나 다른, 마치 퍼부어 대는 듯 강력한 감정을 느꼈다.

그 순간, 브릴은 아주 깊고도 깊은 추락을 경험하는 느낌이었다.

뭔가가 내리 덮쳐 오는 느낌이었다. 무언가가 그녀를 사냥하는 기분이기도 했다.

쫓긴다. 잡힌다.

브릴은 모루를 때리는 망치를 보았다.

차가운 은빛 검이 그 모루에서 벼려지는 것을 보았다.

또, 바다를 보았다.

휘몰아치는 바다 한가운데, 그는 그 검을 들고 있었다.

그다음, 이제는 너른 벌판을 내달린다. 검은 허리에 채워져 있다.

그렇게 거듭, 거듭 되풀이하다, 마침내 한 가난하고 지친 여자가 보인다.

여자는 납덩이같은 칼자루를 가진 검을 옆에 두고 아이를 얼렀다.

그러다, 구원자를 만난 듯 그를 찾아온 자를 올려다본다. 검은 케이프를 둘러쓴 방문자는 분명 나이 든 얼굴이다. 처음 보는 얼굴인데 눈빛과 표정이 익숙하다. 분위기도.

저건 카니발라다. 다른 몸이었을 때의 카니발라.

마인(魔人).

모든 것의 우물, 깊은 차원의 회랑(回廊)에서 나온 자들.

어느 일족은 왕이 되어 자기 백성들 중 자기에게 몸을 바칠 자를 고른다 하지.

어느 일족은 끝없이 방랑만을 한다고 하지.

그중에서 카니발라는 세 가지 소원을 대가로 그들의 인생과 운명을 얻어 낸다.

그것이 숙명, 그것이 그의 의무.

브릴은 온몸에 별이 쏟아지는 것 같았다.

드디어 보게 된다. 닿은 것 같다. 카니발라의 본질에.

분노와 함께, 그 분노가 이끄는 대로 간다. 그러나 길을 잃지 않는다. 그녀를 이끄는 힘이 느껴진다.

"명령을 내리는 게 아니야, 브릴."

"그냥…… 음, 그들하고 나하고 통해."

"사람들하고는 못해."

사람들은 막혀 있거든.

하지만 동물들은 열려 있어.

그래도, 브릴.

너처럼 나와 통한다면…… 왜냐면, 네가 내 이름을 불러 주었으니까. 너와 함께하기로 했으니. 나는 네게 모든 마음을 열고…… 너는 원한다면 항상 볼 수 있을 거야.

이런 거니, 엘?

카니발라 안에 있는 네가 지금 나를 찾는 거야?

너와 내가 이어진 건, 너와 내가 서로를 느끼는 건 이런 이유였던 걸까.

브릴은 숲에서 보았던 그 검은 구덩이를 생각했다.

수없이 말을 걸어 오던 그 구덩이. 그것들이 귓가로 속삭였지만, 브릴은 귀 기울이지 않았다. 우르가나의 이름을 부른 날. 분명, 한 번 했던 일이었다. 목소리에 귀를 기울이고, 끌림에 따라 말했다.

엘리안을 만났을 때였다.

브릴은 소년을 보자 말해 버렸다.

너는 엘이야.

엘리안이 옆에 있을 때는 더 이상 그런 일이 없었다.

원했던 것, 사랑했던 건 엘리안 하나뿐이었으니 만족했다.

주변에 비슷한 존재들이 있든 없든, 브릴은 상관없었던 것이다.

그러다 엘리안이 사라지고, 그 아이와 비슷한 존재들이 불완전하게 삶을 유지하는 서부로 오자 브릴의 능력은 활짝 펼쳐졌던 것이다.

모든 것의 우물 앞에 서서, 그 깊고 텅 빈 우물 앞에 우르가나가 나타났다.

그때 브릴은 자신이 말해야 할 것을 말했다.

우르가나.

왜 그녀의 이름을 불렀는지.

바로, 그들이 브릴에게 감정을 느끼게 해서였다.

그들에게서 그런 감정을 느끼자, 소유욕이 느껴졌다.

엘리안에게도, 우르가나에게도.

아무리 말을 걸고 이름을 알 수 있어도, 브릴이 감정을 느끼지 못하면 소용없었다.

감정을 느끼는 순간, 통로가 열린 듯 서로가 통하게 되며 가지게 되는 것이다.

이제 브릴은 카니발라와 마주하고 있었다.

회랑을 거슬러 올라와 이 세상의 악신으로 강림한 거대한 악마를.

너무나 그녀를 분노하게 해서 가지고 말아야 할 것 같은 감정을 느끼게 하는.

하지만 그는 이름을, 자신의 족쇄를 허락하지 않는다. 브릴의 분노를 거부한다. 결코 공감하지 않으려 한다.

그때였다.

카니발라의 눈동자를 통해 브릴은 영혼을 본 느낌이었다.

감정이 이어진다. 안타까움, 간절함, 그리고 사랑—

사랑하니까.

브릴은 울림을 느꼈다. 그 울림이 속삭임이 되었다. 속삭임은 언어가 되고, 언어는 보다 더 선명해지며 한 단어가 되었다.

그건 ……'카니발라' 란 말이 아니었다.

만령의 군주가 그 자신을 칭하던 이름인 카니발라, 그것은 애초에 진짜 이름이 아니었다.

그에게 진짜 이름은 따로 있었다.

그 누구도, 천 년 동안 그를 만난 그 누구도 몰랐던 이름이.

또한, 그 누구도 부르지 못했던 이름은 따로 있었다.

그 이름을, 누군가가 바로 귀에다 속삭여 준다.

'이름.'

'이름을.'

당사자의 운명을 삼킬 수 있는 주술이자 낙인인 진실한 이름을.

브릴은 귓가로 들리는 그 이름의 첫 자를 말했다.

그래, 너는…….

그 순간 폭풍처럼 밀려드는 감정이 모든 것을 집어삼킨다.

천 년을 존재한 카니발라, 감도 잡을 수 없이 너무나 오래 존재해 왔던 자의 혼이 쏟아진다.

천 년의 시간이 가슴을 꿰뚫는다.

결코 겪어 본 적이 없는 시간을 거친 시선이 담아 온 기억과 추억이, 매번 되살아나 다시 뛰게 하던 심장이 담은 아픔과 기쁨이 쏟아져 내렸다.

회오리쳐 사라질 것 같다. 브릴의 분노에 답한 마음이 통하며 합쳐지고 있다.

문이 열린 듯, 창이 열린 듯, 심장이 열린 듯.

먹빛 하늘과 갈라지는 대지, 치솟는 빛 무리를.

세상이 쪼개지고 가루가 되고 불꽃이 되고 물이 되고 바람이 되고, 그 위로 해와 달이 떨어진다.

브릴은 이제 카니발라가 왔을지도 모르지만 사라졌을지도 모르는 곳을 볼 수 있었다. 무너진 세상은 전혀 다른 공간이 되고, 그 공간에 속했던 것들이 흐름을 더듬어 간다. 좁은 수류를 거슬러 올라가는 연어처럼, 가야 할 곳으로 간다.

천 년 만에 불린 이름을 가진 그는 종말과 시작의 하늘을 보았다.

그가 이곳에 와, 처음 본 건 별빛이었다.

밤하늘에 박힌 눈동자처럼 고정된 별들을 보며 이 세상에 나오자, 그에게 주어진 원칙은 '세 개의 소원' 이다.

세 개의 소원은 그가 존재할 수 있는 주술인 동시에, 그가 멸망할 수 있는 저주이기도 했다. 결코 해방될 수 없는, 그가 인간의 몸을 차지하고 싶어 하는 한, 인간의 삶을 살고 싶어 하는 한, 이 땅에 두 발을 딛고 싶어 하는 한, 결코 벗어날 수 없는 주술이다.

그러다 엘리안이 소원을 빌었다.

엘리안이 그토록 지키고 싶어 하는 소녀를 보았을 때, 하필이면 모든 것의 우물이 있는 그곳에서 보았을 때, 본능이 알았을 것이다.

저건 그야말로 령들이 사랑하며 저주하는 존재라는 것을.

그래서 저주하면서 증오하고, 증오하면서도 원하는 거다.

왕. 어쩌면 마법사.

칭호나 별명이 아닌, 진짜 마법사. 세상이 숨겨 놓는 마법사.

강력한 감정이 느껴졌다.

여태 느껴 보지 못한, 너무도 강력한 증오의 감정을.

사랑이란 게 대체로 그러하지 않던가. 행복의 근원이며 증오의 근원이다. 집착과 소유의 근원이며, 불행과 고통이 고이는 근원이기도 하다.

대체 왜 그런 능력을 가진 자가 있는 것이고, 그런 자들이 '마법사' 라는 이름으로 존재하게 되는지는 모른다.

하지만 있다, 그런 자들이. 정말 마법사가.

결국에는, 가장 강력한 마인인 카니발라조차도 갈망하게 되는 힘의 근원을 가진 자가.

그리고 카니발라가 만족해야 할 것은, 바로 그런 자의 분노를 샀다는 것이다. 그녀의 분노는 오로지 카니발라만을 향한 것이고, 오로지 카니발라로부터 얻어 낼 수 있다.

그랬기에 브릴은 원하는 것이다, 다른 그 누구도 아닌 카니발라를.

그래서 카니발라는 깨달았다. 길고 긴 천 년의 방황을 마친 악신이 머물 곳이 여기다.

네가 분노하는 순간, 너의 눈이 나를 똑바로 향하며 불타오르는 순간, 그리고 그 분노를 통해 나를 압박하는 순간, 그 순간이 있는 이곳.

카니발라는 감각이 사라지는 것을 느꼈다.

눈은 보고 있으나, 이제 몸은 그의 것이 아니다.

당신이야말로, 우리들이 사랑하고 증오하는 자.

"엘."

브릴이 말했다.

"돌아와, 엘."

브릴이 손을 뻗었다. 동시에, 카니발의 눈과 엘리안의 눈이 겹쳐진다.

카니발라는 엘리안의 눈을 보는 것 같았고, 엘리안의 심장을 소유하고 있는 것 같았다. 엘리안의 감각을 같이하고, 엘리안의 감정을 같이하고, 엘리안의 성품까지 모두 같이하는 것 같았다.

이제, 카니발라는 자신이 엘리안이고 엘리안이 자신인 듯 느껴졌다.

어리석다 경멸하고 멍청하다 무시했던, 그가 여태 겪었던 인간 중 가장 무능하고 가진 것도 없던 바로 그 존재가 된 느낌이었다.

사라질 거라 생각했는데 사라지지 않았고, 존재한다 생각하는데 존재하지 않는 것 같다. 섞이고 중화된다.

내가 누구였던가.

엘리안인가, 카니발라인가. 카니발의 왕이었는데, 카니발라가 왕인 건가 엘리안이 왕인 건가. 그러다 상대의 눈을 보자, 브릴의 얼굴과 마주하자, 그런 건 별 의미가 없게 느껴진다. 손을 뻗었다. 흐릿하던 손이 선명해진다. 감각이 돌아온다. 마치 몸을 입는 것 같다.

이제 엘리안은 손을 뻗어 브릴의 손을 잡았다.

감각이 없던 손에 감각이 돌아오고, 의지를 잃었던 손에 의지가 들어갔다. 재생의 축복을 받은 듯 움직이기 시작한다.

악몽이 사라지듯, 환각이 사라지듯 알게 된다.

내가 되돌아왔어, 브릴.

눈을 뜨고, 숨을 쉬고, 피부로 바람을 느끼며, 이렇게 돌아왔어, 브릴.

엘리안은 브릴의 볼에 손을 얹었다. 따스한 느낌이 손바닥 가득했다. 그의 감각이다. 또 이 감각에 반응하는 심장 역시 그의 것이다.

"브릴."

심장 속에서 불길이 번져 오는 듯 따스해진다. 엘리안의 눈이 가늘어졌다. 빛이 맺힌 듯 영롱해진다. 눈물이 보인다.

눈물은 엘리안만의 것이니, 이제 이 몸을 가진 건 엘리안이다.

엘리안의 팔이 브릴의 목을 안았다. 브릴이 깊은 한숨을 내쉬며 그의 팔에 기댔다.

"사랑해."

엘리안이 말했다.

"그래서 돌아왔어."

너를 위해.

내 모든 것이 된 너를 위해.

"너도 죽고 나도 죽는 거라면, 내가 살아야 너도 살잖아."

'사랑하니까.'

아픔이, 아리게 파고드는 아픔이 느껴졌다.

'사랑하니까.'

그 말을 듣고 내가 어찌 너를 배신할까. 다시는 너를 배신할 수 없어.

[엘리안 님?]

이지프가 옆에 와 물었다.

머리와 허리가 좀 찌그러져 있었다.

"이지프."

이지프는 한동안 침묵했다.

정말 너무나 한동안 침묵해, 누구나 그가 실망하고 있다는 것을 알아챌 만했다.

[주인님은 어디로 갔어요?]

"일단 내 몸 안에 있는 것 같아. 어, 그러니까 칸막이 너머에 있다고 해야 할까."

[살아 계신 건가요?]

"이, 일단 그런 것 같은데."

[아, 네…… 다행입니다.]

그리고 눈을 반짝였다.

[그럼 언젠가 돌아오시겠네요?]

"……."

[좋아요. 그렇다면 카니발라 님이 안 계시는 동안 엘리안 님이 저를 책임지셔야죠. 엘리안 님이 지금 아주 변변찮은 상태라 어쩔 수 없지만 언젠가는 나아지겠지요. 그렇죠?]

"저기, 이지프?"

[그런데 여기로 오면서 본 바로는, 엘리안 님은 제가 각오했던 것보다 더

쓸모가 없더라고요.]

이지프의 눈빛이 어두워지며 흐릿해진다.

[하지만 어쩌겠어요. 천 년 살다 보면 재수 없을 때도 있는 거고, 유달리 재수 없을 때도 있는 거죠.]

"내가 유달리 재수가 없는 경우란 거야?"

[그럼 재수가 좋은 경우겠어요?]

"……."

그리 말해도 말투는 정말 부드럽고 상냥했고 눈도 가늘어지며 초승달 모양이 되었다.

[이제부터 건강하시고요, 제가 잘 돌봐 드릴게요. 단, 저 미친 분은 멀리하세요. 옆에서 지켜본 바에 따르면, 저분이야말로 엘리안 님을 가장 많이 위험하게 만들었어요.]

"브릴이 왜?"

[지난번에 다리를 쏜 것도 저분이고, 두들겨 팬 것도 저분이고, 이번에는 죽이려고까지 했잖아요! 그거 진심이었다고요!]

엘리안은 손을 저었다.

"오해하지 마. 브릴이 하는 거면 다 괜찮아. 다치는 게 차라리 나아서 그런 거잖아."

[조금 전의 그건?]

엘리안은 맑게 웃으며 말했다.

"그건 내가 차라리 죽는 게 나아서 그런 거고."

[그걸 납득하세요?]

"브릴이 하는 거면."

[바보세요?]

"브릴이 판단한 게 내가 생각하는 것보다 나아."

[바보군요.]

브릴은 이지프를 노려보았다. 이지프도 같이 노려보았다. 즉, 눈이 거꾸로 세운 반달 모양이 되었다.

[왜요? 어쩌려고요.]

"너는 얄밉고, 얄밉다가도—"

[괜찮다고요?]

"아니, 망치로 두들겨서 고철 더미로 만들어 버리고 싶어져. 밉다가도, 어느 순간 미치도록 미워져."

[아하, 그래도 저는 죽지 않아요.]

"죽고는 싶겠지."

이지프는 가슴을 흔들었다.

[이 안에 미친 분의 귀중품이 들어 있어요! 자꾸 저를 모독하시면 제가 다 가져 버릴 겁니다.]

"응, 가져. 나중에 여비로 하든가 네 수리비로 써라."

[……]

이지프는 곧 온순해졌다.

브릴은 주변을 둘러보았다. 갤러리는 엉망이지만, 밖은 아주 조용했다.

그래, 진짜 할 일이 있지.

"엘. 지금 가 봐야 해. 할 일이 있어."

엘리안은 멍하니 브릴을 바라보았다. 커진 눈과 불안한 표정을 보고 있자니 브릴은 안쓰러워졌다. 어린애 놓고 외출하는 기분이다.

"그런 표정은 반칙이잖아. 내가 아무 데도 못 가게 만들어 버린다고."

"브릴."

"하지만 나는 가야 해."

"저기, 브릴. 나를 사랑한다고 했던 거, 그거—"

"그래, 너를 사랑해."

브릴은 흘러내린 머리카락을 쓸어 넘겼다.

"너무나……."

브릴이 말했다.

"너를 잊지도, 버리지도, 그대로 놔두지도 않아. 그러니 엘, 너도 나를 제대로 사랑해야 해."

엘리안은 멍하니 브릴을 보았다.

뭐라 말해야 할지 몰라 당황하면서.

"나는, 난 브릴……."

"너의 삶, 너의 생명…… 이것들 모두 네 것이고, 내가 사랑하는 네 것이야. 그 무엇도 내게 소중하지 않은 게 없어."

"그럼…… 같이 가자."

"가자니."

"약속한 대로, 단둘이."

"아니."

브릴은 고개를 저었다.

"다른 부탁이라면 들어줄 수 있어. 하지만 엘, 지금 그럴 수는 없어. 이곳으로 처음 돌아왔던 그때라면 돌아갈 수 있어. 하지만 이제는 그럴 수가 없어."

"왜."

"엘, 나를 제대로 사랑해 줘. 네가 사랑하고 싶은 대로 하지 마. 그러면 그럴수록 나는 외로워지고, 너를 잃게 될 거야."

브릴은 단둘이 떠나자고 했던 날들을 떠올렸다.

숲의 개울가에서 황금빛으로 물드는 숲을 보며 그리 생각했고, 체자로 처음 왔을 때 불안한 마음이 들면서도 그렇게 생각했다.

그러나 지금, 그래. 이대로 도망칠 수는 있다.

도망친다면 우리 둘은 사납고 자유로운 요정처럼 살겠지.

"엘, 네가 없는 동안 나는 홀로 살아남은 게 아니야. 또, 너를 되찾기 위해 떠났을 때조차도, 나 홀로 간 게 아니었어. 나 혼자서는 너를 구하기는커녕 가까이 갈 수도 없었어. 분명 카니발라의 포로가 되어 이나 갈고 있었을 테지."

브릴은 엘리안의 볼을 건드렸다.

"엘, 너를 사랑해. 사랑하지 않았다면 그렇게 싸우지 않았겠지. 네게 날개를 되찾아 주고, 다리를 되찾아 주고 자유를 되찾아 주고 싶었어. 그리고……."

엘리안의 눈이 젖어 들었다.

"찾았잖아, 엘."

브릴은 속이 뜨거워졌다.

찾은 거야, 엘.

그다음은…… 비가 쏟아지고 눈보라가 쳐도, 바람이 불어도, 햇살이 비추어도, 그래도 나가야 한다.

어느 것은 손에서 빠져나가고 어느 것은 저절로 흩어져 사라지고 어느 것은 심장 안에 남겠지.

엘리안은 브릴의 손을 꽉 잡은 다음 손끝에 입을 맞췄다.

"브릴, 나가면 앞으로 쭉 가."

"무슨 말이야?"

"앞으로 쭉 가, 오른쪽으로 돌면 커다란 방으로 향하는 길이 있어. 작은 내실이야. 가면 알게 될 거야. 기사들이 많이 있어."

브릴의 눈이 커졌다.

"가. 어서. 브릴이 해야 할 일을 해."

브릴은 웃었다.

"알았어. 그럼 이지프—"

[왜요.]

"로버트 숙부님을 좀 찾아 줄래? 어딘가 숨어 있거나 숨 돌리고 있을 테니."

[싫은데요.]

"엘리안."

"이지프, 해."

[……]

이지프가 온몸으로 이상한 소리를 내기 시작했다.

[죄송합니다, 고장 났어요. 고장 나서 못 해요.]

"엘리안."

"고장 안 났잖아. 거짓말하지 마."

[……]

이지프는 조용해졌다.

브릴은 엘리안의 볼에 손을 얹었다.

"갈게."

다녀올게, 가 아니다.

브릴은 돌아섰다.

흑갈색 머리카락이 뒤로 날리고 체향과 온기가 사라진다.

엘리안은 진한 슬픔이 밀려들었다.

스며들고 적셔드는 슬픔이었다. 온몸이 비에 젖는 기분이다.

정해지면 망설임 없고, 앞에 아무것도 없어도 전진한다.

그것이 바로 브릴이고, 브릴은 영원히 그럴 것이다.

엘리안 앞에 있던 그 소녀는 이제 없다.

엘리안이 떠난 여섯 해에, 브릴은 거인처럼 강해졌다.

그럼, 나는 어떻게 너를 사랑하면 될까.

그런 엘리안 옆에 메즈가 다가와 어깨를 잡아 주었다.

"메즈?"

"허락해 주시겠습니까."

뭘요? 하고 말하기도 전에 메즈는 엘리안을 안았다.

엘리안은 메즈의 어깨에 얼굴을 묻었다. 먼지 냄새가 좀 나긴 했지만 단단하고 따뜻한 품이었다. 메즈는 엘리안의 등을 두드려 주었다.

"잘했습니다, 엘리안. 믿은 대로 해서, 이겨 내서…… 정말 기쁩니다. 그리고…… 당신을 믿은 제가 자랑스럽습니다."

무슨 말이 그래요, 하고 엘리안은 중얼거리다 웃고 말았다.

"그런데 말이죠, 그때 말한 거 있잖아요. 저에게만 있는 특징. 그게 뭐였나요."

"없습니다, 그런 건."

"네?"

"없다고요, 엘리안. 나는 당신이 카니발라일 때 만난 적이 거의 없습니다."

"그럼 왜 그렇게 말했어요?"

"하지만 카니발라가 과연, 당신처럼 저를 바라볼까요? 아니, 그럴 리 없습니다. 카니발라는 결코 당신처럼 자신을 믿어 주길 바라면서, 그러면서 저를 해치게 되지 않을까 걱정하지 않습니다. 그것으로 충분합니다."

엘리안은 메즈의 가슴에 더 깊이 기댔다.

이런 거구나. 사람이 나를 믿어 준다는 게, 내가 누군가와 믿음을 나눌 수 있게 된다는 게.

난 이제 뭐가 될 수 있는 걸까.

내 한 걸음 한 걸음은 어떤 길을 가게 되는 걸까.

이마에 닿는 바람이 서늘했다.

하늘이 파래지기 시작한다.

이제 몸이 가볍고, 마음이 충만하다.

심장에 날개가 달린 것 같았다.

"로버트 숙부님을 찾아요."

엘리안이 말했다.

이제 할 일을 해야지. 내가 할 수 있는 일을.

브릴은 궁을 달리듯 걸었다.

벌써 밖이 밝아 오고 있는 것으로 보아, 시간이 꽤 흐른 것 같다.

그때 맞은편에서 남색 옷을 입은 여자가 오는 것을 보았다. 여자의 손에는 총이 들려 있었다. 브릴이 멈추자, 여자는 총을 들어 브릴을 겨누었다.

여자가 먼저 물었다.

"누구인가요. 근위대에 여기사는 없는데."

"나보다는 당신이 먼저 답해야 하는 상황 같은데."

여자는 의심스럽게 브릴을 보다, 결론을 내리고 눈을 깜빡였다.

"이사벨 데스트레입니다."

브릴이 아는 이름이다. 아르노의 정부. 지금은 궁에 있는.

이사벨이 물었다.

"당신은 누구인가요."

"셰어브릴 엘리아."

이사벨은 안도했다.

"다행이군요. 당신을 찾으러 나왔어요. 아르노가 어디 있는지는 제가 안내할게요."

브릴은 신뢰도 불신도 할 수 없는 눈으로 이사벨을 보아야 했다.

"왜 그러시나…… 아, 그래요."

이사벨은 총을 버렸다.

"자백하자면, 일단 제 사격 솜씨는 정말 형편없어요. 자기 발이나 안 쏘면 다행이죠. 그리고 이걸 당신에게 자백하는 건, 그만큼 당신이 저를 믿어 주길 바라서예요."

"어차피 안전장치를 건드리지도 않을 때 알았어. 하지만 이사벨, 나는 당신이 왜 나를 도와주려는 건지 모르겠네."

"저와 총리 사이에 있었던 일을 아나요?"

"총리가 당신을 구해 줬다는 건 알고 있다."

"그럼, 지금 제가 그 은혜를 갚는 거라고 생각해요."

"나는 당신을 백부님의 여자로 알고 있고, 당신이 개인적으로 감사할 일은 아르노가 더 많이 해 준 것 같은데."

"제가 그 사람의 여자인 건 맞지만, 저의 모든 판단이 아르노만을 위한 건 아니에요. 저도 상황이 어떤지는 알아요. 이대로 나가면 아르노도 나라도 위험해질 테죠."

"어째서."

"레오닉스 왕자가 당신을 지지하고, 총리가 당신을 지지하면…… 그런 상황에서 아르노가 이기기는 힘들어요. 흐름을 바꿀 수는 없어요. 이 일이 내란으로 번지면, 아르노의 승률은 낮아요. 아르노가 반역죄로 체포될 수도 있겠죠. 그 전에 제국이 쳐들어와 아르노를 포로로 잡는 게 더 빠르긴 할 테지만. 그러니 이건 아르노가 치욕스럽더라도 목숨과 명예를 보존하는 길이 될 거예요."

믿기 힘들지만, 무시할 수도 없는 말이다.

이사벨이 하는 말은 맞았다. 많이 생각한 듯 어투도 차분했다.

정말 맞는 말을, 정말 맞게 이야기하고 있다.

이사벨은 고개를 저었다.

“못 믿겠나 보군요. 그래요, 당신에게 저는 ‘폐하의 창녀’ 일 테죠.”

“나도 알아. 당신을 그렇게 만든 건 아르노라는 것.”

게다가 창녀라 욕하기도 뭐하다. 로버트 숙부님만 봐도, 그렇게 이사벨을 창녀라 비난하면서 창녀가 없으면 못 산다. 자기 딸 나이 되는 여자를 옆구리에 끼고 있어야 확인되는 자존감이시라. 그런 주제에 마음에 안 드는 여자들을 죄다 창녀니 뭐니 욕하고 있다. 즉, 자기 마음대로 되지 않는 여자들은 모두 창녀다.

“잘못은 아르노에게 있고, 선택권이 많은 쪽이 책임을 지는 게 당연하지.”

“명쾌하군요.”

그다음 이사벨이 한 말은 좀 충격적이었다.

“사랑스러울 정도로.”

좀 오싹한 말이긴 해도 브릴의 경계심은 약해졌다. 그리고 이 여자가 아르노에게 아까워졌다. 좋은 남자 만났으면 존경받고 사랑받으며 살 수 있었을 텐데, 아르노 따위에게 인생이 잡혀서 숲속 별궁에 갇혀 친구도 가족도 없이 쓸쓸하게 지내야 했다니.

“이제 저를 믿는 것 같으니, 와요. 시간 없어요.”

이사벨은 브릴을 데리고 복도를 달렸다.

어둑어둑하고 좁은 통로를 지나 문을 열자, 곧 환한 복도로 들어섰다. 거기서부터 근위대로 가득했다. 모퉁이마다 완전 무장한 근위대가 서 있었다.

복도를 지키던 근위기사들이 길을 가로막았다.

"멈추십시오."

이사벨이 나섰다.

"이분은 제가 폐하의 명령으로 모시고 왔어요. 비켜 주세요."

"저는 그런 명령을 못 들었습니다, 부인."

"봐요, 연약한 아가씨인데 이런 아가씨가 대체 뭘 할 수 있다는 거죠? 잘못된다 하더라도, 폐하의 심기만 불편할 뿐이에요. 그리고 그건 제가 책임지겠어요."

근위대 장교는 이사벨과 셰어브릴을 번갈아 보았다.

이사벨의 말을 믿는 건 아니지만, 그 역시 지금 어떻게 처신해야 하는지 가늠하지 못하고 있다.

궁 앞의 상황에 대해서는 장교도 들었다. 레오닉스가 적대적으로 나오고 있고, 용 기사단은 의회가 공격당한 상황이라 상당히 호전적인 상태다.

근위대의 숫자가 더 많긴 한데, 시간은 흐르고 있다. 아무 일도 없는 시간이. 그런 식으로 시간이 지나면, 직접 명령을 내리는 자가 없는 근위대부터 무너지기 시작한다.

왕실이 이기면 아르노 기분만 좋고 끝인데, 하일드와 의회가 이기면 목숨이 위험하다. 보고받은 바에 따르면, 지금 궁의 입구를 차지한 건 레오닉스의 망명자 기사단이다. 즉, 지금 전장을 먼저 제압한 건 레오닉스이며 마음만 먹는다면 당장 안으로 쳐들어올 수 있다.

천 년 왕국 듀카르니아 최초로 벌어진 일이었다. 하일드의 왕자가 현재 왕에게 반기를 든 것은.

그리고 이 브릴이 그를 위한 협상을 위해 온 거라면, 만나게 해 주는 편이 낫다. 책임은 어차피 이사벨이 질 테니.

"들어가 보십시오."

기사가 비켜 주었다.

이사벨은 브릴을 데리고 안으로 들어갔다.

왕세자가 가진 몇 개의 집무실 중 하나였다.

아르노는 초조하게 앉아 있다가, 브릴을 보자 놀라 쳐다보았다.

"이게 무슨 일인가."

이사벨이 브릴 앞으로 나서며 말했다.

"제가 데리고 왔어요."

"당신이 왜?"

"총리 각하께서 당부하셨어요. 그래서 데리고 왔어요."

아르노의 눈에 불길이 일었다.

"그 여자가 왜 당신에게! 협박당한 거요? 뭐로 협박당한 거야! 혹시 당신 아들인 건가?"

이사벨은 고개를 저었다.

"저는 그런 이유로만 움직이는 게 아니에요, 아르노. 전 여태 당신이 잘 돌봐 줘서 안전했던 게 아니었어요. 그분 도움이 없었다면…… 저는 오래전에, 아주 오래전에 죽었을걸요. 아니면 외로워서 죽었든가."

"내가?"

"그 별궁은 그다지 안전하지 못했어요. 또 당신이 지난번에 피신하라고 해서 갔던 곳 역시 그랬죠. 그런데 당신은 지금 저를 죽이려던 사람과 손을 잡고, 저를 도와주었던 분들을 해치려 하고 있어요."

아르노는 창백해졌다.

"설마, 그래서 그날……."

"그래요. 제가 당신이 암닉시아에서 뭘 할지 각하께 알렸어요. 물론 제가 아는 게 별로 없다 보니, 제대로 도움은 못 되었지만. 그래도 총리 각하와 레오닉스 왕자가 당신을 제때 구해 주었죠. 저는 후회하지도, 당신을 배신했다고도 생각하지 않아요. 당신이 미워하는 총리 각하를 도왔지만, 그 덕에 당신이 살아서 다행이라 생각했을 뿐이지요. 저에게는 당신을 지키고 돕는 게 최우선이에요. 당신 말에 복종하는 게 아니라!"

아르노의 손이 떨렸다.

"나에게 어떻게 이럴 수 있소."

"당신이 너무 위험해서 그랬어요."

"그걸 왜 당신이 정해!"

"어쩔 수 없어요. 그리고 지금 역시 마찬가지예요. 당신이 원하는 대로 하는 것이 옳은 것도, 현명한 것도 아니에요."

"총리가 셰어브릴과 나를 만나게 하라고 했소?"

"당신이 만나지 않겠다고 하면 도움을 달라고 하셨어요."

"언제!"

"제가 이곳에 온 날."

"미쳤어? 그럼, 여태 총리와 내통했던 거요?"

이사벨은 눈살을 찌푸렸다.

"아르노."

"말해 봐! 이렇게 나를 배신한 이유가 뭐야!"

"나는 옳은 대로 행동해요. 당신을 배신한 적은 없어요. 당신 마음에 안 드는 일을 한 것뿐이죠."

"이사벨!"

이사벨이 아르노를 똑바로 보았다.

"다시 한 번 말하죠. 당신이 내게 순종과 복종을 요구한다면, 그건 나를 잘못 본 거예요. 어리석은 상황에서도 복종할 수는 없어요. 그러니!"

경악한 왕에게 이사벨은 차분하게 말했다.

"내내 하고 싶었던 말이, 당신이 내게 청혼해서 잠시 잊었던 말이 있어요. 당신이 청혼해서 그 말은 하지 않아도 될 거라고 생각했죠. 그런데 궁에서 머물다 보니 다시 깨달았죠. '그 말'을 해야 한다는 것, 하지 않으면 내 행복도 인생도 없다는 걸."

"하시오."

"당신이 청혼했을 때 너무나 감사했어요. 고마웠고 기뻤어요. 잠시, 당신을 사랑하는 게 내 행복보다 더 중요하다고 생각했어요."

"내가 당신을 사랑하는데 뭐가 부족하다는 거요."

"당신이 왕인 동안에는, 그리고 그런 당신 옆에서는 내가 행복할 수가 없어요. 그건 중요한 문제예요."

"얼마 되지도 않았소."

"충분한 시간이었어요. 그간 당신 도움으로 편안했어요. 하지만 내 삶은 당신 외에는 없었어요. 그 누구와도 만나지 못하고 숲속의 별궁에서 산다는 게, 당신만 기다리며 산다는 게, 어떤 건지 당신은 알까요."

"그럼 뭐가 부족한 거요."

"나는 꽃도 인형도 아니에요! 그런데 그렇게 지낸 것이 일 년도 이년도 아닌, 십 년에 가까워요. 각하는 그 오랜 시간 내게 친구가 되어 준 유일한 사람이에요. 당신은 나를 위한다고 했지만, 내 모든 삶과 행복을 끊어내고 당신만을 위해 살게 했어요. 그래도 당신을 사랑하니 참았고, 언제고 끝날 거라 생각했어요. 하지만 아니었어요. 나는 지금도 행복하지 못하니까."

"고작 그 이유로?"

"당신에게 내 행복은 그런 의미인가요? '고작'이라 말할 수 있는?"

이사벨의 눈에 눈물이 맺혔다.

"당신의 선택이 앞으로는 현명하길 빌게요."

"무, 무슨 말을 하는 거요."

"아르노, 나는 당신이 옆에 없으면 슬플 거라 생각했어요. 맞아요. 지금 당신 곁을 떠나면 분명 슬플 거예요. 하지만…… 차라리 당신 옆을 떠나 슬픈 게 나을 것 같아요. 적어도, 불행하지는 않을 테니까."

"우리가 같이 견뎌 온 시간이 얼마요."

"충분히 길었고, 길었으니 충분해요."

이사벨은 문을 열었다.

"이사벨!"

"당신은 나를 위해 왕위를 포기하지 못했지요. 나를 두고 다른 불쌍한 여인과 결혼했고, 그로 인한 불행한 결혼이 내 탓인 것처럼 마음 아프게 했어요. 같은 거예요. 나도 이제 당신을 위해 나 자신을 포기할 수 없어요. 그리고 알아요. 이게 사실상 마지막 기회란 것을."

이사벨은 나간 뒤 문을 닫았다. 남겨진 아르노는 기가 막혔다. 이사벨이 갑자기 왜 이러는 건지, 아르노는 하나에서 열까지 아무것도 이해할 수 없었다.

오늘 아침까지만 해도 평온하던 여자가 왜?

내가, 왕인 내가 그렇게나 사랑하는데 왜!

아르노는 기가 막혀 서 있다가 의자에 앉았다.

브릴과 마주하는 시간은 그리 길지도 않았다. 이 대치, 지겹고 불안한 대치를 끝내기 위해서 이 계집애와 이야기해야 한다는 건 변함이 없다.

아르노는 신경질적으로 말했다.

"빌어먹을, 그래! 너하고 이야기는 해야지. 왜 온 거냐. 왕위 내놓고 물러나라고?"

"그리해 주시겠다면 감사하죠. 하지만 그런 것까지는 바라지 않아요. 주시지도 않을 테고."

아르노는 문 너머를 보았다. 보고가 오길 바라지만, 이사벨이 이런 식으로 행동한 것에 기가 막혀 아무 생각도 나지 않았다.

"왕위가 아무나 하는 건 줄 아느냐."

"백부님께서 '아무나'에 근접하시는데요."

노려보는 아르노에게 브릴이 말했다.

"백부님이 예상하시는 대로, 저는 의회와 하일드를 대신해서 왔어요."

"평민과 외국 놈이 건방지게 뭘 요구하는 거냐."

"총리는 평민이든 귀족이든 이 나라의 가장 큰 책임을 지고 있는 분 중 하나이고, 하일드는 듀카르니아를 위해 몇 번이나 전장에 나갔어요. 요구하는 데, 부족함이 없군요."

"그래도 이렇게 건방지게 굴 수는 없는 거다."

"백부님, 우리는 원래 많은 길이 있었어요. 서로 아무것도 아니게 될 수 있었던 길이. 내가 이 자리에 오지 않아도 되었던 길이."

"……."

"백부님이 엘리안을 내버려 두셨다면 괜찮았을 거예요."

"그 녀석은 가짜 주제에 에스델라 자리를 위협했어!"

"하지만 우리는 그저 수도 구경만 하고 시골로 사라져 버렸을 거예요. 자비를 베풀어 주셨으면 좋았을 것을. 우리는 아무것도 아닌, 어디에도 없는 존재가 되어 평화롭고 사랑스럽게 살았을 텐데."

브릴은 그랬으면 정말 좋았을 거란 생각이 들어 자기도 모르게 웃었다.

"로버트 숙부님 잘못이란 것을, 숙부님이 그리 설치지만 않았다면 아무 일도 없다는 것을 백부님도 아시지 않나요. 하지만 백부님은 로버트 숙부님에게는 아무 일도 하지 않았어요. 숙부님에게 제제를 가했으면 되었는데, 안 하셨지요."

"자비를 베풀지 않았다고 징징대는 거냐? 왕위란 게 어떤 건지 알고는 왔어야지. 세 살짜리 아이도 목을 베는 게 왕위다!"

"세 살 아이의 목을 벤 건 오백 년 전이고, 그때는 그래도 되던 왕의 시대였죠. 그래요. 그건 백부님의 선택 사항이었다고 해 두죠. 또, 저는 아직 백부님이 그날 엘리안에게 무슨 말을 했는지 몰라요. 심한 말이었을 수도, '고작 그런 말' 일 수도 있을 테니."

그리고 엘리안이 그때 한 선택 탓에 에스델라가 죽었다. 브릴은 에스델라에게는 동정심이 들었다. 당한 일이 있다 하더라도. 그 어린 소녀보다는 차라리 아르노가 죽는 게 낫지.

게다가 어머니 지스티아도 잃었다. 엘리안이 원한 건 아니지만, 결과적으로는 엘리안이 일으킨 일인 건 맞다. 어머니와 정답게 지내지는 못했어도, 그리 죽어도 된다 생각할 만큼 미워한 것도 아니다. 사이가 각별하지 못했던 모녀였을 뿐이었다.

"건방지게 이러지 마라."

"서로서로 건방지기로 하죠."

"셰어브릴!"

"의회와 하일드는 제가 이곳에 있는 한 백부님에게 협조하지 않을 거예요. 반면, 제가 여기 있는 한 공격하지도 않을 테지요. 그런 상황에서 백부님은 어쩌고 싶으신가요. 계획은 이미 틀어졌어요. 의회는 의용대와 맞서 이겼고, 하일드는 백부님에게 협조하지 않아요."

지금, 부녀처럼 닮은 얼굴이 서로를 마주하고 있었다.

흑갈색 머리카락, 흰 피부, 청회색 눈동자.

아르노도 젊었을 때는 왕실 초상화 갤러리를 화사하게 장식하던 초상화의 주인공이었다. 그리고 아르노는, 그렇게 닮은 브릴과 자신의 관계에 너무도 화가 났다.

"그러니 지금 제가 하는 건…… 승부도, 협박도, 거래도 아니에요. 통보하러 왔어요."

"통보?"

"저는 백부님을 만나고 돌아갈 거고, 그다음 말하겠어요. 로버트 숙부님이 반란을 일으켰고, 나는 백부님의 안전을 확인했다고. 그러면 오늘의 일은 숙부님이 주제 파악 못 하고 일으킨 소동으로 기록될 거예요. 제가 하고자 하는 일은 그거지요. 그렇게 오늘은 최대한 아무것도 아닌 날이 될 거예요. 백부님은 가만히 계시고요."

"이 모든 일을 일으키고도 네가 무사할 것 같으냐. 네가 하일드와 의회를 끌고 온 거나 다를 바 없는데?"

"공식적으로는 숙부님의 '소동'에 대항해서 벌어진 일이고, 그 소동 탓에 벌어진 오해로 일어난 일이에요. 자, 로버트 숙부님은 체포되어 귀양을 가실 테고, 백부님은 안전하실 거예요."

"거절한다면?"

"소용없어요. 제가 여기서 나가면, 나가는 것만으로도 일은 그렇게 해결될걸요."

"내가 허락할 수 없다."

"역시나, 상관없어요. 오늘만 버티면 되니까. 내일 내가 왕이 못 된다 하더라도, 오늘의 일만 넘어가면 되요."

"네가 이길 수 있을 것 같으냐."

"네."

브릴은 망설임 없었다.

"제가 이길 거예요."

"근위대가 도착한 건, 알고 있느냐."

"하지만 여태 아무 일도 없지요. 이건 근위대가 교전하지 않고 있다는 뜻이고, 백부님을 위해 진입하지 않고 있다는 뜻이고, 이 상황에서 백부님을 위해 싸우지 않는다는 뜻이에요."

아르노는 허세는 집어치우기로 했다.

알고 있었다. 아무 소리도 없다는 건, 근위대가 멈추어 있다는 것이다. 근위대가 멈추었다는 건 계획대로 되지 않는다는 뜻이다.

"즉, 그들은 그 모든 것을 감수하고서라도 백부님과 함께 싸워 이길 확신이 없는 거예요."

"그럼, 그들이 날 배신했다는 거냐."

"아니요, 백부님이 나라를 배신했고 그들은 동참하지 않는 거예요. 하지만 백부님을 또 반역자로 만들면 나라 체면이 말이 아니죠. 곧 전쟁이고, 분열할 수는 없으니. 그래서 대신 로버트 숙부님을 내거는 거예요. 이번 일은 숙부님이 다 책임지시는 거죠."

브릴은 차분히 말했다.

"폐하께서는 저를 서부에서 데려오시고, 그다음 왕의 대리가 되어 의회와 함께 출정하게 하셨고, 이제 저는 폐하께서 인정한 후계자가 된 거예요. 이것이 겉으로 보이는 만큼은 가장 그럴싸하고 평화로운 모양이지요. 아르노와 이 듀카르니아를 위한."

"이렇게 건방지게, 이렇게 되도 않게 굴 거냐."

"폐하의 기분까지 생각할 만큼 느긋하지 못한 것뿐이죠."

"셰어브릴!"

브릴은 다가가 아르노 앞의 테이블을 두 팔로 짚었다. 머리카락이 어깨 너머로 흘러내렸다.

브릴은 아르노를 똑바로 보며 말했다.

"여기는 우리 둘만 있어요."

브릴은 손을 들어 밖을 가리켰다.

"지금 폐하는 포위되셨어요. 그러니 지금은 제 손을 잡고 가만히 계세요. 그러면 모든 것이, 적어도 안전한 방향으로 흐를 테니."

"진짜 반역은 네가 일으켰잖아!"

"이 나라는 지는 쪽이 반역이죠."

아르노는 테이블을 후려치고 일어났다.

"밖에 아무도 없어! 들어와, 들어와서 이 계집애를 끌어내!"

그런데 그때 문이 열렸다.

문 앞에 이지프가 앉아 있었고, 기사들은 앞으로 나오지도 못하고 엉거주춤하고 있었다. 그 이지프의 손에는 로버트 왕자가 잡혀 있었다. 왕자는 버둥대다, 이지프가 팔에 힘을 주자, 신음을 삼키며 이를 악물었다.

이지프는 아무 말도 하지 않고 다시 문을 닫았다.

쾅.

이제 아르노는 모든 상황이 무너졌다는 것을 깨달았다.

"이 짓을 하고도 무사할 줄 아느냐."

"저는 지금 백부님을 지키러 온 거예요. 진정하세요. 정 말을 안 들으시면, 그냥 백부님을 죽여 버리고 밖에다 대고 말할 수도 있지요. 자살하셨다고, 로버트 왕자에 대한 분노와 에스델라를 잃은 슬픔을 참지 못하고 그러셨다 하겠어요. 이 앞에 있는 로버트 왕자는 그 모든 죄를 짊어지고— 여태까지는 귀양 가는 것으로 끝날 죄인데, 처형도 가능하겠네요."

"내가 대체 뭘 잘못한 거냐."

"여기 계시는 것 자체지요."

브릴은 문을 가리켰다.

"이제 저는 나가겠어요. 밖에 있는 근위대에게 모든 소동이 끝났고, 로버트 왕자의 주동으로 이리된 것이지만 폐하께서 안전하다는 것을 확인했으니 끝났다고."

"그리고?"

"그다음은 제가 백부님을 보호해 드리겠어요."

"왕이란 건 마음대로 되는 자리도 아니고, 좋은 자리도 아니다."

"하지만 백부님이 왕으로 있는 것이 좋은 건 아니군요."

"네가 잘할 수 있을 것 같으냐."

"지금은 제가 해야 한다는 건 알아요."

"놔두지 않을 거다."

"하세요. 어떻게 하실지는 제 상상력 밖이지만."

"어디까지 나를 화나게 만들 셈이냐!"

"제가 덜 화가 날 때까지."

아르노는 잠시 생각해야 했다.

지금 이 계집애를 반역죄로 체포해 버리면?

그런데 체포해 줄 사람이 없다.

법관은 의회와 왕실에 동시 임명한다. 왕실 법원이 기소한다 하더라도, 의회 법원에서 부정하고 의회가 보호하면 끝이다.

로버트의 경우는 누가 봐도 분명해 기소 안 할 수가 없고.

브릴과 총리, 거기에 하일드의 왕자까지 나서면 오히려 아르노가 기소당한 왕이 될 수도 있다.

지금 근위대를 움직여 싸우라 하면?

광장 앞에서 진짜 교전을 하게 된다.

아르노도 브릴의 말을 인정해야 했다.

지금 교전하라 하면, 근위대는 항명을 할 것이다.

당장 근위대에게 이 계집애를 죽여 버리라고 할까.

아주 달콤한 유혹이었다.

그런데 명령을 내리고 싶어진 그 순간, 갑자기 브릴이 성큼 다가왔다.

너무나 빨리 일어난 일이었다. 브릴이 아르노의 멱살을 잡아 내던지고, 놀랄 틈도 없이 검을 뽑았다. 아르노는 자신의 검을 잡으려 했지만, 애초에 검술을 하나도 모르는 아르노에게 검은 장식용일 뿐이었다. 브릴은 그의 어깨를 걷어차고, 팔목을 다시 걷어찬 다음 검을 휘둘렀다. 검이 아르노의 허리 옆에 꽂혔다. 검날에서 뿜어져 나온 붉은빛이 바닥을 달아오르게 했다. 연기가 피어올랐다.

"뭐, 뭐야."

"죽이라고 명령하시더라도, 제가 백부님을 죽이는 게 더 빨라요."

"후회하게 될 거다!"

"아니요."

브릴이 말했다.

"곧 이 방법밖에 없다는 것을 알게 되실 테고, 그때가 되면 우리 둘 다 만족할 거예요."

"당장 너를 죽여 버릴 거다!"

"백부님이 생각하는 '당장' 보다, 지금 제가 백부님을 죽일 수 있는 '즉각' 이 더 빨라요."

"네가 날 죽일 수 있어?"

"백부님이 되는 걸, 왜 저는 못 할 거라 생각하세요? 백부님이 저를 증오하는 거야 기분상의 문제지만, 제가 백부님을 증오하는 건 그야말로 아주 오래된 이성의 문제인데."

아르노는 허리에 닿는 검을 느끼며 가만히 있었다. 뜨겁다. 데일 것 같다. 이가 갈렸다.

"셰어브릴!"

브릴은 검을 뽑았다.

"굉장한 이야기 하나 해 드릴까요? 지금, 여기에서도 밖의 레오닉스에게 당장 궁으로 쳐들어와 점령하라는 말을 전할 수 있어요."

브릴은 사실, 이 아르노를 그냥 죽여 버리고 싶기도 했다.

그럴 수 없다는 것이, 그래서 안 된다는 것이 짜증날 정도로.

"그러니 협상해요, 백부님."

❖

아침 햇살이 비껴들었다.

컴컴했던 밤이 옅어지며, 지금 세상이 무슨 꼴인지 드러냈다.

밤을 새웠지만 다들 밤새웠다는 것도 모르고 있었다. 말들은 초조하게 푸륵거리고, 그 위의 기사들은 내려가지도 올라오지도 못하고 서로를 보고 있었다.

레오닉스는 더 이상 기다리기 힘들어지고 있었지만, 해가 뜨는 것을 기다리듯 기다리고 있다. 기다리고만 있으면 일어날 일이었으니.

제레미는 피로에 지친 얼굴로 레오닉스를 보았고, 그의 강철 같은 체력에 감탄하면서도 재수 없어 했다.

"왕자님은 말이죠, 분명 선조 중 하나가 용이랑 결혼했을 겁니다."

"네가 유달리 허약한 거다."

"왕자님이 이상한 거거든요? 봐요, 다 바닥으로 녹아내릴 것 같잖아요."

의회 기사단과 근위대도 모두 지쳐 있었다.

두 시간이라 했지만, 벌써 네 시간째다.

그리고 이것으로, 레오닉스는 근위대가 교전을 포기했다고 판단했다.

서서히 세상이 밝아 온다.

"예전에……."

레오닉스는 등진 그곳에서 무언가 오기를 기다리며 말했다.

"총리에게 물어본 적이 있었지. 그들이 일으킨 내전의 본질이 무엇인지, 무엇 때문에 싸우는지."

"왕자님은 아르노보다는 총리 각하와 더 많은 이야기를 나누었을 것 같군요."

그런 것 같다. 사실대로 말하자면, 총리는 레오닉스의 부모보다 많은 이야기를 나누었던 상대다.

부모 잃고 나라 잃고 온 소년에게 총리는 어른 역할을 해 주었다.

혼자 남은 레오닉스는 어떻게든 적응하고 배워야 했다. 그저 나라만 잃은 게 아니었다. 여태 그를 보호해 주었던 세상을 잃었고, 기반을 잃었다. 남은 게 하나도 없었다.

그때부터 아예 다른 세상을 살아야 했다.

"그것은 수천 명의 평범한 사람들이 쥔 마른 장작 같은 거라고 했다. 그 장작은 슬픔일 수도, 증오일 수도, 울분일 수도, 두려움일 수도, 굶주림일 수도 있지……."

레오닉스는 천천히 돌아섰다.

문이 열리기 시작했다.

평범한 사람들은 마른 장작을 어찌할 도리가 없어 가지고만 있다지. 백 개든 천 개든, 불이 붙지 않으면 그저 나무토막일 뿐이다.

하지만…….

하지만 말이다.

누군가가 불을 가지고 온다.

그 불을 붙일 수 있는 사람이. 한 사람만으로도 충분하다. 단 한 번만 불이 붙으면, 온 세상에서 연달아 불길이 오른다.

변화, 혁명, 희망, 소망— 그런 이름의 불길이.

평범한 사람만 있을 이유도, 뛰어난 자만 있을 이유도 없다. 세상이 바뀌려면 그 모든 것이 있어야 한다.

세상이 불타오르려면 반드시 날아오르는 자가 있어야 한다.

불을 훔쳐오는 자가, 불을 지르는 자가 있어야 한다.

그러면 고통에 찼던 세상이, 비틀렸던 세상이 불타오른다.

광기와 분노, 증오와 슬픔, 그 모든 것이 장작이 되어 불타오른다.

태울 것 없는 불은 존재하지 않으니.

그럼, 그 불을 댕기는 존재는 처음부터 눈에 뜨이는 걸까. 아니면 발견하게 되는 걸까.

모르겠다. 정신 차려 보면, 마치 처음부터 그래야 했던 것처럼 그런 존재가 있으니까.

그 존재는 세상을 휩쓴 불이 남긴 잿더미 아래에서 살아난다. 불같은 심장을 가지고, 강철 같은 날개를 퍼덕이며, 그 잿더미를 헤치고 날아오른다.

위대하게, 영원하게.

열린 문으로 붉은 옷을 입은 궁무 장관이 달려 나왔다.

장관이 앞문을 통과하자, 근위대가 양옆으로 물러나며 칼자루 위에 손을 얹었다. 싸우지 않겠다는 말이다.

궁무 장관은 근위대 대장에게 달려가, 왕이 직접 서명한 명령문을 건넸다.

장군은 수하들이 지켜보는 가운데 떨리는 목소리로 말했다.

"로버트…… 로, 로버트 왕자님이 일으킨 폭동이 진압되었다는 것을 모두에게 전한다. 모두 충성스럽게 모여 준 것에 가, 감사한다……."

하일드의 기사들이 모두 칼자루 위에 손을 얹었다.

용 기사단도 일제히 얹었다.

교전 중지.

제레미는 안도의 한숨을 내쉬었다.

"젠장, 해냈군요."

장군은 말을 이었다.

"사, 사소한 폭동이라 하나, 모두를 위험하게 했으므로 지엄한 법에 따라 로버트 왕자의 죄를 고발할 것이다. 오늘 벌어진 일을 모두 가슴에 새겨, 충성을…… 다지고 제국과의 전쟁을 준비하라. 아르노 국왕 폐하를 대신해서 전한다. 그리고—"

레오닉스가 돌아섰다.

돌아서는 레오닉스를 보는 기사들의 몸이 떨렸다. 그러나 레오닉스는 검을 뽑지도, 명령을 내리지도 않았다.

하늘은 밝아 오고 있었다. 회색 하늘이 푸르게 젖어 들어갔다.

안에서 붉은 제복을 입은 여자가 걸어 나왔다.

레오닉스는 아랫입술을 물었다.

젠장. 가슴이 미친 듯이 뛴다.

온 세상이 천천히 무너지기만 할 거라 생각했건만, 네가 나타나자 얼마나 많은 것이 되살아났던가.

나 역시 되살아났지.

심장을 울리는 염원을 품었지.

브릴이 걸어 나오고 있다.

곧은 어깨를 펴고 고개를 살짝 든 채로.

풀어진 흑갈색 머리카락이 아침 햇살에 빛나 흩어지고, 이마 위로도 아침의 빛이 쏟아졌다.

모두가 지켜보는 곳으로 나아가며, 브릴은 멍하고 어지럽고 두려웠다.

단 한순간도 두려워한 적이 없는데, 지금은 그렇다.

또 외롭기도 하다.

앞으로 달리다 보면 뒤에 누가 있는지, 누가 지켜 주고 있는지 알 수가 없다.

세상에 내 편이 어디 있지, 세상에 내가 믿을 사람이 어디 있더라.

남자가 보인다. 검푸른 제복을 입은 넓은 어깨와 가슴도,

브릴을 바라보는 두 눈도.

아, 나의 기사.

어지러운 것이 가라앉고 두려움도 가라앉았다. 웃었고, 더 웃으려 했지만 눈물이 나왔다.

가슴이 꽉 막힌 것 같더니 결국 터진다.

햇살이 너무 눈부시다. 그토록 긴 밤이었건만, 빛은 너무나도 순식간에 찾아든다.

브릴은 밤의 꿈을 통해 떠났던 길고 긴 여정을 끝낸 것 같았다. 저녁부터 시작된 모험을 떠난 여행자가 밤새도록 악마의 미로를 통과해, 새벽이 오는 소리와 함께 힘겨운 과제를 이기고 돌아온 것 같다.

악마에게 사로잡힌 소년을 구하고, 유혹을 물리치고 왔다. 악마를 잡아 가두고, 그 악마가 다시는 소년을 범하지 못하도록 했다.

대신, 브릴은 이제부터 세상의 모든 악마들을 끌고 다녀야 하는 구도자가 된 기분이기도 했다.

"끝났어요. 백부님이 로버트 숙부님을 포기했어요."

"무슨 이야기를 나누었나."

"전쟁이 시작되면, 그 전쟁이 끝날 때까지 내가 백부님을 대신해 왕실군을 대표할 거예요. 그러면 한동안 후계자 이야기는 나오지 못할 거예요. 그리고……."

눈물이 볼을 타고 흘러내렸다.

"이제 카니발라는 없어요."

레오닉스는 눈을 감았다. 아무리 그라도 버티기 힘든 순간이란 게 있다는 것을 깨달았다.

"엘리안은 자기 몸을 찾았어요. 이제 다시는, 다시는 카니발라에게 잠식당하지 않아요."

"카니발라는 어디로 갔나."

어디로 갔을까.

내가 그의 주인이 되었으니 나와 같이 있는 걸까.

아니면 엘리안과 함께 있는 걸까.

그래서 브릴은 가장 확실한 답을 했다.

"그의 의지를 쓸 수 없는 곳에."

우르가나와 마찬가지로 내게 속하게 된 것인가. 아니면 이지프나 이라처럼 깃들 곳을 찾아내 머무는 걸까, 그도 아니면 엘리안의 몸에 같이…….

그렇게, 카니발라는 세 번의 소원을 들어줘야 하는 마인의 운명에서 벗어난 걸까.

확답할 수 있는 건 없다.

하지만 이제 그는 브릴에게 폭력과 욕심을 휘두를 수 없다. 엘리안은 자유롭다.

그렇게 가장 하고 싶었던 일을 했다.

가장 하고 싶었던 일을 했기에 지금 혼자 남았다. 더는 없으니까.

레오닉스가 말했다.

"알겠다."

그리고 레오닉스는 브릴의 머리를 당겨 안아 주었다.

"무사히 돌아와서 다행이다."

브릴은 아프고, 좀 허탈하고, 그러면서도 기뻤다. 어둠이 더욱더 가시며 많은 것이 함께 사라진다.

그리고…… 떨리는데, 그러면서도 심장이 뛴다.

이 자리에 서 있는 나는 대체 무엇인지. 무엇을 얻어 내고 무엇을 거쳐와, 무엇에 이른 건지.

레오닉스가 손을 놓고 한 걸음 뒤로 물러났다.

레오닉스만은 자신이 해야 할 일이 무엇인지 알았다. 궁으로 들여보낼 때부터 이 순간을 기다려 왔다. 아니, 처음 볼 때부터 오고 말 것이라 알았을지도 모른다.

해가 뜬다. 햇살이 볼과 등을 적신다.

바로 이것을 위해 여기까지 왔다는 생각마저 든다.

레오닉스는 이제 고향을 잊고, 황제를 잊었다.

분노와 증오와 절망을 잊었다.

카니발라는 사라지고, 아르노도 제압했다.

레오닉스는 모두가 보는 가운데 팔을 들고 가슴에 댔다.

승리자에 대한 경의였고, 또한 하일드 왕가가 듀카르니아 왕가에 표하는 충성의 예였다. 하일드 왕가는 오로지 왕에게만 경의를 표한다. 또, 마지막 선택은 항상 왕을 위한 것이다. 어떤 비난과 방해를 받는다 하더라도, 항상 그래 왔다.

그러니 하일드 왕자의 경의는 곧 왕, 진짜 왕에 대한 경의이기도 하다. 또한, 레오닉스 자신이 보내는 브릴의 용기에 대한, 잃지 않은 위엄에 대한, 치른 희생과 인내에 대한 경의이기도 했다.

과거는 빛에 씻긴 어둠처럼 사라진다.

카니발라도, 아르노의 협잡도, 지저분한 왕자들 간의 알력도, 다. 그녀가 그 모든 것을 떨쳐 냈고, 그녀의 발목을 잡은 마지막 어둠과 악도 던져 내고 이곳으로 귀환했다.

그것들을 깨끗하게 짓밟고 온 브릴이야말로 레오닉스에게 있어 진정한 왕이었다.

이건 선택하거나 골라내는 게 아니다. 믿기 시작하면, 힘을 보태기 시작하면, 자신의 것을 건네기 시작하면, 그것이 바로 군주이다. 또한, 그의 명예이며 나라이며 인생이 된다.

레오닉스는 고개를 들었다. 눈이 마주하자 브릴의 눈이 흔들렸다.

놀라움, 당혹감, 두려움, 그 진솔한 감정이 여자의 눈에 비쳤다.

강인하게 왔지만, 그런 브릴에게도 긴 밤이었다. 그래도 이제 그녀가 쓸 보관은 강철처럼 강하고 황금처럼 영원할 것이다.

레오닉스는 확신할 수 있었다.

그리고 바란다.

내가 항상 곁에 있을 수 있기를. 네 모든 것을 지킬 수 있기를. 네가 안전하기를, 네가 이루어 내기를, 자유로울 수 있기를, 절망하지 않기를.

또, 내가 네게 행복한 존재이기를.

"내내 기다렸다. 고맙다, 내가 기다리고 있을 것이라 믿어 줘서."

브릴도 진심으로 웃을 수 있었다.

레오닉스도 미소를 보였다.

가슴이 하얗게 타는 느낌이다. 너무나 환하게 타오르고 있어, 이 순간 외에는 아무 필요 없는 것 같다.

이 감정을 뭐라 말해야겠나.

지상에서 가장 약한 존재가 된 것 같기도 하지만, 동시에 가장 강하고 행복한 존재가 된 것 같은 이 감정을.

네가 없으면 고통이고, 네가 있으면 복락인 이 감정은.

"하지만 다시는 기다리게 하지 마. 그대가 있는 모든 세상에 내가 있을 테지만, 그대가 없는 세상에는 나도 없으니까."

또, 네가 있기에 이리도 가슴이 아픈 것을.

"나는 정말로."

레오닉스는 눈을 감으며 말했다.

"정말로 그대를 사랑하고 있다."

충성도, 명예도, 나라의 운명도, 다 무엇이련가.

이 감정 하나가 가장 강력했다.

브릴의 손이 레오닉스의 목에 얹히고, 이마는 어깨에 기댔다.

⚜ 종장(終章) ⚜

남은 것들과 쟁취

듀카르니아의 그해 여름, 많은 것이 바뀌었다.

새해 첫날 불꽃놀이를 보며 생각했던 그 어떤 것도 이루어지지 않았고, 그 누구도 예상조차 못했던 일이 일어났다.

체자에 듀카르니아의 마지막 폭동이 일어났다. 표면적으로는 후계자 자리를 놓고 왕의 동생인 로버트 왕자가 의용부대와 이들을 따르는 폭도들과 함께 일으킨 폭동이 되었다.

궁까지 들어왔던 로버트 왕자는 체포 구금되고, 소요와 연루된 의용부대는 체포되거나 즉살되었다.

그러나 사람들은 알았다.

의회와 레오닉스가 아르노와 충돌했고, 내전으로 번질 만큼 날카롭게 대립했다.

그날 해결되지 않았다면, 아르노가 로버트를 희생시키고 모든 것을 뒤집어씌우는 것으로 끝내지 않았다면, 분명 내전으로 번졌을 것이다.

황제는 국경을 넘어 도네강을 도하한 직후, 상황이 내전도 내란도 아닌 소요로 끝났다는 소식을 들었다.

소요가 진압되었다 하지만, 실질적으로는 아르노가 시도한 전복이 실패한 것이다.

황제는 보고를 받고 보고서를 집어 던졌다. 믿어 의심치 않았던 상황이 실패로 돌아간 것이다. 그리고 이제, 황제의 점령전은 무모한 시도가 되어 버렸다.

이대로 돌아갈 수도 없다. 물러난다는 것은 치욕적이고, 황제는 아르노가 감당한 수치의 반도 감당할 수가 없었다.

황제는 자신의 자멸을 걸고 전쟁을 준비할 만큼의 자존심은 남아 있었다.

"이대로 진격한다."

체자까지 진격하느냐, 아니면 남부를 점거하고 멈추느냐를 결정해야 할 때 황제는 결국 진격을 결정했다.

그러나 어디에서 언제 전쟁을 할지 정하는 건 듀카르니아의 몫이었다.

이제 제국의 보급로는 예상대로 끊어졌고, 그 상황에서 듀카르니아의 내부가 정리되며 퇴로도 끊겼다.

내전 위기에서 벗어난 하일드의 해군은 아르데나에서 보급을 받고 출정했다. 제국 해안가의 모든 항구가 위기에 처했고, 하일드 해군이 그중 어디로 골라 갈지는 자명했다.

그동안 왕국군은 남부 사람들에게 피난 명령을 내렸다.

엄청난 숫자의 피난민들이 서부로 이동했다. 소개령이 내려져, 군량이나 보급품이 될 만한 무기는 옮겨지고 남은 것은 불태워졌다.

그동안 로버트 왕자는 체포되어 감옥으로 갔고, 아들들과 딸은 후계권이 박탈되었다. 백 년 전이었다면 처형당했을 죄목이건만, 그래도 왕족이라 섬으로 유배되는 것으로 끝났다. 아들은 다른 섬으로 보내졌고, 남은 가족은 시골에 칩거하는 것으로 끝났다.

일의 모든 근원이자 실제 모든 것을 일으켰던 장본인인 아르노는 왕이라서 다들 침묵해 주었다. 이번에도 총리는 왕을 보호하기로 결정한 것이다.

"어쨌건 왕이고, 왕이 나라를 배신했다는 건 타격이니까."

총리는 한숨을 내쉬고는 고개를 저었다.

타격은 각오했던 것보다는 적었고, 그것은 제때에 해결된 덕이었다. 그렇게 정리되자, 의회의 세 마녀는 오랜만에 모여 조촐한 회동을 가졌다. 그러니까, 작은 방에 들어앉아 불이라도 붙을 듯 어마어마하게 독한 술을 정수리까지 차도록 마시는 회동.

더러운 마녀 파티마가 가장 먼저 취해 날뛰었고, 끔찍한 마녀 세실리아는 가장 시끄럽게 취해 떠들었으며, 나이가 있어서 조심스런 총리는 친구들의 광란을 감상하며 점잖게 밤을 보냈다.

의회는 안도해도 아르노가 받은 타격은 컸다.

공적으로는 근위대의 배신이 타격이었고, 사적으로는 이사벨이 절연을 선언하고 떠난 것이 큰 타격이었다. 왕족과 귀족들은 왕실의 명예를 위해 축하할 일이라 했으나, 아르노와 가까운 사람들은 오히려 걱정이 컸다. 에스텔라에 이어 이사벨까지, 아르노는 '그의 여자들'을 모두 잃은 셈이다. 그리고 아르노는 그 정도 타격을 견딜 수 있는 사람이 아니었다.

그 와중에 아르노의 아내인 왕세자비 그레트헨은 드디어 이혼장을 받았다. 딸의 죽음으로 모든 것을 잃은 것이나 다를 바 없던 왕세자비는 이혼장과 위자료, 연금, 거기에 왕실 건물에 대한 접근 금지 명령까지 풀린 것에 안도했다. 그녀의 상황은 오히려 좋아진 것이다. 아니, 아주 좋아졌다. 그리고 아르노가 얼마나 비참하고 분한 상황인지 아는 건 왕세자비뿐이었다. 왕세자비는 셰어브릴을 만나고 싶었지만, 한동안은 이사벨에게 걷어차이고 전복 시도마저 실패한 전남편을 비웃는 것으로 만족하기로 했다.

전처로부터 비웃음을 당한 아르노는 너무 많은 것을 잃었다. 딸을 잃었고 연인도 잃었고, 그토록 공들였던 근위대도 잃었다. 그러나 왕이었기에, 그는 이제 슬퍼할 시간도 없이 그가 정해야 하는 일을 차근차근 했다.

제국군이 도네강을 도하해 보루를 만드는 동안, 아르노는 총사령관을 임명하고 총집결을 명령했다. 그렇게나 미워하던 조카 셰어브릴이 의회와 하일드의 기사단과 함께 근위대 지휘권을 이양 받아 왕궁을 되찾은 모양으로 만들어 주어야 했다. 그래야 명예도 왕권도 지킬 수 있었으니.

브릴은 하일드의 왕자를 도와 제국과의 해전을 승리로 이끌고, 거기에 폭도들을 부추겨 반역을 일으키려던 로버트 왕자로부터 왕실도 구한 공이 인정되었다. 이러니, 에스텔라의 자리는 자연스럽게 브릴이 차지할 수 있었다. 후계자 인준만 안 되었다 뿐이지, 순위 자체가 상위권이라 관습법에 따라 권한을 이양 받을 수 있었다.

또 한 번 일이 마무리되자, 의회의 세 마녀는 다시 한 번 모여 한 잔씩 더 돌렸다. 이번에는 세실리아의 딸과 파티마의 남편이 달려와 감시한 덕에 축하주 딱 한 잔만 먹고 끝내야 했지만. 다들 반 잔만 더 마시게 해 달라, 간절하게 자기들 감시자에게 애원했지만 모두 고개를 저었다.

수도의 상황이 그리되는 동안, 엘리안은 나라가 어떻게 되는지 전혀 알지 못했다. 처음부터 끝까지 모두 알려 주지 않는 한 아무것도 모르는 것이 엘리안이다. 페니 번이 사라지고 시반 백작이 도망쳤다는 건 알았다. 하지만 백작의 수하들이 모두 체포되어 처형된 건 몰랐다.

엘리안은 시반 백작과 페니 번이 없어져서 다행이라고 생각했다. 그리고 드디어 편안하게 수도에 있는 카니발라의 비밀 저택으로 들어갔다.

저택은 멀리서 보면 건물이 있는 줄도 모르는 절묘한 위치에 있었다. 이지프가 저기라고 말하지 않았으면 못 찾을 뻔했다.

내부도 신기하다 못해 기괴했다. 사방에 카니발라가 만들어 둔 기계 인간들 더미가 있었다. 이지프는 그 더미에서 팔다리가 멀쩡한 것을 찾아내, 지난번에 망가졌던 팔다리를 뽑고 대신 끼워 넣었다. 찌그러졌던 얼굴도 갈아 끼웠다.

엘리안은 널려 있는 인형을 치우면서, 어찌 이리 하나같이 못생긴 인형만 가져다 놓았는지 모르겠다고 생각했다.

"이지프."

[네]

"이 저택, 팔 수 있어?"

[왜요.]

"관리를 해야 하는데, 돈이 들잖아. 나는 돈 없어."

[아, 그건 해 주는 애들이 있어요. 엘리안 님이 신경 쓸 필요 없어요.]

"어떻게?"

말이 끝나자마자 누워 있던 기계 인간이 일어나 청소를 하기 시작했다. 또, 다른 인형은 바닥을 쓸었고, 다른 인형은 창틀을 닦았다.

[이렇게요.]

"……."

[그리고 주인님은 돈이 많으니까 비용은 하나도 걱정하지 마세요. 지난번에 그 미친 분에게 잘 보이려고 엄청나게 질러 댄 것만 봐도 알 수 있지 않나요?]

엘리안은 무슨 짓을 한 거냐고 묻고 싶었지만 참았다.

카니발라와 연관된 것은 다 싫다. 이 집도, 또 돈도 싫다.

지금도 드문드문 카니발라였을 때의 기억이 나곤 했다. 엘리안은 그때마다 오싹했다. 행여나 카니발라가 제정신 차리고 튀어나올까 봐. 그런 처지라, 저택을 보고 있으니 마음이 아주 심란해졌다. 이게 카니발라 취향이라면, 취향 자체가 해악이다. 바닥이나 천장 무늬는 정신착란이 일어날 지경이고, 집 안 구조도 불편했다. 메즈가 멀미가 난다며 누워 버렸다.

브릴이 온 것은, 엘리안마저 멀미가 나서 바닥에 쓰러져 있을 때였다.

브릴은 주변을 둘러보고는 감탄했다. 그 취향의 개 같음에.

"그날 밤에 왔을 때는 이 지경인 줄 몰랐는데. 뭐야, 이거. 미친 집이네."

브릴은 엘리안을 일으켜 의자에 앉히고, 메즈의 눈은 수건으로 덮어 주었다.

"정신 차려, 메즈."

[어서 오세요, 미친 분.]

브릴은 이제 이지프가 자신을 뭐라 부르든 말든 신경 쓰지 않았다.

"이지프, 일단 엘리안에게 물 좀 가져다줘."

[네. '일단' 이라 하시는 걸 보니, 다음 시키실 것도 있나요.]

"있다면?"

[안 할 겁니다.]

브릴은 무시했다.

"카니발라의 재산과 관련된 장부를 가져다줘."

[오오, 미친 분. 주인님의 재산을 훔치시게요?]

"이지프."

[네.]

"팔을 뽑아 버리기 전에 가지고 와. 훔치듯 갈취하든 탕진하든 내 마음이야. 내가 카니발라의 주인이니까."

이지프가 크아아아아— 소리를 냈다.

"어서!"

이지프는 엘리안에게 얼른 물을 가져다준 뒤에 안으로 사라졌다. 브릴은 바닥에 굴러다니는 인형을 집어 들고 흔들었다.

"되게 못생겼다."

다른 인형들도 못생기긴 매한가지였다. 예전에 엘리안이 찾아왔을 때도 브릴의 집 안 여기저기 인형들이 널려 있었다. 엘리안의 수집품인 줄 알았는데, 관심 있게 보지 않아서 몰랐나 보다. 이곳에 있는 것들과 별다르지 않은 걸 보니, 여기서 가져다 놓은 것이다.

그때 소리가 들리기 시작했다.

서부처럼 강하진 않지만, 그렇다고 무시할 만큼 조용한 것도 아니다.

"우르가나."

곧 우르가나가 나타났다. 우르가나는 길게 기지개를 피고 주변을 둘러보았다.

[여긴 왜 온 거야?]

"정리할 게 있어서. 어때, 여기?"

[여기저기 령들이 있네. 조용히 시켜 줄까?]

"응."

우르가나가 여기저기 헤집고 다니기 시작했다. 비명이 좀 들리더니, 곧 조용해졌다.

"엘리안, 날 봐."

엘리안이 그리하자, 브릴은 엘리안의 양손을 잡았다. 따스한 느낌이 손바닥에 기분 좋게 닿아 왔다. 감촉이 좋다.

"뭐 하는 거야?"

"동물들의 마음과 통하듯, 여기 이 정령들의 마음과도 통하게 할 수 있어?"

"해 본 적 없는데."

브릴은 엘리안의 손을 잡은 채 우르가나를 불렀다.

[왜?]

"엘리안 좀 도와줘. 정령 다루는 거."

[어려운 건 아닌데.]

인형들이 움직이기 시작했다. 눈알이 굴러가고 손발이 꿈틀거렸다. 인형 중 하나가 물을 토해 냈다. 다른 인형 주변에는 번개가 치솟았다. 다른 인형은 주변으로 돌들이 모여 그 주변을 빙글빙글 돌았다.

엘리안이 놀라 눈을 크게 떴다.

"이거, 어떻게 하는 거야?"

"정령 다루는 거. 나 혼자서는 못하고, 우르가나가 도와줘야 하지만."

"브릴에게 대체 무슨 능력이 있는 거야."

"'마법사'."

브릴이 말했다.

"힘을 가진 령들의 이름을 알아내, 그 령들을 내게 속하게 만들어 힘을 쓰는 거야. 그들은 내가 횃불이나 생명의 샘이라도 되는 듯 나에게 기대고, 나는 그 대가로 힘을 쓰는 거지. 마법사들이라 불리는 사람은 대체로 그렇다더라."

"괜찮은 거야? 몸에 무리가 가는 거 아니고?"

"이 힘 덕에 엘리안을 되찾았잖아. 좀 더 노련해지긴 해야 할 텐데, 시간이 필요해."

"언제부터 이랬어?"

"태어나면서부터."

그래서 어머니와 잘 지내지 못했던 것인지도 모르겠다. 다른 사람들과 부딪혔던 것도 이 탓인 것 같고.

궁금하긴 하다. 이런 이능이 브릴에게만 있는 건지, 다른 이에게도 있는 건지.

어쩌면, 할아버지가 미친 진짜 이유가 이것일 수도 있다.

그때 이지프가 장부를 가지고 왔다.

[가지고 왔어요.]

"참, 너는 언제 죽으러 갈 거야?"

[제가 죽고 싶을 때 죽을 겁니다. 당신이 죽이고 싶을 때 죽는 게 아니라요.]

"까다롭네."

브릴은 비웃었고, 엘리안은 식은땀을 흘리며 애원했다.

"브릴, 불쌍한 애야."

"알았어. 하지만 재도 못되게 구는 건 매한가지잖아."

"브릴이 봐줘."

브릴은 이지프가 주고 간 장부를 들여다보기 시작했다. 멀미가 좀 가라앉은 메즈도 같이 들여다보았다. 엘리안도 같이 보긴 했지만, 아는 게 없다 보니 숫자가 많다는 것 이상의 정보를 알아낼 수는 없었다.

잠시 뒤, 브릴도 메즈도 무척 깊은 인상을 받은 얼굴로 장부에서 눈을 뗐다.

"돈 많네."

"정말 많군요."

기록에 남길 정도로 깨끗한 돈이 이 정도라면, 기록에 안 남은 돈은 더 많을 것이다.

"일단 이거 다 정리하기는 힘드니까, 생활에 지장 없을 만큼만 빼다가 생활비로 쓰면 어떨까."

"브릴 님, 우리에게는 농장이 있습니다."

"그건 이제 취미 생활이야. 흉년 걱정하지 말고 게으르게 돌봐."

브릴은 장부를 덮은 다음 엘리안에게 말했다.

"엘, 한동안은 서부에 있어. 이곳에 있는 마령들도 모두 돌려보내고."

"그냥 우물에 던지기만 하면 되는 걸까?"

"아마도 그렇겠지?"

"하지만 카니발라가 정말 사라진 건지, 그건 잘 모르겠는데 괜찮을까."

"어떤 느낌인데?"

"카니발라가 나고, 내가 카니발라인 느낌이야. 즉, 내가 카니발의 왕이 된 느낌. 하지만 벽이 있고, 그 너머에 카니발라가 있는 것 같아."

브릴은 엘리안을 물끄러미 보았다.

엘리안은 맑게 웃으며 말했다.

"카니발라를 처리할 수 있는지, 노력해 볼게. 그런데 그 전에…… 황제에게 가야 해."

"왜."

"황제가 카니발라의 독을 가지고 있더라."

"다른 사람은 없어?"

"확실한 건 황제뿐이라서."

"그래서 전쟁터로 가게?"

"응. 위험하면 뭐, 이지프가 지켜 줄 테고."

"믿을 수 있을까."

"이지프가 말은 저래도 나에게 잘해 줘."

그런데 브릴은 믿을 수 없었다.

"저도 같이 갑시다."

메즈가 손을 들었다.

"전쟁터라 위험한데요."

"엘리안 혼자 보내면 제 마음이 위험합니다."

엘리안이 웃었다.

"좋은 분이에요, 메즈 씨는."

"마음 같아서는 브릴 님을 지키고 있고 싶습니다만, 그보다는 엘리안 님을 지키는 게 브릴 님을 위하는 길인 것 같아서 이러는 겁니다. 너무 감사하지 마세요."

엘리안은 고개를 푹 숙였다.

브릴이 엘리안의 어깨를 두드려 주었다. 엘리안은 힘없이 말했다.

"다 끝나면 브릴하고 단둘이 있을 줄 알았어."

"나도 그랬어."

"하지만…… 음, 생각해 보니 그리하지 못한다 하더라도 나하고 브릴이 헤어진 건 아닌 것 같아."

"왜."

"어렸을 때는 브릴이 내 옆에 없으면 안 된다고 생각했어. 사실, 지금도 그래. 브릴과 헤어져 있는 게 너무 싫어. 금방 그리워질 테지."

엘리안은 손을 맞잡고 흔들다가, 힘 빠진 목소리로 말했다.

"브릴, 그러니까…… 이제 해 볼게. 어떻게든. 내가 나 혼자 서는 데 성공하면 좋겠어. 하지만 말이야!"

엘리안은 브릴의 볼에 입을 맞췄다.

"브릴을 사랑해. 정말로. 나 혼자 설 줄 알게 된다 하더라도. 내가 뭘 할 수 있고, 무엇을 해야 하는지 알아낸다 하더라도, 그래도 사랑할 거야."

돌아왔을 때 엘리안은 너무도 당연히 브릴이 온전히 엘리안의 것이라 생각했었다.

하지만 아니었다.

엘리안은 헤어지기 위해 돌아온 것이었다.

이제 브릴은 뭐가 될까.

엘리안은 궁금해지면서도 두려웠다.

마음 아프지만, 그날 밤 엘리안이 독을 마시는 순간부터 더 이상 엘리안은 브릴 곁에 있을 수 없게 된 것이다.

"엘."

"응, 브릴."

브릴은 엘리안의 어깨를 안아 주었다.

"항상 엘리안을 기다릴 거야. 그리고 믿을 거야. 언제 만나든, 또 멀리 지내든 가까이 지내든— 내가 엘리안을 사랑한다는 건 변하지 않아."

엘리안은 웃음이 나오지 않았다.

그 사랑의 의미가 무엇인지 알아서다.

사랑해. 하지만 마음 아프게도, 내가 원하는 사랑은 아니지.

그렇지, 브릴?

너는 나를 사랑하지만, 나만을 사랑하지도 않을 거야. 역시나, 너는 나를 사랑하지만, 나만을 위하지도 않을 테고. 그리고 나 역시, 나 때문에 네 생이 행복하지 않은 것을 바랄 수 없지.

엘리안도 브릴의 몸을 안았다.

마음이 아파도, 그래도 어찌하겠는가.

내가 사랑할 수 있는 것만으로도, 이렇게 내 심장이 너를 위해서 뛸 수 있는 것만으로도 만족한다.

❖

황제는 보루를 세운 데노 평원의 막사에서 체자가 안정되었다는 소식을 들었다. 또, 총리가 마침내 왕과의 협상을 마치고 연합군을 내려보낸다는 것도.

황제는 별 볼 일 없는 자가 총지휘관으로 온다고 무시했다. 다음 전해진 소식은, 하일드 해군이 듀카르니아 해군으로 전력을 보충하고 집결 중이라는 것이었다.

황제의 막료들은 물론이요, 레프도 그 소식에 등이 식었다.

여태 가장 믿고 있던 것 중 하나가 레오닉스의 해군이 지난 아르데나의 손실을 메우려면 적어도 반년은 걸릴 거라는 예측이었다. 제국이 대패한 건 사실이나, 레오닉스가 입은 손실도 만만치 않았기 때문이다.

그러나 듀카르니아 해군이 합류한다면 잃은 만큼의 숫자를 금방 채울 수 있다. 지난 듀카르니아 해군이 감수해야 했던 불명예도 돌이킬 수 있다.

레프는 당장 기욤 공과 어머니인 황후에게 편지를 보냈다. 기욤 공도 알 것이다. 그렇게 하일드와 듀카르니아 해군이 집결하면, 가장 먼저 갈 곳은 다름 아닌 발카니아란 것을.

레오닉스의 고향이자, 대륙의 입구인 바로 그 발카니아.

레오닉스가 발카니아를 손에 넣으면 제국 본토는 바다에서의 포위를 걱정해야 한다.

그러나 레프의 편지가 실린 배는 도착하지 못했다.

중간에 나포되어, 그 배에 실린 다른 기밀문서와 함께 하일드 손에 들어갔다. 제국의 기욤 공과 황후가 보낸 소식 역시 도착하지 못했다. 그 안에는 델 파스트 장군의 참전 거부 소식이 들어 있었다. 발카니아 북부를 차지하고 있던 그 장군에게 하일드의 사신이 갔다. 울두스로도 사신이 갔다. 울두스의 왕과 델 파스트 장군은 비밀리에 확답을 보냈다. 그들의 움직임은 황제의 열두 장군들의 귀로도 들어갔고, 기욤 공의 귀에도 들어갔다.

기욤 공은 섭정의 권한으로 델 파스트 장군에게 소환 명령을 내렸다. 그러나 황제는 너무 멀리 있었고, 아데안은 황제의 어정쩡한 아군과 언제라도 배신할 장군들로 채워져 있었다. 레프마저 없는 기욤 공에게는 날뛰는 아이들 같은 장군들을 다스릴 권위는 없었다. 델 파스트 장군은 당연히 자기 점령지에서 사병들과 함께 주저앉아 버렸다.

곧, 발카니아는 십여 년 전에 가라앉았던 해가 다시 뜨는 것을 지켜보게 될 것이다.

방향은 동쪽이 아닌 서쪽이었다.

비슷한 시간, 레프는 도네강을 도하한 후 진격 외에는 아무 방법이 없다는 것을 깨닫고 있었다. 걱정했던 모든 사태가 다 일어났고, 이런 종류의 불운은 한번 시작되면 계속 일어나는 법이다. 근본적으로 잘못되어 있어서 일어나는 일이기 때문이다.

보급로가 없었기에, 결국 황제는 진군을 멈추었다. 항로가 완전히 막힌 상황에서 추가 병력은커녕 보급도 기대할 수 없는 상황이었다. 이러니, 왕국이 원하는 곳에서 회전이 이루어질 수밖에 없게 되었다.

지리에 익숙하지 못한 제국군은 진군 속도가 지체되었고, 피로가 누적되며 전투력도 떨어져 갔다. 그렇다고 쉴 수도 없었는데, 산악 지역을 통과해 올 때 잦은 공격을 받았기 때문이다. 제국군의 관문 통과를 이미 기정사실로 받아들이고 있었던 총리는 여기저기에 기습을 위한 기지를 마련해 두었다. 제국군은 독충처럼 여기저기서 공격해 오는 산악군에 지쳐 갔고, 지쳐 가면서 사기도 떨어졌다.

그 시간 동안 왕국군의 집결 속도는 더 빨라졌다.

속으로 어떤 생각을 하든 간에, 지금 아르노는 왕실의 대표이자 의회와 하일드와 손잡고 제국과 맞서는 왕이었다.

아르노는 이를 북북 갈면서도 총리가 이런 종류의 일에 유능하다는 것은 인정해야 했다. 아르노에게는 정말 보기 싫은 총리였지만, 총리 덕에 체면은 유지하고 있다. 그렇게 상황이 진행되고 있는 중에 델 파스트 장군이 특사를 보냈다. 왕위와 영토, 계승권 보장을 조건으로 울두스와 손잡고 듀카르니아를 돕겠다는 것이다. 아르노는 기뻐하며 사신을 보냈다. 그렇게 할 터이니, 제국에 무슨 일이 벌어지든 돕지 말라 전했다.

그런 상황에서 황제는 드디어 데노 평원에 도착했다.

돌아가는 길은 멀고 바다는 막혔다. 왕국군의 규모는 예상했던 것보다 훨씬 더 많았고, 오면서 상당한 전력을 소실하고 기운까지 빠진 제국과는 달리 자기 집에서 걸어온 거나 다를 바 없는 왕국군은 보급도 충분했고 상태도 좋았다.

제국군에게 제대로 남아 있는 것은 황제의 친위대와 레프가 지휘하는 기병대 정도였다. 또, 황제의 열두 장군 중 가장 오래 황제와 함께해 온 헤센 장군도 있었다.

왕국군은 제국군이 오기도 전에 구릉지의 집들을 징발하여 요새화시켰다. 구릉마다 포병부대를 배치해 한눈에 잘 안 보이도록 해 놓았다.

비가 한차례 쏟아졌고, 구릉 쪽에 미리 자리 잡은 왕국군과는 달리 제국군은 질척거리는 낮은 지대를 차지해야 했으니 비를 펴 내느라 제대로 잠도 잘 수 없었다.

해가 뜨고 아침이 왔다. 안개가 피어올라 사방이 음침하고 흐릿해졌다. 새소리나 개구리 소리조차 없는 고요한 아침이다.

황제는 그나마 단단한 평지를 차지해 사령부를 만들어 머물기로 했다. 지휘는 헤센 장군이 맡았다. 황제는 사령부에서 전세를 지켜보며 추가 명령을 내리기로 했다.

그래도 이 구릉지만 돌파하면, 그다음은 진짜 평야 지대가 나온다. 일단 그곳으로 가면, 약탈에 의존해야 하긴 하지만 어쨌든 임시 보급은 확보된다. 소개령이 내린 지역이 끝나기 때문이다. 왕실군은 소개령이 내린 경계에 주둔했다. 그곳을 피해 데노 평원으로 온 거라, 텅 빈 집과 농장만 침략자들을 맞이했다. 제국군은 점점 동이 나는 군량을 보며 다급해졌다. 곧 굶주리게 될 것이다.

레프는 전세가 어렵다는 것을 이미 느끼고 있었다.

여태 너무 무모한 전진이었다.

여기서 이긴다 하더라도 다음 전쟁이 기다리고 있다. 왕국군이 패전한다 하더라도, 왕국은 기는 꺾일 테지만 희망은 버리지 않을 것이다. 시간이 길어지면 지쳐 나가떨어지는 건 제국이다.

아무리 황제가 전쟁의 천재라도, 그 명성을 누릴 때는 그를 돕는 열두 장군들 모두 충성스럽고 유능했다. 남부의 통치자가 되었다가 전사한 황제의 동생 역시, 전쟁과 통치에는 신통찮았지만 물자 보급 부분에서는 탁월하여 황제가 전쟁 물자 걱정 없이 전쟁하도록 도와주었다.

황제는 가장 먼저 왕국군이 보루를 쌓은 중앙의 요새를 노리기로 했다.

구릉의 비탈을 점령하고 왕국군을 상대하면 훨씬 낫다고 판단한 것이다.

헤센 장군이 사령부에서 나와, 그 요새로 공격을 집중시키기 시작했다. 집중 포격이 요새의 공격을 무용화시킨 가운데, 제국군이 전진했다. 포연은 여전했지만 안개가 걷히며 시야는 한결 나아졌다.

양익으로 나누어 진격한 총기병부대가 요새 후위에 있는 왕국군을 향해 돌진했다. 이에 대항한 왕국군의 저항은 맹렬했다. 돌진하는 기병대를 향해 총성이 터지고, 거의 동시에 왕국군의 후위에 있던 기병대가 앞으로 달려 나와 그들과 격돌했다.

일제 사격이 가해지며 제국군의 선두가 무너지고, 그 뒤에서 나온 왕국군의 기병대가 검을 뽑아 들고 돌격했다. 총기병대 위주인 의회군이 아닌, 검을 든 왕실 기병부대였다. 공격력은 빠르고 가혹했다. 총격으로 한 번 전열이 무너진 제국군은 뒤이어 그들을 덮치는 왕국군을 힘겹게 상대해야 했다.

왕국의 포병부대에서 포성이 울렸다. 그 포환은 제국부대를 향해 내리꽂혔다. 포성이 울릴 때마다 제국군의 한가운데로 대포알이 내리박혔고, 곧 엄청난 폭음과 함께 터지며 흙이 치솟고 먼지가 피어올랐다.

제국군의 전열은 되는 대로 흩어졌다. 치솟는 흙기둥 사이로 제국의 기병대가 돌격에 들어갔다. 그들을 지휘하는 레프는 능란한 지휘관이었기에 왕국 기병대의 약한 부분을 파고들어 격퇴한 뒤 돌파했다.

왕국군을 몰아내며, 레프는 어서 보병과 포병의 지원이 있어야 한다는 걸 알았다.

측면으로 적들이 공격해 들어오면 레프의 기병부대는 끝장이었다.

황제가 어서 판단하기를 바라며, 레프와 기병대는 엄청난 속도와 힘으로 돌격해 돌파를 시도했다. 그 공격에 왕국군이 와해되기 시작했다.

그때 맞은편 구릉지에 포병부대가 집결하더니 수십 문의 대포를 장전하기 시작했다.

“이런!”

먼지에 뒤덮이고 땀에 젖은 채, 레프는 황제가 어서 포병부대를 준비시키길 빌었다.

적들이 먼저 공격하기 시작하면 레프의 기병부대는 끝장이다. 머리 위를 대포알에 고스란히 내주는 셈이니.

헤센 장군은 실수가 적었지만, 헤센 장군의 휘하 지휘관 중 하나인 도나트 경은 할 수 있는 모든 실수를 다 하고 할 수 없는 실수도 생각나는 대로 하는 지휘관이었다. 그런 그가 같이 온 건, 순전히 인력 부족 탓이었다.

최초의 포성을 울린 것은 왕국군이었다.

레프는 탄식을 흘렸다.

젠장, 끝이다.

먼저 공격을 받으면 도나트 경은 당장 전쟁터에서 도망칠 놈이다.

포성이 연달아 울리고 포연이 피어올랐다. 대포알이 일제히 제국 기병대에 내리꽂히고 측면은 순식간에 무너졌다. 기병부대의 후위가 잘려 나갔다. 왕국군의 보병부대는 그 틈에 전열을 가다듬고 후방을 보충하기 시작했다.

레프의 옆에 있는 기수가 총에 맞아 말에서 떨어졌다. 그리고 레프가 어찌할 시간도 없이 교전에 들어가 사방에 비명과 신음이 가득해졌다. 레프 바로 앞에 대포알이 떨어지며 말이 넘어졌다. 레프도 나가떨어졌다. 습한 땅에 떨어지긴 했으나, 충격은 컸다. 머리가 멍해질 지경이었으니. 거기에 우릉— 우릉— 하며 대포 공격을 받은 땅이 울리기까지 해 현기증이 났다.

기병대가 무너지자, 이번에는 왕국의 기병대가 파도처럼 쇄도해 왔다. 검은 제복을 입은 의회 총기병대다. 그들의 머스킷이 일제히 불꽃을 내뿜었다. 엄청난 화력이 쏟아지자, 가엾은 제국의 보병부대가 제대로 대응하지 못하고 쓰러졌다. 레프의 옆으로 다시 대포알이 떨어졌다. 흙기둥이 치솟았다. 레프의 몸이 붕 떠올랐다가 나가떨어졌다. 귀가 먹먹하다. 세상이 끝나는 것 같았다.

"폐하!"

레프는 일어났지만, 동시에 그를 향해 총구가 올라갔다.

젊은 병사가 레프를 겨냥하고 있었다. 왕국군이다. 병사의 눈이 레프의 계급장과 제복을 보고 커졌다. 앞에 있는 사람이 제국에서 상당한 지위의 장교란 것을 알아본 것이다. 상당한 지위가 아니라 황제의 양자이자 황후의 아들인 레프 오네긴사 공작이라는 스케일까지는 가지 못했을 테지만.

그때 젊은 병사 머리 위로 희고 큰 손이 얹혔다. 누가 봐도 사람 손이 아니었다.

어라?

레프는 고개를 들었고, 금속판으로 만든 둥근 얼굴을 보았다.

"이지프?"

[안녕하세요, 공작님. 좋은 날씨입니다. 쾌적한 습도와 기온이 보장되는 오후가 될 거예요. 소풍 가기 좋은 날씨지요.]

아니, 여기 자체가 소풍 가기 좋은 곳이 아니잖아.

[아, 참.]

이지프는 그제야 생각났다는 듯 가엾은 젊은 병사의 몸을 퍽 쳐서 날려 보냈다.

순간, 옆에서 그림자가 튀어 올라왔다.

"이지프, 그러다 사람이 다치면 어떻게 해! 저기, 괜찮아요? 기절했네?"

총성이 오고 가고 비명과 고함이 들리고 칼들이 부딪히고 말발굽이 우르릉 울리고 포성이 울리고 포연이 자욱한 가운데, 웬 금발 머리 청년이 기절한 젊은 병사를 흔들고 있었다.

[안 죽었어요.]

"그래도 다쳤잖아!"

[여긴 전쟁터예요.]

"그래서?"

[즉, 누구나 다친답니다. 여기서 안 다쳐도 저기서 다칠 거고, 저기서 안 다쳐도 여기서 다칠 수 있는 것 아닐까요.]

"……."

레프는 입을 더 크게 벌렸다.

"카니발라?"

엘리안은 급히 손을 저었다.

"아니에요. 저예요, 트라브 공작님! 엘리안이요! 안녕하세요! 잘 지내셨어요? 죄송해요, 전쟁터지! 아, 다치지는 않으셨네요? 다행이에요. 아차, 아니지! 죄송해요, 트라바 공작님!"

"……."

이 녀석은 대체 언제 내 이름을 외울 것인가.

그러나 상관없다.

전쟁 통인데도 엘리안을 보니 진짜 안심했다.

다행이다.

카니발라가 아니야.

"어, 어떻게 된 겁니까, 카니발라. 지금 전쟁인데, 도와…… 도와야죠!"

"아니라니까요. 카니발라는…… 어, 말하자면 복잡한데. 제국을 도울 수 없어요."

"아니 그럴 거면 여긴 왜 왔어요! 젠장, 그럼 저리로 가십시오. 저는 폐하를 구해야 합니다!"

"저기, 공작님. 죄송한데요, 혹시 황제님이 병을 가지고 있지 않나요? 요만한 녹색 약병인데."

"네?"

"미안해요. 요만한 초록색이에요."

묘사 방식이 저연령층 대상이지만, 그 덕에 알아듣기는 쉬웠다.

"압니다."

"지금 그걸 가지러 왔어요!"

"그건 왜요."

"어쩌긴요! 그게 확실하게 내 손에 있어야 카니발라가 부활할 거란 걱정을 안 해도 되니까요."

"카니발라가 부활? 가만, 카니발라가 이제 없습니까?"

"일단, 어디 가거나 뭘 할 수는 없는 상태죠."

처음에는 못 알아듣다가, 조금 뒤에 정신이 번쩍 들었다.

카니발라가 없다면, 이 아이의 몸에서 벗어났다면. 새 몸을 찾아야 하잖아?

바로 '세 가지 소원'을 통해.

이 전쟁에서 황제는 확실하게 진다.

그리되면, 황제에게 세 가지 소원이 생길 가능성이 무척 높다.

"그러니까 그걸 없애야 해요."

"……꼭 그, 그래야 합니까."

"그래요. 도와주세요!"

다른 장군이라면 그럴지 몰라도, 레프는 황제가 어떻게 되든 살아남기를 바랐다.

그때 황제의 사령부 쪽에서 포성이 울렸다.

레프는 그의 기병대가 측면이 와해되어 흩어졌지만 어떻게든 분전 중이란 사실을 깨달았다. 그런데 황제의 사령부 서쪽의 능선 위로 깃발이 나타났다. 왕국 깃발이다.

서익이 깨졌다!

중앙부를 돌파하는 동안, 지원을 위해 대기하던 서익이 깨지며 황제의 사령부가 고스란히 드러난 것이다.

황제의 근위대가 사령부를 보호하기 위해 나섰지만, 동익이 완전히 궤멸 상태라, 황제를 지키는 건 어려워 보였다.

"말."

레프가 고함을 질렀다.

"말!"

"기다려요!"

곧 주인 없는 말이 달려왔다.

엘리안은 고삐를 잡고 말의 목을 토닥여 준 다음 레프에게 넘겼다.

"부탁드릴게요. 없애 주세요."

"나, 나를 믿습니까?"

"네, 믿어요."

잠시 레프는 말문이 막혔다.

"엘리안."

이름을 불렀지만, 엘리안은 무슨 차이가 나는지 눈치채지 못한 것 같았다.

고개를 끄덕이곤, 어서 말하라고 바라본다.

"무사해서 기쁩니다."

어, 하고 엘리안이 작게 중얼거렸다.

놀란 눈이긴 하지만, 얼굴은 활기찼다.

"공작님도 무사하세요. 트, 트레비안 공작님."

역시나, 끝까지 제대로 이름을 부르지 못한다.

마지막일 텐데. 그래, 정말 마지막일 거다. 너와 내가 만나는 건.

레프는 눈물이 고였지만 참았다.

"가겠습니다. 건강하십시오."

"공작님도요!"

레프는 말을 타고 달려갔다.

황제의 사령부를 위해 황제의 근위대가 둘러쌌다.

서익이 붕괴되고, 그 뒤를 이어 돌격이 밀려들었다. 깃발이 보인다. 왕국의 깃발이었다. 그것이 펄럭이며 제국 근위대와 맞섰다. 붉은 제복들과 회색 제국 근위대 제복이 엉켰다.

레프가 나타나자, 근위대가 레프를 알아보았다. 그들은 레프가 들어올 수 있도록 비켜 주었다.

"폐하!"

사령부 막사 앞에 황제가 있었다.

금방이라도 말에 탈 듯 고삐를 틀어쥐고 가슴에 손을 얹고 있다. 레프를 본 황제의 눈에 눈물이 맺혔다. 너무 기뻐하는 얼굴이, 레프를 순간 벅차게 했다.

"맙소사. 레프!"

"폐하."

"살았구나! 네 말이 쓰러지는 것을 봤다."

황제가 달려와 레프를 얼싸안았다.

순간 레프는 그도 어머니의 비밀을 안다고 말할 뻔했다. 모르는 척했던 건, 그래야 했기 때문이다. 아무리 황후와 황제의 아들이라 할지라도, 결혼 전에 태어났다. 그래서 레프는 무슨 일이 있어도 황제의 아들이 될 수 없다.

레프는 황제가 가슴을 더듬는 것을 보고 급히 팔을 잡으며 말했다.

"하지 마시지 마십시오!"

"지는 것을 보란 말이냐!"

"폐하, 우리는 이곳에서 질 겁니다."

그리고 황제의 마지막 전장이 될 것이다. 이제 황제는 다시는 일어나지 못한다.

레프는 마치 자신이 황제를 패배시키는 기분이었다.

"우린 집니다."

레프는 정말 힘들었다.

카니발라는 황제가 무슨 소원을 빌든 들어주지 않을 것이다.

죽어도 원하는 일이어야 한다.

여태까지 못한 일, 살면서 이룩하지 못한 일이어야만 한다. 하지만 황제는 모든 것을 다 이루었다.

황제가 되고, 사랑하는 여자와 결혼하고, 세계를 떨게 했다.

그저, '지금' 지고 있을 뿐이다.

왜 황제의 장군들이 레프를 미워하던가.

바로 이렇게 진실을 가장 먼저 알고, 그 진실을 말하기 때문이다. 그것도 결코 인정하고 싶지 않은 진실을.

레프는 항상 '진다' 고 말해야 하는 위치였다. 그리고 그건 진실이기에, 그리되고야 만다.

"카니발라는……."

"이제 그는 없습니다."

"그럴 리 없다."

"저는…… 아버지께서 사시길 바랍니다."

그리고 레프는 황제의 목걸이를 떼어 냈다. 황제는 막지 못했다.

"아버지는 모든 소원은 다 이룩하셨습니다. 그러니 이제 아버지는 빌 소원이 없습니다. 인생을 건 소원, 인생을 통해 얻어야 하는 소원은 다 이루셨습니다. 아버지는 황제가 되셨고, 세계를 정복하고, 승리하셨습니다. 아버지의 시대를 여셨습니다. 다만, 이제는 더 하실 수 있는 일이 없는 겁니다. 시대는 아버지가 여셨지만…… 슬프지만, 이 시대를 놓아줄 때가 된 겁니다."

레프는 병을 바닥에 내던지고 군화로 짓뭉개 깨 버렸다.

깨진 병 안에서 녹색 액체가 흘러나와 사라졌다.

레프는 허리를 숙였다.

"살아 주십시오. 승리는 없더라도, 그래도 살아남으십시오."

해답은 결국 이것밖에는 없다.

레프는 긴 후퇴를 생각했다.

황제가 황위를 지킬 수는 있을지, 동생이 황위를 이을 수는 있을지 걱정되었지만 나중에 생각하기로 했다. 우선은 제국을 지켜야 한다.

이제, 잿더미를 지키는 처지가 될 것이다.

그 안에서 제국이 부활할 것인가. 그러길 바라지만, 우리에게는 아무런 씨앗이 없다.

황제가 연 시대는 무너지고, 세상은 새로운 시대를 맞이하게 될 것이다.

그럼에도 불구하고 싫지도 슬프지도 않다.

오히려 안심이 된다.

이제부터는 최소한 레프가 이해할 수도 납득할 수도 있을 테니.

엘리안이 몸을 되찾고 그 아이의 인생을 살 수 있기를 빈다. 무해하고 천진하게 사랑받으면서 살기를. 다시는 카니발라에게 몸을 빼앗기는 사람이 없기를 바란다.

레프는 황제의 몸을 일으켰다. 미움 받아도 상관없다. 그는 황제를 사랑했다. 아버지니까, 가족이니까, 또 진실된 보호자이자 보답을 바라지 않는 애정과 관심을 베풀어 주었던 사람이니까.

황제를 말에 태우고, 레프도 자신의 말에 다시 올랐다.

그때, 근위대의 서익이 무너지고 허물어졌다. 이능 기사인 선두의 장교가 그 돌파 지점을 막았다. 부딪힌 기사가 그 기사의 검에 날아갔다. 그 제국 기사를 향해 불꽃이 내리꽂히며 그가 날아갔다. 불을 담은 검이었다. 휘몰아치는 황금의 빛이 제국 기사의 검을 날려 버렸다. 이어 왕국 기사들이 쏟아져 들어왔다.

검을 쥔 여자가 보였다. 레프는 여자를 알아보았다.

그때와는 다른 복장이지만, 그래도 기억한다.

셰어브릴.

그 여자다.

카니발라를 찾아왔던 여자, 엘리안을 되찾고자 했던 여자.

이제 레프는 카니발라가 왜 사라진 건지, 황제가 지는 이유가 무엇인지 알 것 같았다.

불길한 느낌이 맞았다. 황제는 이미 조커 카드를 써 버린 것이고, 그 판은 끝났다.

레프는 검을 던졌다. 항복의 표시였다.

붉은 제복의 여자가 앞으로 나왔다. 왕국 기병대가 길을 비켜 주었다.

여자는 그 사이로 말을 몰아, 황제에게 달려왔다. 흑갈색 머리카락이 흩날렸다.

차가운 표정이지만, 엄숙하고 우아하고 아름답다.

레프는 아찔하고 눈부시다 생각했다. 우리들에게는 파괴의 여신인데, 왜 저리 눈부신 건지.

레프는 황제의 몸을 부축해 세웠다. 바닥에 깨진 병과 녹색 액체가 브릴의 눈에도 보였다.

"셰어브릴 엘리아 폰 듀카르니아."

브릴이 말했다.

"듀카르니아의 왕자 마이언의 딸이자, 선왕 필파니온 2세의 손녀인 셰어브릴이 왕국의 대표로서, 이 군의 명예로운 대표로서, 마르티어스 황제를 만납니다."

말이 좋아 만난다는 거지 포로란 것이다.

레프는 그래도 안도했다.

포로다. 죽지 않는다. 귀양을 가든, 폐위를 당하든, 황제 폐하는 살아남을 것이다.

[어, 이제 끝난 것 같군요.]

이지프가 말했다.

포성과 포연은 잦아들고 언덕과 구릉에 시체만이 남았다.

제국의 깃발은 부러지고 주인 잃은 말들이 돌아다녔다.

엘리안은 그중 하나를 불렀다. 말이 달려와 엘리안의 볼에 머리를 비볐다.

엘리안은 본능적으로 병이 깨어진 것을 알았다. 나머지 약들은 어디로 갔는지 모른다. 당시 서커스단에 있던 아이들이 가졌던 것은 그대로 있을까? 이제 더 없다면…… 남은 것은 이야기로 전해지게 될 것이다. 트릭스터 카니발라의 전설과 함께.

지평선 너머로 왕국의 깃발과 함께 붉은 제복을 입은 여자의 등이 보인다.

아, 브릴.

[미친 분을 만나러 갈 건가요?]

"아니, 아니야. 우리는 들키기 전에 얼른 가자."

서부로 가서 '모든 것의 우물' 에 카니발라의 손에 있던 정령들을 모두 풀어 주고, 그다음—

그다음…….

엘리안은 카니발라도 같이 없앨 수 있으면 없애고 싶었다.

이지프의 말대로 우물로 뛰어들면 되려나. 그러나 메즈가 이지프의 멱살을 잡아 흔든 것으로 보아, 안전한 방법 같지는 않다.

게다가 어디까지가 엘리안이고 어디까지가 카니발라인지도 헷갈린다.

카니발라의 기억은 엘리안에게 찾아오곤 했으니까.

깊고 깊은 우물 안의 우주에 대한 꿈, 그리고 잔인하고 거침없던 그가 천 년간 하던 일들도.

그리 생각하며 엘리안은 브릴의 모습을 보았다.

붉은 제복이 선명하다.

브릴은 저리 입어도 참 예쁘구나.

처음부터 그랬다.

브릴만 나타나면 다른 생각은 하나도 안 났다. 기쁨도 슬픔도, 아니 모든 감정이 다 브릴을 향했다. 브릴이 누구를 사랑하든, 누구와 같이 살게 되든, 엘리안의 마음은 변하지 못할 것이다.

사랑해.

문을 열고 들어왔던 그 소녀를, 그의 시간들을 온갖 색채로 물들여 주었던 소녀를, 모든 것이었던 소녀를.

그의 심장이고 삶이었던 소녀를 사랑한다.

지금도.

너의 머리카락, 너의 눈동자, 숨소리, 목소리, 모두.

너의 하나하나, 너의 매일매일을 사랑해.

내게는 너뿐이야.

그러니, 그만큼 해내고 싶어.

브릴을 사랑할 수 있는 만큼 엘리안 자신도 사랑할 수 있게 되기를.

내가 어른이 될 수 있기를.

나는 너를 위한 엘리안이 될 거야. 너를 행복하게, 너를 지켜 줄 수 있는 엘리안이. 너를 결코 괴롭게 하지 않을 엘리안이 될 거야.

그리되면, 언제고 나는 진짜 엘리안이 되겠지.

브릴은 황제와 드디어 마주하게 되었다.

레프는 본 적이 있지만, 황제를 이렇게 정면으로 마주하는 건 처음이다.

브릴은 왠지 황제를 오래전부터 알아 왔던 것 같았다.

항상 그의 이야기를 들었고, 모든 것이 그로부터 시작되었으니.

그리고…….

어쩌면, 카니발라의 왕이었을지도 모른다.

본인도 몰랐을 테지만.

황제도, 어쩌면 카니발라도.

그러니 이 황제 역시, '마법사' 일 수 있다. 그러나 카니발라는 본능적으로 이 왕, 왕인 황제를 심리적으로 지배해 그의 능력이 쓰이지 못하게 함으로써 안도했을지도 모른다.

그가 주는 행운에 중독되도록 다루며, 역시 안도했을 것이다.

왕은 왕이되, 그가 지배하는 왕이란 건 또 얼마나 하찮은지.

신기하게도 황제도 같은 것을 느끼는 것 같았다.

황제는 브릴을 보다 허탈하게 웃었다.

"이런 거였나."

황제가 고개를 저었다.

"카니발라와의 내기란 건 결국 이런 거였나?"

브릴은 실제로는 얼마 되지 않았지만 아주 오래전에 들었던 것 같은 카니발라의 말이 기억났다.

너에게 세상을 주겠어.

황제와 내기를 했었지.

브릴의 예상일 뿐이지만, 황제에게 이렇게 말했을지도 모른다.

너의 소원을 이루기 위해 독을 삼키는지, 아니면 너 스스로 이룩해 내는지. 한번 보자고.

황제가 이룩해 내는 듯 보였지만, 결국 카니발라가 도와줬다.

브릴, 새로운 왕이 나타나자 카니발라는 본능적으로 브릴을 지배하고 싶어 했다. 지배당하지 않기 위해.

단, 이번에는 성공하지 못했다.

"검."

짧은 명령이다.

양옆에 있는 왕국의 기사가 내려와 황제의 검을 빼앗았다.

황제 친위대가 그 치욕스런 광경에 울컥했지만 가만히 있어야 했다.

브릴은 말에서 내려 기사들이 가지고 온 검을 받았다.

"카니발라는—"

황제가 물었다.

"카니발라는 귀공의 곁에 있는 건가."

'귀공'—

브릴은 황제가 칭하는 존칭이 놀라웠다.

오만한 자이지만, 명예는 안다. 패배한 상황에서 승자를 존중하는 방식으로, 자신의 패배를 고결하게 만드는 것이다.

"아니. 내가 떠나보냈습니다."

황제는 멈칫했다.

"내 옆에 없습니다, 황제. 내 삶은 내 것이고, 내 선택과 목표도 모두 내 것. 나를 지배할 것은 어디에도 없습니다."

브릴은 더 말할 필요가 없을 거라 생각했다.

이제 그를 포로로 잡을 것이다. 그의 군대도 상당수 포로가 될 것이다. 황제는 불리한 조약에 서명하는 대가로 돌아갈 수 있거나, 아니면 목숨만 붙은 상태로 멀리 귀양 갈 것이다.

브릴은 검을 뽑았다. 날카로운 날 위로 붉은 불길이 일렁이고 칼날에 새겨진 날개 달린 뱀의 문양이 선명하게 타올랐다.

브릴의 검이 황제의 휘장을 베어 냈다. 베어 낸 휘장은 땅으로 떨어졌다.

완전한 항복을 받아 내는 의식이었다.

숙연한 침묵이 흘렀다. 곧이어 듀카르니아의 승리를 알리는 뿔 고동이 울렸다. 황제가 포로가 되었다는 것을 알리는 소리이기도 했다.

아직 젊은 왕족의 어깨에는 아무것도 얹히지 않았고, 희고 맑은 이마에도 얹힌 것이 없었다. 그러나 모두가 다 알 것이다.

모든 것이 그녀의 것이 될 것임을, 그녀야말로 이 시대의 깃발을 쥘 자임을, 다 알 것이다.

잿더미에 묻혀 있던 존재가, 올해의 새벽과 함께 태어났다. 그리고 이제, 모두가 보게 되는 것이다.

셰어브릴, 이 새로운 왕을.

그동안, 새 소식을 가지고 온 제국의 전령은 포로가 되어 끌려왔다.

제국 전령의 가방 안에 들어 있던 급보는, 발카니아 함락이었다. 왕국 입장에서 보면 발카니아 탈환이었다.

❖

발카니아 총독부로 십여 년간의 굴욕을 참아 낸 비취궁은, 왕실의 상징은 죄다 긁혀 나가거나 지워졌다. 손댈 수 없는 곳이면 회칠을 해 버렸고, 왕실 보물들은 죄다 사라지고 없다.

왕관도 없고, 어머니의 유품인 보석들도 없다. 예술품들도 죄다 사라졌다.

발카니아는 황제가 패배하기 일주일 전에 함락되었고, 그 소식은 황제가 항복한 날 전해졌다.

십여 년 만에 드디어 고향을 보는 레오닉스의 마음은 너무나 적요(寂寥)했다.

이제 이곳엔 아버지도 없고 형도 없다. 돌아왔다 하더라도, 레오닉스는 이곳에서 아무것도 얻을 수 없다는 것을 알았다. 십여 년 전에 떠나온 고향에 대한 기억은 마모된 지 오래였다. 이젠 발카니아가 아닌 하일드가 진짜 고향 같다.

스스로를 몰아세우며 싸웠던 건, 오로지 형을 되찾고 싶어서였다.

그 형을 잃자 고향도 의미를 잃었다.

아니, 애초에 살아갈 의미도 잃었었다.

무참한 외로움과 비참한 슬픔과 함께 영혼은 박리(剝離)했다. 안에 아무것도 없을 텐데, 끝없이 박리하기만 했다. 언제고 아무것도 남지 않을 것 같다.

그러나 그 순간에 다른 일이 일어났다.

예상도 못 했던 일이 기적처럼.

분명 바스러졌어야 할 심장에 다시 살이 붙고 피가 돌았다.

레오닉스에게 황제가 패배하고 포로가 되었다는 소식이 전해졌다. 총리와 그 마녀들이 제국의 관문 돌파를 일찌감치 기정사실화했기에 미리 산에 군수품과 군사를 모아 두고 기습을 해 댔던 데다, 유리한 지형에서 회전을 했으니 당연한 결과였다.

그런데도 제레미는 믿어지지 않아 몇 번이나 확인했다.

은퇴를 뒤로 미룬 브룬델카 경은 아예 눈물까지 흘렸다.

"이겼군요."

"그래, 이겼다."

"황제는, 그럼 황제는 물러나는 겁니까."

"그 자리에 앉아 있을 수는 없겠지."

"이제 고향, 이 고향은 발카니아로 남는 거지요?"

"그래."

카니발라에게 감사해야 하나.

황제에게 카니발라가 없었다면, 아니 카니발라가 없어졌다는 것을 인정하기라도 했다면, 그에게 더 이상은 마법 같은 승리의 기적이 일어나지 않으리란 것을 알았다면, 그리 무모한 원정을 벌이지는 않았을 것이다.

결국 카니발라, 황제로 하여금 기적이 자기편이라 믿게 만들었던 그 마법사가 황제를 패배하게 만든 것이다.

카니발라만 없었다면 황제는 아직 아데안에 있을 것이고, 레오닉스는 발카니아를 점령하지 못한 채 남부 반란군과 함께 아데안을 칠 준비를 하고 있었을 것이다.

그것들 모두 다 끝났다.

"출항한다."

레오닉스가 명령했다.

포로가 된 황제는 배로 본국 송환이 결정되었다.

즉각 송환은 아니었다. 아르데나에서 아데안으로 향하는 중간 지점에서 항복 문서에 서명하고 전쟁 배상금과 영토 할양을 결정한 뒤에나 돌아갈 수 있다.

기욤 공은 몇 번의 회담을 통해 조약을 조정했고, 황제의 서명만 남은 상태였다.

발카니아는 독립하고, 아르데나 섬 전역은 듀카르니아의 것이 된다.

황제는 돌아가는 대로 아데안이 아닌 지정된 섬으로 유배되며, 레프오네긴사 공작과 기욤 공에 의해 다음 황위가 결정될 것이다. 황후는 이미 황태자를 데리고 도망쳤다. 곧 황후에게 선택의 때가 올 것이다. 남편을 택하면 아데안으로 갈 테지만, 아들을 택하면 과감하게 듀카르니아로 도망 올 가능성이 크다. 지금 황후에게는 듀카르니아가 오히려 안전하다. 적국과 장군들로부터도 떨어져 지낼 수 있으니. 또, 듀카르니아는 체면 때문에라도 황후를 보호하긴 해 줄 것이다.

이런 상황에서 황태자가 황제가 되긴 힘들다. 차라리 레프가 다음 황제가 되는 편이 나을 거라는 의견이 모였다. 황제의 친아들도 아니고, 또 그의 아내가 왕족이라 그들 자손은 왕위를 계승할 수 있는 권한이 있다. 레프의 법적 친부도, 늙고 퇴락했을지언정 상당한 고위 귀족이다.

다만, 이제 황제의 열두 장군들이 어찌 나올지 모른다.

각자의 점령지에서 왕이 되어 주저앉을지, 자기가 황제가 되겠다고 기어들어 올지.

레오닉스는 새벽에 출항 준비를 시키며, 다시 한 번 궁을 보았다.

그림처럼 아름다운 궁이며 고향이다. 그런데 또, 다시 찾으니 그렇게까지 기쁘지는 않다.

애정도 애착도 떨어져 나갔다. 형의 죽음과 함께.

이제, 그의 애착은 다른 곳에 뿌리를 내리고 있다.

레오닉스는 닻을 올리게 하고 배를 출항시켰다.

아퀼라 나이젤호를 비롯한 하일드의 전함은 돛을 팽팽하게 당기고 출항했다.

떠나오니 오히려 마음이 편했다.

이틀 정도 가자 정박하고 있는 배가 보였다. 주변에 호위함들이 있다. 그 배들은 성벽처럼 둥글게 정박해 있었고, 배의 돛대에는 듀카르니아의 깃발이 펄럭였다.

더 가까워지자, 레오닉스는 배의 난간에 발을 얹고 기다리는 브릴을 발견할 수 있었다.

참 태평하게 있다.

붉은 제복 코트 차림이었다. 고귀한 왕족이라기보다는 해군 장교 같다.

선측에 있는 큰 키의 남자를 본 브릴이 싱긋 웃었다. 그 표정이 모든 것을 말해 준다.

보면 좋고, 좋으면 두 팔을 벌리고, 두 팔을 벌리면 레오닉스가 먼저 안아 주고도 싶었다.

선교가 걸렸다. 레오닉스는 듀카르니아 전함에 승선할 수 있었다.

황제는 갑판 기둥 아래에 앉아 있었다. 그의 눈은 오랫동안 그가 증오했던 적인 레오닉스를 향했다.

황제와 레오닉스가 처음으로 만나는 것이었다.

십여 년 전부터, 열네 살이던 소년이 스물아홉 청년이 되는 동안 대립했던 둘이다.

황제는 많은 적이 있었으나, 레오닉스는 그야말로 상징적인 적이었다.

그런 레오닉스와 마주한다는 것이 황제에게는 굴욕적이었다.

항복 문서에 서명하는 것도, 그 항복의 조약에 서명하는 것도, 이 레오닉스가 지켜보는 가운데 이루어질 것이다. 그러니 굴욕이 아니고 무엇인가.

황제는 몰랐다. 패배가, 도저히 돌이킬 수 없는 유형의 패배가 이 시기에 찾아올 줄. 더 일찍 찾아왔으면 다시 시작하고, 더 늦게 찾아오면 쉽게 포기할 수 있을 것을.

그런데, 가장 큰 굴욕의 순간을 각오했던 황제는 레오닉스가 조용하자 허탈했다.

레오닉스는 황제를 모독하지도 않았고, 아버지의 죽음과 형의 실종에 대해 책임을 묻거나 비난하지도 않았다. 의례적인 인사만 했을 뿐 큰 관심도 두지 않았다. 무시하는 것도 아니다. 무시할 만큼의 관심조차 없다고 보는 편이 나았다.

레프가 레오닉스를 맞이했다.

"처음 뵙습니다. 레프 오네긴사입니다."

"처음 만난다고 반가워할 필요는 없겠지."

"네? 아, 그, 그렇군요."

처음 만나나 마지막으로 만나나, 아무 의미 없다는 뜻이다.

즉, 인사하는 이유도 받을 이유도 없다는 뜻이기도 하다.

레프는 부끄러워하면서도 참았다. 모범생 강박증 탓에 예의 바르게 굴 상황이 아니라는 것을 미처 몰랐던 것이다.

레오닉스는 황제에게 관심이 가지도, 호기심이 일지도, 복수심이 들지도 않았다.

아버지 목을 썰어 버리고 나라를 멸망시킨 남자고, 열네 살 소년을 제대로 죽이라고 함대를 보냈던 자다. 그런데 황제는 황제일 때, 적국의 지도자일 때나 의미가 있었다. 황제는 황제란 단어로 존재하는 무언가지, 인간이 아니었던 것이다.

그래서 지금, 그 모든 의미를 잃은 인간인 황제는 아무 가치가 없는 것이다. 그런 역할을 했던 자였을 뿐이다.

"모시고 내려가는 게 좋지 않을까."

레오닉스가 말했다.

"여기서 모두의 구경거리가 되느니, 그냥 쉬는 게 좋을 것 같다. 그 자리는 멀미가 나서 정신없는 사람이 앉는 자리니까."

레프의 얼굴이 붉어졌다. 애송이 취급 하지 말라 하고야 싶지만, 육지에서나 기병대 장군이지 바다 위에서는 애송이가 맞다.

왕국 해군 장교가 다가와, 최대한 공손히 황제를 아래로 내려가도록 했다. 황제는 별수 없이 아래로 내려가야 했다. 레프 역시 따라 내려갔다.

레오닉스는 브릴에게 다가갔다.

드디어 마음이 닿은 사람을 만난다는 것이 그를 편하게 했다.

"축하한다."

"나는 그저 대리인 같은 위치니까, 축하받을 일은 아니에요. 당신이야말로 고향을, 고국을 되찾지 않았나요. 진짜 축하할 일은 당신에게 있군요."

"그곳을 점령했던 놈들이 얼마나 엉망으로 만들었는지, 그대가 안다면 축하 인사가 도로 들어갈 거다. 돈 들어갈 생각을 하면, 벌써부터 아찔해."

"아깝네요. 당장 구경 가고 싶었는데, 지금은 난장판일 테니……."

브릴은 레오닉스에게 다가갔다. 고개를 들고, 두 눈을 들어 똑바로 보았다.

"당신을 보니, 여기로 오는 게 맞긴 했네요. 이 자리로 오는 게, 역시나 맞았어요."

"반갑나?"

"그럼요. 그렇고말고요."

레오닉스의 손이 브릴의 머리를 감싸 잡았다.

브릴은 그의 가슴에 이마를 기댔다.

그제야 레오닉스는 이 여자가 이제 여태 소중히 여겼던 것들과 이별하게 되었다는 것을 깨달았다. 엘리안을 보냈지. 또, 메즈도 같이 보냈다고 했다. 서부로는 오랫동안 돌아가지 못할 테고. 아니, 돌아가지 못한다.

레오닉스는 며칠 전에 떠나온 고향을 생각했다.

형을 놓아 버리고 같이 놓아 버렸던 고향이었다.

그러니, 복수를 이룬 것도, 마침내 고향을 되찾은 것도 아니었다.

너를, 브릴 너의 승리를 위해 온 거지.

나머지는 사라진다.

이렇게 눈부신 네가 있다면 무엇과도 싸우고 막아 내고 버틸 수 있을 듯하다.

"셰어브릴……."

레오닉스는 조용히 말했다.

"나는 그대를 위해 싸우고, 그대를 위해 달릴 수 있어. 내게 무슨 일이 있건, 무슨 고난이 있건…… 그대를 경모하고, 그 이유 하나만으로도 내게는 가치가 있으니."

레오닉스의 입가에 웃음이 비쳤다.

내가 무엇을 더 원하나. 너 하나만으로 된다. 다행이다. 그대가 있어서.

"어제, 오늘, 그리고 앞으로도…… 감사한다. 경모할 수 있는 대상이 그대인 것이, 경모해야만 하는 존재가 역시나 그대인 것이."

너는 눈부시고, 네 눈동자가 비치는 세상은 너무나 아름다우니.

잿더미 속에서 날아오른 불꽃이자, 모두가 우러러볼 불사조— 포에닉시아.

너야말로 나의 왕이자. 내 모든 것의 주인이다.

나의 여왕, 나의 승리자.

브릴은 레오닉스에게 기댔다. 이마에 서늘한 제복의 옷깃이 닿았다.

등 뒤로 흩어진다.

파편이.

앞에 있는 것은 망가진 폐허도 아니고, 무너진 잿더미도 아니다.

얇은 껍질이 사라지자, 그 안에서 불타는 듯 뜨거운 영광이 태어났다.

브릴은 레오닉스의 손을 잡았다.

예전, 브릴은 깊고도 깊은 망각과 시작의 우물 앞에 섰었다.

차가운 바람, 화려한 별빛, 희고 아름다운 자작나무 숲에, 홀로 섰었다. 정말로 홀로.

완벽히 혼자가 된 순간, 브릴은 자신이 전부가 된 것 같았다.

그 순간이 있었기에 브릴은 다시 엘리안을 만날 수 있었고, 구해 낼 수 있었다.

그 전쟁 같은 날들 속에, 브릴은 몇 번이나 이 남자의 손을 잡았고 이 남자도 잡아 주었다.

지금, 또 한 번 브릴은 혼자이자 모두가 된 것 같다.

심장이 뛴다.

온 세상을 돌아다녀도, 몇 번의 잿더미를 만나도, 그래도 살아날 것 같은 심장이다.

이제 후회도 의문도 없다. 두 다리로 달리고, 두 눈으로 노려보며 싸웠다.

그날들 동안, 나와 함께해 준 당신이 없었다면 길고 비참했을 것 같다.

그렇기에, 두 눈을 들어 이 남자에게 말할 수 있다.

당신은 내게 믿음을 주었고, 또…….

"돌아가면."

브릴은 웃으며 말했다.

"당신에게 받고 싶은 게 많아요."

"뭔가."

브릴은 반지를 꺼내 레오닉스의 손에 쥐여 주었다.

레오닉스가 눈살을 찌푸렸다.

무슨 의미인지 모르겠다는 것이다.

"알고 보니 당신이 왕실 보석으로 등록했더라고요."

"팔아 치우려다가 알게 된 건가."

브릴은 고개를 저었다.

"네, 그러려고 그랬는데……는 거짓말이고, 그 반지가 의미를 가지고 있다면…… 해요."

"뭘."

"진짜 청혼. 내게 그럴 가치가 있다면, 그럴 마음이 있다면."

"그대는?"

"만약 그 반지가 내 거라면, 나는 여기서 당신 손을 잡아다 손가락에 끼워 버린 다음 내 남자가 되어 달라 했을걸요. 무르는 것, 거부하는 것, 나중에 생각해 보겠다고 하는 것, 다 안 되고."

레오닉스의 입술이 부드러워졌다. 눈에 따스함이 가득했다.

"너무하는군."

"나는 못된 여자라서, 가지고 싶으면 기어코 가져야 해요. 특히나 사람은. 당신은 내게 매력적으로 굴었고, 당신보다 더 매력적인 남자를 만날 자신은 없어요. 적어도, 여태 골라 본 바에 따르면 당신만 한 남자는 없던데요."

레오닉스가 다시 웃었다. 정말 솔직한 웃음이었다. 상대방에게 너무나 집중했을 때만 보여 줄 수 있는 웃음이기도 했다.

"나는 항상 건방지게 굴 테고, 이건 고칠 수 없을 거예요. 그러니 나를 받아들여 주겠다면…… 아니, 나를 받아들여요."

브릴은 레오닉스의 팔을 잡고 그의 볼에 입을 맞췄다. 뜨거운 볼이 입술에 닿는 느낌이 좋았다.

"이 반지는 아직 당신의 것이니 나에게 정식으로 줘요. 그러면, 나는 정식으로 받겠어요."

"청혼 협박인가."

"거절하지 말아요. 나, 당신이 아니면 그 누구의 청혼도 받지 않을 테니. 이건, 당신 역시 나 외에는 아무에게도 못한다는 의미에요."

"의외군."

"뭐가요."

"오래 기다려야 할지도 모른다고 생각했거든."

"당신이 더 나이 먹기 전에 채 가야죠. 레오, 당신을 내게 줘요. 기쁘게 가질 테니."

브릴은 레오닉스의 손등을 매만졌다.

"내 옆에 있어 줘요."

그저, 솔직해질 뿐이다. 투명하게.

한 줌의 거짓과 가식도, 계산도 없이.

"그럼 셰어브릴, 나에게 이유를 가르쳐 줘. 그대가 나를 원하는 이유……."

"뭘까요."

"나와 같다면 좋겠군."

"당신은 무엇인가요?"

"사랑해."

"그럼, 같네요. 너무나…… 너무나 같아."

이어, 떨린다. 약해진 것 같고, 또 그다음은 없는 듯 느껴지기도 했다. 레오닉스의 손이 브릴의 목을 쓸어 올리고 어깨를 안았다.

브릴은 그의 품에 몸을 묻었다.

"오래……."

레오닉스가 말했다.

"그대를 사랑하게 된 지, 너무나 오래된 것 같아."

마치 눈을 뜨면서부터 해온 것 같다.

아마도, 그 시간의 의미가 너무 커서일 테지.

바닷바람이 좋고, 햇살은 감미롭다.

온 세상이 잿더미였건만, 그 아래에서 불꽃의 날개가 묻혀 있었다.

그 잿더미가 부풀어 올랐다가 터지며, 불꽃의 날개를 펼치고 날아오른다.

다시 살아난 네가, 다시 쟁취한 네가 날아오른다.

그렇게…… 포에닉시아, 너는 나와 모든 세상의 주인이다.

『포에닉시아』 완결

Epilogue 1

모든 것

데일은 오늘 도착할 기차를 기다리고 있었다. 와라, 와라, 와라, 하며 초조하게 입을 달싹여 대는 데일에게 진절머리가 나기 시작한 시하라가 물었다.

"아저씨. 오늘 오는 거 맞……."

"맞아, 맞아, 맞다니까! 올 거야, 올…… 온다니까!"

데일은 아주 공격적으로 말을 잘라 버렸다.

시하라는 고개를 젓고는 한숨을 푹 내쉬었다.

라바이가 돌아온 것이 벌써 반년 전이었다.

라바이는 알리시아라는 이름의 듀카르니아인 여자와 같이 도착했는데, 대체 무슨 일이 있었던 건지 그 여자는 내리자마자 고함을 질렀다.

"이 아이의 보호자인가요? 데리고 가세요! 저는 이만 갑니다."

그리고 즉각 건너편 기차를 타고 체자로 돌아가 버렸다.

아이 서른 명을 돌본 보모 같은 꼴이라, 차마 무슨 일이냐 묻지 못했다. 메즈가 없는 이유도 듣지 못했다. 아들만 기다리던 데일은 울기 직전이다. 시라하는 급히 데일을 달래며 말했다.

"라바이에게 물어봐요."

하고 돌아보니, 라바이는 어머니와 눈물의 상봉을 한 뒤에 예정된 행사를 치르고 있었다.

라바이 어머니는 라바이가 무사하고 또 정신적으로 건강하다는 것을 모두 확인하자마자 엎어 놓고 두들겨 패기 시작했다.

"그러게 왜 너 혼자 나간 거야! 왜!"

라바이로부터 무슨 일이 있었던 건지 듣게 된 것은 라바이가 충분히 벌을 받은 뒤였다. 그리고 라바이가 사라진 뒤에 받은 가장 큰 육체적 고통은 어머니에게 맞은 엉덩이였다.

"메즈는 중간에 내렸어요. 일어나니 사라져 있더라고요. 걱정 말라는 편지는 남겨져 있었지만요."

그리고 라바이와 라바이의 어머니, 시하라는 통곡을 하며 아들을 찾는 데일을 달래야 했다. 라바이가 돌아왔다는 사실은 모두에게 잊혔다. 그날은 라바이 귀환일이 아닌 메즈 미귀환일이 되고 말았다.

그 후 데일은 메즈에게 대체 무슨 일이 벌어진 건지 묻는 편지를 총리에게 수십 통쯤 보냈다. 브릴에게도 보냈다.

그러니까 남쪽에서 제국이 밀려 올라오고, 수도에서는 왕이 의회를 전복하려고 시도했다가 실패한 상황을 간신히 수습하고 있는 총리와 왕족에게, '우리 애가 안 와요! 가출한 것 같아요!' 라는 편지를 보내고 있었던 것이다.

메즈로부터 편지가 온 것은 그로부터 석 달 뒤, 데일이 아들 걱정으로 몸져누운 뒤였다.

바위라도 깰 수 있는 청년이건만, 데일에게 메즈는 아기 고양이보다 연약한 아이였다. 이런 아버지의 아들인 메즈가 보낸 편지는 아주 강건했다.

—갑니다. 일행이 있습니다. 만나 뵙고 소개하겠습니다.

시하라가 보기에는 할 말만 한 단순한 편지였건만, 데일은 행간에 무슨 의미가 있는 건지 곱씹고 또 곱씹었다.

그런 데일 덕에 주변 사람은 단 하루 만에 성격장애가 일어날 지경이었다. 시하라는 결국 참지 못하고 라바이를 불러다 앉혀 놓고 무엇이든 가르쳐 주라 했다.

"우리가 구한 예쁘장한 바보가 있는데, 그 바보를 데리고 오는 것 같아요."

"뭐야, 혹시 듀카르니아 아가씨를 데리고 오는 거야?"

라바이는 오해 풀기도 귀찮아서 아무 말도 하지 않았다.

"메즈에게 여자가 생긴 거니?"

데일은 또 최악의 최악만 거듭 생각했다.

"메즈는 아직 어린아이라고! 그런데 여자라니! 가만, 여자도 아이인가?"

데일의 정신은 그대로 무너져 버렸다.

시하라도 라바이도 이제 지쳐서 상대하기도 싫었다.

그러니까, 아드님이 올해 스물넷입니다. 키가 190이 훌쩍 넘고, 정신 연령은 아마도 아버지인 당신보다 높을 겁니다.

그렇게 데일이 모두를 들들 볶아 대던 가운데, 드디어 메즈가 온다는 당일이 된 것이다.

전쟁으로 피난민들이 와 있는지라, 서부는 그 어느 때보다도 듀카르니아인이 많았다. 기차역에 듀카르니아 사람들이 많이 나와 있었다.

황제의 패배로 전쟁이 끝났다는 소식은 이미 전해졌다. 발카니아도 탈환되었고, 포로가 된 황제를 석방시키기 위해 제국 본토에서 그의 양자와 재상이 노력 중이라 했다. 황제의 열두 장군 중, 벌써 세 번째 반란자이자 투항자가 나왔다. 그도, 지난번 배신자처럼 정복지의 왕위를 보장해 주는 조건으로 황제를 배신했다.

시하라는 발발 떠는 데일을 옆에 두고 그런 내용이 보도된 오늘의 신문을 읽었다. 라바이도 같이 읽었다.

브릴 님의 이름은 여기저기 언급되고 있다.

잘 지내시려나.

시하라는 좀 걱정이 되었다. 시하라가 아는 브릴은, 공적으론 믿음직하고 공정하고 또 용기 있고 담대한 사람이다. 개인적으로 보자면 혼자 하는 거라곤 물이나 한 잔 떠 마시는 것이 고작일 정도로 게으르고, 귀찮은 사람과 싫은 사람에게 자그마한 친절조차 베풀지 않고, 수틀리면 아주 심술궂게 굴 수도 있는 사람이었다. 높은 자리로 올라간다 하더라도 그 성품은 변하지 않을 테고, 그런 만큼 시켜 먹고 부려 먹을 사람들은 잘도 골라낼 것이다.

여기에 있을 때부터, 브릴은 사람들을 잘도 부려 먹지 않았던가. 반크족은 데일과 족장을 부려 먹었고, 야하크라족은 스스로 알아서 하도록 만들었다.

수도에 가서도 그 버릇은 고쳐지질 않아, 왕위까지 길을 닦아 준 것은 총리이며 권위와 군사를 가져다준 것은 레오닉스이다.

정치에 대해 잘 모르는 시하라지만, 최근 열심히 신문 기사를 읽다 보니 그런 행간의 의미를 알게 되었다.

잘하시는구나. 역시나.

그때 기차가 들어오는 기적 소리가 들렸다.

시하라는 신문을 집어 던지고, 데일은 얼른 일어났다.

일주일에 한 번 오는 기차가 플랫폼으로 빨려 들어오듯 매끄럽게 들어왔다. 플랫폼의 사람들이 몰려들었다.

그때 라바이가 외쳤다.

"메즈, 메즈예요!"

시하라가 고함을 질렀다.

"메즈!"

로들(왜 따라온 거지?)도 손을 흔들었다.

"메즈, 메즈! 여기야!"

열린 기차 문에서 메즈가 훌쩍 뛰어내렸다.

독보적으로 큰 키라, 금방 메즈인 줄 알아보았다.

데일은 아들 이름을 부르며 달려 나갔다가 기겁했다.

"아니, 너 머리가 왜 그래!"

메즈의 머리는 거의 대머리나 다를 바 없이 바짝 깎여 있었다.

"아예 머리가 없잖아. 어떻게 된 거니!"

메즈가 이를 갈더니, 고개를 팩 돌리며 성질을 냈다.

"저놈이 나를 이 꼴로 만들었습니다, 아버지! 저놈이!"

그 모습에, 시하라도 로들도 깜짝 놀랐다.

메즈는 화를 잘 안 내는 사람이다. 화가 나거나 불쾌한 상황이 되면 침착하게 깐죽거리는 방식으로 오히려 상대의 화를 돋워 놓았다. 그런 메즈가 화가 나 있고, 그가 가리키는 곳에는 외투를 걸친 키 큰 남자가 양손에 가방을 들고 있었다. 남자가 고개를 들자, 모자 아래에 있는 눈이 반짝였다.

그러니까, 정말 반짝반짝.

사람이 아니다.

데일이 기겁했다.

"뭐, 뭐야, 저거!"

메즈는 그 기계 인간을 가리키며 고함을 질렀다.

"저놈이 저를 이 꼴로 만들었단 말입니다!"

[머리 깎아 달라 하지 않으셨어요?]

"그렇다고 이 꼴로 만들어? 일부러 그랬잖아!"

[왜 그러세요. 보기 좋아요. 단정하고 깔끔합니다.]

"머리카락을 남겨 놓지 말라는 이야기는 안 했어!"

[애초에 관점을 명확히 하셨어야죠. 단정하게 하라 하시기에, 제가 보기 단정한 만큼 했어요. 깨끗하고 보기 좋네요.]

깔끔하긴 하다.

아니, 서럽도록 깨끗하다.

사정은 대략 이러하다.

메즈는 머리가 너무 길어져서 불편하고 모양도 마음에 들지 않아 깎으려 했다.

이지프가 이발소에 가지 말고 자기에게 맡기라 하며, 어떤 머리 모양을 원하느냐고 물었다. 메즈는 의심을 하지 않고 말했다.

"단정하고 깔끔하게."

충분히 화근이었다.

이지프는 가위와 면도칼을 가지고 오더니, 메즈의 머리를 시원하게 다 밀어 버렸다.

워낙 순식간이라, 메즈가 그러지 말라 할 틈도 없었다.

메즈는 '이 빌어먹을 깡통 자식, 재활용 수거함에 처넣어 버릴 거다!' 라며 날뛰었고, 엘리안은 메즈를 막으려고 질질 늘어졌고, 이지프는 메즈가 원하는 대로 한 거라며 깐죽댔다.

지금도, 엘리안은 메즈의 허리를 잡고 늘어지고 있었다.

"참아요!"

"놓으십시오!"

"불쌍한 애예요. 메, 메즈! 제발!"

"일부러 나를 놀리잖아요! 이 꼴로 만든 건 도저히 용납 못 합니다! 이런 수치스러운 모습으로 만들다니!"

"메즈, 참아 주세요. 이지프, 너도 사과해!"

[하라는 대로 한 건데, 왜 제가 사과해요? 이렇게까지 항의를 받아 저는 몹시 불쾌해졌으니, 불쾌해진 제가 사과를 받아야죠.]

"대체! 너! 아, 아버지! 이분입니다!"

그제야 생각난 메즈는 얼른 엘리안을 소개했다.

엘리안은 급히 모자를 벗고 인사를 했다.

"안녕하세요. 브릴에게 말씀 많이 들었어요. 엘리안이라고 해요."

"아, 네."

데일은 일단 남자라는 것에 안도했고, 그다음 엘리안의 놀라운 미모에 감탄했다.

옆의 시하라도 입을 떡 벌리고 엘리안의 얼굴만 보았다.

벚꽃처럼 어여쁜 데다, 상냥하게 웃는다.

"어떻게 제 아들과 같이 지내게 되었습니까."

"아, 말하자면 긴데요. 그……."

엘리안은 주변을 둘러보았다.

"그렇다면 일단 돌아가서 이야기하지요."

"네. 감사합니다. 메즈, 그만! 이지프, 너도 그러지 말고!"

엘리안이 간신히 메즈와 이지프를 떼어 놓은 다음, 일행은 데일이 몰고 온 마차에 탔다. 그러나 데일이 드디어 눈물을 흘리며 어디에 갔었느냐고 묻기 시작해 마차는 출발하지 못했고, 결국 시하라가 마차를 몰아야 했다.

일행이 황야의 성에 도착한 것은 저녁이 다 되어서였다.

시하라가 저녁 준비를 해 두었다고 했지만, 메즈는 무시하고 직접 감자와 옥수수를 굽고 찐 다음 내놨다. 데일도 마침 가지고 온 거라며 빵을 내놓았다. 시하라는 옆에 직접 끓인 스튜를 놓았으나, 엘리안만 맛있게 먹을 뿐 아무도 먹지 않았다.

모두가 엘리안을 불안한 눈으로 보았고, 잠시 뒤 모두가 예상한 대로 엘리안은 위경련으로 조용히 쓰러졌다.

데일과 시하라가 엘리안의 사정을 듣게 된 것은 이지프가 엘리안을 소화제로 소생시킨 뒤였다.

메즈는 설명할 것 설명하고 생략할 거 생략하며 말했다. 다행히 데일과 시하라는 이해해 주었다. 메즈가 놀랄 정도로 쉽게.

"그러니까 너와 같은 처지였다는 거구나."

"좀 다릅니다만."

"다르긴 뭐가 달라. 너한테는 미친 곰이 붙은 거고, 저 아이에게는 미친놈이 붙은 거잖아."

"다릅……니다만."

"불쌍한 아이구나. 고생 많았겠어."

"그렇다고 봐야지요."

"그럼, 브릴과는 무슨 관계냐."

"소꿉친구랍니다."

"브릴의 쌍둥이 형제와 이름이 같은데?"

"우연입니다."

"정말?"

"네. 그렇습니다."

데일과 시하라는 서로를 보았다가, 약간 떨떠름해하면서 고개를 저었다.

"이, 이름이 같을 수도 있지."

"맞아요, 엘리안이란 이름은 듀카르니아인 사이에서는 흔하잖아요."

"그런데 브릴의 쌍둥이 형제와 이름이 같은 게 우연인가?"

"이름이 같아서 친해졌을 수도 있지요."

"그렇지?"

다음 날 시하라는 부엌에서 음식을 하고 있는 이지프를 보게 되었다. 시하라는 앞치마를 찾으며 말했다.

"아침은 내가 할 테니, 너는 쉬어."

[아니요. 이제부터 제가 하겠습니다.]

"괜찮다니까."

[캬앗!]

그리고 팔을 번쩍 들어 시하라를 위협했다.

"끼악!"

시하르는 비명을 지르며 도망쳤다.

이지프는 엄청난 솜씨를 부려, 아침으로 데운 빵과 옥수수 스프, 베이컨을 곁들인 삶은 계란, 야채와 함께 부드럽게 조리한 닭고기를 내놓았다.

모두가 그 엄청난 맛에 감탄하며 먹었다. 재료가 좋아진 건 아니었다. 이지프가 식칼을 휘두르자, 그 재료의 풍미는 천상의 것이 되었던 것이다. 식칼 한 자루가 성검과도 같은 기적을 이룩했다.

모두가 식사를 하는 동안 이지프는 우유와 설탕을 넣은 달콤한 홍차를 가지고 와 따라 주었다.

"우와, 체자에서 가지고 온 차인가요? 엄청 맛있어."

로들이 묻자, 이지프는 차갑게 답했다.

[아니요, 있던 겁니다.]

메즈가 그런 로들을 보고는 말했다.

"참, 로들."

"왜, 메즈 형."

"분명히 말해 둘 게 있다."

"어, 말해."

"시하라가 나에게 이성적 감정이 있어서 너의 접근에 관심이 없는 게 아니라, 너 자체에 관심이 없어서 관심을 안 주는 거다. 그러니 나를 경계할 필요 없다."

엘리안이 놀라서 보았다. 시하라는 끔찍하다는 눈빛으로 로들을 보았다.

"무슨 소리야, 저게? 메즈가 헛소리하는 거지?"

"그게! 그게!"

로들은 수치로 급사하고 싶은 심정이었으나, 아무리 수치가 심해도 치사량이 되기는 힘든지라 차라리 죽고 싶은 기분으로 고함을 질렀다.

"아냐, 아니라고! 엘리안 님, 절대 아닙니다! 그런 거 아니에요! 시하라 누나, 아니야! 정말이야! 메즈 형, 그러는 거 아니지!"

엘리안은 딱해하며 위로했다.

"당황하지 마, 로들."

"믿어 주세요. 그거 아니에요."

"아니야, 로들. 내가 봐도 로들이 시하라에게 관심이 많은 건 알겠어. 하지만 네가 관심이 있는 사람이 너에게 관심이 없을 수도 있는 거지. 누구나 겪을 수 있는 일이니까, 너무 부끄러워하지 마."

"네?"

"로들이 그 정도 했는데 시하라가 로들에게 매력을 느끼지 못하면, 그건 로들이 매력이 없다는 거잖아. 그런 상황이라면…… 시하라 입장을 생각해, 로들이 양보하는 게 어떨까. 마음에 없는 사람이 좋아한다고 계속 주변에 남아 있는 건 불편한 일이거든."

"……."

그리고 그리 말하며 엘리안은 방긋 웃었다.

로들은 감탄했다.

천사처럼 어여쁜 얼굴로 어찌 저리 눈치가 하나도 없단 말인가.

시하라와 데일은 잠시나마 엘리안을 의심했던 것, 즉 행여나 브릴의 형제가 죽지 않고 살아 돌아온 건 아닌지 의심했던 것에 죄책감을 느꼈다. 이런 해맑은 아이와 브릴이 피가 섞였을 리 없다.

결코, 결코 없다.

이지프가 부엌을 정복한 덕에, 음식은 더할 나위 없이 훌륭해졌다. 자존심 강한 시하라도, 결국 음식 맛에 굴복하여 부엌에서 물러났다.

[이제 이 부엌은 제 것입니다!]

부엌의 지배자가 된 이지프는 맛있는 빵을 굽고 고급스러운 케이크와 과자를 굽고, 풍미 좋게 끓인 스튜를 내놓았다. 고기는 육즙 가득하게 구워져 식탁 위로 올라왔고, 닭과 오리도 각종 요리가 되어 올라왔다.

엘리안은 잘 적응했다. 복숭아처럼 향긋하고 예뻐서, 이 거친 환경에서 잠이나 자겠나 싶었는데 너무나 잘 적응했다. 항상 일찍 자고 일찍 일어나고 일했다. 피부는 언제나 뽀송하고 몸도 활기찼다.

봄이 되자 엘리안은 화단을 만든 다음 누하에서 씨앗을 구해 와서 심었다.

꽃은 그곳에서 태어난 듯 조화롭게 어우러졌다. 과수원도 잘 돌보았다. 여우나 사슴이 성으로 놀러 오기도 했고, 들소도 놀다 갔다.

새벽에 일어났다가 거대한 짐승들에 둘러싸여 맑게 웃는 엘리안을 보면, 메즈는 이곳이야말로 엘리안에게 잘 어울린다는 생각이 들었다.

다만.

"엘리안."

"네."

"짐승들이 좀 덜 오게 할 수는 없을까요."

"어, 왜요? 싫은가요?"

"짐승이 자꾸 나타나면 곰이 이 짐승들을 사냥하러 나타납니다. 그리고 이 근방에는 늑대도 많답니다. 그 맹수들은 엘리안에게 호의적이긴 합니다만, 우리들에게는 호의적이지 않을 수도 있습니다. 또 호의적이지 않은 맹수들이 굶주린 상태라면, 기왕 여기로 온 김에 우리들을 잡아먹겠다는 의지를 품을 수도 있지 않을까요?"

미처 그 생각을 못 했던 엘리안은 화들짝 놀랐다.

"미안해요! 그, 그런데 얘들이 마음대로 오는 거라, 제가 어찌할 수가 없어요."

"그렇다면 어쩔 수 없지만."

"노력해 볼게요. 미안해요. 너무 반가워서 그만!"

그리고 울 것 같은 표정을 지어 버려, 메즈는 급히 위로해야 했다. 엘리안이 이런 표정 지을 때마다 세상에서 제일 나쁜 놈이 된 것 같은 죄책감이 든다. 메즈는 괜찮다고, 곰이 나타나면 그냥 때려잡으면 된다고 위로한 뒤에 쟁기를 들고 밭을 갈러 갔다.

밭에 얼쩡거리던 곰 한 마리가 메즈의 쟁기에 맞고 혼비백산 도망쳤다. 그 후 곰은 다시는 나타나지 않았다. 아마도 곰끼리, 이 지역이 메즈라는 괴물의 영토가 되었다는 정보를 공유한 것 같다.

❖

며칠 뒤, 이지프가 커피를 내왔다. 체자에서 주문한 게 도착했다고 하면서. 메즈는 커피를 한 모금 마시자마자 불쾌한 얼굴로 노려보았지만, 엘리안은 맛있게 마셨다.

"고마워, 이지프. 커피 향 참 좋다."

[후후훙.]

이지프는 어깨를 들썩이며 커피포트를 들고 사라졌다.

메즈는 그런 이지프를 노려보았다.

"왜요, 메즈?"

"저한테는 독을 준 것 같아서요."

엘리안은 메즈의 잔을 마셔 보았다. 멀쩡했다.

"괜찮아요. 기분 탓이에요. 참, 메즈. 할 말이 있는데요."

"하십시오."

"트라바라 공작님이 황제가 될 수도 있다고 들었어요."

메즈는 '트레빌란 공작' 이라고 알아서 번역했다.

"누가 그러던가요."

엘리안은 구석에 앉아서 바느질을 하는 로들을 가리켰다. 로들은 천

조각을 모아 테이블보를 만들고 있다가, 메즈가 노려보자 몸을 움츠렸다.

"로들이 제국의 사정에 관심이 있다는 건 처음 알았군요. 저와 아버지가 이야기하는 걸 듣고 당신에게 이야기한 것 같습니다."

"그런데 정말인가요?"

"그렇다고 하더군요."

아버지가 전해 준 바에 따르면, 제국 황제가 퇴위당하고 그다음 황위를 양자인 레프가 물려받는 것으로 협상이 진행되고 있다고 들었다.

제국은 나라를 유지하는 조건으로 그동안 정복했던 대부분의 정복지를 할양해야 했다.

평소라면 메즈는 관심이 없었을 테지만, 이 협상에서 듀카르니아 대표로 브릴이 가 있어서 알게 되었다.

예전, 체자의 소요 사태 때부터 짐작은 했지만 브릴은 상대방을 놀라울 정도로 잘 다루었다. 교차로 교단에서도 그랬고, 제국의 마법사인 카니발라를 상대로도 그러했다.

상대방이 원하는 바가 무엇인지 알고, 또 주어도 되는 것과 주지 말아야 할 것을 구분할 줄 안다. 누가 약자이고 누가 강자인지도 금방 파악하고, 또 약점을 보이지 않으면서도 자신을 설득하기만 하면 협상 가능하다는 여지는 준다.

즉, 처음 해 보는 일이라도 노련해 보일 줄 아는 사람이다.

그 덕에, 발카니아는 물론이요, 상당한 영토가 듀카르니아 손에 들어왔다. 다만 브릴이 원하지 않았던 동대륙 남부는 혼란한 채로 버려졌다. 그 지역을 안정시키는 데는 상당한 노력이 들어갈 것이다. 너무 오래 내버려 두면 듀카르니아 남부가 그 지역의 난민과 강도로 위험해진다. 예전에 쫓겨난 왕을 다시 찾아 왕위에 올려놓아야 할 것 같긴 하나, 그 무능한 왕이 일을 제대로 할지는 의문이다.

트레빌란 공작은 황제가 된다 하더라도 이 엄청난 일을 모두 수습하고 제국의 형체를 유지하는 힘든 일을 해야 한다. 그에게 황위가 간 것은, 트레빌란 공작이 이런 상황에 처해도 최대한 명분을 유지하면서 일을 수습할 능력이 있기 때문이다.

“그럼 저, 그러니까, 이제 전쟁이 다 끝나는 거군요.”

“전투 자체는 끝났다고 봐야지요. 황제는 포로가 된 지 오래거든요.”

엘리안은 잔을 만지작거렸다. 엘리안이 뭘 묻고 싶어 하는지, 메즈는 금방 짐작했다.

“혹시, 하일드의 왕자에 대해 묻고 싶습니까.”

“네.”

“지금 브릴 님에게 레오닉스 왕자의 도움은 아주 필요합니다. 그는 군부의 중심이며, 또 그분의 지지는 브릴 님에 대한 신뢰를 높여 주게 됩니다. 브릴 님에게 가장 든든한 지지자인 겁니다.”

“그렇겠죠.”

엘리안은 고개를 푹 숙였다.

카니발라가 그렇게나 여왕으로 만들어 주겠다고 했는데, 브릴은 스스로 해냈다. 카니발라의 도움을 믿다가 몰락한 건 오히려 황제 쪽이다. 그리고 그저 듀카르니아만이 아니다.

아르노 다음을 이어 갈 왕은 분명 아르데나, 듀카르니아 전체를 아우르는 통치자가 될 것이다. 하일드만 독립국 비슷하게 있을 수는 없으니, 나라의 구조가 바뀔 것이다. 과도기를 치르는 연방체제는 지역색 강한 지방 정부를 가진 나라로 바뀔 것이고, 조만간 중앙 정부와 지방 정부로 나누어진 행정 체제로 돌아가면서 군제도 중앙군과 지방군의 형태로 개편될 것이다. 이곳 서부는 자치구 형태로 독립될 가능성이 높다고 봐야겠다.

나라가 엄청나게 변할 것이다. 아르노는 아마도 구시대의 마지막 왕으로 기록될 테고, 다음 왕은 신시대의 첫 번째 왕으로 기록될 것이다.

레오닉스가 브릴을 어떻게 생각하고 있는지 메즈도 알았다. 바로 옆에서 봤으니까. 또, 총리가 브릴을 어떤 식으로 지원하는지도 안다. 총리는 정말 브릴을 왕으로 만들고 싶어 하고 있다. 메즈가 아는 것보다 더 오래전부터 준비했을지도 모른다.

여왕 셰어브릴이라.

그리고 그런 브릴에게, 엘리안은 어떻게 해야 하는 걸까.

공개적으로 만날 수도 없다. 엘리안은 가짜 왕족 노릇을 했던 적이 있으니까. 존재를 알려서도 안 된다. 그 자체가 브릴에게 치명적이게 된다. 아르노가 아직 포기를 못 한 지금, 엘리안이 들통나면 안 된다.

그리 말해야 하지만, 이제 메즈도 사회생활을 할 줄 알게 되었다.

"그건 나중에 생각합시다. 다만, 어떤 선택을 하든 브릴 님은 브릴 님이 원하는 대로 선택할 권리가 있습니다. 그리고 브릴 님은 싫은 일을 억지로 받아들일 분이 아닙니다. 그분이 원했기에 레오닉스 왕자와 손을 잡은 겁니다."

"원했기에?"

"네. 그렇습니다. 브릴 님이 원하지 않았다면, 그가 그럴 만한 사람이 아니었다면, 브릴 님은 결코 가까이하지 않았을 겁니다."

"그런가요."

"브릴 님이 레오닉스 왕자를 원하셨고, 그분의 정치적 도움은 그 선택으로 얻은 이익이라 생각하십시오. 희생이나 타협으로 얻은 게 아닙니다."

"그러니까 강요나, 의무감…… 때문이 아니라는 건가요?"

"엘리안, 브릴 님은 그런 것 때문에 움직일 분이 아닙니다. 아시잖아요."

"그렇죠."

브릴은 남에게 강요하면 강요했지, 자신이 강요받을 사람이 아니다. 메즈가 옆에 지켜본 바에 따르면, 레오닉스는 브릴이 원하기만 하면 얼마든지 호구 짓을 할 수 있는 남자였다.

레오닉스가 그 정도 노력을 기울여 엘리안을 구한 것도, 엘리안에게 잘못한 것도 있었지만 그만큼 본인의 자존심이 강해서 한 일이었다.

그때, 농장 입구에 데일이 마차를 몰고 나타났다.

메즈와 엘리안은 포치에 놓인 테이블에서 커피를 마시고 있어서 그가 들어오자마자 볼 수 있었다.

데일은 마차를 세우고 손을 흔들었다. 그 마차에는 붉은 제복의 남자 둘이 앉아 있다가 얼른 두 팔을 흔들었다.

엘리안이 외쳤다.

"어, 저분. 반갑네요."

그러나 메즈의 얼굴은 급하게 썩어들어 가기 시작했다.

마르셀 경과…….

빌어먹을 길리온 경이었다.

"아직도 놀고 계셨습니까."

길리온은 마차에서 내리자마자 메즈가 그리 말하자, 이를 악물고 돌아섰다.

반년이 넘었다, 벌써. 그러니까 지난 아르데나 해전에서 같이 참전한 지.

마르셀은 이해한다. 전쟁은 모두 육상전이었으니, 해군인 마르셀은 쉬어도 된다. 그러나 길리온 안스터빌은 기병 기사 주제에 왜 놀고 있단 말인가.

메즈의 시선에 담긴 하찮게 여김을 알아챈 길리온이 고함을 질렀다.

"그런 눈으로 보지 마! 궁으로 복귀했단 말이다, 복귀했어!"

"정말입니까."

"정말이다! 이번에는 정말 휴가차 온 거야!"

"다행이군요."

"뭘, 언제고 그리될 일이었지."

"휴가가 끝나면 돌아가시는 거잖습니까. 여기서 길게 노닥거릴까 봐 걱정했습니다."

"……."

마르셀이 손을 들며 말했다.

"저도 복귀해요, 메즈 씨."

"혹시 길리온 경과 같은 직장으로 복귀하시는 건가요."

"그래요, 같이 호위대로 복귀해요."

"저런."

메즈는 진짜 동정 어린 시선을 보냈다. 길리온이 노려보았지만 신경 쓰지 않았다.

마르셀은 웃으며 고개를 저었다.

"싸우는 건, 역시 별로 좋아하지 않아서요. 단, 이제는 더 이상 인형의 기사단은 아니게 될 거예요. 공주 호위대 중 복귀한 기사는 나와 길리온 경뿐이거든요."

"누굴 지키는 겁니까."

"셰어브릴 님. 그분도 호위가 필요하죠. 누가 쳐들어오든 잘도 이겨 낼 분이긴 하지만. 그분이 잘 때는 누군가가 지켜 줘야 하죠."

"그렇……."

메즈의 말이 끝나기도 전에 길리온이 큰 소리로 외쳤다.

"이제 무시당하는 건 끝이야! 너, 너부터!"

그리고 메즈를 가리켰지만, 메즈는 코웃음을 쳤다.

"길리온 씨, 저는 길리온 씨가 백수라서 무시한 게 아닙니다. 그럴 거면, 처음 길리온 씨를 만났을 때는 존중했어야지요."

"그럼 왜 여태 무시했어!"

"길리온 씨가 무시할 만한 분이라서 그런 것뿐입니다. 오해 마십시오. 그리고 저 말고도, 다들 길리온 씨를 별로 좋아하지 않던데요."

"아니, 이제는 아니다! 의회 여기사들이 나를 무시하는 것도 끝이야. 복귀해서 그곳으로 가면, 서로 자기를 봐 달라고 몰려올걸. 특히나 로즈 맥빌 경!"

메즈는 눈살을 찌푸렸다.

"경박하시군요."

"여자들이 다 똑같지. 게다가 의회 여자들은 자유롭게 연애한다면서 헤프게 굴잖아."

메즈는 더욱더 눈살을 찌푸렸다.

"길리온 씨."

"그래."

"자유롭게 연애를 한다는 건, 연애 상대를 자유 의지로 선택한다는 겁니다. 길리온 씨의 발정 상태와는 상관없이, 그분들에게는 제 마음에 드는 남자를 고를 자유가 있습니다."

"어렵게 말하지 마! 무슨 말이야!"

"그곳의 기사분들이 길리온 씨를 싫어하는 건, 길리온 씨가 백수라서가 아니라 길리온 씨가 매력이 없어서 그런 게 아닐까요. 복귀를 했다고 으스대며 간다 한들, 좋아할 사람은 없습니다."

"내기할래? 여자들이 몰려오는지, 안 오는지!"

"여성분들의 선택을 가지고 우리가 평가할 이유는 없지 않습니까? 그

분들의 권리인데요."

"으아!"

길리온은 머리를 쥐어뜯었다.

메즈는 길리온이 수도에서 로즈 맥빌에게 더 치근댔을 거라 생각되어, 더욱더 불쾌했다.

엘리안은 그런 메즈와 길리온을 번갈아 보고, 옆의 마르셀에게 물었다.

"브릴은 어떻게 지내나요."

"아, 그게……."

그러나 메즈의 우려대로, 길리온이 답하고 말았다.

"곧 결혼하실 거야!"

메즈는 길리온의 머리를 후려치고 싶었다. 그런데 그가 하기도 전에, 이지프가 쟁반을 들고 와 앞에다 쾅 하고 놓았다.

[자, 처드세요.]

길리온은 '차' 인지 '처' 인지, 제대로 듣지 못했다.

[안 처드실 건가요? 어서 처드시라니까요.]

길리온은 귀가 의심스러웠지만 티포트를 들고 있는 손이 너무나 정성스러워 역시나 잘못 들은 것이라 생각했다. 마셔 보니 아주 맛없는 커피였다. 가만, 커피인데 왜 '차' 라고 했지?

그날 밤 엘리안은 자다가 깼다.

벽난로 불이 확 잦아들어 있었다. 조금 전까지 떠들던 길리온과 마르셀이 없다. 어디로 갔을까. 몸을 일으키자, 몸을 덮고 있던 담요가 내려갔다.

그제야 자신이 침실로 돌아와 있고, 벽난로는 거실의 벽난로가 아닌 2

층 방의 벽난로라는 것을 깨달았다.

이지프가 앉아서 뜨개질을 하다가 엘리안을 보았다.

[더 주무시지 그랬어요.]

"저, 저기 혹시 나."

[아. 그냥 잠드셨던 거예요. 길리온 경이 떠들어 대기 시작해, 마르셀 경이 가장 먼저 잠들었고 그다음 메즈 씨가 잠들었고 엘리안 님이 가장 나중에 주무셨어요. 아, 길리온 씨는 아직도 떠들고 있답니다.]

"정말 그냥 잠든 거였어?"

[네. 그 길리온 씨라는 분, 어찌 그리 나불대시는지. 아무짝에도 쓸모없는 쓰레기예요.]

"이지프. 그 두 분, 며칠이나 머물 거래?"

[이 주일이요. 그리고 메즈 씨가, 브릴 님이 아주 예전에 부탁하길 그 두 분이 오면 연어 낚시나 사슴 사냥을 가라고 하셨대요. 내일이나 모레, 날이 좋으면 나갈 거라고 합니다.]

"이 주일……."

[불편하시다면 그냥 죽여 버릴까요? 마르셀 경은 아깝지만, 길리온 씨는 죽일 가치가 있는 분이던데요.]

"……굳이 그럴 필요는 없고."

[그리고 나오세요, 메즈 씨.]

메즈가 문 뒤에서 이를 갈며 나왔다.

[내내 옆에 계셨어요.]

엘리안은 자신감 없이 물었다.

"혹시, 카니발라가 튀어나올까 봐 그래요?"

"아니라고는 말 못 합니다. 미안합니다. 믿지 못해서."

"아니에요. 나를 지켜 주고 싶어서 그런 거잖아요. 그리고…… 너무 조심하지 않아도 돼요. 나도 알아요. 브릴과 내가 함께할 수 있는 미래가 없다는 걸요. 또, 내가 브릴을 난처하게 할 수 있다는 것도요."

가짜 왕족 노릇을 했고, 레오닉스가 조용히 있어 준다 하더라도 아르노가 문제다.

그뿐인가. 제국의 상황이 안정되면, 카니발라로 행세하던 엘리안을 알아볼 사람은 어디서든 나온다.

"항상 후회해요. 그날 카니발라의 독을 마시지 않고 브릴을 찾아갔다면 어떻게 되었을까."

"브릴 님은 어떻게든 하셨을 겁니다. 그럴 만한 분이니까요."

"그렇겠죠."

나 혼자 너를 지키네 뭐네 하며 네게 가장 잔인한 짓을 해 버렸지.

미안, 브릴.

"하지만 저는 저 숲에서 계속 살았을 겁니다, 엘리안."

엘리안은 놀라 메즈를 보았다.

"저는 저 숲에서, 제 가족을 슬프게 한 채로 방황하며 살았을 겁니다. 우르가나는 언제고 카니발라의 노예가 되었을 테고요. 그러니 엘리안, 저는 당신과 브릴 님을 만나서 행복합니다."

메즈의 손이 엘리안의 머리에 얹혔다. 눈빛은 평소의 그와는 달리 다정했고 좀 슬퍼 보이기도 했다.

"그래서 다행이라 생각하고, 감사합니다. 당신들과 만나 구원받을 수 있게 된 것이, 제게 한 번 더 기회가 온 것이. 당신과 브릴 님을 만나 다행이라 생각하고, 아주 감사하고 있습니다."

"메즈."

"그리고 엘리안, 아무리 아프더라도 누군가와는 헤어지고, 또 누군가와는 다시 만나게 됩니다. 변화를 잡아 둘 수 있는 사람은 어디에도 없습니다. 브릴 님은 굉장한 재능과 품격을 갖춘 분입니다. 그분의 길을 가게 해 주십시오."

"제가 부탁하면 브릴이 돌아올까요?"

"그분은 오십니다. 당신이 브릴 님을 필요로 한다면, 브릴 님은 자신이 불행해져도 올 겁니다. 그것이 바로 당신에 대한 그분의 사랑입니다."

"제가 어떻게 해야 할까요."

"그분의 사랑을 안다면, 당신 스스로 무너지지 마시고 한 번 더 생각해 보십시오. 브릴 님을 위하는 길이 무엇인지."

"메즈— 나는 나를 버리지는 않을 거예요."

메즈의 눈이 미소를 담았다.

"압니다."

"그러니, 그건 걱정하지 마세요. 도망치거나 무너지지 않아요. 믿어 줘요."

"믿겠습니다."

"내일 라바이와 함께 숲으로 가려고요. 하루나 이틀 걸릴 것 같으니까, 안 들어온다고 너무 걱정하지 마세요."

"그럼, 저는 마르셀 경과 길리온 씨를 데리고 낚시나 하지요."

"봄인데, 곰이 나오지 않을까요."

"때려잡지요, 뭐. 곰 고기 스튜는 맛있습니다. 겨울잠에서 깨어난 녀석들이라 살은 없을 테지만……. 다만, 그 전에. 당신과 카니발라가 어떤 상태인지 묻고 싶습니다."

"그게 말이죠."

엘리안은 손바닥을 세웠다.

"이렇게 벽이 있고, 이쪽에 카니발라가 있고 저쪽에 제가 있는 상태에요. 이 벽이 계속되는 한, 카니발라의 의지는 깨어나지 않아요. 하지만 카니발라의 기억은 제게 다 있어요."

"모두 다?"

"정확히 말하자면, 제 몸을 가지고 있을 때 카니발라가 한 일만 기억나요. 그 전의 기억은 이제는 거의 안 나요. 그러니까 펠릭스였던 때라든가, 그전이라든가."

"어떤 일을 했던가요."

"많이요. 특히나 아르노의 부하들하고 로버트 숙부님 부하들을 많이 만난 것 같아요."

"행여, 그자들이 당신을 찾아올 수도 있습니까?"

"몰라요."

"그럼 조심하도록 하지요. 일단, 모든 것의 우물로 가 보십시오."

"알았어요."

"그리고 마저 주무십시오. 편히요."

엘리안은 웃으며 몸을 눕혔고, 잠드는 데는 몇 초 걸리지도 않았다.

새근새근 잠든 엘리안을 한참이나 들여다보던 메즈는, 벽난로에 장작 몇 개를 더 넣은 다음 방을 나와 문을 닫았다.

다음 날, 이지프는 도시락을 정성스레 준비했다.

점심에 먹을 샌드위치에다, 건과를 넣은 쿠키, 구운 닭고기는 물론이요 치즈 넣은 빵과 훈제 돼지고기까지 넣었다.

그중 바구니 두 개는 메즈와 기사들을 위한 것이고, 나머지는 엘리안과 라바이 몫이었다.

[맛있게 드시고요. 생선 구이용 허브 소금도 넣어 두었으니, 생선을 잡아 그 자리에서 구우실 때 쓰세요.]

메즈는 이지프의 친절에 의심스런 시선을 보냈다. 너는 분명 여기다

독을 탔음이 분명하다는 눈빛이었다.

눈치챈 이지프의 눈이 시뻘겋게 변했다.

[이제 좀 믿으세요!]

엘리안이 얼른 메즈의 등을 밀었다.

"나중에 봐요."

"무사히 해결하고 오십시오. 그리고……."

"그리고?"

"불안하시면, 여행을 가 보는 게 어떨까요. 아주 멀리요."

"괜찮을까요?"

"한동안 여행을 하다 보면, 언제고 아르노도 물러나지 않을까요. 그러면 한결 마음 놓을 수 있을 테니, 그때 돌아오죠."

"역시."

엘리안은 바구니를 내려다보며 웃었다.

"저보다 훨씬 낫네요, 메즈는. 저는 걱정만 했는데."

"하지만 장담은 못 합니다. 저도 대륙에는 나가 본 적이 없거든요."

"어디로 갈지는 천천히 결정해 봐요. 여행비는 걱정 마시고요. 카니발라의 돈이 아직 많이 남아서. 아니, 솔직히 말하자면 그 돈 중 얼마나 쓸 수 있을지도 잘 모르겠어요."

"하긴."

엘리안은 규모를 감 잡지 못했지만, 메즈는 브릴과 함께 장부를 털었기에 어느 정도인지 알았다.

도시 몇 개의 몇 년 치 예산에 해당되는 금액이었다. 엘리안은 그 돈을 쓰는 것이 꺼림칙했지만, 브릴과 메즈가 보기에 양심의 문제 따위로 포기하기엔 너무 많은 돈이었다.

둘이서 여행한다면, 이지프는 그냥 짐으로 치고…… 몇 년 최고급 호텔에서 먹고 놀기만 해도 그 비중은 미미하기 짝이 없을 것이다.

"돌아오면 정하지요."

"네, 그래요."

한 시간 뒤에 라바이가 마차를 끌고 왔다. 셋은 짐을 꾸려 마차에 실은 다음 출발했다.

봄날은 아주 좋았다. 햇살은 따스하고, 하늘은 연푸른빛이었다. 벌판에는 녹색 싹이 돋아나 부드러워 보인다.

점심 즈음에 도착해, 둘은 샌드위치와 샐러드, 와인 한 잔으로 점심을 먹은 뒤에 모든 것의 우물이 있는 곳으로 들어갔다.

어느 정도 숲에 들어오자, 이지프가 정령의 병을 열기 시작했다. 병에서 나온 정령들이 여기저기 깃들기 시작했다. 나무가 움직이고, 풀이 바스락거렸다. 바위 밑에 숨어 있던 토끼가 놀라 뛰쳐나오기도 했다.

엘리안은 주변에 뿌연 형체가 어리는 것을 보았다.

어린아이처럼 가느다란 팔다리와 작은 얼굴들이 희미하게 보였다.

나무 둥치 사이로 희미한 빛이 번지는 것이 보이기 시작한 것은 대략 두 시간 정도 걸어간 뒤였다. 곧 공터가 나오며 난간으로 둘러싸인 웅덩이가 나왔다.

"내 생각과는 다르다."

엘리안이 말했다.

"왜?"

"나는 여기까지 오는 길이 어려울 거라 생각했어. 그런데 걷기만 하면 되는구나."

"우물 자체를 찾는 건 어려운 일이 아니야. 하지만 아무 일도 일어나지 않으면, 우물은 아무 쓸모도 없어."

엘리안은 난간 가까이 다가가 들여다보았다.

안은 정말로 텅 비어 있었고, 그다지 깊지도 않았다.

꿈에서 보았을 때는 엄청난 암흑의 구덩이였는데, 실제로 보니 얕게 판 웅덩이다.

희미한 아이들이 그 안으로 들어가 천천히 사라졌다.

속삭임이 들려오기 시작했다.

'엘'

'안녕, 엘.'

'엘?'

누가 부르는 걸까.

엘리안은 우물 중앙에 서 있는 호리호리한 형체를 발견했다.

여태 오면서 한 번도 보지 못했던 것이다.

바라보자, 그것 역시 엘리안을 골똘히 바라보았다.

'고민이 많네, 바보 같은 엘리안.'

순간, 엘리안은 정신이 번쩍 들었다.

큰 눈으로 바라보자, 그 역시 웃는 듯 보였다.

'거 봐. 이럴 줄 알았다니까. 또 고민하고 있지? 너의 소중한 공주님이 너 때문에 모든 것을 망칠까 봐.'

이지프가 엘리안의 옷을 잡았다.

'그래. 독을 삼켰잖아, 우리 엘? 그런데 어쩌나. 내가 없어지면 어떻게 되지? 왕자는 이겼지. 공주님은 왕자와 사랑에 빠지려나 봐. 광대인 너는 이곳에 있고.'

엘리안은 난간에 발을 댔다.

"카니발라?"

'아, 그리 부르나? 공주님은 왕이 되었고, 그래서 나를 가졌지. 내 이름을 불러 나를 노예로 삼았어. 하지만 어쩌나. 그거 알아? 그럼에도, 나는 항상 반역을 꿈꾼다는 것을. 우리의 관계는 복속이지, 영원한 노예 계약이 아니거든.'

"브릴을—"

엘리안은 고개를 저었다.

"그만해."

라바이의 눈이 커졌다.

"무슨 소리 하는 거야, 엘?"

엘리안은 더 듣지 않았다.

'와 볼래? 자, 어서.'

엘리안은 난간에서 몸을 날려 웅덩이 안으로 뛰어들었다.

이지프가 기겁해 뛰어 들어왔다.

[들어가지 말아요, 주인님!]

순간, 바닥이 먹지처럼 새카만 어둠으로 변하더니, 갑자기 끝도 없이

뚫린 구덩이로 변해서 엘리안을 빨아들였다

엘리안은 팔을 뻗었다.

이지프가 그런 엘리안의 허리를 잡으려 했지만, 옷이 찢어지며 놓치고 말았다. 이지프가 팔을 휘둘렀다.

[엘리안 님!]

엘리안은 팔을 뻗었지만 허공뿐이었다.

떨어진다고 생각했는데, 바람도 휘몰아치지 않고 몸이 추락하는 느낌도 없었다.

정신을 차리니, 엘리안은 바닥에 앉아 있었다.

예전에 카니발라가 엘리안의 몸을 가지고 있을 때 생각이 났다. 그때는 깰 때마다 이상한 곳에 앉아 있었다.

곧 주변이 밝아 오기 시작했다. 하늘은 컴컴했다. 먹구름이 우글거린다. 까마득하게 높은 삼나무들로 가득한 숲속이었다. 굵은 나무 둥치가 거인처럼 보였다. 너무나 거대해 이질적으로까지 보이는, 세상에 이렇게 거대한 것이 존재할 수 있다는 것이 경이로울 만큼의 높이와 굵기였다.

엘리안은 여기가 어딘지 확인하고 싶어 몸을 일으켰다.

까마귀들이 빠르게 날아들었다. 커다란 독수리들도 날아와 나뭇가지에 앉았다. 덤불 사이로 늑대와 여우들이 나타났다. 숲 너머로 거대한 큰 뿔 사슴들이 고개를 내밀었다.

엘리안은 주변을 둘러보다, 돌로 둥글게 쌓아 올린 웅덩이 하나를 발견했다. 웅덩이 안은 검게 물들어 있었다.

엘리안은 바닥의 돌을 집어 웅덩이로 던졌다. 돌은 검은 물에 잠긴 듯 사라졌다. 엘리안은 하나 더 던져 보려 했다. 그런데 웅덩이의 검은 물이 갑자기 끓어오르듯 출렁이더니, 엄청난 속도로 넘쳐나 주변 나무들을 검게 물들이고 바닥을 검게 삼켰다.

엘리안은 돌아서 달렸다. 검은 물은 엘리안의 뒤를 따르며 주변을 모두 삼켰다. 엘리안은 결국 돌에 걸려 넘어졌다. 나무 둥치에 부딪혀 굴러 떨어지는 건 간신히 면했지만, 엄청나게 아팠다.

엘리안이 멈추자 그 검은 흐름도 멈추었다. 엘리안은 바로 옆까지 온 검은 물에 손을 넣어 보았다. 안이 공기처럼 아무 느낌도 없었다. 경계면을 스치는 느낌조차 없다.

곧 우르릉— 하는 천둥소리가 들려왔다. 엘리안은 고개를 들었다. 차가운 빗방울이 이마와 볼을 때리더니, 이어 세차게 후드득 떨어졌다. 이내 쏴아아— 소리가 들리며 빗소리가 들려왔다. 사방이 부옇게 흐려졌다. 빗물이 자꾸 스며들어 눈앞이 흐렸다.

그때 빗줄기 사이로 사람이 보였다. 엘리안은 급히 손을 저었다.

"여기로 오지 마……."

빗속에서 흠뻑 젖은 여자가 걸어 나왔다. 옷도 머리카락도 모두 젖어 이마와 볼에 들러붙어 있었다.

"브릴?"

브릴이었다. 브릴의 눈이 커졌다.

여기가 어디인지도 모르겠지만, 저 뒤에 있는 컴컴한 녀석들이 브릴에게 안전할 것 같지는 않았다.

비에 젖은 브릴의 입술이 달싹였다. 눈에 가득한 것은 당혹스러움과 놀라움이었지만, 그럼에도 반가워하고 있었다.

그때 등 뒤에서 나지막한 목소리가 들렸다.

'자, 문이 열려 있어. 이곳으로 데리고 와.'

엘리안은 돌아보지 못했다.

'데리고 와. 셰어브릴은 이곳에서 우리들을 다스릴 수 있어. 그리고 영원히 너와 함께할 수 있지.'

등이 오싹해졌다.

지금 네가 말하는 건가, 카니발라?

허나, 그가 말하는 건 정말로 달콤한 유혹이었다.

이대로 브릴을 데리고 가면, 영원히 엘리안과 함께할 수 있다고.

어디로 갈지 모른다. 하지만 저 암흑이 브릴과 엘리안을 피신시켜 줄 것이다.

그때 브릴이 입을 열었다.

"너—"

브릴이 고함을 질렀다.

"너, 어떻게!"

"조, 조금 전까지 서부에 있었어. 어떻게 여기로 왔는지 몰라."

브릴의 눈이 떨렸다.

빗줄기는 여전히 거세어서, 브릴의 창백한 얼굴을 차게 적셨다.

엘리안은 브릴의 몸이 너무 차다고, 또 이대로 비를 맞으면 감기에 걸릴 거라고 생각했다.

그런데 브릴의 손이 엘리안의 턱을 만졌다.

잠시 아찔해지며, 엘리안은 여기가 어디냐고 묻고 싶었다.

주변 풍광은 너무 낯설었다. 숲은 험준했고, 곳곳에 깊은 바위와 계곡이 보였다. 그러나 묻기도 전에 브릴의 몸이 엘리안 쪽으로 쓰러졌다. 흠뻑 젖은 몸은 돌처럼 차가웠다.

"브릴?"

손이 떨린다.

멀리서 고함이 들려왔다. 말발굽 소리도 들린다.

엘리안은 브릴을 안은 채 주변을 둘러보다, 등 뒤에서 시선을 멈추었다.

잉크빛으로 물들어 있었다. 나무도 바위도 바닥도.

'뭘 해? 어서 데리고 와.'

엘리안은 브릴의 창백한 얼굴을 내려다보았다.

정말 아픈 건지, 걱정되었다. 어서 안전하고 따뜻한 곳으로 옮겨야겠다. 브릴의 입술 사이의 숨소리도 가빴다.

그때 나무들 틈으로 검은 말이 빗줄기를 뚫고 뛰쳐나왔다. 악마라도 튀어나온 것 같아, 엘리안은 쓰러진 브릴을 끌어안은 채 노려보았다.

뛰쳐나온 사람은 검은 말에 타고 검푸른 우비를 걸친 남자였다. 엘리안은 남자의 얼굴을 올려다보았다. 거센 빗줄기 속에서도 남자의 눈은 석탄처럼 불타는 듯했다.

레오닉스다.

왕자는 비에 젖은 머리카락을 쓸어 넘기고는, 엘리안을 믿을 수 없다는 듯 보고 있었다. 적대감과 경계의 눈빛이 빗줄기 너머로도 느껴졌다.

엘리안은 등 뒤의 기운이 강해지는 것을 느꼈다.

'어서, 어서! 어서, 엘리안!'

유혹적인 목소리다.

이대로 가면 브릴과 사라질 수 있다.

'자, 어서.'

등 뒤에서 목소리가 들린다.

'원하는 대로 될 거라니까.'

수년 전에 말을 나눈 대로, 아무도 모르는 곳으로 갈 수 있어.

"어떻게—"

레오닉스가 말했다.

"어떻게 된 거냐."

엘리안은 레오닉스의 눈을 바라보았다.

"브릴이 아픈 것 같아요."

"엘리안!"

"브릴이 깨어나면 말해 줘요. 도망친 것도, 버린 것도 아니라고. 나는 어떻게든 브릴 곁으로 돌아오니까, 그러니까…… 내 걱정 말라고요."

레오닉스가 말에서 내렸다.

엘리안은 다시 돌아보았다.

'오, 정말 그럴 거야? 정말이냐고! 그러지 마!'

엘리안은 급히 브릴의 몸을 레오닉스에게 기대게 했다.

"어떻게 여기로 온 거냐."

"나중에 이야기할 수 있으면 할게요. 하지만 이상한 게 저를 따라왔고, 브릴을 헤칠 수 있어요. 그건 내가 데리고 갈게요."

“엘리안!”

“내가 할 수 있어요. 당신이 브릴을 지켜 줘요.”

브릴의 어깨를 잡았던 손을 놓았다. 잠시 내려다보다, 즉시 돌아서 우물 쪽으로 달려갔다.

순간, 주변이 확 변했다.

‘후회 안 해?’

“닥쳐. 어차피 넌 카니발라도 아니잖아.”

소리가 잦아들었다.

카니발라가 아니다. 카니발라 흉내를 내고는 있지만. 그러나 겉으로 보이는 위험보다 심장 안에 깃든 병이 더 치명적이듯, 이놈은 자꾸 엘리안의 마음을 건드려서 위험하다.

세상이 바뀐 듯, 갑자기 하늘이 맑아지고 비가 그쳤다.

공기가 따스해지고 환해졌다.

“돌아온 건가?”

그런데 자작나무 숲이 아니라, 장미 덩굴이 우거진 공터였다.

이곳에도 돌을 둥글게 쌓아 올린 웅덩이가 있긴 했지만, 크기가 그다지 크지는 않았다. 샘처럼 작았고, 그 안에도 검은 액체가 출렁였다.

엘리안은 밖으로 나갔다.

한참 울창한 덤불을 헤치고 나가자, 오래된 느티나무와 단풍나무로 된 숲이 끝나고 완만한 언덕이 나왔다.

그 언덕 아래, 엄청난 건물이 서 있었다.

옅은 모래색 대리석으로 세워진 건물이었다. 최근 지어진 건물은 아니었지만, 오래되고 품격 있는 건물이 늘 그렇듯 건물 자체가 가진 자존감이 느껴졌다.

의회다. 듀카르니아로 돌아왔을 때 잠시 살았던 곳이기도 하다.

주변으로 작은 새들이 몰려들어 배쫑배쫑 울기 시작했다. 회색 다람쥐들도 나타났다.

엘리안은 건물로 내려갔다. 그리고 자신의 옷이 변한 것을 알아챘다. 흠뻑 젖어 진득진득해야 하는 옷이, 매끈한 실크 정장에 깨끗한 셔츠로 변해 있다.

머리카락도 모두 말라 깨끗했고 몸은 금방 목욕한 듯 상큼했다.

의회의 창과 문 위에는 붉은색과 푸른색으로 된 리본이 매어져 있었다. 아무것도 모르는 엘리안이 봐도 무언가를 축하하기 위함인 듯 보였다.

엘리안은 의회 안으로 들어갔다.

사람들이 거의 보이지 않았다. 건물이 빈 느낌은 없는 것으로 보아, 사람들은 다른 어딘가에 모여 있을 것 같다.

그때, 문이 열리며 남자 하나가 달려 나왔다.

남자의 긴장한 얼굴을 본 순간 엘리안은 안도했다.

"메즈?"

메즈다.

"엘리안! 왜 여기 있어요. 찾았잖아요."

"아, 저요?"

그러다, 잠시 뒤 메즈가 눈살을 찌푸리며 믿을 수 없다는 듯 아래위로 올려다보았다.

"왜 그래요."

메즈는 상의는 화려한 색을 넣은 이민족식 상의였으나, 아래는 바지통이 좁은 왕국식이었다. 그리 입으니 잘 어울렸다. 메즈가 듀카르니아 옷을 거부하던 이유, 즉 왕국식 정장이 가슴이 너무 조여서 불편하다는 단점을 보완한 복장이었다.

엘리안은 자신의 복장이 변한 것도, 기억이 아예 없는 것도 불안했다.

"메즈. 혹시 제가 몇 년간 사라졌다거나, 그런 건가요."

"엘리안."

"네."

"보통 그런 질문을 할 때는 긴장해야 하지 않습니까."

"아직 답을 못 들었잖아요. 나쁜 일이 아닐 수도 있으니까요."

주변을 둘러보니 가을인 것 같다.

다행히 메즈는 보통 사람보다는 아는 게 많아, 침착하게 필요한 질문을 했다.

"어떻게 여기로 온 겁니까."

"라바이와 함께 모든 것의 우물로 갔다가, 그곳에서 떨어진 다음 여기로 왔어요. 조금 전에 브릴을 만났고, 그다음은 여기요."

엘리안의 말은 상당히 두서없었지만, 메즈는 두서없는 엘리안의 화법에 익숙해 알아서 맥락을 꿸 수 있었다.

"그렇군요. 알겠습니다."

그때, 그들이 있는 복도 끝에서 자그만 아이가 나타났다.

메즈가 아이를 들어 올려 품에 안았다. 옅은 금빛 머리에, 목에는 이민족 아이들이 행운을 위해 쓴다던 부적 목걸이가 걸려 있었다. 아이는 엘리안과 마주하자마자 방긋 웃었다.

"몇 살이에요?"

"이 아이는 세 살입니다."

메즈가 말했다.

"네? 지금, 어떻게 된 거예요?"

메즈는 침착하게 말했다.

"모든 것의 우물은 일종의 회랑입니다. 그리고 그 우물은 한 군데만 있는 것도 아닙니다. 오래된, 사람의 손이 닿지 않은 채 아주 오랫동안 남겨졌던 곳에서 찾을 수 있다더군요. 당신은 그곳을 통해 연결된 곳으로 온 겁니다. 다만 같은 시간대는 아닌 거죠."

"혹시, 무슨 일이 있었어요? 제가 모르는 일이요. 그러니까 라바이와 함께 우물에 간 시점에서 말이죠."

아이가 엘리안의 얼굴을 물끄러미 보았다. 엘리안은 아이의 손을 잡아 주었다. 아이는 다시 활짝 웃으며 엘리안의 손을 가지고 놀았다.

"제국의 황제는 죽었습니다. 병이라 하지만, 독살일 겁니다."

"그리고요?"

"레프 오네긴사 공작이 황제가 되었습니다. 정복지를 대부분 할양하는 조건이었습니다. 제국의 영토는 줄었지만, 나름 잘 이끌어 가고 있는 것 같습니다. 반란도 없고 소요도 없습니다."

"그리고……요."

"브릴 님의 권한은 안정되었습니다."

"안정? 정말요?"

엘리안의 표정이 환해졌다.

"그렇습니다. 왕실군 안에 있는, 아르노의 인맥이랄 수 있는 지휘관들이 실각했습니다. 비리, 배임, 권력 남용 등으로요. 몇몇 왕족과 귀족들이 브릴 님에 대한 불신임을 표명했고, 하일드의 영향력이 너무 커진다고 반발했습니다. 그들 역시, 이상한 이유로 사임하거나 의견을 꺾긴 했지요. 두 달 전에 국왕이 양위를 표했습니다. 왕은 후계자 발표를 한 게 아니라, 양위를 할 대상을 발표했습니다. 의회와 하일드, 내각이 모두 만장일치로 그 의견에 찬성했습니다."

"양위할 만한 이유가 있었나요?"

"양위한 뒤, 아르노의 직업이 왕에서 선왕이 되면 그는 제국 출신의 이사벨 데스트레 부인과 재혼할 예정입니다. 그녀의 거취를 확인한 왕은 양위를 조건으로 결혼을 허가받았습니다."

"왕인데 마음대로 결혼도 못 하나요?"

"그건 의회나 내각이 내건 조건이 아닌, 이사벨 부인이 내건 조건이었습니다."

"다행이네요. 아, 아니. 아르노가 물러나서 다행이라는 게 아니고, 이사벨이란 분이 다행이라고. 아니, 아니, 그게 아닌데."

엘리안은 당황해 주먹을 쥐고 이리저리 고개를 젓다가, 간신히 힘을 내어 물었다.

"혹시 저, 내내 실종 상태였나요?"

메즈는 차분한 목소리로 말했다.

"아닙니다, 엘리안."

"그럼…… 카니발라였나요?"

엘리안은 당장 거울을 찾았다. 늙었으면 카니발라야.

"아닙니다."

메즈가 단호했다.

그때였다.

"메즈, 비켜 줘. 그게 아니라는 건, 내가 말해 주면 될 테니."

그 목소리에 엘리안은 급히 메즈의 등 뒤를 보았다.

브릴이다.

드레스 차림이었다. 단순해도 격식은 갖춘 행사용 드레스로 보였다. 어깨에서 허리까지 휘장이 걸쳐져 있었다.

"브릴."

브릴이 다가와 엘리안의 볼에 손을 얹었다.

손은 엘리안의 볼을 건드리고 올라가, 머리카락을 흔들고 내려갔다. 부드럽고 다정한 손길이다.

"몇 년이 흐른 건지, 이야기해 줄 수 있어?"

"오 년."

브릴은 속삭이듯 말했다.

"호, 혹시 그동안 나는 완전히 사라졌던 거야?"

"아니."

브릴이 엘리안의 볼에 입을 맞추었다.

"아니야."

"그럼?"

"돌아가면 알 거야. 너는 너야. 자, 그러니 이만 너에게 돌아가."

엘리안은 브릴의 머리에 얹힌 왕관을 보았다.

찬란한 보관이었다.

"라바이가 너를 걱정하고 있을 거야."

그 명령은 부드럽지만 압도적이었다.

너무나 강력한 절대명령이라, 따르지 않을 수가 없었다.

엘리안은 브릴의 이마에 입을 맞추고 손을 잡았다.

손이 점점 투명해지는 느낌이었다.

무언가가 엘리안을 강력하게 빨아들이는 것 같다.

잠시 뒤, 엘리안이 다시 눈을 떴을 때는 또 다른 장소였다.

테라스 위였다.

여기에도 우물이 있나 보다. 엘리안은 브릴과 헤어진 것을 안타까워하며 주변을 둘러보다, 희게 펄럭이는 커튼 너머에 있는 아이를 발견했다.

작은 아이의 머리는 검고 눈은 청회색이었다. 아이는 눈을 크게 뜨고 엘리안을 바라보았다. 분명 아이였지만, 얼굴의 이목구비가 뚜렷해서 화려한 분위기가 있다. 아이에게 친절한 엘리안이라, 상냥하게 웃어 주었다.

그때 누군가 들어오는 소리가 났다. 소년이 뭐라 말하려 했다.

그 순간, 느낌이 온다.

엘리안은 입술에 손가락을 가져다 댔다. 아냐, 아냐. 네가 그러면 안 되는 거야.

발소리가 가까워지자 엘리안은 급히 커튼 뒤로 숨었다.

아이가 달려가 누군가의 품에 안겼다. 커튼 너머로 큰 키의 남자가 보였다. 넓은 등과 검은 머리도. 돌아보는 남자의 얼굴과 마주하는 순간, 엘리안은 눈을 크게 떴다.

레오닉스?

순간, 아주 아픈 것을 알게 된 기분이었다. 그럼에도 엘리안은 커다란 행복도 느꼈다.

몸이 사라진다. 가벼운 바람의 날개를 단 듯.

엘리안은 눈을 떴다.

맑고 푸른 하늘 아래였다. 메즈가 옆에 있는 나무둥치에 기대어 자고 있었다.

"메즈?"

메즈는 눈을 번쩍 떠, 갑자기 엘리안에게 달려와 멱살을 잡았다. 옆에 앉아 있던 이지프의 눈도 커졌다.

엘리안이 더 놀랐다. 메즈는 엘리안의 멱살을 잡아 흔들다가, 엘리안의 표정을 보고는 얼른 놓았다.

"엘리안이군요!"

"어, 어떻게 되었어요?"

"어떻게 되긴요! 이틀이나 뭐 했습니까!"

"가만, 가만."

"뭐가 '가만' 입니까! 이지프, 너!"

돌아보자 이지프는 고개를 저었다.

[나는 잘못 없어요. 주인님이 회랑으로 떨어진 거예요. 그리고 회랑은 전혀 위험하지 않다고요! 봐요, 금방 왔지. 육체가 먼저 돌아오고 의식은 좀 나중에 돌아오긴 했지만요.]

"그럼 미리 이야기를 했어야지! 일부러 그런 거지, 너!"

[되게 신경질이시다. 아니라니깐요!]

엘리안은 메즈를 말리며 물었다.

"내가 사라진 지, 이틀이나 지난 건가요?"

"정확히 말하자면, 몸은 어제 돌아왔습니다. 그러나 의식이 돌아온 건 지금입니다. 얼마나 걱정한 줄 압니까!"

[회랑으로 가는 건 위험하지 않다니까요.]

"네가 매번 여기서 몸을 던져 죽어 버릴 거라고 했잖아, 이 깡통 고물아!"

[저야 육신이 없잖아요?]

엘리안은 메즈가 요즘 부쩍 신경질이 잦아진다는 생각이 들었다. 평소에는 침착한데 이지프가 깐죽대기 시작하면 바로 화를 냈다.

[저는 육신이 없으니 휘말리면 죽는 건데요. 엘리안 님은 육신이 있는 상태라 휘말려도 괜찮아요. 수채 망에 걸리는 건더기 같다고나 할까.]

"빌어먹을, 이 나쁜 자식아!"

세상에, 메즈가 욕을 했어!

엘리안은 충격을 받았다. 화를 내던 메즈는 그런 엘리안을 보고 얼른 헛기침을 했다.

“죄송합니다. 제가 분노를 조절하지 못한 것 같군요. 부끄럽게.”

엘리안은 메즈를 위아래로 훑어보았다. 가만있자, 지금으로부터 오 년 뒤에 세 살 된 아이가 있으려면 적어도 올해 안에 여자를 만나야 하는 거잖아?

“엘리안?”

“저기, 할 일이 있어요.”

“뭡니까.”

“회랑에 휘말렸을 때 미래를 봤어요. 어, 무슨 미래인지는 묻지 마세요. 하지만요, 지금 가서 카니발라의 유산을 찾아야 해요.”

“그건 또 왜요.”

엘리안은 어디서부터 설명해야 하는지 좀 고민했다. 그러나 엘리안답게 생각하는 시간은 그다지 길지 않았다. 좀 웃은 다음 말했다.

“메즈, 나는 레오닉스가 싫었어요.”

“저도 그다지 좋지는 않습니다.”

“나는 그렇다 쳐도, 메즈는 왜 싫어요?”

“항상 무례하게 구는 건 싫지만, 그 남자처럼 선택적으로 무례하게 구는 것도 싫습니다. 아, 저에게 무례했다는 건 아닙니다만. 그래도 브릴 님 앞에서는 너무 정중하고. 저는 그게 싫습니다.”

“무례하지 않으면 괜찮은 거잖아요.”

“그건 아닙니다만, 브릴 님 앞에서만 유달리 예의 바른 것도 싫습니다.”

무슨 소리야? 브릴에게 잘하면 괜찮은 거잖아.

잠시 뒤 엘리안은 올바른 결론을 내렸다. 아, 생트집이구나.

"메즈, 나도 내가 그 사람을 좋아할 수 있을지는, 아직도 의문이에요. 하지만…… 나는 브릴을 사랑해요. 그러니, 브릴이 사랑하는 것을 같이 사랑할 수 있어요."

"네?"

"질투라는 거, 나는 가질 수 없거나 받을 수 없는 것을 다른 사람이 가지거나 받으면 화가 나는 거잖아요. 물론 나는 나 혼자 브릴을 독차지하고 싶은 마음이 항상 있어요. 그런데…… 그러면 나는 브릴을 불행하게 할 테죠. 메즈, 나는 브릴과 같이 있고 싶은 만큼 브릴이 불행하지 않았으면 해요. 내 행복을 위해…… 브릴이 맞춰 주는 것도, 희생하는 것도 싫어요. 그러니 나는 브릴이 사랑하는 사람, 브릴을 사랑하는 사람, 브릴을 위하는 사람, 브릴이 위하는 사람…… 모두 다 같이 사랑할 생각이에요."

"그게 마음대로 됩니까?"

"브릴을 사랑하니까 노력할 거예요. 아니, 할 수 있을 거예요. 브릴이 사랑하면 다 내가 사랑하는 거예요."

엘리안은 그 꼬마를 보는 순간 깨달았다.

여태 해답이 항상 제자리였던 건, 나 혼자 브릴을 가질 수 있었던 시절에 대한 미련 탓이다.

하지만 조금 전에 겪었던 선택의 순간, 엘리안은 주저 없이 레오닉스에게 브릴을 지켜 달라고 했다.

앞으로도 그럴 거다.

엘리안의 모든 선택은 브릴을 위해서고, 브릴의 행복을 위한 것이 될 것이다. 그러면 엘리안도 브릴이 행복한 만큼 같이 행복할 수 있을 것 같았다.

그 의심은 그 아이를 보는 순간 진정 확신이 되어, 결론도 내릴 수 있었다.

브릴의 모든 것을 사랑할 수 있을 거라는.

"헤어질 수 있는 게 아니에요. 항상 브릴 옆에 있어 주고 싶고, 행복하게 도와주고 싶어요. 어, 그러니까 브릴을 소유하거나 통제하고 싶지 않고, 무엇보다…… 브릴이 가진 모든 걸 사랑할 수 있을 거예요. 그렇다고 레오닉스가 좋아질 것 같지는 않지만, 브릴이 사랑한다면…… 그러면 괜찮아요. 브릴이 사랑하는 건 나도 사랑하는 거니까."

"아……."

메즈가 보기에 엄청나게 긍정적인 태도 같아 보였다.

즉, 브릴을 사랑하니까 브릴이 사랑하는 걸 모두 사랑하겠단다.

애완동물에서부터 아이, 심지어 남편까지.

엘리안이 이리 나오면 특정한 한 사람이 몹시 불편해질 테지만, 그 사람이 불편한 것은 메즈에게도 기쁜 일이었으므로 괘념치 않기로 했다.

"그럼, 이제 뭘 하실 겁니까."

"어, 그러니까 카니발라가 해 놓은 일들이 아르노와 관련 있었어요. 아르노가 깨끗하게 권력을 썼을 리 없으니 그쪽 사람들을 찾아내요."

메즈의 눈이 커졌다.

"메즈, 카니발라가 여기서 했던 일, 그러니까 내 몸을 가지고 했던 일에 대한 기억이 있어요. 어떻게 했는지도 알아요. 그것을 역으로 이용해, 아르노와 관련된 사람들이 한 나쁜 짓을 의회에 일러바치려고요."

소년 소녀 극장의 주인공이 할 법한 말이었으나, 메즈는 이 말이 묘하리만큼 신뢰가 갔다.

가능할 것 같다?

그렇다. 카니발라는 아르노 주변 사람들을 이용해 나라를 움직여 왔다.

의회나 하일드 쪽에도 있기는 할 터이지만, 아르노 쪽 사람들을 이용하는 게 가장 편해서 그런 것 같다.

"하실 수 있겠습니까?"

엘리안은 자기 머리를 가리켰다.

"이 안에 카니발라의 기억이 있으니, 끌어내면 돼요. 뭐, 연기력은 필요할 테지만."

"그게 가장 어려울 것 같긴 합니다만."

메즈는 한숨과 함께 말하다, 결국 웃었다.

잘 해낼 것 같다. 그래서 메즈는 자신이 절대 하지 않아야 할 말을 해버리고 말았다.

"믿습니다."

바로, 무턱대고 믿어 버리는 것.

예전에 브릴에게도 그랬다.

앞으로 무슨 일이 벌어질지 하나도 모르는데, 무턱대고 따라갔다. 지금도 그럴 수 있을 것 같다. 이 엘리안은 뭐가 심각하고 뭐가 어려운지 하나도 모르지만, 그렇기에 굉장한 일도 아무렇지 않게 할 것만 같다.

"해 보자고요."

⚜ Epilogue 2 ⚜

고백

제국과의 전쟁이 종전 선언이 된 지 반년이 지났다.

하일드의 세피아라 성은 오랜만에 분주해졌다.

일 년에 며칠 있지도 않는 레오닉스를 왕자이자 군주로 두고 있는 처지지만, 하일드의 세피아라 성은 나름 잘 돌아갔다.

하일드 가문이 겪은 비극적인 운명에도 불구하고, 성을 책임지고 있는 집사는 신분 근본주의자인 동시에 직분 근본주의자였다. 이 두 가지가 합쳐져, 그는 신분 높은 사람을 모시는 일을 신의 사명으로 아는 사람이 되었다.

"네, 왕자님이 돌아오십니다. 드디어요."

수석 집사는 하일드 귀족들의 문의를 받고 성의껏 답했다.

"연회나 행사는, 왕자님이 오시는 대로 날짜가 정해질 터이니 준비해 주시길 바랍니다."

집사는 몹시 뿌듯하고 자랑스러웠다.

발카니아가 탈환된 지금, 레오닉스는 역대 하일드 군주 중 독점 권한이 가장 큰 상태였다. 여태는 하일드가 발카니아 왕국의 속령지 같은 처지였으나, 지금은 발카니아가 오히려 하일드의 속령지라고 봐도 된다. 그래서 세피아라 궁의 집사는 그 어떤 선임들보다 자부심 넘쳤다. 그가 모시는 군주가 역대 하일드 군주 중 가장 강한 통치자가 되는 것이니.

물론 위상이 그렇다는 것뿐, 레오닉스가 군주로서 하는 일 자체는 오히려 줄었다. 지난 전쟁으로 직계 후손이 적기로 유명한 하일드 왕실의 직계는 레오닉스만 남았다. 레오닉스는 자기 일을 맡아줄 친척들을 찾아다니는 대신 하일드 내각의 권한을 강화시켜 통치를 안정시키는 방식을 택했다. 덕택에 하일드 내치는 상당히 안정되었지만, 하일드의 독립성이 더 강해지는 부작용도 생겨났다.

지금까지 하일드가 해전을 거의 떠맡다시피 했던 것에 불만도 컸다. 듀카르니아를 지킨 것은 하일드이나, 바로 그 하일드에게 제대로 된 대접을 하지 않은 것도 듀카르니아 왕이다. 게다가 발카니아가 멸망했을 때 그들의 왕자가 왕에게 받은 모욕을 아직도 기억하고 있었다.

하일드에는 듀카르니아 내의 하일드 입지를 높여 주고 왕실 내각에 하일드 귀족들을 입각시켜 주는 걸 원하는 사람이 많았고, 차라리 독립을 하자는 사람들도 있었다.

독립을 하는 건 실효성이 거의 없는 일이니, 과격한 자들 사이에서 그런 의견이 있다 하더라도 무시되고 있었다.

바로 이런 상황에서, 듀카르니아 왕실의 왕족인 셰어브릴과의 관계는 모두의 기대를 자극하고 있다. 레오닉스와 나이 차가 많이 나거나 둘 중 하나가 결혼한 상태였다면 레오닉스가 왕을 지원하는 모양이나, 둘 다 젊은 데다 미혼이다. 그들의 협력이 결혼이라는 가장 바람직한 결실로 이어지기를 모두가 바랐다.

그뿐 아니라, 바람직하게도 셰어브릴은 현재 국왕인 아르노와 사이가 좋지 않다. 왕의 미움을 받아 유배지에서 평생 살았어야 할 그 왕족 아가씨를 왕관과 가장 가까운 자로 만든 건, 총리와 하일드의 군주다. 이들의 도움과 본인의 자질로, 셰어브릴은 이번 전쟁을 성공적으로 마무리했다. 아르노는 브릴이 조금만 마음에 안 들어도 온갖 트집을 잡고 이를 어용 신문이 보도하도록 했으나, 어용 신문의 영향력은 예전 같지 않아 엄청난 왕당파가 아닌 이상 아르노를 더 싫어하게 되었다. 결과가 이리 아르노 마음대로 되지 않은 건, 여론전은 총리가 더 능수능란했기 때문이다. 노력하는 건 아르노였는데, 결과가 나올 때 보면 항상 총리가 원하는 방향으로 이루어졌다.

지난번 브릴이 제국에서 귀환했을 때만도, 아르노가 일부러 도착 날짜를 알리지 않고 행사도 치르지 않았는데도 총리가 미리 손을 써 둬서 '전쟁을 끝마치고 돌아온 왕의 손녀'를 보러 나온 사람들로 체자 항구가 뒤덮었다. 아르노가 조카를 질투하여 좀스럽게 군다는 인상만 주도록 만들어 버린 것이다.

그 뒤로, 아르노가 아무리 애를 써도, 이상하리만큼 효과가 없었다. 어용 신문도, 소문도, 아무 소용없었다. 오히려 수가 너무 뻔해 사람들로부터 비난을 받았다. 성공한 듯싶어도, 조금만 시간이 지나면 모두가 아르노를 비난하고 있었다.

이런 듀카르니아 내부 사정은 내부 사정이고, 세피아라 성이 신경 쓰는 것은 역시나 왕자와 셰어브릴이 젊은 남녀라는 데 있었다. 지금 왕자의 태도는 사람들로 하여금 낭만적인 환상을 실컷 즐길 수 있게 해 준다.

반면, 아르노는 셰어브릴과 하일드 왕실이 너무 친밀해 듀카르니아가 하일드에 잠식될 거라고 하는 중이고, 결혼할 거면 듀카르니아 왕실 후계권도 같이 포기해야 할 거라 으름장을 놓았다. 그가 작년 초만 해도 딸인 에스델라와 하일드 왕실의 결혼 및 통합을 진지하게 말하고 다녔다는 것을 아는 사람들은 어이가 없었다. 하일드는 자기들이 배제되어야 할 상대냐고 자존심 상해했다.

아르노는 셰어브릴이 의회와의 사이가 친밀한 것도 트집 잡아, 왕실의 명예를 실추시킨다 했다. 그러니까, 2년 전만 해도 왕은 의회의 왕이기도 하니 자기 딸을 교육원에 보내 교육받도록 만든 왕이 하는 말이다.

다 안다. 속으로는.

지난번 전복 시도가 실패로 끝나고, 동생인 로버트 왕자를 희생시켜 무마했던 아르노가 자존심 회복을 노리고 있다는 것을.

또한 알았다.

전쟁이 끝난 지금, 직계 후계자가 없는 아르노의 권한이 한계가 분명하다는 것을.

브릴도 그 사실은 알았다.

아르노가 가진 힘의 근원은 왕이라는 것, 그리고 후계자를 정할 수 있는 위치라는 것이었다. 그런데 하일드와 의회도 후계자의 정통성에 동의할 권한을 가지고 있다. 에스델라와 레오닉스의 결혼을, 내키지는 않으면서도 추진하는 척이라도 했던 건 바로 그 정통성을 정하는 권한을 가지고 올 수 있기 때문이다.

브릴이 레오닉스와 결혼한다면 그 권한이 듀카르니아 왕실로 온다. 그런데 아르노는 이 사실을 뻔히 알면서도 듀카르니아 왕위가 하일드로 넘어가는 것이라며 비난하고 반대하는 것이다.

듀카르니아 왕 중, 이렇게 자기 권한을 효율적으로 쓰는 사람도 없겠다 싶다. 무조건 반대하면서 자기 존재감을 과시하는 게 문제일 뿐.

브릴이 하일드로 가는 것은 총리와 아르노만 남겨두기 위함이다. 둘만 싸우도록 해야지.

아르노가 원하는 건 브릴을 아예 하일드로 보내 버리는 것이지만, 브릴이 원하는 것은 듀카르니아 왕실 중 하일드를 챙겨 주고 하일드의 위상을 높여 줄 존재가 브릴뿐임을 보여 주는 거다. 또, 듀카르니아에는 하일드가 브릴을 존중하고 충성한다는 것을 보여 준다.

지금 그녀의 방문은 그렇게 의미가 컸고, 아르노가 아무리 어깃장을 놓아도 브릴은 여유 있게 우위를 점하고 있다는 뜻이 되기도 한다.

이 복잡한 분위기를 잘 아는 집사는, 브릴을 무엇으로 대접해야 할지 좀 고민했다.

일단 최고 귀빈으로 깍듯이 모셔야 한다. 그러나 너무 굽실대는 태도를 보여서는 안 되는데, 아직 하일드 안에는 듀카르니아 왕실과의 결합을 경계하는 사람들이 많기 때문이다. 이들 주장에 따르면, 하일드가 영원히 왕국의 속국으로 전락할 거란다. 어차피 속국이었는데 뭐가 불만인지는 모르겠다.

왕자가 하일드 귀족 가문 중 하나와 결혼하지 않은 것에 불만을 가진 사람들도 있었다. 아직 희망을 버리지 못한 사람도 당연히 있었다. 그러나 레오닉스가 상대하기 까다로운 남자라는 건 등 떠밀려 온 여자들이 제일 잘 알았다. 레오닉스는 종의 기원이 다른 인간이었다. 차라리 엄두도 못 낼 상대가 데려가는 편이 나았다. 그래서 하일드 귀족 영애들은 듀카르니아 왕실의 셰어브릴과의 혼담이 진행되고, 레오닉스가 약혼반지까지 선물했다는 것을 알게 되자 안도했다. 그들 부모로부터 '왜 그때 잘하지 못했느냐.' 라는 말을 더 안 들어도 되니까. 아가씨들은 이제 이렇게 둘러댔다.

'저도 노력하고 싶었는데 왕자님의 야심은 아주 컸어요. 우리 집안이 아무리 굉장하다 한들, 듀카르니아 왕가만 할까요.'

그리고 이 말은 모든 부모를 침묵시켰다.

세피아라 성의 첫 만찬은 왕자가 도착한 그날 이루어졌다.

고위 귀족들만 불러들여 연 가벼운 만찬이었다.

말이 좋아 만찬이지, 레오닉스가 귀족들을 불러 군기 잡는 시간이었다. 손님으로 올 상대에게 잘하라는. 그리고 바다에서 갓 나온 용 같은 왕자의 명령을 거역할 귀족은 그 어디에도 없다. '잘하라'는 말은 곧, '못하면 죽는다.'라는 의미였다.

예정된 날, 연한 먹물빛 벽과 새카만 지붕으로 유명한 세피아라 성은 거의 이십 년 만에 활짝 열려 귀빈을 맞이했다.

발카니아 멸망 후 내내 닫혀 있던 궁이, 드디어 손님을 위해 열린 것이다.

브릴은 하일드에서 보낸 쾌속 전함을 타고 입항해 성으로 왔고, 손님을 맞이하러 간 것은 하일드의 국무 장관이었다.

레오닉스는 예법에 따라 성에서 브릴을 기다렸다. 홀, 문 앞, 모든 지정된 자리에 시종과 호위들이 배치되고, 브릴을 맞이하기 위한 오찬이 열리는 홀에는 하일드 귀족들이 서서 대기했다.

"어서 와, 브릴."

레오닉스는 브릴을 보자, 양팔을 잡고 볼에 입을 맞추었다.

귀족들은 최대한 정중히 인사한 다음 황급히 브릴을 살피기 시작했다.

말투도 우아하고 자태는 기품 있었다. 차가운 미모와는 달리 말투는 유쾌하고 매력적이었다. 약간의 희망을 버리지 못했던 하일드 귀족들, 즉 아직 공식 약혼이 발표되지 않았으니 빈틈이 있을지도 모른다고 생각했던 이들은 포기하기로 했다.

지금 저 둘이 서 있는 곳은 무대다. 무대는 무대에 오를 사람만 올라야 한다. 나머지는 관객일 뿐이다. 이럴 때, 사람들은 각자의 주제 파악을 해서 자기 자리에 있어야 하는 법이다.

오찬이 열리는 홀의 지정된 자리에 손님들이 앉았다. 레오닉스는 브릴을 주빈의 자리에 앉히고 옆에 앉았고, 그의 대화 시간 대부분은 셰어브릴에게 할애되었다.

공식 석상에서 이렇게 사담만 나누는 건 무례한 일이었으나, 레오닉스 앞에서 그런 말을 할 수 있는 사람은 없었다.

어차피 만찬도 무도회도 아닌 오찬이다. 배경으로 치워진 기분이 들어도 별수 없었다. 다만, 왕자의 태도가 좀 미묘하다. 내내 고개를 숙인 채 상대를 보며 이야기하고, 또 뭐 하나 부족할까 싶어 살피고, 브릴이 보거나 가리키는 것이 있으면 같이 보고…….

보는 사람들은 슬슬 눈이 시린 느낌이 들었다.

상당히 계산된 정략결혼이라고 생각하던 하일드 귀족들은 자기들 왕자가 호구가 되었음을 인정해야 했다.

레오닉스가 다른 사람에게 말을 하는 건 시종들에게 브릴이 필요한 것을 대신 주문할 때뿐이었다. 트집을 잡아 보려 했던 나이 든 귀족들도 포기했다. 트집을 잡거나 험담을 늘어놓으면 어디서든 더러운 배신자가 나타나 레오닉스에게 일러바칠 것이 뻔하고, 험담을 한 자는 다음 날 레오닉스 앞에서 울먹거리며 서 있는 처지가 될 것이다.

또, 예의니 예법이니 하는 것을 지켜야 한다는 건 그만큼 아랫사람이란 뜻이다. 이 두 가지의 본질은, 자신이 상대의 비위를 건드리지 않기 위해 최대한 굽실대고 있다는 것을 보여 주는 것이다. 이런 것으로 브릴을 트집 잡을 수는 없다. 브릴의 신분은 듀카르니아 왕족이고, 또 직계 자손의 합법적인 자손이다.

브릴은 완벽한 예법을 보여 주는 대신, 순식간에 귀빈의 자리를 차지하고 가장 높은 사람이 되어 버렸다. 그러면 예법을 보여야 하는 쪽은 오히려 하일드 귀족들이 된다.

브릴은 긴장하지도 않고 예의를 차린다는 느낌도 없었다. 여유가 깃든 태도는 우아하고 자연스러웠고, 사람들은 이런 손님의 눈 밖에 날까 봐 두려워졌다.

브릴의 존재는 끝없이 사람들을 불편하게 했다. 그럼에도, 한두 마디라도 이야기를 나누면 그 긴장은 곧 숭배와 감탄으로 바뀌곤 했다.

브릴이 상냥해서가 아니라, 분위기로 상대방을 긴장시킨 뒤에 그 긴장감을 풀어 주니 엄청난 은혜를 입은 것 같은 착각을 하게 되는 것이다. 여배우처럼 화려한 분위기를 마음껏 보여 주고, 모두의 시선을 독점하면서도 결코 평가받는 위치로 내려가지 않았다. 최근 하일드를 방문해 온 왕족들과 아주 다르다.

선대 필파니온 왕과 엘리아 왕비는 상당히 편안한 분위기를 풍기던 부부였다. 더 예전에 방문했던 필파니온의 누나는 고압적이고 오만한 공주라 한 치의 실수도 무례도 용납하지 못해, 조금만 비위가 상하면 온몸에서 창이라도 튀어나올 것 같은 사람이었다.

귀족들은 브릴의 화려한 분위기를 보며, 좀 더 격식 있는 자리에서 화려하게 차려입으면 어느 정도일지 궁금해졌다. 오만하고 배타적이던 왕자가 반한 상대다. 또, 저 셰어브릴이 여왕이 된다면 레오닉스는 하일드 역사상 가장 엄청난 배우자를 맞이하게 된다.

"가만, 그럼 왕자님이 '왕' 의 칭호를 받게 되는 걸까요."

누군가가 작게 물었다.

브릴은 왕의 직계가 아닌 조카고, 후계자로 정확히 지정되어 '공주' 칭호를 받지 못한 상태다. 지금은 공식 군주인 레오닉스 신분이 더 높은 상태라, 이 상태로 브릴이 여왕이 된다면 레오닉스는 셰어브릴의 배우자로서 왕이 될 명분이 생긴다.

그렇게 하일드 귀족들이 심각함에도, 레오닉스는 결혼을 염두에 둔 상대를 맞이하는 남자의 분위기만 넘쳐났다.

자주 웃고, 또 어깨를 기울여 다정히 설명해 주고, 또 그의 손은 자주 브릴의 볼에 닿고 등을 매만졌다.

그때마다 브릴 역시 눈을 반짝이며 응대했다.

다들 슬슬 왕자와 같은 자리에 앉아 소외되는 것이 지겨워지기 시작했다.

왕이고 뭐고 간에, 이 둘만 남겨 놓고 어디든 가고 싶다. 눈이 너무나 시려서 눈물이 날 지경이다.

다음 날, 브릴은 성을 둘러보는 일정을 가졌다. 오후는 티룸에서 레오닉스와 시간을 보냈다. 성의 제과 요리사가 혼신을 다하여 만들어 낸 명품 케이크와 과자가 테이블 위에 놓였고, 집사가 고르고 고른 차가 포트에 담겨 왔다.

집사는 직접 시중을 들려 했지만, 곧 그럴 필요가 없다는 것을 알게 되었다. 차를 따라 주는 건 레오닉스의 일이었다.

슬슬 나가야 하나 눈치 보는 집사에게, 레오닉스가 명령했다.

"말을 준비시켜 둬라."

"알겠습니다. 어디로 가실 예정입니까."

"삼나무 숲."

집사는 고개를 숙이고 물러났다. 그를 따라 시종들은 물론이요 시녀들도 물러났다.

둘만 남게 되자 브릴이 물었다.

"삼나무 숲이란 건, 거인 같은 나무들이 서 있는 저 숲을 말하는 거 맞죠?"

그리고 창밖으로 보이는 높은 삼나무 숲을 가리켰다.

이미 약속이 되어 있었지만, 어제 어두워서 잘 보지 못했다.

"날이 어둡긴 하지만, 이런 날이 오히려 숲의 향이 좋지."

"좋아했나 보네요."

"하지만 형은 내가 그곳으로 들어가면 항상 불안해하며 따라왔어."

레오닉스의 시선이 좋아, 브릴도 같이 웃었다.

여기로 올 때 꽤 불편한 자리가 될 줄 알았는데, 레오닉스가 앞에서 떠나질 않으니 휴양이라도 온 기분이었다. 이러면, 정치적 결정이 아닌 레오닉스의 사심 어린 결정 같다.

어제도 오찬이 끝난 뒤에 내내 옆에 있었다. 브릴이 편한 실내복으로 갈아입고 오자, 셔츠 차림으로 데리러 왔다. 그리고 궁의 시종들은 그들의 완벽하고 오만한 왕자님이 자그마치 '여자를 졸졸 따라다니는' 것을 보게 되었다.

나이 든 시종들은 체면 없는 짓이라고, 아무리 왕자님 집이라도 이러는 게 아니라고들 했지만, 젊은 시종과 시녀들은 흐뭇하게 바라보았다. 어쨌건 미남 미녀에다 고귀한 신분들이 아닌가. 구경하는 맛이 있다.

브릴도 이 고성이 마음에 들었다. 세피아라 성은 아주 오래된 곳이고, 개축과 증축을 되풀이했지만 어디를 고쳤는지 알아볼 수 없도록 정교하게 완성되어 있었다.

과거 내전으로 절반 정도 불타 버린 체자와는 달리, 이곳은 천 년 역사가 고스란히 보전되어 있다.

레오닉스가 말한, 그 오래된 삼나무 숲으로 이어지는 뒤뜰도 잘 정돈되어 있었다. 호화로운 인공미를 자랑하는 체자의 저택과는 달리, 세피아라 성은 선대왕의 취향이 내린 재앙에서 벗어나 고풍스럽고 자연스러운 미를 유지했다. 나무, 꽃, 또 연못과 산책로 등은 모두 자연스러워서 숲의 일부인 듯했다.

“가을이면 저 숲에서 여우 사냥을 하지.”

“듀카르니아 사냥 축제 같은 건가요?”

“비슷해.”

하일드도 듀카르니아도 모두 사냥 축제를 열지만, 레오닉스는 사냥을 아주 싫어해서 규모를 많이 줄여 놓았다. 왕자가 가장 건성으로 참여하니, 참여자들도 의욕이 나지 않아 다들 의무적으로 돌아다니다가 돌아가곤 했다.

브릴이 말했다.

“할 수 있다면 서부에 있는 성으로 데리고 가고 싶네요. 아, 물론 내 성은 지금 우리가 있는 방보다 작아요.”

“그곳에는 엘리안이— 아, 지금은 없지.”

엘리안이 그 성을 갑자기 떠난 것은 반년 전이었다. 이틀 실종되었다더니, 갑자기 나타나 카니발라의 유산을 정리해야 한다고 떠났다. 그리고 브릴에게 이상한 편지를 적어 보내기도 했다. 브릴은 한참 들여다보다, 고개를 끄덕였다.

레오닉스는 엘리안이 무엇을 하는지 몰라 감시를 붙여 두었다. 그리고 아르노 측근들의 분위기가 어수선해지는 것을 보고 무슨 일을 하는지 알아챘다. 대체 무슨 마법이 벌어지고 있는 건지 지금 벌써 몇 명이나 그만두고 시골로 내려갔다.

“나는 엘리안을 그다지 좋아하지 않지만, 그래도 그대가 아끼는 엘리안이니.”

물론 그 말을 할 때 눈살은 찌푸려졌다.

입으론 웃고 있는데, 브릴을 마주 보지 않는 눈은 번득였다.

가장 큰 문제는, 엘리안이 하얗도록 눈치가 없다는 데 있다. 레오닉스가 아무리 언짢은 기색을 내보여도 하나도 몰랐다. 엘리안에게 다행이지만 레오닉스에게는 불행이었다.

엘리안은 이제 모든 것을 너무도 긍정적으로 받아들였다. 그리고 조심성도 없어졌다.

이렇게 돌아다니다가는 정체가 들통나고 말 거라는 충고를 간접적으로 한 적이 있는데, 대체 무슨 기술을 쓰는 건지 단 한 번도 아르노에게 들키지 않았다.

나중에 알게 된 것이지만, 아르노에게 들어가는 정보원들 자체가 카니발라의 사람들이었던지라 안 들키는 게 당연했다.

게다가 어떻게 된 게, 두 눈으로 보고도 엘리안을 못 알아보는 사람들도 있었다.

"머리 염색해서 그럴까요?"

하고 말하기는 했다.

아무리 엘리안이라 하더라도 날것으로 돌아다닐 생각까지는 없어, 검은 머리로 염색하고 다니는 중이긴 했다. 이상하게도, '완벽하게 아름다운' 얼굴이란, 의외로 조각상이나 그림으로 자주 보는 얼굴이었다. 어디서 본 것 같은데? 아, 대박물관 정원의 조각상 얼굴과 닮았군. 어디서 본 거 같은데? 그렇지. 왕실 미술관 갤러리에서 봤어!

레오닉스는 엘리안이 나타날 때마다 짜증이 났지만, 브릴이 아끼는 강아지나 고양이가 놀러 왔다고 생각하기로 했다.

그래도 생각만 해도 짜증 나고 눈에 뜨이면 더 짜증 났다.

예전처럼 겁먹은 고양이처럼 경계하면서 적대심을 보일 때가 나았지, 이렇게 긍정적으로 '브릴이 사랑하면 다 사랑해요!' 라는 명랑한 강아지 같은 태도로 나오다니.

여기로 브릴을 부른 것도, 사실은 엘리안이 짜증 나서였다. 그 빌어먹을 녀석은 자기가 연인이 될 수 없다는 현실을 받아들이자, 영원한 형제의 위치로 바꿔 앉았다. 그게 더 나빴다. 연인의 자리에 도전했다가 걷어차이면 떠나기라도 하지. '형제'는 그 어떤 방법을 동원해서라도 치울 수가 없었다. 뭘 하든, 레오닉스만 속 좁은 놈이 된다.

그리고 지금, 바로 그 엘리안이 없다.

옆에서 톡톡 끼어들어 '브릴, 브릴, 저거 봐!' 하는 놈이 없으니 이리도 상쾌할 수가.

브릴도 레오닉스만 본다. 레오닉스는 엘리안 때문에 체면 상하는 표정을 지을 일이 없이 근사한 남자 얼굴만 보여 줄 수 있으니 참 좋았다.

일정은 한 달이지만, 레오닉스는 두 달, 석 달, 반년 아니 꽤 오래 여기에 브릴을 머물게 하고 싶었다.

"그럼 준비하러 갈게요."

"그래."

레오닉스는 일어나 브릴 쪽으로 고개를 숙였다.

눈을 반짝이는 브릴을 한번 골려 볼까 고민은 했지만 그는 그만두었다. 이 여자를 골리는 건 그에게 불가능한 일이라, 볼에 입 맞추고 말했다.

"기다리고 있지."

내실로 돌아온 브릴은 시녀들이 가지고 온 승마복을 입고 채찍을 챙겼다.

창으로 보이는 하늘의 먹구름은 더 진해졌다.

브릴이 듣기론 하일드는 날씨가 잘 변한다고 했다. 바람도 축축하고 싸늘해, 비가 오기라도 하면 아주 추워질 것 같았다.

레오닉스가 성 아래에서 브릴을 맞이했다. 승마복 차림이다.

워낙 키가 커, 그가 기사이자 무인이라는 것을 감추긴 어려웠지만. 브릴이 손을 들자 레오닉스는 손을 당겨 손등에 입을 맞췄다.

"아주 멋진데요."

"다행이군."

"볼 때마다 근사해서 큰일이네요."

"왜."

"눈을 뗄 수가 없잖아요. 아주 바쁜데, 당신만 쳐다보고 있으면 하루가 다 가요."

브릴은 레오닉스의 모습을 감상했다.

다정하게 바라보는 시선도 좋고, 또 표정도 좋다. 오만하고 독선적이던 표정보다 이런 표정이 더 좋은 건 어쩔 수 없다.

정식 구혼을 하지 않았다고, 다들 아직 계산 중이라고들 욕하지만— 브릴은 이 남자가 브릴을 위해 그런다는 걸 알았다.

정식 약혼은 오히려 빌미가 될 수 있다.

브릴은 의심하지 않았다. 왕위에 대해. 브릴의 것이며, 그녀가 할 일이라 생각했다.

레오닉스가 고개를 숙여 브릴의 이마에 입술을 댔다. 브릴은 목 언저리가 두근거려, 머리를 살짝 젖히며 속삭였다.

"이러면, 나는 당신에게 손도 뗄 수 없게 될 것 같네요. 레오."

"그대가 손댈 필요 없이, 내가 알아서 할게."

레오닉스의 손이 허리를 감싸더니 입술에 입을 맞췄다. 주변 시녀들이고 시종들이고 좀 민망해져 시선을 돌렸다. 레오닉스가 입술을 떼자, 브릴은 다시 레오닉스의 턱을 당겨 입술에 살짝 입술을 댔다.

"뭐지, 이건."

"달콤한 키스에 대한 상."

"상은 좋지만, 그건 내가 그대를 엄청나게 소중하게 생각하니 다 잘해야 한다는 뜻이었는데."

"지금도 다 잘해 주는걸요."

"하일드 사람들을 믿지 마. 조금만 빈틈이 보여도 늑대처럼 공격적이 되거든. 고집 세고, 난폭하고, 거칠고— 또 적대적이지."

"당신하고 같네요. 괜찮아요. 당신이 그런 거, 싫지는 않으니. 하지만 내가 난처할 정도로 기어오르기는 없기."

레오닉스는 브릴이 무슨 말을 하든 다 잘 받아 주겠다는 관대한 표정으로 내려다보았다.

"자, 그럼 레오 왕자님. 이제부터 나를 졸졸 따라다닐 거지요?"

"원래 그래. 양해해 줘."

흠, 하고 브릴은 웃었다.

"자주 빠져 봤나 봐요."

"내 이상 행동에 대한 답을 찾느라, 주변의 비슷한 얼간이들을 관찰한 것뿐이다."

"아, 내 앞에서는 얼간이든, 호구든, 다 괜찮아요. 나는 마음껏 귀여워해 줄 테니."

세피아라 성에서 가장 무서운 군주를 상대로 이리 놀릴 수 있는 사람은 브릴 하나뿐이었다. 집사는 왕자님을 이렇게 무례하게 다루면 안 된다고, 예의를 지켜 달라 하고 싶었지만, 상황을 즐기는 왕자 앞에서 그런 말을 할 만큼 간이 크지는 못했다.

"가요. 비 올 것 같은데."

그리고 브릴은 우거진 삼나무 숲을 돌아보았다.

"저 숲, 대체 어느 정도 오래된 건가요."

"한 이천 년쯤. 하일드 가문의 선조가 터를 잡을 때부터 있었지."

"대단히 오래되었군요. 도시 옆인데도 숲이 그대로고."

"왕가의 상징 같은 숲이라고 그대로 두었지."

"그래서 그런가. 어딘지 서부의 자작나무 숲하고 비슷한 데가 있어요. 그 숲도 아주 오래되었죠. 또, 오래된 만큼 으스스한 데도 있고. 아, 그러고 보니 의회와 공원 사이에 있는 그다지 크지 않은 숲도 아주 오래되었죠. 웨번 숲도 오래되었지만, 이리 으스스한 분위기는 없는데 말이에요."

"어떤 의미지?"

브릴은 자신의 이마를 가볍게 치고는 말했다.

"내게는 나를 '마법사' 로 만들어 주는 능력이 있죠. 지금 내가 가진 자들은 우르가나와 카니발라 정도지만, 나에게 힘을 줄 수 있는 존재를 감지할 수 있어요. 비슷한 느낌이 있네요, 저 숲에. 아마도…… 저 숲에도, 사람들은 잊은 지 오래인 령들이 있을지도 몰라요. 혹시 어린 시절에 그런 이야기 들어 본 적 있나요? 저곳에 유령이 있다고."

"유모와 시종들이 말하곤 했고, 형도 말했지. 숲에 가지 말라고. 형의 경우엔, 숲에서 길을 잃거나 곰을 만날까 봐 그런 것 같지만."

"이곳에도 서부의 정령사들과 같은 능력이 있는 사람이 있을지도 모르겠군요."

"있기는 하지. 우리들은 '숲지기' 라고 불러."

"어느 정도 능력인가요?"

"서부의 정령사들에 비하면 큰 능력은 없어. 숲에서 길을 잃은 사람들을 찾아내는 정도지."

"이곳에도 '마법사' 가 있었던 적이 있나요?"

"하나."

레오닉스는 조용히 말했다.

"단 하나 있었다. 발카니아 점령전 때 왕자와 나라를 위해 싸웠고, 그 뒤로는 없었어."

"그의 능력은 어느 정도였나요."

"나중에 도서관에서 보여 주지. 원하는 건 뭐든, 도서관 바닥을 파서라도 보여 주겠어."

레오닉스는 브릴의 볼에 입 맞추며 말했다.

"단, 지금은 같이 숲을 보도록 하지."

❖

비가 올 것 같더니, 예상을 넘어 너무 빨리 엄청난 폭우가 쏟아졌다.

세피아라 성으로 귀빈인 셰어브릴이 숲에서 실종되었단 소식이 전해진 것이 저녁, 수색 끝에 브릴을 찾은 것은 한밤중이었다.

성난 용 같던 그들의 왕자가 귀빈을 품에 안고 들어온 것은 자정이 넘은 시간이었다.

의사가 불려 오고, 성은 순식간에 차게 식었다.

험악한 분위기 속에서 들려온 말들을 종합하면, 숲에서 벼락이 치고 강풍이 불었을 때 브릴의 말이 놀라 날뛰었다고 한다. 말은 끌리듯 숲으로 뛰어들었다. 맹수라도 만나면 큰일이라, 사람들은 온 숲을 다 뒤졌다.

브릴을 찾아낸 것은 레오닉스였다. 여러 시간 비를 맞은 브릴의 몸은 식어 있었고, 데리고 들어왔을 때는 열이 나고 있었다. 시녀들이 급히 젖은 옷을 벗기고 몸을 덥혀 주었지만, 브릴은 내내 고열에 시달렸다.

레오닉스는 밤새도록 곁에 있었다. 숨소리 하나하나를 모두 듣겠다는 듯.

브릴이 깨어난 것은 늦은 새벽이었다. 비바람 치던 하늘도 잦아들고,

주변은 검푸르게 밝아 왔다.

레오닉스는 브릴의 이마에 손을 얹었다.

드디어 열이 내렸다. 그런 일조차 없었다는 듯. 다만, 얼굴은 여전히 창백하다. 평소의 여유롭고 우아하던 표정 대신 지치고 초췌한 표정이었다.

“어떤가.”

“괜찮아요. 나는 튼튼하니까. 그래도 지치긴 하네요.”

레오닉스는 후, 하고 한숨을 내쉬더니, 브릴 옆에 얼굴을 묻었다.

“레오?”

“죽는 줄 알았어.”

“열이 난다고 어떻게 되는 건 아니에요.”

“앓느라 바빠서 모르는 것 같은데, 열이 엄청났어. 다음부터는 아프다면 반드시 엄살을 부려. 그래야 해. 꼭—”

“안 그럴 건데.”

“아니야. 제발, 제발 그렇게 해 줘.”

“얼굴 봐요. 아팠던 건 내가 아니라 당신인 것 같네요.”

브릴은 고개를 드는 레오닉스를 보다, 손을 뻗어 그의 까칠한 턱을 매만졌다. 레오닉스가 고개를 숙여 손바닥에 입을 맞췄다.

“나는 괜찮아요.”

“그냥 아프다고 해, 브릴.”

“부서지지도, 망가지지도 않아요. 유리컵처럼 대하지 말아요.”

“그럴 수밖에 없다는 거 알잖아.”

“그런 주제에 나보고 엄살 피우라고요? 당신 심장이 깨질지도 모르겠네.”

“차라리 그 편이 나아. 내가 모르는 것보다.”

"레오—"

레오닉스는 고개를 저었다.

"여기서 반년 쉬고 가는 게 어떨까. 아르노는 적당히 퇴위시켜 버릴게."

"반란이라도 일으킬 건가요."

"비슷해. 편안하게 왕좌에 앉게 해 줄 테니, 여기서 쉬기만 해."

"왕이 되지 말라고 말리지는 않네요."

"그대가 왕이 아니면 누가 왕이 될 수 있나. 솔직히 말하자면, 나는 그대를 여기 이 궁의 가장 아늑한 곳에 앉혀 두고 쉬게 하고 싶어. 하지만 그럴 수 없으니, 그대가 가야 할 곳을 평탄하게 만들고 싶을 뿐이야."

브릴은 연하게 웃었다.

"내가 기절한 동안, 무슨 일이 있었나요."

"온 숲을 뒤졌지. 그리고 찾아냈을 때……."

"엘리안을 봤죠?"

"그래."

"그 엘리안은 반년 전의 엘리안이에요. 모든 것의 우물과 비슷한 곳이 여기에도 있더라고요. 물론 그곳만큼 크지는 않지만, 여기도 그래요. 마치 차원이 뚫린 것 같아요. 다른 세상의 것들로 넘실대는 구멍 같죠. 그래서 엘리안이 그곳, 서부에서 넘어온 거죠."

"엘리안은 어떻게 한 거지."

"돌아갔어요. 무사히 돌아갔을 거예요. 그래서 지금 우리들이 엘리안을 만나고 있는 거죠."

"떼어 놓으려고 여기까지 데리고 왔더니, 또 엘리안이 나타나는군."

"심술."

"질투도 내 마음대로 못 하나."

"둘이 사이좋기 바라면, 내 욕심이겠지요."

"과욕이야."

브릴이 물었다.

"나를 사랑해요?"

"몹시도."

레오닉스는 망설이지 않았다.

"나도 당신을 사랑해요."

레오닉스의 눈이 브릴을 향했다.

"처음 봤을 때부터 그랬어요. 진실로 말할까요? 나는 그날 당신에게 반했어요."

좋다고 해야 할지, 아니면 놀랐다고 해야 할지.

레오닉스는 뻣뻣하게 굳은 채 브릴의 말을 들을 수밖에 없었다.

"그날, 나는 당신에게 반해서 어쩔 줄 몰랐어요, 정말로. 암닉시아 궁에서 당신을 봤을 때도 좋아 죽을 뻔했어요. 당신을 다시 만난 게 너무 좋더라고요. 당신이 데이트 신청했을 때도 너무 좋았고. 의미가 없어도 좋았어요. 같이 있는 것만으로도 좋았으니."

"그럼 왜 진솔하게 이야기하지 않았나."

"당신이 나를 좋아할지, 그때는 몰랐으니까. 당신에게 덤벼들고 싶은데, 그러면서도 당신과 멀어지고 싶지도 않았죠. 즐거웠어요. 당신을 보는 게, 당신 옆에 있는 게. 다만, 당신이 엘리안에게 그 말을 했다는 걸 알자, 그 모든 게 부끄러워졌죠. 들떴던 나를, 너무 즐거웠던 나를 벌하고 싶었어요. 창피하게도."

"브릴—"

레오닉스는 눈살을 찌푸렸다.

"그래도 돌아왔을 때, 당신이 다시 다가오자 기쁘기도 했죠. 어떻게 받아들어야 할지 모르다, 기왕 굴러온 거 집어 들자고 생각했어요. 그래서 집어 들었죠. 새침 떨고는 있었는데, 나는 꽤 긴장했었다고요."

레오닉스는 피식 웃었다.

"그래서 이렇게 집어 들었어요. 자, 그리고 당신을 내 것으로 삼은 거죠. 가지고 싶어 미치고 있던 당신을."

"미리 말하지 그랬어. 그랬다면 그 망할 할망구가 그대를 이용해 먹기 전에 이곳으로 데리고 와, 왕자비로 삼았을 텐데."

"왜 그래요."

"그 탓에 나는 그대를 왕으로 만들어야 하잖아. 또, 그 덕에 더 늦지. 이렇게."

브릴은 눈을 가늘게 떴다. 다시, 반짝이는 눈으로 돌아온다. 호기심과 흥미를 담아, 즐거워 미치겠다는 듯.

"알아줘요. 나는 당신을 사랑해요. 아주, 몹시도. 때론 소녀처럼 들뜨고, 때론 처연한 아가씨처럼 풀이 죽기도 하고. 당신이 잘해 주면 선물을 받은 아이처럼 즐거워요. 그러니 레오, 나를 즐겁게 해 줘요. 나를 들뜨게 해 줘요. 그러면, 그때마다 내 심장은 뛸 테니."

레오닉스는 브릴의 이마에 입을 맞췄다.

"너무하는군."

"네?"

"혼자 그 고생을 해 놓고선, 또 내 속을 뒤집어 놓고선, 그리 말하면 나는 그대에게 화를 낼 수 없잖아."

브릴은 레오닉스의 양 볼에 얹은 손을 움직였다.

머리카락을 넘겨 주고, 그러며 다정하게 속삭였다.

"화내지 말고. 내 곁에 있어 줘요, 레오."

"당연히."

"내 사랑이 되어 주고, 내 것이 되어 줘요. 그 어떤 일이 벌어져도 나는 당신이 내 것이라 생각할 거예요. 그러니—"

"그래."

"내 남편이 되어 줄래요?"

레오닉스의 입가에 미소가 번졌다.

"진짜 너무하군."

"진짜 사랑한다니까."

브릴이 속삭였다.

"영원히 내가 당신을 가지게 해 줘요."

레오닉스는 엘리안을 용서하기로 했다. 그 녀석이 있든 없든 간에. 이 자리는 레오닉스만의 것이 될 테니까. 밤새도록 지옥이었는데, 이런 낙원이 그의 앞에 있을 줄은 몰랐다.

"가져, 영원히."

그 외에 무엇을 바라겠는가.

이미 난 너에게 모든 것을 바쳤으니, 네가 원하기만 하면 된다.

"반드시, 기어코 가져."

⚜ Epilogue 3 ⚜

연결

렉스는 태어날 때부터 많은 지위를 약속받은 아이였다.

왕자와 여왕의 큰아들이었고, 태어나자마자 약속받은 지위는 '연합 왕국의 가장 고귀한 왕'이었다. 가장 정확한 호칭은, 듀카르니아, 하일드와 발카니아, 아르데나 연합 왕국의 공정하고 고귀하며 유일한 왕이었다.

어머니가 듀카르니아의 왕이자 아르데나의 대공이고, 아버지가 하일드의 왕자이니, 그 둘의 후계자인 렉스는 역사상 처음으로 연합의 왕이 되는 것이다.

이리되면 황제와 뭐가 다른 거냐고 물어본 적이 있었는데, 황제는 그냥 황제니까 황제일 뿐이라는 답을 듣게 되었다.

한때 세계의 악몽이라 일컬어지던 제국이었으나, 대전쟁의 후유증으로 아직도 힘겨워하고 있다.

트레빌란 황가를 일으켜 세운 레프 오네긴사 1세는 선량하고 공정한 군주이자 유능한 황제였으나, 전쟁만은 피하는 사람이라 한때 세상을 호령하던 황제와 비교되곤 했다.

렉스는 다른 나라를 해치는 것보다는 자기 나라를 평화로이 다스리는 게 더 좋은 게 아니냐고 물었다. 그러자 선생은 한 나라의 왕이라면 달리 생각해야 하며, 전쟁을 피하는 건 용맹하지 못한 거라 했다. 아버지가 쏘아보는 걸 보니 옳은 말은 아닌 것 같다. 당연했다. 아버지의 나라였던 발카니아는 제국 황제에게 정복당한 적이 있고, 그때 할아버지와 백부가 세상을 떴다고 한다. 세계 정복을 노리는 자는, 누가 되든 아버지에게 원수다.

'이제부터 잘 알아 둬라. 전쟁, 특히나 정복이나 지배를 위한 전쟁은 그야말로 민폐다.'

그리 말하는 아버지는 소년 시절부터 엄청난 전쟁을 치르며 승리해 왔다. 아버지가 이룩한 전과는 엄청나서, 한때는 광장에 기념탑을 세우는 게 어떠냐고 제안한 자가 있었다.

아버지는 이리 답했다.

'하고 싶으면 해 봐라. 그 자랑스러운 광장에는 너희들의 알몸이 먼저 올라가게 될 테니.'

그 후, 아무도 말하지 않았다.

아버지는 전쟁은 별로 좋아하지 않았다.

그래서 전쟁 후 평화가 오자 어마어마하게 건실한 내치자가 되었다.

렉스가 보기엔 애초에 그런 쪽에 더 재능이 있어 보였다. 제레미 경이 말하길, 레오닉스가 태어나길 저 체격으로 태어나서 오해하는데 진실한 재능은 그쪽이라 했다.

어머니의 왕위를 보호하고, 이 위상을 흔들려 하는 자들을 다스리고 징벌하는 건 모두 아버지의 몫이었다. 어린 렉스가 보기에도, 어딘가에서 듀카르니아 왕실에 대항하거나 반대하거나 모함을 하려는 기미가 보이기라도 하면 어느 순간 모두 사라지거나 찬성하고 있거나 용서를 빌고 있었다.

'나도 몰랐는데, 그 사람은 정면 승부보다는 뒤통수치는 걸 더 선호하더라고. 그게 가성비가 더 좋아.'

어머니가 말했다.

맞는 말인 것 같다.

아버지의 성실한 협잡 덕에, 반란도 없고 전쟁도 없다.

물론, 어머니에게는 숙부가 아주 많아 그 숙부 중 하나가 반란을 일으킨 적은 있었다고 한다.

'그게 반란인가. 딱 하루 자기가 왕이 되겠다고 선언하고, 그다음 날 잡혀서 귀양 갔는데. 귀양이 아닌, 병원으로 가야 할 것 같은 상태였지.'

하고, 아버지가 말했지만.

그러니까, 처음 귀양 갔던 로버트 숙부 말고 넷째 숙부였다는데 이름은 잊었다. 로버트 숙부는 귀양지에서 세력을 모으네 뭐네 하긴 했지만, 아버지는 쥐들도 안 따를 놈이라 했다. 그의 아내는 남편 치워 버리고 행복해져 있고, 딸은 농장 사업을 일으켜 더 행복해져 있다고 한다. 가족이 이런데, 로버트 왕자를 진심으로 도와줄 사람이 있겠는가.

그 형의 뒤를 이어 반란을 일으켰다고 주장하는 어머니의 숙부는, 고귀한 듀카르니아가 해적 하일드와 도적 평민들의 손에 놀아나고 있으니 이를 올바르게 이끌기 위해 반란을 일으킨다고 선언했다. 선언만 하면 그에 동의하는 군부가 들고 일어나 체자를 점령해 왕의 신병을 확보할 줄 알았다. 물론 아무도 안 했다. 그래서 다음 날 신병이 확보당한 당사자가 되었다고 한다.

이런 연합 왕국에서 유일하게 '영토 외' 로 선포된 곳은 서부로, 그곳은 반크족 자치구와 야하크라족 자치구로 나뉜다.

그곳을 안정시키고 악명 높았던 이민족 금전 거래 금지법을 폐지하는 데 가장 큰 공을 세운 사람은 어머니의 충실한 친구 중 하나인 메즈 칸이다.

왕실 주요 행사에 항상 오는 그 사람은, 의회로부터 자치구를 승인받는 데 가장 큰 공을 세웠다. 그 일을 하는 데 가장 많은 도움을 준 사람 중 하나는 로즈 맥빌 경이라는 의회 정보부 기사로, 어머니가 즉위할 때는 이미 결혼한 상태였다. 지금은 아이를 키우며 로즈 맥빌 경을 지원하는 데 집중하기 위해 모든 공무를 중지하고 집에 있다.

어머니의 백부인 아르노는 전쟁이 끝난 뒤 몇 년이 지나도록 왕이었다. 그의 권위는 착실하게 약화되어, 그가 양위할 무렵에는 비밀 감찰 조직은 와해되고 군부 내 왕실 인사는 비리, 배임, 반역 혐의로 감옥에 가거나 물러난 상태였다. 그들 모두 모함이라고 했지만, 증거 앞에서는 별수 없었다.

그런데 아르노 선왕이 양위를 한 계기는, 오랜 연인이었던 이사벨 데 스트레가 어디 있는지 알게 된 데 있다.

아르노는 내각과 의회에 결혼을 허가해 달라 했고, 내각과 의회는 대가로 양위를 요구했다. 이사벨도 양위하지 않는 한 당신과 결혼하지 않겠다고 했다. 이사벨은 설마하니 왕위를 버리진 않을 거라 생각해 그리 말해 보낸 건데, 아르노는 정말 왕위를 버렸다.

그 후 백부는 남쪽의 대저택에서 조용히 살고 있는 중이다. 결혼도 했다, 정말로.

'여자가 아깝다니까. 더 멀리 도망가지. 그딴 인간의 법적인 배우자로 묶여 버리다니.'

어머니의 평이다.

그리고 의회는 아르노에게 붙어 있던 수많은 죄목, 배임, 횡령, 뇌물,

국가 기밀 누설 등의 죄목은 묻어 두기로 했다. 양위 안 하면 다 기소할 예정이었다.

'아무리 봐도 운이 좋아. 벌도 제대로 안 받고.'

아버지가 말한다.

협잡의 거장인 아버지라, 정면 승부 따위는 관심 없는 분이다. 당한 자들은 억울하고 분하고 서글퍼 미칠 지경이었으나, 렉스는 손해 본 사람은 악한 사람들이니 아버지가 훌륭하다고 생각하기로 했다.

아버지는 왕인 어머니에게는 충신이요, 총신이었다. 그리고 가족들의 일은 어머니보다는 아버지가 더 많이 챙겼다. 렉스의 교육은 물론이요, 쌍둥이 여동생들과 남동생의 교육도 모두 아버지 몫이었다. 모두가 오해하는 것과는 달리, 아버지는 엄하지 않았다. 아버지가 엄하게 대하는 건 모두 선생들이었고, 선생들은 아버지를 아주 무서워했다.

그런 아버지가 감정을 듬뿍 담아 눈살을 찌푸릴 때는, 딱 엘리안이 올 때뿐이었다.

엘리안에 대해 말하자면 복잡한데, 외할머니의 친척의 아들의 손자라고 했다. 렉스는 그럼 몇 촌인가 손가락을 꼽아 보다 포기했다. '남' 이다.

아버지는 그가 오면 눈살을 찌푸리거나 불편해했다. 그러나 엘리안을 싫어하는 건 오로지 아버지뿐으로, 렉스와 형제들에게는 솜사탕으로 만든 듯 좋기만 한 사람이었다.

오기만 하면 세상에서 제일 사랑스러운 아이들을 만난 듯 좋아했고, 자주도 왔다. 교육과 훈육이 아버지 몫이라면, 아이들을 데리고 놀러 가거나 돌봐 주는 건 엘리안 몫이었다. 엘리안과 같이 오는 이지프란 기계인간은 항상 얄밉게 깐죽대도 요리 솜씨가 워낙 좋아서 올 때마다 무시무시하게 맛있는 초콜릿 과자나 샌드위치, 케이크 등을 가지고 왔다.

그리고 오늘이 바로 그 엘리안이 오는 날이라, 아버지는 또 날카로웠다.

"그러니까."

아버지는 안경을 쓸어 올리며, 눈살을 찌푸렸다.

"그놈이."

렉스는 아버지 얼굴을 물끄러미 보았다.

엘리안이 온다고 알려 오면, 저 눈살은 엘리안이 오기 하루 전부터 접혀 있어서 엘리안이 돌아간 다음 날이 돼서야 풀렸다.

"왜 이렇게 자주 오는 건지 모르겠어."

렉스도, 동생인 엘비온도, 여동생들인 레오노라와 엘레노아도 모두 엘리안을 좋아했다. 지금은 아버지 눈치를 보느라 겉으로는 관심 없는 척하지만, 아버지가 자리를 비우자마자 쑥덕대기 시작했다.

"음, 엘리안은 온갖 동물들을 다 불러올 수 있잖아."

"게다가 엄청나게 예쁘고."

"아버지도 잘생겼는데."

"그거랑 좀 달라. 뭐랄까, 아버지는 좀 무섭게 생겼는데 엘리안은 예쁘기만 하잖아. 아버지는 엄청 무서운 사자 같은데, 엘리안은 아주 예쁜 토끼 같아."

"같이 놀기는 토끼가 좋잖아."

그렇게 떠들다, 렉스는 의자에서 내려왔다.

"2층에 있을게."

"왜?"

"그냥."

사실, 조금 전 이상한 소리를 들었다.

그건 아주 일정하게, 한 음절이 반복되는 소리였다.

혹시, 어머니 같은 능력일까?

어머니는 항상 소리를 들었다.

그것은 마치, 먼 곳에서 이름을 부르는 소리 같다고 했다. 그들에 응답하거나 그들 이름을 부르는 건 각자의 일이라 했다.

어머니 검에 깃든, 어머니를 몇 번이나 지켜 주었던 우르가나도 그리 어머니의 친구가 되었다고 했다. 동생들은 모른다. 어머니는 렉스에게만 가르쳐 주었다. 소리는 렉스에게만 들리니까.

"처음부터 그랬어요?"

"처음에는 아니었어. 나는 그런 것을 느낄 수 없는 곳에 너무 오래 살았거든."

"언제부터 들었어요?"

"서부로 갔을 때."

그때였다. 정말 소리가 들렸다.

나지막하고 달콤한 소리가.

천천히 걷던 렉스는 급히 뛰어 올라갔다.

2층 방의 하얀 커튼이 날린다. 날리는 커튼 너머에서 소리가 들려온다.

"엘."

저 소리의 근원, 마음을 아프게 할 정도로 달콤한 저 소리를 해석하자면 '엘'이었다.

이런 건가. 어머니가 말한 '이름'이라는 건.

그들이 내는 소리가 바로 그들의 이름이고, 그 이름을 부르면 그들이 너의 친구가 되는 거라 했다. 하지만 네가 그 아이를 친구로 삼을 생각을 먼저 해야 해. 아무 감정도 느껴지지 않으면, 그들은 네 친구가 아닌 거야. 친구가 되면, 그들은 너를 통해 세상을 보고, 너를 통해 세상에 존재하게 된단다. 그러면서 너를 지켜 줄 거야. 단, 네가 그만큼 그들에게 성실해야 해. 그리고…….

"네가 택해야 해."

어머니가 말했다.

렉스는 커튼 너머를 보았다. 푸른 옷이 보인다. 금빛 머리도. 렉스는 커튼을 헤치고 나가, 하늘을 올려다보았다.

청년이 렉스를 보고 있었다.

그 놀란 눈을 보자, 렉스는 달콤하고 쓰라린 상실감을 느꼈다. 이 상실감을 채우기 위해서는 무언가 말해야 할 것 같다.

엘, 그러니까…… 맞아, 엘이라 부르면 되는 거야.

청년이 입술에 손을 가져다 댔다.

처음엔 슬픈 듯 바라보더니, 눈가에 미소가 번졌다.

무언가를 깨달은 눈빛이었다.

그때 문이 열리고, 아버지가 들어와 렉스의 몸을 안아 들었다.

"저기 엘이 있어요."

렉스는 창을 가리켰다. 그러나 청년은 이미 사라지고 없다. 엘이라 부를 기회도 사라졌다.

아버지의 눈이 그 텅 빈 테라스를 바라보았다.

"엘리안은 조금 전에 왔어."

"아뇨, 엘이었어요. 엘. 엘리안 말고 엘."

"내려가자."

아버지는 렉스를 안아 들고 내려왔다. 내려가는 아버지의 눈살이 더욱 모여드는 것으로, 저 아래에 누가 있을지는 뻔했다.

1층 홀의 문이 열리며 푸른 드레스를 입은 여성이 나왔다.

여전히 아름다운, 영원히 아름다울, 어머니이자 왕이었다.

"뭐 하고 있었니."

브릴이 묻자, 렉스는 웃으며 답했다.

"엘을 봤어요."

어머니는 렉스의 머리를 쓸어 주었다.

"그건 안 돼. 엘은 엄마 거니까. 렉스는 렉스 것을 찾아."

거실에 있는 엘리안을 본 렉스의 눈이 커졌다.

알았다. 엘이 뭔지.

왜 엘의 이름을 부르면 안 된다는 건지, 그 이유도 알았다.

어머니 것이니까, 안 되는 거다. 엘은 어머니의 친구다. 나는 내 친구를 만들어야지,

어머니의 친구더러 내 친구를 해 달라고 하면 안 된다.

렉스는 웃었고, 아버지의 볼에 입을 맞추며 아버지의 기분도 위로했다.

이마를 비추는 빛이 좋다. 맑고 파란 하늘에서 내리는, 이 따뜻한 빛이 좋다.

행복한 날이다.